ullstein

Das Buch

Ein zufälliger Fund im Wald stellt Nathans Leben auf den Kopf: Ein Baby, halbvergraben, schwach, aber am Leben. Der kleine Junge wird zu seiner Großmutter geschickt, um bei ihr aufzuwachsen, aber Nathan kann ihn nicht vergessen. Also stattet er der alten Frau einen Besuch ab. Er bittet um ein einfaches Versprechen: dass sie Nathan irgendwann dem Jungen vorstellen und ihm erzählen wird, dass er der Mann ist, der ihn im Wald gefunden hat.

Die Jahre vergehen, und Nathan nimmt an, dass die alte Dame ihr Versprechen vergessen hat. Bis eines Tages ein wütender, schwieriger Junge mit einem Koffer in der Hand vor seiner Haustür steht …

Die Autorin

Catherine Ryan Hyde, aufgewachsen in New York, hat bereits über 24 Bücher veröffentlicht und wurde mehrfach ausgezeichnet. Ihr bekanntester Roman *Das Wunder der Unschuld* wurde in mehr als 23 Sprachen übersetzt und unter dem Titel *Das Glücksprinzip* mit Kevin Spacey und Helen Hunt verfilmt.

Neben dem Schreiben hat sie in den vergangenen Jahren viele Vorträge gehalten. Sie gehörte zum Kreis der Referenten der National Conference on Education an der Cornell University und stand dreimal zusammen mit Bill Clinton als Rednerin auf dem Podium.

CATHERINE RYAN HYDE

Als ich dich fand

Roman

Aus dem Amerikanischen von Sonja Glück

Ullstein

Besuchen Sie uns im Internet:
www.ullstein-taschenbuch.de

Diese Ausgabe wurde durch eine Lizenzvereinbarung
mit Amazon Publishing ermöglicht,
www.apub.com.

MIX
Papier aus verantwortungsvollen Quellen
FSC® C083411
FSC
www.fsc.org

Lizenzausgabe im Ullstein Taschenbuch
1. Auflage Dezember 2016

Die Originalausgabe erschien 2013 unter dem Titel
When I Found You bei Lake Union Publishing, Las Vegas.
Die Deutsche Erstveröffentlichung erschien 2015
bei AmazonCrossing, Amazon E. U. Sàrl, Luxemburg.
Umschlaggestaltung: ZERO Media GmbH, München,
nach einer Vorlage von bürosüd° GmbH, München
Titelabbildung: © Getty Images / slobo
Satz: Monika Daimer, www.buch-macher.de;
Pinkuin Satz und Datentechnik, Berlin
Druck und Bindearbeiten: CPI books GmbH, Leck
Printed in Germany
ISBN 978-3-548-28857-4

Für Harvey

Teil 1

NATHAN MCCANN

2. Oktober 1960
Der Tag, an dem er dich im Wald fand

Nathan McCann stand in seiner dunklen Küche, gut zwei Stunden vor Tagesanbruch. Er schaltete das Deckenlicht an und hoffte insgeheim, die Kaffeemaschine mit Wasser und Kaffeepulver gefüllt vorzufinden, sodass sie mit der Zubereitung des Kaffees beginnen würde, sobald er den Stecker in die Steckdose steckte. Doch er sah nur den leeren, zurückgelassenen Filtereinsatz in der Spüle liegen.

Er wusste selbst nicht, warum er es immer anders erwartete. Es war schon Jahre her, dass Flora für ihn am Morgen Kaffee aufgesetzt hatte. Jahrzehnte, dass sie mit ihm zusammen früh aufgestanden war, um ihm Rührei, Orangensaft und Toast zu machen.

Leise, um sie nicht zu wecken, nahm er die Packung Haferflocken aus dem Schrank. Ein Schwall kalter Luft schlug ihm aus dem Kühlschrank entgegen, während er fettarme Milch in eine gelbe Plastikschüssel goss.

Du musst gar nicht so leise sein, dachte er. Flora schlief in ihrem Schlafzimmer am Ende des Gangs bei geschlossener Tür. Aber er *war* leise, wie er es immer in solchen Situationen gewesen war, und gedachte sein Verhalten auch jetzt nicht zu ändern.

Als er sich an den kühlen Formica-Tisch setzte, um seine Haferflocken zu essen, hörte er, dass Sadie, seine Retrieverhündin, aufgewacht war. Sie war bereit zum Aufbruch und aufgeregt, weil vor Sonnenaufgang schon Licht im Haus war. Wiederholt hörte er das Geräusch, das die Kette an ihrer Hundehütte verursachte, als sie hochsprang und mit den Vorderpfoten dagegenstieß. Für genau so einen Morgen wie diesen war Sadie geboren und erzogen worden, daher erkannte sie an den ersten sichtbaren oder hörbaren Anzeichen, wenn es zur Entenjagd ging.

Er überlegte, wie gern er Sadie, die ihm so bereitwillig ihre Zeit und Aufmerksamkeit schenkte, mit ins Haus nehmen würde. Aber davon wollte Flora nichts wissen.

* * *

Nathan stand in der herbstlich kühlen Dunkelheit, einen kurzen Augenblick vor Sonnenaufgang, und schulterte sein Jagdgewehr.

Er erwartete, dass Sadie ihm gehorchte.

Er rief sie erneut bei ihrem Namen, verärgert, dass sie ihn zwang, die morgendliche Ruhe zu stören, denn schließlich war er deswegen hier. In den sechs Jahren, in denen ihm die Hündin gehörte, hatte sie sich noch nie geweigert, zu kommen, wenn er sie rief.

Deshalb richtete er seine große Taschenlampe auf sie. Der kurze Moment, bevor sie die Augen zusammenkniff und den Kopf von dem Licht wegdrehte, genügte ihm, um etwas zu erkennen, das es erklären konnte. Auf die instinktive Art, wie ein Herrchen seine Hündin kennt und eine Hündin ihr Herrchen kennt, hatte sie ihm etwas mitteilen können. Sie widersetzte sich nicht seinem Urteil, sondern bat ihn, für einen Moment über ihr eigenes nachzudenken.

»Du musst herkommen«, sagte sie ihm auf ihre Weise. »Du *musst.*«

Zum ersten Mal in den sechs Jahren, die sie ihm gehörte, gehorchte Nathan seiner Hündin. Er kam, als sie ihn rief.

Sie stand unter einem Baum und buddelte. Aber es war nicht das wilde Buddeln eines Hundes, bei dem beide Vorderpfoten durch die Luft fliegen. Vielmehr schob sie mit ihrer Schnauze vorsichtig Blätter zur Seite, ab und zu benutzte sie auch eine Vorderpfote.

Da er nicht um sie herumblicken konnte, zog er sie am Halsband zur Seite.

»Okay, Mädchen. Ich bin jetzt da. Lass mich mal sehen, was du da hast.«

Er richtete den Lichtstrahl auf den Hügel aus welken Blättern. Aus dem Laubhaufen ragte ein unfassbar kleiner – aber dennoch unverkennbar menschlicher – Fuß hervor.

»Großer Gott«, keuchte Nathan und setzte die Lampe ab.

Er schaufelte mit beiden Handschuhen, hob das Kind zu sich hoch und blies ihm die Blätter aus dem Gesicht. Es war in ein Sweatshirt in Erwachsenengröße eingewickelt und hatte eine winzige bunte Strickmütze auf. Es war höchstens einen oder zwei Tage alt.

Bestimmt könnte er mehr herausfinden, wenn er nur die Lampe und das Kind gleichzeitig halten könnte.

Mit den Zähnen zog er einen Handschuh aus und berührte es im Gesicht. Es fühlte sich kühl unter seinen Fingern an.

»Was für ein Mensch tut denn so etwas?«, fragte er leise. Dabei schaute er zum Himmel, als ob Gott dort auf der Stelle erscheinen und diese Frage beantworten würde.

Es war inzwischen eine Spur heller geworden. Die Dämmerung hatte den Gipfel des Hügels noch nicht erreicht, sie lag irgendwo hinter dem Horizont und schien dort formlos mitzuteilen, dass sie kommen und bleiben würde.

Vorsichtig legte er das Kind auf die Blätter zurück und betrachtete es im Schein der Lampe eingehender. Das Kind bewegte mühsam die Lippen und die Kiefer, als wäre sein Mund trocken. Es sah aus, als würde es etwas gegen seinen Gaumen drücken oder es zumindest versuchen.

»Großer Gott«, wiederholte Nathan.

Bis zu diesem Moment hatte er die Möglichkeit, dass das Kind noch am Leben sein könnte, gar nicht in Betracht gezogen.

Er legte sein Gewehr in den Laubhaufen, denn er brauchte beide Hände, um den Körper des Kindes fest gegen seinen eigenen zu halten und den Kopf eng an seine Brust zu drücken. Mit der Hündin rannte er zu seinem Wagen.

Hinter ihnen dämmerte der Morgen über dem See. Enten flogen unbehelligt auf. Sie waren vergessen.

* * *

In der Notaufnahme des Krankenhauses sprangen zwei Pfleger mit schnellen, zackigen Bewegungen herbei, als sie erkannten, was Nathan in den Armen hielt. Sie legten das Baby auf eine fahrbare Trage, wo es wie ein Punkt inmitten eines Ozeans wirkte, und wickelten es aus dem Sweatshirt. Es war ein Junge, das konnte Nathan sehen. Ein Junge mit einem Stück Nabelschnur, wie als Zeichen der Unschuld.

Als sie den Wagen an beiden Seiten haltend schoben und davoneilten, schloss ein Arzt zu ihnen auf und zog dem Kind die Strickmütze vom Kopf. Unbemerkt fiel sie auf den Linoleumboden. Nathan hob sie auf und verstaute sie in einer Reißverschlusstasche seiner Jagdweste. Diese Mütze war so klein, nicht mal so groß wie Nathans Handfläche.

So weit, wie er dachte, dass es ihm erlaubt sei, näherte er sich der Tür des Untersuchungsraums.

Er hörte, wie der Arzt sagte: »Setzt ihn in einer Oktobernacht im Wald aus und gibt ihm dann ein schönes warmes Sweatshirt und eine kleine handgestrickte Mütze, um ihn warm zu halten. Das nenn ich mal inkonsequent.«

* * *

Nathan ging den Gang hinunter und kaufte sich am Automaten einen Becher heißen Kaffee. Er war in der Tat heiß, aber das war auch das einzig Gute daran.

Einige Minuten lang stand er vor dem Automaten und starrte die metallisch glänzende Vorderseite an, als würde er fernsehen oder aus dem Fenster schauen. Oder in einen Spiegel. In der Tat konnte er dort ein unscharfes, leicht verzerrtes Spiegelbild von sich erkennen.

Nathan war ein Mann, dem es nicht lag, sich selbst längere Zeit zu betrachten. Sich zu rasieren war eine Sache, aber in seine eigenen Augen zu blicken eine ganz andere. Das wäre ihm unangenehm, genauso, wie jemand anderem in die Augen zu blicken. Aber das Bild war unkenntlich genug und brachte ihn daher nicht in Verlegenheit.

Also stand er für einen Augenblick da und trank den grässlichen Kaffee in kleinen Schlucken, während er seine eigene

Empfindung zu begreifen suchte. Er konnte es nicht erklären, aber er spürte, dass eine Geschichte Form annahm, deren Tragweite noch nicht voll erfasst werden konnte.

Etwas wurde in Bewegung gesetzt, dachte er, das niemals rückgängig gemacht werden könnte und vielleicht auch nicht sollte.

Als er den Kaffee ausgetrunken hatte, spülte er den Becher im Wasserbecken aus und füllte ihn mit frischem Wasser.

Er ging nach draußen zu seinem Kombi und gab Sadie etwas zu trinken.

* * *

Zwanzig oder dreißig Minuten später kam der Arzt wieder aus dem Zimmer.

»Herr Doktor«, rief Nathan und eilte den Gang hinunter. Der Arzt sah ihn mit leerer Miene an, als ob er sich nicht erinnern könnte, wo er Nathan schon mal gesehen hatte. »Ich bin der Mann, der das Baby im Wald gefunden hat.«

»Ach ja«, erwiderte der Arzt. »Sie sind das. Können Sie noch ein paar Minuten bleiben? Die Polizei wird mit Ihnen sprechen wollen. Wenn Sie wegmüssen, hinterlassen Sie bitte Ihre Telefonnummer im Büro. Sicher verstehen Sie das. Sie sammeln alle Details, die sie bekommen können. Um herauszufinden, wer das getan hat.«

»Wie geht es dem Jungen?«

»Wie's ihm geht? Schlecht. Ob er überleben wird? Vielleicht. Ich kann nichts versprechen, aber er ist ein Kämpfer. In diesem Alter sind sie manchmal stärker, als wir denken.«

»Ich möchte den Jungen adoptieren«, sagte Nathan.

Er war selbst mehr als nur ein bisschen erstaunt, als er sich diese Worte sagen hörte.

Erstens hatte er bisher nicht gewusst, dass es so war. Zumindest nicht in Worten. Nicht so, dass es erkennbar gewesen wäre. Gleichsam in einem Aufwasch hatte er den Arzt und sich selbst in Kenntnis gesetzt. Und zweitens sah es ihm gar nicht ähnlich, seine Gedanken leichthin anderen mitzuteilen, vor allem dann nicht, wenn er nicht genügend Zeit gehabt hatte, darüber nachzugrübeln und sich an sie zu gewöhnen.

Offensichtlich war dies ein Morgen voller erster Male.

»Sie meinen, wenn er überlebt.«

»Ja«, antwortete Nathan. Der Ernst dieser Mahnung versetzte ihm einen Stich. »Wenn er überlebt.«

»Tut mir leid«, sagte der Arzt. »Für Adoptionen bin ich nicht zuständig.«

* * *

Als zwei Polizisten kamen, um seine Aussage aufzunehmen, berichtete er ihnen die ganze Geschichte ernsthaft und in allen Einzelheiten, wobei er betonte, dass der eigentliche Held draußen auf der Rückbank seines Kombis saß.

»Das Baby wäre tot, wenn Sie nicht gewesen wären«, sagte der eine der beiden Polizisten, der etwas gesprächiger wirkte. Er war groß und breitschultrig, die Art Mann, die mehr durch Muskelkraft als durch Intellekt durchs Leben zu kommen schien. Normalerweise wäre Nathan von jemandem wie ihm eher eingeschüchtert und abgestoßen gewesen, egal ob nun Gesetzeshüter oder nicht. Darum hatte er unbekannte und widersprüchliche Gefühle, als der Polizist von ihm als Held sprach.

»Und wenn Sadie nicht gewesen wäre«, fügte Nathan hinzu. »Meine Hündin. Sie ist eine Retrieverhündin, ein bemerkenswertes Tier.«

»Richtig. Sehen Sie, wir wissen, dass Sie zu tun haben, aber wir müssen Sie bitten, uns den genauen Tatort zu zeigen.«

»Das macht keine Umstände«, sagte Nathan. »Ich war sowieso auf dem Weg dorthin, um mein Gewehr zu holen.«

Gemeinsam gingen sie zum Parkplatz des Krankenhauses.

»Ich möchte den Jungen adoptieren«, sagte Nathan, weniger um es sich von der Seele zu reden, sondern vielmehr in der

Hoffnung, dass er in die richtige Richtung gelenkt würde. Diese Eile war ungewohnt für ihn, so als ob ihm etwas entgleiten könnte, wenn er sich nicht beeilte.

»Dazu können wir Sie nichts sagen«, entgegnete der Polizist.

Wohlweislich unterdrückte Nathan den Impuls, seine Grammatik zu verbessern.

* * *

Wie in seiner Aussage angegeben, hätte er ohne die Hilfe seiner Hündin den Ort gar nicht erst gefunden. So viel war sicher. Nun musste er noch feststellen, dass er ihn ohne sie wahrscheinlich auch nicht *wieder*gefunden hätte. Weder um sein Gewehr zu holen, noch um seiner Bürgerpflicht nachzukommen.

Zuerst ließ er sie im Wagen, aus Sorge, sie könnte am Tatort irgendwie Spuren zerstören. Oder die Polizisten könnten das zumindest denken.

Niemals wäre es ihm in den Sinn gekommen, dass er nicht ganz einfach, praktisch geradeaus, zum Ort einer so bedeutsamen Entdeckung zurückgehen könnte.

Etwa zwanzig Minuten lang lief er im Kreis, wobei es ihm vorkam, als ob ein Baum aussähe wie der andere. Er hätte besser aufpassen sollen, dachte er. Es wäre auch nicht übertrieben, zu behaupten, dass er sich selbst dafür schalt, war er doch stolz auf seine Umsicht als Jäger. Aber seine Routine war an diesem Morgen schon vorher gestört worden, und alles hatte sich verändert. Als er begriffen hatte, dass es wichtig wäre, die Umgebung wahrzunehmen und sie sich einzuprägen, war er bereits in einem Schockzustand gewesen und dadurch genau dazu unfähig.

Das war ihm jetzt peinlich.

Nicht genug, dass es ihm äußerst unangenehm war, dass ihn die Polizisten so verloren herumtappen sahen; ihm fiel obendrein noch ein, dass sein Gewehr ein Geschenk seines Großvaters gewesen und somit unersetzlich war.

»Es tut mir leid«, sagte er. »Ich konnte nicht fassen, was ich da entdeckt hatte. Dabei habe ich wohl nicht richtig auf die Umgebung geachtet.«

»Holen Sie noch einmal tief Luft, und sehen Sie sich weiter um«, bat der größere und gesprächigere der beiden Polizeibeamten.

»Wenn ich vielleicht Sadie aus dem Auto holen könnte? Sie findet die Stelle bestimmt sofort.«

»In Ordnung, holen Sie sie«, antwortete er. Es klang, als ob Nathan das schon früher hätte tun sollen.

Sadie fand die Stelle sofort.

Nathan und die beiden Polizisten brauchten einen Moment, um sie einzuholen. Während dieses Moments hatte Nathan wieder die Sorge, dass sie vielleicht etwas kaputt machen würde. Sie könnte wieder anfangen zu buddeln. Dabei, sagte er sich, hatte sie das ja schon zuvor getan. Dennoch war er angespannt, da er unbedingt wollte, dass sie sich vor den Polizisten perfekt benahm.

Doch sie buddelte nicht und berührte den Laubhaufen nicht mal. Schnuppernd stand sie da, als ob die Erde unter ihren Pfoten einen unerschöpflichen Vorrat an zurückgelassenen Neugeborenen bergen und jeden Augenblick ein weiteres auftauchen könnte.

Nathan erreichte sie und nahm sie am Halsband.

»Braves Mädchen«, lobte er und hob sein wertvolles Gewehr auf.

Er sah sich um und versuchte, sich die Stelle einzuprägen. Suchte nach Hinweisen, die diesen Baum von den anderen Bäumen unterschieden und es ihm ermöglichen würden, ihn wiederzufinden. Sein Verstand sagte ihm, dass es zu spät war. Es war, als würde man das Scheunentor schließen, nachdem das Pferd gestohlen worden war, wie sein Großvater zu sagen pflegte.

Die Polizisten sicherten den Tatort mit Absperrband ab. Während er sie dabei beobachtete, fragte er sich, warum sie das taten. Es handelte sich um einen Laubhaufen. Was könnte der ihnen verraten? Wie könnte der ihnen dabei helfen, die Person zu finden, die diese schreckliche Tat begangen hatte? So wie Nathan das beurteilte, konnte er ihnen gar nichts sagen.

»Was denken Sie, woher hatte sie eine winzige Strickmütze in der Größe eines Neugeborenen?«, fragte Nathan. Wahrscheinlich wollte er sich damit wieder in den Moment einfühlen. »Schließlich war das Baby erst ein paar Stunden alt. Da blieb nicht viel Zeit für Shopping.«

»Ich denke, sie hat sie gestrickt«, antwortete der ruhigere der beiden Polizisten. »Ich kann das nicht sicher behaupten, aber es wäre plausibel.«

Ein weiterer Moment des Schweigens.

»Wenn sie gefunden wird, wird sie das Sorgerecht für das Kind nicht mehr bekommen. Oder?«

Der größere, sonst gesprächigere Polizist schien ihn beharrlich zu ignorieren.

»Meiner Meinung nach hat sie klargestellt, dass sie es nicht will«, sagte der ruhigere.

»Und wenn sie nun ihre Meinung ändern würde, meine ich.«

»Nun, ihre Meinung ändern kann sie, sooft sie will. Aber sie wird ins Gefängnis gehen. Für eine lange Zeit.«

Diese Neuigkeit ermutigte Nathan.

»Rufen Sie doch beim Sozialamt an«, riet der gesprächigere Polizist, der ganz richtig im Gespür hatte, worauf Nathan hinauswollte. »Mr McCann, wenn es Ihnen nichts ausmacht, fahren wir jetzt.«

Diesmal ging Nathan langsam, als er den Rückweg zum Auto antrat. Er hielt noch immer Sadies Halsband fest und fühlte sich kaum wie ein Held.

* * *

»Ich möchte den Jungen adoptieren«, sagte Nathan bei einem späten Brunch zu seiner Frau Flora. Beide saßen am Küchentisch, und Nathan strich Marmelade auf seinen Muffin. Er mochte Butter lieber, aber er musste auf seine Linie achten.

»Sei nicht albern«, entgegnete Flora, die mit einer Zigarette zwischen den Fingern am Tisch saß und Zeitung las. Ihre Stimme war rau wie die einer Alkoholikerin, was sie aber nicht war.

Nathan nahm einen Schluck von seinem Kaffee, der heiß und stark war. Es versetzte ihm einen Stich, als ihm wieder einfiel, dass es nun keinen Entenbraten zum Abendessen geben würde. »Warum ist es albern?«

»Keiner von uns ist ausgesprochen kinderlieb. Wir haben uns dagegen entschieden, Kinder zu haben. Wir sind ja auch nicht mehr so jung.«

»Nein, *du* hast dich dagegen entschieden. Du hast für uns beide entschieden.«

Zum ersten Mal schaute Flora von ihrer Zeitung auf. Sie starrte ihn durch den Rauch an. »Ich dachte, du hättest gesagt, das sei mehr, als du im Leben angehen wolltest.«

»Das hier ist anders. Das sollte geschehen.«

Sie zog an ihrer Zigarette, legte sie auf dem Aschenbecher ab und sah ihn kurz an. »Nathan«, begann sie. Er dachte, dass er eine Spur von Spott hören konnte, ja sogar Herablassung. »Wir kennen uns jetzt seit neunundzwanzig Jahren, und du hast noch nie zu mir gesagt, dass etwas ›geschehen sollte‹.«

»Vielleicht, weil in den neunundzwanzig Jahren noch nie etwas in diese Kategorie gepasst hat.«

Da war wieder die Härte ihres prüfenden Blicks. »Warum?«

»Warum was?«

»Na, warum was wohl? Warum willst du plötzlich ein fremdes Kind adoptieren? Das ergibt keinen Sinn.«

Er öffnete den Mund, um zu antworten, hielt dann inne. Zu dem Menschen, der das Leben mit einem teilte, sagte man einfach nicht, dass einem seine Gesellschaft nicht reichte. Auch nicht, wenn es die Wahrheit wäre. Es wäre unnötig verletzend und diente nicht dem gemeinsamen Wohl.

Also versuchte er es anders.

»Ich habe einfach so ein Gefühl, seit ich ihn gefunden habe. Ich kann es nicht beschreiben. Aber es ist ein starkes Gefühl …«

Rüde unterbrach sie ihn: »Ein starkes Gefühl? Das sieht dir nicht ähnlich.«

»Genau das wollte ich sagen«, bekräftigte Nathan. »Und jetzt, da ich es habe, will ich nicht, dass es wieder weggeht. Ich möchte es einfach nicht mehr aufgeben müssen. Möchte nicht zurück zu der Art, wie sich vorher alles angefühlt hat.«

An dieser Stelle brach er ab, da er der Äußerung gefährlich nahe kam, die er beschlossen hatte zu unterlassen.

Eine heikle Pause.

Dann schüttelte Flora den Kopf. »Außerdem hat das Kind ja vermutlich jemanden. Eine Mutter. Sie könnten die Mutter finden.«

»Wenn sie sie finden«, sagte Nathan ruhig, »stecken sie sie ins Gefängnis.«

»Und dann könnte sich herausstellen, dass er irgendeinen anderen Verwandten hat, der ihn nehmen würde.«

»Vielleicht«, sagte Nathan. »Wir werden sehen. Es scheint mir nur so zu sein, dass ein Kind, das langsam und allein im Wald stirbt … dass dieses Kind im Grunde … niemanden hat.«

»Ich denke, das werden wir sehen«, sagte Flora.

»Ja, das werden wir wohl.«

Für den Rest des Tages wurde nicht weiter darüber gesprochen, aber Nathan glaubte fühlen zu können, dass es in jedem Moment präsent war, und er fragte sich, ob Flora das auch spüren konnte. Häufig sah er zu ihr hinüber, aber er konnte keine Anzeichen erkennen, dass sie in ähnlicher Weise von diesen Gedanken verfolgt wurde.

* * *

Zum Abendessen gab es ein einfaches Gericht aus Hühnchen mit Klößen. Nathan lobte Flora dafür, dass sie es gekocht hatte, und es schmeckte durchaus gut. Aber er hätte es in der Tat noch mehr genossen, wäre da nicht das Gefühl gewesen, dass dieses Essen nicht den erwarteten Entenbraten ersetzen konnte. Es war einfach nicht das, was er eigentlich hatte haben wollen.

Nach dem Abendessen zog sich Flora in ihr Zimmer zurück. Dort hatte sie einen Fernseher, den einzigen im Haus. Nathan mochte die Geräuschkulisse aus den Dialogen der Fernsehsendungen nicht als Hintergrund zu seinem eigenen Leben.

Dass Flora gleich nach dem Abendessen in ihr Zimmer verschwand, war nicht ungewöhnlich, aber heute Abend fiel es Nathan noch stärker auf als sonst.

Am anderen Ende des Flurs saß Nathan bei offener Tür auf seinem Bett. Floras Schlafzimmertür war geschlossen, und der Fernseher war noch nicht an, soweit er das hören konnte. Sie schien sich für die Nacht umzuziehen. Ab und zu konnte er die Schatten ihrer Füße durch den Spalt unter ihrer Tür sehen. Eine der Bodendielen quietschte leicht, wenn sie darüberlief. Sie machte auch keine Anstalten, es zu vermeiden, wie er es getan hätte.

Zum ersten Mal seit langer Zeit, seit Jahren, war Nathan versucht, an ihre Tür zu klopfen. Sie zu fragen, ob sie ein wenig Zeit miteinander verbringen könnten. Sich unterhalten oder Karten spielen. Aber bevor er aufstehen konnte, fiel ihm ihr ablehnender Tonfall von heute Vormittag ein. Nein, dass er eine Leere in sich fühlte, bedeutete in keiner Weise, dass Flora ihm helfen könnte oder wollte, diese Leere zu füllen, das begriff er nun.

Er erhob sich und ging zum Telefon in der Küche. Bei der Telefonauskunft erfragte er die Nummer des Krankenhauses.

Als er sie wählte, landete er bei einer Vermittlung.

»Eine Patientenauskunft, bitte«, sagte er.

»Wie heißt der Patient?«, antwortete eine kühle Frauenstimme.

Da musste er sich geschlagen geben.

»Ähm … Er hat noch keinen Namen«, antwortete Nathan. »Ich wollte mich nach dem Zustand eines Neugeborenen erkundigen, das ich heute Morgen im Wald gefunden habe. Ich habe ihn in Ihr Krankenhaus gebracht. John Doe heißt er wohl, nehme ich an. Im Augenblick.«

»Sind Sie mit ihm verwandt?«

»Ich bin der Mann, der ihn im Wald gefunden hat. Welche Verwandten wird er wohl sonst haben?«

»Dann sind Sie nicht blutsverwandt.«

»Nein, das bin ich nicht.«

»Dann kann ich Ihnen leider keine Auskunft geben.«

»Aha«, machte Nathan. »Würden Sie mich dann bitte mit der Notaufnahme verbinden?«

Eine Pause, dann etwas, das wie ein Seufzen klang.

»Bleiben Sie dran. Ich stelle Sie durch.«

Einige Augenblicke der Stille. Nathan spürte, wie seine Backenzähne zu fest aufeinanderrieben.

Ein Klicken, dann eine schroffe Männerstimme.

»Notaufnahme.«

»Oh, ja. Tut mir leid, wenn ich störe«, begann Nathan und fragte sich, wieso er jetzt auf dem falschen Fuß erwischt worden war. »Ich bin der Mann, der heute Morgen dieses Baby zu Ihnen gebracht hat, und ich hatte gehofft, den Arzt zu sprechen, der …«

»Ich bin Dr. Battaglia«, entgegnete die Stimme.

Nathan war äußerst überrascht. Er hatte erwartet, eine Nachricht zu hinterlassen und nicht vor dem nächsten Morgen zurückgerufen zu werden. »Meine Güte, Sie haben aber lange Dienstzeiten dort.«

»Ha«, erwiderte der Arzt, »Sie machen sich keine Vorstellung.«

»Ich wollte nur kurz etwas über seinen Zustand erfahren, ohne Sie zu stören«, fuhr Nathan fort. »Aber man teilt mir nichts mit. Mir wurde gesagt, ich sei ja nicht blutsverwandt.«

»Ja, so sind die. Kleben an ihren Regeln. Also, ich stelle mir vor, dass Sie einem Verwandten am nächsten kommen, von allen, die dieser arme kleine Kerl hat. Also werde ich es Ihnen sagen. Er ist noch am Leben. Rufen Sie morgen noch einmal an, und sprechen Sie mit Dr. Wilburn. Ich werde ihn informieren, dass Sie sich melden. Die ersten vierundzwanzig Stunden sind entscheidend. Wenn der Kleine am Morgen noch am Leben ist … wohlgemerkt, dafür gibt es keine Garantie. Bei uns hier gibt es gar keine Garantien. Aber wenn er noch strampelt, wenn Sie am Morgen anrufen, ist das ein sehr gutes Zeichen.«

* * *

Nathan machte seine Tür zu und legte sich angezogen aufs Bett. Morgen früh hatte er einen Termin bei Mrs MacElroy, die vor Kurzem Witwe geworden war, um ihr bei den finanziellen Details ihres bedrückenden neuen Lebens zu helfen. Das war zeitlich ungünstig, aber sobald dieses Treffen vorbei war, würde er anfangen zu telefonieren. Um herauszufinden, ob das Kind schon einen Sozialarbeiter hatte. Um in Erfahrung zu bringen, mit wem er sprechen sollte und wie er weiter vorgehen könnte.

Er hatte Gewissensbisse, dass er sein Treffen mit der Witwe MacElroy für ungünstig hielt. Schließlich war ihre Situation noch sehr viel ungünstiger. Es sah ihm gar nicht ähnlich, so sehr an seine eigenen Bedürfnisse zu denken und sie über die anderer zu stellen.

Da musste er aufpassen.

Während er dem gelegentlichen Quietschen von Floras Bodendielen lauschte, stellte er fest, dass es einsam klang. Oder vielleicht war das auch nur er.

3. Oktober 1960
Der Tag, an dem er dich verlor

Flora schlief noch, als er am nächsten Morgen aufstand. Das hieß, es gab keinen Kaffee.

Er war sich über die Kaffeesituation nie im Klaren, außer dass er wusste, dass es seine Rolle war, ihn zu trinken, und daher zögerte er, die Zubereitung selbst zu übernehmen. Es erschien ihm besser, sich selbst Instantkaffee zu machen, auch wenn er wusste, dass er fürchterlich schmeckte. Es war ihm lieber so, als wenn er sich auf guten Kaffee freuen und dann von seinem eigenen Versagen in dieser Hinsicht enttäuscht werden würde.

Doch der Instantkaffee war noch schrecklicher, als er ihn sich vorgestellt hatte, weil er das Wasser nicht heiß genug gemacht hatte.

Er nahm zwei oder drei vorsichtige Schlucke, verzog das Gesicht und schüttete den Rest in den Abfluss.

Dann rief er im Krankenhaus an und sprach mit Dr. Wilburn. Tief im Innern machte er sich auf eine Tragödie gefasst.

»Ah ja«, sagte Dr. Wilburn. »Ich habe Ihren Anruf erwartet. Also, er atmet, und das ist gut. Das Problem ist, uns gefällt nicht, *wie* er atmet. Wir werden seine Lungen absaugen und sehen, ob sich die Situation dadurch verbessert. Er ist zu jung, um eine Lungenentzündung zu überleben. Falls es um sich eine handelt. Aber er strampelt noch. Was soll ich sagen? Schon jetzt ist er praktisch ein Wunder. Aber Komplikationen liegen definitiv im Bereich des Möglichen, und leider scheinen sie bereits aufzutreten. Es tut mir leid, Ihnen sagen zu müssen, dass er noch nicht über den Berg ist.« Eine lange Pause, dann lachte er auf. »Aber immerhin aus dem Wald … Entschuldigung, ich weiß, Sie finden das vermutlich nicht lustig.«

»Vielen Dank, Herr Doktor«, erwiderte Nathan, ohne seine Gedanken zu diesem Thema durchblicken zu lassen.

Dann legte er auf.

Mrs MacElroy bot ihm für gewöhnlich eine Tasse Kaffee an, und wenn sie das tat, schmeckte er immer hervorragend. Er hoffte, dass heute ein solcher Tag wäre.

* * *

»Oh, Nathan«, sagte sie im gleichen Augenblick, in dem sie die Tür öffnete. Sie war erst kürzlich dazu übergegangen, ihn mit seinem Vornamen anzusprechen, erst seit ihr Mann tot war, was er leicht beunruhigend fand. »Erzählen Sie. Waren Sie es?«

»Wie bitte?«

Sie trat zurück, um ihn vorbeizulassen.

Nathan fand, dass sie eine gut aussehende Frau war. Eher gut aussehend als im klassischen Sinne schön. Sie war etwa in Nathans Alter und kleidete und bewegte sich auf eine würdevolle Weise, was er bewunderte. Sie machte nicht viele schöne Worte oder gab vor, nur halb so alt zu sein, wie sie tatsächlich war. Sie hatte ein Gespür für Anstand.

Er folgte ihr ins Wohnzimmer.

»Ich hatte einfach das Gefühl, dass Sie es gewesen sein könnten. Nur ein Gefühl, Intuition, denke ich. Sicher, Sie haben mir erzählt, dass Sie auf Entenjagd gehen wollten ...«

Für einen kurzen Moment bedauerte er, dass er auf seine morgendliche Tasse Kaffee verzichtet hatte. Die daraus resultierende fehlende geistige Klarheit war jetzt ganz und gar nicht hilfreich.

»Ich glaube, ich weiß nicht, wovon Sie gerade sprechen«, begann er.

»Nun, natürlich von der Schlagzeile in der Zeitung heute Morgen. Die müssen Sie doch gesehen haben. Alle sprechen davon. Meine Freundin Elsie und meine Kosmetikerin haben mich beide schon angerufen, und dabei ist es gerade erst neun Uhr. Hier passiert nicht so oft etwas so Bedeutsames.«

»Ich nehme an«, erwiderte Nathan, »dass es in der Schlagzeile, die Sie meinen, um ein ausgesetztes Neugeborenes geht. Also dann, ja, das war ich.«

»Oh, Nathan. Ich wusste es einfach.«

Ein Gefühl der Kälte ergriff ihn. »Was stand noch in dem Artikel? Ich bin heute ohne Kaffee oder einen Blick in die Zeitung aus dem Haus gegangen.«

»Ich habe den Artikel hier noch irgendwo. Was habe ich nur damit gemacht?«

Sie begann herumzuwuseln, oder zumindest fand Nathan dieses Wort passend für sie. Sie trug ein dunkelblaues, halblanges Hemdblusenkleid mit einem schönen geflochtenen Ledergürtel. Sie wirkte, als arbeitete sie am Empfang einer großen Firma, und gar nicht, als öffnete sie ihrem Buchhalter die Tür. Das dichte Haar hatte sie zu einem lockeren Knoten hochgesteckt.

Er setzte sich aufs Sofa und hoffte, dass sie seine Anspielung auf den Kaffee verstanden hätte. Und dass das beengte Gefühl in seinem Magen verschwinden würde.

»Wurde darin etwas über das Sorgerecht gesagt? Das heißt, wurde angedeutet, wer das Sorgerecht bekommen wird? Wenn das Baby Verwandte hat, meine ich? Also, wenn die Mutter nicht gefunden wird.«

Sie war in die Küche verschwunden und steckte nun den Kopf durch die Tür. »Oh, aber sie *wurde* gefunden. Ich dachte, Sie wüssten das. Jetzt erinnere ich mich, ich habe ihn zum Telefon mitgenommen, als Elsie anrief. Aber ich sehe ihn nicht … Ah, hier ist er.«

Eilig kehrte sie ins Wohnzimmer zurück, faltete ein kleines Stück der Morgenzeitung auseinander und hielt es ihm hin. Er nahm es und griff in seine Jacketttasche, um seine Lesebrille herauszuholen. Dabei bemerkte er, dass seine Hand ganz leicht zitterte.

Er überflog den Artikel, so schnell er konnte, auf der Suche nach den relevanten Informationen. Dem Teil, der seinen Magen beruhigen würde. Oder eben nicht.

Die achtzehnjährige Mutter des Babys, eine Miss Lenora Bates, war gefunden worden. Auf sie bezog sich der Großteil des Berichts. Sie hatte versucht, mit ihrem Freund Richard A. Ford, vermutlich Vater des Kindes, über die Staatsgrenze zu fahren, aber stattdessen war sie mit starken Blutungen in die Notaufnahme eines Krankenhauses gebracht worden. Beide waren verhaftet, aber bisher nicht angeklagt worden. Im Büro des zuständigen Staatsanwalts wurde noch beraten, wie die Anklage lauten sollte, auf fahrlässige Gefährdung oder Leichtfertigkeit oder Aussetzung in einem schweren Fall. Vielleicht würde ihr auch versuchte Kindstötung zur Last gelegt.

In dem Artikel hieß es weiter, dass das Kind, wenn es sich jemals so weit erholte, dass es das Krankenhaus verlassen könnte, in die Obhut seiner Großmutter gegeben würde, Mrs Ertha Bates, die Mutter des besagten Mädchens.

Die Neuigkeiten sanken in die Leere von Nathans Magen … und nichts passierte.

Es war so ähnlich, als würde man etwas Schweres in einen Brunnen ohne Boden werfen und auf das Geräusch warten. Die Nachrichten verursachten kein Geräusch. Das Gefühl der Lebendigkeit, das sich in Nathan seit dem Moment an dem Kaffeeautomaten des Krankenhauses vor gerade einmal vierundzwanzig Stunden ausgebreitet hatte, verschwand. Das war alles.

Es war beinahe tröstlich, die alte Gefühlsleere zurückzuhaben.

Er warf noch einen Blick auf den Artikel. Am Schluss wurde noch berichtet, dass das Baby im Wald gefunden worden war, von einem Mann, der mit seiner Hündin auf Entenjagd gewesen war.

Nathan faltete die Zeitung zusammen, legte sie auf den Beistelltisch neben dem Sofa und saß einen Augenblick lang einfach da und verdaute die Neuigkeiten.

Es kam ihm kurz in den Sinn, eine Zigarette anzuzünden. Auf dem Kaffeetisch lag eine offene Schachtel. Doch er hatte sich vor einigen Jahren mühevoll das Rauchen abgewöhnt und hatte keine Lust, das Ganze noch einmal durchzumachen.

Um dem Drang nicht nachzugeben, schüttelte er sich.

Als Mrs MacElroy ihn ansprach, zuckte er zusammen. »Warum im Wald? Warum kein Kranken- oder Waisenhaus?«

»Ich habe keine Ahnung«, antwortete Nathan.

Er machte sich in Gedanken eine Notiz: Recherchieren, wie schwer es sein wird, diese Mrs Ertha Bates ausfindig zu machen.

»Nun, Sie sind auf jeden Fall der große Held.«

»Oh, das würde ich nicht sagen.«

»Wieso nicht? Das Kind wäre ohne Sie gestorben.«

»Das stimmt vermutlich.«

»Ihr Name hätte erwähnt werden sollen.«

»Nein, Unsinn. Das ist nicht wichtig.«

»Doch. Sie haben da etwas Großartiges getan. Dafür verdienen Sie Anerkennung.«

»Ich brauche keine Anerkennung. Jeder andere hätte das Gleiche getan.«

»Ich muss immerzu an meinen eigenen Sohn denken, als er neugeboren war. Die Vorstellung, dass er sich selbst überlassen im Wald liegt. Da gefriert mir das Blut in den Adern.«

»Ich kann mir nicht vorstellen, wie jemand so etwas tun kann«, sagte Nathan.

Es war, als würde diese Unterhaltung wie aus weiter Entfernung zu ihm dringen, so als ob man kurz vor dem Einschlafen Stimmen aus dem Nebenraum hört.

»Darf ich Ihnen eine Tasse Kaffee anbieten, bevor wir anfangen?«, fragte sie.

»Ja, gern«, antwortete Nathan. »Vielen Dank. Kaffee ist jetzt genau das Richtige.«

* * *

Als Nathan nach Hause kam, saß Flora am Küchentisch, rauchte eine Zigarette und aß drei Spiegeleier, ungeachtet der Tatsache, dass es zum Frühstücken bereits zu spät war, nämlich fast elf Uhr.

Neben ihrem Teller lag zusammengefaltet der Zeitungsartikel.

»Bitte sag es nicht«, verlangte Nathan.

»Ich hatte damit recht, dass der Junge Verwandte hat.«

»Ich hatte dich gebeten, es nicht zu sagen.«

»Ach, das war es, was ich nicht sagen sollte? Woher sollte ich das wissen? Weißt du, ich kann keine Gedanken lesen.«

Er verzog sich wieder aus der Küche, setzte sich neben das Telefon im Wohnzimmer und nahm das örtliche Telefonverzeichnis zur Hand. Dies war der erste und nächstliegende Schritt, um in Erfahrung zu bringen, wie schwierig es war, Mrs Ertha Bates ausfindig zu machen.

Wie sich herausstellte, war es überhaupt nicht schwierig.

Er notierte sich ihre Adresse in seinem Terminkalender.

Als er hochsah, bemerkte er, dass Flora ihn von der Türschwelle aus beobachtete. Rasch schob er den Kalender in seine Tasche zurück.

»Was hast du vor?«, fragte sie.

»Ich habe gar nichts vor«, antwortete er. »Ich musste nur eine Adresse nachschlagen. Im Telefonbuch. Das ist alles.«

Sie verschwand wieder, und er saß in Gedanken versunken einen Moment lang da.

Heute?, fragte er sich. Nein. Nicht heute. Erst in einigen Tagen.

Es erschien ihm unanständig, mit Mrs Bates über die Situation zu sprechen, bevor sie sicher wüssten, ob das Kind überhaupt überlebte.

* * *

Am Mittag bereitete er Sadies Mahlzeit zu – Hundefutter aus der Dose und Trockenfutter mit ein wenig Brühe – und trug sie zu ihrer Hundehütte in den Garten. Während sie fraß, stand er da und sah ihr zu. An den Maschendrahtzaun gelehnt, sprach er mit ihr.

»Also, dann sind wir mal kurz dem Ruhm begegnet, was, Mädchen?«

Knirschende Geräusche, während sie zufrieden kaute.

»Eleanor MacElroy findet, mein Name hätte in der Zeitung erwähnt werden müssen. Ihrer Ansicht nach war das eine Heldentat. Dabei war alles, was ich getan habe, zu schauen, wohin du geschaut hast. Und ich wette, dass sie deinen Namen nicht erwähnt hätten, selbst wenn sie es mit meinem getan hätten. Aber dir ist es egal, oder? Dich interessiert Anerkennung vermutlich noch weniger als mich.«

Zwischen zwei Bissen blickte sie kurz zu ihm hoch.

»Wer hätte gedacht, dass das Kind eine Großmutter hat, die es aufnehmen würde? Warum also hat dieses Mädchen ihr Baby nicht nach Hause zu ihrer Mutter gebracht?«

Sadie kaute den letzten Bissen des Trockenfutters und leckte den Napf mit ihrer großen Zunge aus. Nachdenklich sah sie ihn an, den Kopf zur Seite geneigt.

»Du verstehst es also auch nicht?«, fragte er, obwohl er wusste, dass die Hündin in Wirklichkeit neugierig war, was Nathan ihr außer dem Futter noch anzubieten hatte.

Plötzlich bedauerte er es, dass er ihr nicht noch einen Knochen oder sonst etwas Schönes gekauft hatte. Irgendetwas zur Belohnung für das, was sie getan hatte.

Stattdessen ließ er sie nun in den Garten, um mit ihr Ball zu spielen.

Mit der Hand fuhr er ihr durch das dicht gelockte schokoladenbraune Fell am Hals.

»Warum war ich nur so sicher, wie das alles ausgehen würde?«, fragte er.

Doch ihre Augen fixierten den Ball, den er gerade aus dem Versteck oben am Zaun hervorgeholt hatte. Er dachte: Eine bessere Frage ist, wie ich mich auf so absurde Weise irren konnte.

Aber diese Frage stellte er nicht laut.

Die ganze Mittagszeit über spielte er mit ihr Ball, bis es beinahe schon Zeit für seine Termine am Nachmittag war.

5. Oktober 1960
Der Tag, an dem er für dich das Wort ergriff

Mrs Ertha Bates' Haus war alt, aber gepflegt. Herbstlaub hatte sich in großen Haufen auf dem Dach und in der Regenrinne angesammelt. Nathan stand an der Bordsteinkante und sah sich um. Er dachte, dass sie die Blätter wegfegen sollte, bevor der erste Schneefall drohte. Nathan selbst hätte das jetzt schon erledigt, wenn dies sein Haus gewesen wäre. Sie hatte wohl, nahm er an, niemanden, der für sie solche Arbeiten erledigen konnte.

In seinem Magen breitete sich wieder dieses beengte Gefühl aus. Das gefiel ihm ganz und gar nicht. Es war die nackte, blanke Angst, und das konnte er weder leugnen noch schönreden. Sein Großvater hätte vermutlich gesagt, dass alle Männer Angst hatten und nur Feiglinge es leugneten. Oder vielleicht *hatte* er das sogar irgendwann mal gesagt.

Doch Nathan hatte für gewöhnlich keine Angst. An diesem Morgen war es erst das zweite Mal seit vielen Jahrzehnten – seit er sich überhaupt erinnern konnte. Das erschien ihm merkwürdig, und er fragte sich, was es wohl bedeutete. Als ob er erst in den letzten Tagen etwas hätte, das so wichtig war, dass er es nicht riskieren konnte, es zu verlieren.

Die Dielen der Veranda knarzten und gaben unter Nathans Gewicht leicht nach.

Er klopfte an die Haustür, in der tropfenförmige Glaselemente einen Halbkreis bildeten.

Ein Vorhang wurde zur Seite geschoben, und das Gesicht einer Frau erschien.

Die Tür wurde geöffnet, und die Frau war ganz zu sehen. Nathan konnte nur vermuten, dass es sich um Mrs Ertha Bates handelte.

Sie blieb auf der Türschwelle stehen, bat ihn nicht herein. Sie war in etwa so alt wie er oder etwas jünger – in den Vierzigern –, doch sie wirkte älter, als hätte das Leben ihr übel mitgespielt, und trug ein ausgewaschenes, aber sauberes Kleid mit einer blütenweißen Schürze.

»Ja, bitte?«, fragte sie.

Nathan zog seinen Hut und hielt ihn vor sich.

»Ich bin der Mann, der Ihren Enkel im Wald gefunden hat.«

»Aha.«

»Ist das alles, was Sie mir zu sagen haben? ›Aha‹?«

Sofort bereute er, so mit ihr gesprochen zu haben, obwohl er nicht laut oder aggressiv geworden war. Trotzdem wiesen seine Worte eine gewisse Unhöflichkeit, fast Frechheit auf. Es war ihm einfach ungewollt über die Lippen gekommen. Weil er mit einer bestimmten Reaktion gerechnet und sie nicht bekommen hatte. Irgendwie hatte er mehr erwartet.

»Ich weiß nicht, was ich Ihnen sagen soll«, erwiderte sie, »bevor ich nicht näher weiß, was Sie mir sagen wollten.«

Während sie miteinander sprachen, strich sie mit den Händen immer wieder über die Schürze und glättete … was eigentlich?, fragte sich Nathan. Vermutlich strich sie wie wir alle nur das weg, was gerade erreichbar war.

Na klar, dachte er, sie hat Angst. Wie ich.

Dieses Wissen entspannte ihn ein wenig.

Erklär dich ihr, sagte er sich, schnell, solange du noch sicher weißt, was du loswerden musst.

»Ich wollte den Jungen adoptieren.«

»Das habe ich gehört.«

»Aber darüber wollte ich nicht mit Ihnen diskutieren.«

»Gut«, antwortete sie, »denn ich bin mit ihm blutsverwandt.«

»Ja«, stimmte Nathan zu. »Das ist unbestreitbar. Doch ich muss Ihnen etwas ebenso Unbestreitbares sagen. Der Junge wäre nicht mehr am Leben, wenn ich nicht zur richtigen Zeit am richtigen Ort gewesen wäre. Damit will ich nicht andeuten, dass ich besonders heldenhaft gehandelt habe oder dass nicht irgendjemand anderes genau das Gleiche getan hätte. Nur war es eben nicht jemand anderes, sondern ich. Das kann mir niemand mehr nehmen, ebenso wenig wie Ihnen den Anspruch als Blutsverwandte.«

So. Das war perfekt gewesen. Genau so, wie er es in Gedanken seit Tagen immer wieder durchgegangen war. Ruhig und deutlich.

»Was wollen Sie von mir?«, fragte sie und klang, als wäre sie allmählich genervt.

»Nur dieses eine, und ich denke, das ist verständlich: Ich möchte, dass er mich irgendwann im Laufe seines Lebens kennenlernt. Ich möchte, dass Sie ihn zu mir bringen, wenn er erwachsen ist. Oder als Teenager. Wann, das überlasse ich Ihnen. Und ich bitte Sie, dass Sie mich ihm vorstellen: ›Das ist der Mann, der dich im Wald gefunden hat.‹ Auf diese Weise wird er mich kennen, und ich werde für ihn existieren.«

Ertha Bates stand eine Weile schweigend da und strich weiter mit den Händen die Schürze glatt.

Schließlich sagte sie: »Wie kann ich Sie erreichen?«

Nathan zog seine Visitenkarte aus der Manteltasche. Er hatte darauf geachtet, dass er einige bei sich trug, und hatte sogar eine aus dem silbernen Etui, das Flora ihm zu Weihnachten geschenkt hatte, genommen, um sie leichter hervorholen zu können. Für den Fall, dass er danach gefragt würde.

Mrs Bates nahm die Karte an sich, ohne sie anzusehen. Sie ließ sie in einer großen Tasche ihrer Schürze verschwinden.

Ihre Blicke trafen sich.

»Ich werde alle Hände voll damit zu tun haben«, sagte sie, »mit den Informationen umzugehen, die dieses Kind im Laufe der Zeit zu hören bekommt. Die Stadt hier ist nicht besonders groß, und er wird ziemlich sicher auf Leute treffen, die mehr von seiner Geschichte wissen, als ich möchte, dass er irgendwann von irgendwem erfährt. Ich beabsichtige nicht, ihm *jemals* zu erzählen, dass seine Mutter ihn wie einen Müllsack weggeworfen hat. Meiner Meinung nach ist ein Kind nicht in der Lage, mit einer solchen Wahrheit klarzukommen.«

»Für mich war es bisher immer so«, erwiderte Nathan, »dass die Wahrheit einfach nur die Wahrheit ist. Und es nicht an uns ist, sie zu beugen oder zu verändern. Oder auch nur zu filtern und an die Gefühle derer anzupassen, die wir lieben und beschützen wollen.«

Er beobachtete den Ausdruck in ihren Augen und die Veränderung darin. Sie zog sich von ihm zurück, die Distanz zwischen ihnen erschien jetzt größer. Sie verschloss sich seiner Bitte.

Vielleicht hätte er es respektvoller angehen sollen. Es ging hier schließlich nicht um seinen Enkelsohn, sondern um ihren. Und daher sollte sie ihn mit den Methoden und Wertmaßstäben erziehen können, die sie für richtig hielt.

»Es ist ja nun so«, fuhr er fort, »dass es wirklich nicht meine Entscheidung ist. Es liegt an Ihnen, wie Sie ihn erziehen. Wenn ich also die Gelegenheit bekomme, den Jungen kennenzulernen, werde ich keine Themen ansprechen, die Sie ungeeignet finden.«

Immer noch studierte er ihr Gesicht, doch es verriet wenig.

Er dachte, dass er daran denken müsse, an ihrer Situation Anteil zu nehmen. So wie man mit jemandem spräche, der einen Angehörigen verloren hat. Immerhin war ihre Tochter im Gefängnis. Die ganze Kleinstadt sprach über das Mädchen – die Tochter dieser armen Frau –, als wäre sie der Teufel in Menschengestalt. Und Mrs Bates wurde in ihrem Alter die Versorgung eines kränklichen Kleinkinds aufgebürdet.

Das Mindeste, was er tun konnte, war, ihr in dieser schwierigen Zeit seine Anteilnahme auszusprechen.

Ertha Bates seufzte schwer.

»In Ordnung. Sie sagen es. Wenn ich ihn für alt genug halte, um so etwas zu verstehen, werde ich ihn zu Ihnen bringen.«

»Vielen Dank.«

Nathan setzte seinen Hut wieder auf, drehte sich um und ging einige knarzende Schritte. Doch dann sah er über die Schulter, in der Hoffnung, dass sie noch nicht ins Haus zurückgegangen war.

Sie stand noch da.

»Hat das Baby schon einen Namen?«, wollte er wissen. »Haben Sie schon einen Namen ausgesucht?«

Sie holte seine Visitenkarte aus ihrer Schürzentasche und studierte sie eingehend, so als ob ihre Augen nicht mehr sehr gut wären.

»Nathan«, las sie vor. »Dann hat er jetzt also einen Namen.«

Ein warmes Gefühl breitete sich in ihm aus, das den Knoten der Angst in seinem Inneren verschwinden ließ. Wenigstens das. Wenigstens eine Kleinigkeit dieses Gefühls, das er erwartet hatte.

»Vielen Dank, Mrs Bates.«

Obwohl es eine übertrieben höfliche und gleichzeitig altmodische Geste war, tippte er sich zum Gruß an den Hut, bevor er ging.

»Ich danke *Ihnen*, Sir«, antwortete sie, während er die Veranda verließ.

Das war eine große Geste, und ihre Worte wurden durch die Art, wie sie sie sagte, noch bedeutungsvoller. Die Wärme in seinem Inneren nahm zu. Das war es, was ihm in ihrer Begrüßung gefehlt hatte. Doch erst jetzt, als er gerade ihre Veranda verließ, konnte sie es ihm geben. Mit kurzen, einfachen Worten, aber dennoch war es da. In diesem einfachen Satz.

Ich danke *Ihnen*, Sir.

Um die Wahrheit zu sagen, Nathan hatte Dankbarkeit erwartet. Und schließlich, wenn auch verspätet, hatte er sie bekommen.

Er merkte, dass er etwas vergessen hatte, und drehte sich noch einmal um.

»Mrs Bates … Ist Ihre Tochter … Strickt sie?«

Sie ließ ein nervöses Lachen hören.

»Dass Ihr Satz so endet, hatte ich wirklich nicht erwartet. Mir wurden in den vergangenen Tagen einige Fragen über meine Tochter gestellt, glauben Sie mir. Die meisten möchte ich gar nicht wiedergeben. Aber nicht eine bezog sich auf ihr Geschick beim Stricken.«

»Also strickt sie?«

»Ja, sie strickt in der Tat. Hat es wohl von mir geerbt. Ich werde ihr Wolle ins Gefängnis bringen müssen. Sie wird wohl verdammt viel Zeit dafür haben.«

»Ja. Nun, Mrs Bates, haben Sie vielen Dank für Ihre Zeit.«

Nathan drehte sich um und kehrte zu seinem Wagen zurück.

* * *

Nachdem er schon einige Zeit gefahren und in Gedanken ihr Gespräch noch einmal durchgegangen war, fiel ihm zu seinem Schreck auf, dass er vergessen hatte, seine Anteilnahme auszudrücken, wie er es sich doch eigentlich vorgenommen hatte.

Was war nur in letzter Zeit mit seinen Manieren los? Warum erschien alles so durcheinander?

Er sehnte sich nach einem Bereich seines Lebens, der sich nicht verändert hatte. Aber ihm fiel keiner ein.

7. Oktober 1960

Der Tag, an dem er ohne Erfolg versuchte, herauszufinden, warum

Es war kurz vor acht Uhr am Morgen, als Nathan im Bezirksgefängnis ankam. Im Eingangsbereich saß bereits eine beleibte, mürrische Frau mit zwei kleinen Kindern. Sie sah ihn nicht an, sah überhaupt niemanden an. Außer ihr – ihnen – schien er der Erste für die Besuchszeit zu sein.

Er füllte seine Anmeldung auf einem gebrauchten, zerknickten Blatt Papier aus, das wirkte, als sei es von der Besuchszeit des Vortags wiederverwendet worden. Er setzte seine Unterschrift darunter, zeigte seinen Führerschein vor – den der Angestellte hinter dem Schreibtisch seiner Meinung nach zu eingehend und zu lange studierte – und gab den Namen der Insassin an, die er sehen wollte.

Lenora Bates schrieb er in seiner ordentlichen Handschrift und hoffte, dass die Schreibweise ihres Vornamens korrekt war.

Der Angestellte – oder was auch immer er war – nahm das Klemmbrett mit dem Formular von Nathan entgegen und drehte es herum. Mit teilnahmsloser Miene fing er an zu lesen. Unerwartet erschien eine tiefe Falte auf seiner Stirn.

»Setzen Sie sich«, bat er. »Das wird einige Minuten dauern.«

In der Zwischenzeit hatte eine Wärterin die Tür zum Wartebereich geöffnet, der Frau mit den Kindern zugenickt, die sie zu kennen schien, und sie eingelassen.

Nathan sah den Angestellten hinter dem Schalter voller Hoffnung an, um herauszufinden, ob er auch hineingehen dürfe.

Der Mann schüttelte den Kopf. »Setzen Sie sich. Wie ich eben sagte, das wird einige Minuten dauern.«

»Bei *ihr* dauerte es anscheinend nicht einige Minuten«, entgegnete Nathan. Nicht streitlustig. Nur, um den anderen zu einer Erklärung aufzufordern.

»Ich fürchte, Ihr Fall ist komplizierter. *Viel* ... komplizierter.«

Nathan setzte sich an das Ende der Holzbank, das die Frau gerade verlassen hatte. Es war noch warm. Er hatte noch nie verstanden, wie Leute zulassen konnten, dass sie so dick wurden. So eine chaotische und undisziplinierte Lebensweise.

Der Angestellte hinter dem Schreibtisch hatte unterdessen den Telefonhörer genommen und sprach leise hinein, offensichtlich, damit man seine Worte nicht hören konnte. Doch Nathan hatte sich immer schon eines ausgezeichneten Gehörs erfreut.

»Rufen Sie den leitenden Wachmann an. Sagen Sie ihm, dass wir hier den ermittelnden Gerichtsmediziner benötigen.« Eine Pause, dann: »Pfarrer, denke ich.«

Das besorgniserregende Wort ging Nathan immer wieder im Kopf herum. Gerichtsmediziner. In diesem Fall war doch niemand gestorben.

Oder doch?

Es traf ihn wie ein Baseballschläger in den Magen, als er begriff, dass das Baby Nathan Bates, dem es bei seinem letzten Anruf noch besser gegangen war, nun gestorben sein könnte.

Hastig sprang er auf. Überrascht sah der Angestellte hoch.

»Telefon«, brachte Nathan hastig hervor. »Haben Sie ein Münztelefon hier?«

»Ja, vorne. Draußen.«

Er stürmte nach draußen. Die frische Oktoberluft hatte eine scharfe Kälte angenommen. Nathan konnte in den Knochen spüren, dass bald der erste Schnee fallen würde.

Er fischte eine Münze aus seiner Tasche und rief in der Notaufnahme des Krankenhauses an. Die Nummer kannte er nun auswendig.

Dr. Battaglia ging ran.

»Hier spricht Nathan McCann«, begann er und wusste nicht, was er als Nächstes sagen sollte. Er konnte seinen eigenen Puls hören und spüren, in seiner Brust, im Nacken und in den

Schläfen. Es war beinahe unmöglich, zu atmen und gleichzeitig zu sprechen.

»Er ist nicht mehr bei uns«, sagte der Arzt. Es klang viel zu ruhig. »Ich bedauere, dass dadurch unser Kontakt beendet wird. Es sei denn, Sie finden weitere Babys, die herumliegen.«

Für Nathan schien die Welt heller zu leuchten, beinahe grell am Rande seines Sichtfelds. Er befürchtete, das Bewusstsein zu verlieren. Sein Versuch, zu sprechen, scheiterte; er brachte keine Worte heraus.

»Wir haben«, fuhr der Arzt fort, »ihn gestern Nachmittag seiner Großmutter übergeben. Die arme Frau. Sie ist um die fünfzig und wird mindestens im nächsten Jahr nicht durchschlafen können. Babys sind was für junge Leute.«

Ganz bewusst ließ Nathan Luft in seine Lungen strömen. »Dann ist er nicht … Geht's ihm gut?«

»Klar, ihm geht's gut. Sagte ich doch schon, dass so kleine Kerle stark sein können. Als ob Gott wollte, dass sie geboren werden, und sie danach nichts mehr aufhalten kann. Selbst seine Hautfarbe war gut, als ich ihn zuletzt gesehen habe.«

»Oh. Also dann. Vielen Dank, Herr Doktor. Sehr nett von Ihnen.«

Als Nathan langsam in den Eingangsbereich des Bezirksgefängnisses zurückging, fühlten sich seine Oberschenkelmuskeln an wie Wackelpudding.

Er setzte sich wieder auf seinen Platz auf der Bank, wo er mehr als zwanzig Minuten wartete, ohne viel nachzudenken.

* * *

»Detective Gross«, sagte ein kleiner Mann.

Nathan erhob sich und schüttelte ihm die Hand.

Detective Gross war noch jung oder wirkte zumindest so. Sehr viel älter als dreißig schien er nicht zu sein, obwohl sein rotes Haar überraschenderweise an den Schläfen schon licht wurde, was seine Stirn merkwürdig eckig wirken ließ.

»Wenn Sie mir bitte ins Büro folgen würden. Tut mir leid, es ist ziemlich weit zu laufen.«

Nathan folgte ihm nach draußen, dann weiter ins Nachbargebäude und durch heruntergekommene Flure mit hohen Fenstern, die offenbar seit Jahren nicht geputzt worden waren. Schließlich kamen sie in ein kleines Büro mit einem Loch von der Größe eines Baseballs in einer der schmutzigen Fensterscheiben, durch das ein deutlicher Lichtstrahl schräg in den Raum fiel. Nathan nahm am Schreibtisch des Detective Platz. Kurz sah er zum Fenster und dachte an die jüngste Abstimmung über einen Bürgerkredit für den Bau eines neuen Gefängnisses. Er hatte dagegen gestimmt, denn er war der Ansicht, dass er schon mehr als genug Steuern zahlte.

Noch immer hatte er kein Wort mit diesem Mann gesprochen.

»Dies ist immer der schwerste Moment in meinem Beruf. Ich hasse es wirklich. Keiner mag so was. Nicht im Geringsten. Aber ich bin der Beamte, der in diesem Bezirk ermittelt, und irgendjemand muss es ja machen, also bitte. Es tut mir schrecklich leid, Ihnen mitteilen zu müssen, dass Ihre Tochter in der letzten Nacht verstorben ist.«

»Lenora?«, fragte Nathan verwirrt.

»Ja, bedaure.«

»Woran …?«

»Blutvergiftung.«

»Im Zusammenhang mit ihrer Entbindung?«

»Ja, genau. Anscheinend war es eine schwierige Geburt mit starken Blutungen. Ich nehme an, weil sie so jung war, zumindest zum Teil deswegen. Kaum achtzehn Jahre und sehr schmal …«

Langes Schweigen.

Dann fragte Nathan: »Haben Sie keine ärztliche Versorgung für Ihre Insassen? Oh, das meinte ich nicht so, wie es klingt … Ähm, *haben* Sie? Ich meine, sind Sie nicht vom Gesetz verpflichtet, jeder Insassin ärztliche Versorgung zu gewähren, die darum bittet?«

»Ja«, antwortete Gross, »damit haben Sie den springenden Punkt erwähnt. Jeder, die darum *bittet*. Aber wir gehen nicht durch und fragen jede, ob sie sich gut fühlt. Die Insassin muss von sich aus reden und uns mitteilen, dass es ein Problem gibt. Eine grassierende Infektion mit hohem Fieber, zum Beispiel. Und Ihre Tochter hat nie ein Wort gesagt.«

»Meine Tochter. Sie müssen sich irren. Ich habe keine Kinder.«

Das Gesicht des Detective wurde ausdruckslos. »Lenora Bates war nicht Ihre Tochter?«

»Nein.«

»In welcher Beziehung standen Sie zu der Verstorbenen?«

»In keinerlei Beziehung. Ich habe sie nie getroffen. Ich bin einfach nur der Mann, der ihr Baby im Wald gefunden hat.«

»Also in keiner verwandtschaftlichen Beziehung?«

»Nein, Sir.«

»O Mann. Das ist jetzt aber peinlich. Ich hätte Ihnen gar keine Informationen geben dürfen. Wir haben noch nicht mal Zeit gehabt, ihre nächsten Angehörigen zu verständigen. Ich muss ein ernstes Wort mit dem Kerl reden, der mir gesagt hat, Sie wären ihr Vater. Da bin ich ja jetzt in einer unangenehmen Position.«

Oh, arme Mrs Bates, dachte Nathan. Ihre Tochter war tot, und sie wusste es noch nicht mal. Und er schon. Es erschien ihm irgendwie traurig, dass er sie bedauerte, bevor sie überhaupt wusste, dass sie zu bedauern war. Also, dass sie *noch mehr* zu bedauern war.

»Ich versichere Ihnen, dass ich nie angedeutet habe, ich sei ihr Vater.«

»Nun, ich nehme an, das war eine falsche Annahme von seiner Seite. Vielleicht dachte er, dass niemand anderes sie besuchen würde. Aber es war höchst unprofessionell, das kann ich Ihnen sagen. Sie könnten mir sehr helfen, Mr …«

»McCann.«

»… Mr McCann, wenn Sie das Ganze noch für ein paar Stunden für sich behalten könnten. Die Presse wird sich sowieso bald darauf stürzen, aber es ist sehr wichtig, dass ihre Angehörigen auf dem richtigen Weg informiert werden, bevor sie davon aus dem Radio oder der Zeitung erfahren. Ich bin sicher, Sie verstehen das.«

»Ich habe viel zu viel Respekt vor Mrs Bates, als dass ich ihr so etwas zumuten würde.«

»Vielen Dank. Nun, ich will nicht unhöflich sein, aber ich mache mich jetzt besser an diese schwierige Aufgabe. Finden Sie den Weg zurück zum Parkplatz?«

»Ja, sicher«, antwortete Nathan und stand auf.

»Mr McCann«, sagte der Detective, bevor Nathan die Tür erreichte.

Nathan drehte sich um und beobachtete die Staubpartikel, die durch seine Bewegung aufgewirbelt worden waren und nun im Lichtschein des zerbrochenen Fensters aufflogen. Er fragte sich, was der Detective machen würde, um es warm zu haben, wenn erst die ersten Schneeflocken fielen.

»Wenn ich das fragen darf, Mr McCann, was hätten Sie ihr eigentlich sagen wollen?«

Nathan zog seine Lederhandschuhe an, während sie weitersprachen. »Ihr sagen wollen?«

»Ja. Ich habe mich nur gefragt – aus rein persönlichen Gründen, wenn Sie gestatten –, was der Grund für Ihren Besuch war. Ich meine, sie hat so eine unvorstellbare Sache getan, und es ist an Ihnen hängen geblieben, das wieder in Ordnung zu bringen, und ich habe mich einfach nur gefragt, was Sie ihr sagen wollten, als Sie hierherkamen.«

»Nichts, wirklich. Ich hatte ihr nichts zu sagen. Ich hatte gehofft, dass sie mir etwas zu sagen hätte.«

»Aha. Sie wollten wissen, warum. Warum der Wald? Warum nicht ein Krankenhaus? Oder ein Waisenhaus? Warum sie nicht das Kind in einem Körbchen bei irgendjemandem vor die Tür gelegt hat?«

»Ja, genau.«

»Na ja, glauben Sie nicht, dass Sie der Einzige sind, der das wissen will. Glauben Sie nicht, dass sie diese Fragen nicht schon oft gehört hat. Von allen Detectives, die sie befragt haben. Und von den anderen hier im Gefängnis. Viele der Frauen hier sind Mütter. Wir mussten sie sogar zu ihrer eigenen Sicherheit von den anderen Insassinnen absondern. Aber es gab keine Möglichkeit, sie so weit weg zu bringen, dass sie die Kommentare nicht hören musste.«

»Und was hat sie zu ihrer eigenen Verteidigung gesagt?«

»Nichts. Kein Wort.«

»Sie hat überhaupt nicht gesprochen?«

»Kein Wort. Also, sie hatte vielleicht einen Grund, aber sie hat ihn nicht verraten. Und meine Theorie? Die lautet, dass sie die Antwort selbst nicht kannte. Die Welt ist voll von Leuten, die so schwerwiegende Probleme haben, dass sie sich selbst nicht verstehen. Man könnte ihnen Tausende Dollar anbieten, damit sie ihre Motive erklären, aber sie können nicht erklären, was sie selbst nicht wissen. Und viele dieser armseligen Geschöpfe landen früher oder später hier. Deshalb, Mr McCann, tut es mir leid, sagen zu müssen, dass der Grund, wenn es einen gab, mit ihr gestorben ist. Aber wenn Sie mich fragen, das ist eine Frage, die wohl niemals eine Antwort hatte. Weil es keine Erklärung gibt, die auch nur ansatzweise Sinn ergibt.«

»Vermutlich haben Sie recht«, sagte Nathan. Stumm stand er einen Augenblick nur da. »Aber sie war nicht allein in dieser Sache. Da war auch ihr Freund. Ich frage mich, was er sagen würde.«

»Wenn Sie eine weitere meiner Theorien ertragen können … Vorgestern kam seine Mutter her und hat die Kaution bezahlt. Sie hat eine Hypothek auf ihr Haus aufgenommen, um die Kaution für den Jungen bezahlen zu können. Also, es ist nur ein Bauchgefühl, wissen Sie? Sagen wir, die Intuition eines Detective. Aber ich hoffe, dass diese arme Frau Verwandte hat, die sie aufnehmen, wenn sie das Haus verliert. Weil ich diesem Jungen in die Augen gesehen habe, als er auf dem Weg nach draußen war. Und ich wette, dass wir diese verängstigten Augen hier nie wieder sehen werden.«

Nathan musste diese Neuigkeiten kurz verdauen. Er war geneigt, der Intuition des Detective zu vertrauen. Seine Einschätzung kam ihm richtig vor.

»Also, Sie werden nun zu Mrs Bates wollen …«

»Na ja, ich *will* nicht gerade, aber …«

Gross stand auf und hielt Nathan die Tür auf. Den Weg zurück zum Parkplatz fand er gleich beim ersten Versuch.

* * *

Im Laden an der Ecke fand Nathan eine würdige und passende Kondolenzkarte.

Er bezahlte sie und ging ins Postamt.

Dort schrieb er mit seinem guten silbernen Füller in seiner besten Handschrift auf die Karte:

Sehr geehrte Mrs Bates,
mein herzliches Beileid. In dieser außerordentlich schwierigen Zeit sind meine Gedanken bei Ihnen.
Hochachtungsvoll
Mr Nathan McCann

Er verschloss den Umschlag, adressierte ihn an Mrs Ertha Bates, kaufte eine Briefmarke und warf ihn ein.

2. Oktober 1967
Der Tag, an dem er sah, wie groß du geworden warst

Auf den Tag genau sieben Jahre, nachdem er den Säugling im Wald gefunden hatte, stand Nathan früh auf, unter dem Vorwand, zur Entenjagd gehen zu wollen.

Da er Flora erzählt hatte – vielleicht einmal zu viel –, dass er zur Jagd gehen wolle, musste er auf jedes Detail achten. Er musste daran denken, das Gewehr mitzunehmen, mit dem er gar nicht schießen wollte. Er musste die richtigen Hosen und Stiefel anziehen und die schwere Jacke mitnehmen, die er doch nur ins Auto legen würde.

Als er gerade dabei war, das Haus zu verlassen, stellte er fest, dass er beinahe Sadie vergessen hätte.

Bei Tricksereien war er noch nie gut gewesen, wenn auch vielleicht nur aufgrund von mangelnder Übung. Doch wahrscheinlich gab es noch andere Gründe.

Dass er sich diese ganze Geschichte ausgedacht hatte, um seine Spur zu verwischen, geschah nicht aus Unehrlichkeit. Es handelte sich eher um Privatsphäre. Ein Mal im Leben wollte Nathan etwas vollkommen Privates tun. Er schämte sich nicht für sein Tun. Nur wollte er sich nicht vor irgendjemandem rechtfertigen.

Nun ja, das war wohl nicht ganz richtig. Ein winziges bisschen schämte er sich auch.

Sadie sprang immer wieder hoch, als er zu ihrer Hütte kam, trotz ihres fortgeschrittenen Alters. Ihm rutschte das Herz in die Hose. Wie konnte er Sadie erzählen, dass er sie zur Jagd mitnehmen würde, und es dann nicht tun? Noch nie zuvor hatte er sie belogen. Noch nie hatte er sie enttäuscht.

Nein, sah Nathan ein, das konnte er nicht machen. Nach all den Jahren würde er jetzt nicht zum Lügner werden. Nicht seiner Hündin gegenüber. Nicht seiner Frau gegenüber. Er würde später am Vormittag zur Jagd gehen, obwohl die Dämmerung dann längst vorüber wäre. Obwohl die Bedingungen zum Jagen ungünstig waren. Höchstwahrscheinlich würde er mit leeren Händen zurückkehren, genauso wie an jenem Morgen vor sieben Jahren. Aber egal. Er würde zur Jagd gehen.

Zuerst allerdings würde er zum Haus von Mrs Bates fahren und ganz still davor warten.

* * *

Herbstlaub lag auf dem Dach des Hauses, genau wie vor sieben Jahren. War das jedes Jahr der Fall?, fragte er sich. Hatte sie *jemals* das Dach und die Dachrinne reinigen lassen?

Immerhin war das Dach noch nicht eingestürzt. Das musste ihr selbst Nathan zugutehalten.

Die Dämmerung war bereits dem Morgen gewichen, als sie in der Haustür erschienen. Das Tageslicht fiel noch ziemlich schräg, und es war dunstig, als die Tür sich öffnete und Ertha Bates mit einem kleinen, dunkelhaarigen Jungen an der Hand auf die Veranda heraustrat.

Sie trug große gelbe Plüschhausschuhe und Lockenwickler im Haar. Der Junge steckte in einem Schneeanzug, der zwei Nummern zu groß schien.

Sie wirkte überraschend viel älter, dachte Nathan, und etliche Kilo schwerer. Er war ehrlich erstaunt, als er das bemerkte. Es schien, als sei sie von Ende vierzig direkt zu Ende sechzig gesprungen, in gerade einmal sieben Jahren. Vielleicht passierte das, wenn man sich um ein kleines Kind kümmerte. Kurz dachte er darüber nach, wie es ihm in ihrer Situation ergangen wäre, doch es spielte eigentlich keine Rolle. Alles in seinem Inneren brannte und schmerzte bei der Erinnerung daran, dass er keine Gelegenheit bekommen hatte, es auszuprobieren.

Lange sah er sie nicht an. Dafür war er nicht hierhergekommen. Doch der Junge stand zu seiner Enttäuschung mit dem Rücken zu ihm.

Er wirkte so winzig. Waren alle Siebenjährigen so winzig? Das konnte sich Nathan nicht vorstellen. Vielleicht war sein

Wachstum durch seinen schwierigen Start ins Leben beeinträchtigt. Oder er war für sein Alter normal groß und erschien nur ihm, Nathan, so klein. Oder vielleicht war es die Hilflosigkeit, die ihn so verletzlich wirken ließ.

Vielleicht war es auch der Secondhand-Schneeanzug, in den er noch nicht hineingewachsen war.

Mrs Bates nahm ihn an der Hand, ging mit ihm die Stufen hinunter und auf den Gehweg. Sie gab ihm eine braune Papiertüte und kehrte wieder zurück ins Haus. Er war nun auf sich gestellt, in die zweite Klasse zu gehen.

Ungelenk stand der Junge an der Bordsteinkante. Vielleicht war er noch schläfrig, vielleicht auch nur gelangweilt. Sein Atem hinterließ gut sichtbare Wölkchen in der Luft. Gelegentlich wischte er sich die Nase mit der Rückseite seines Fäustlings ab.

Dann zog er die Handschuhe aus, faltete die Papiertüte auf und spähte hinein, um zu sehen, was sie ihm mitgegeben hatte.

Nathan musste an den Baseballhandschuh denken, den er vorgestern Abend am Haus des Jungen vorbeigebracht hatte. Zu seinem siebten Geburtstag. Seine Hände wirkten so klein. Natürlich war es ein Kinderhandschuh. Der Verkäufer hatte ihm versichert, dass sich ein Siebenjähriger darüber freuen würde. Und er hätte noch viel Platz, um reinzuwachsen.

Jetzt fragte sich Nathan allerdings, ob er nicht zu groß für das Kind war.

So machte er es immer, an jedem Geburtstag und jedes Weihnachten. Nathan kaufte immer ein Geschenk und brachte es vorbei, wobei er ohne Hilfe erraten musste, was das Kind wohl mögen würde. Dabei zweifelte er im Nachhinein jedes Mal frustriert an seiner Wahl. Vor Jahren schon war er es leid geworden, aber er wusste immer noch nicht genau, wie er es abstellen sollte.

Von vorne sah der Junge weniger unschuldig und verletzlich aus, aber Nathan hatte nicht nah genug geparkt, um viel ausmachen zu können. Er konnte das Gesicht des Jungen nicht so gut sehen, dass er es wiedererkannt hätte, wenn er ihn noch einmal getroffen hätte. Und das, vermutete Nathan, war seine Vorstellung gewesen. Den Jungen zu erkennen, sollte er ihm jemals auf der Straße begegnen.

Konnte er es wagen, sein Auto etwas näher zu parken? Auf keinen Fall wollte er für einen Kindesentführer oder so etwas gehalten werden.

Er sah kurz hinunter zum Zündschloss, konnte sich nicht erinnern, ob er den Schlüssel dort stecken gelassen hatte. Nein, hatte er nicht. Ehe er in die Tasche fassen konnte, um ihn dort zu suchen, sah er den großen gelben Schulbus heranfahren, der ihm kurz darauf die Sicht auf das Kind versperrte.

Der Bus fuhr wieder an, und der Gehweg war leer.

Das war es also.

Sieben Jahre lang hatte er sich nicht gestattet, dies zu tun. Und er hatte sich vorgenommen, dass er es nicht noch einmal tun würde. Und nun war es vorbei.

Er fragte sich, was es gebracht hatte.

Es hatte nur dazu geführt, dass seine Hoffnungen in den Himmel gewachsen waren, um dann zu zerbrechen. Aber was hoffte er überhaupt? Er war sich nicht sicher. Hing nur einer Vorstellung von etwas nach, das ihn im Innern ausfüllen würde. Und bewies sich selbst ein weiteres Mal, dass er falsch lag.

Über den Sitz hinweg blickte er zu Sadie hinüber, zu der älter und grauer gewordenen Sadie, die sich inzwischen zur Ruhe gesetzt haben sollte. Doch sie erwiderte seinen Blick intensiv. Hoffnungsvoll.

»Okay, Mädchen«, sagte er. »Gehen wir auf die Jagd.«

* * *

Kurz nach elf Uhr kam er mit leeren Händen nach Hause.

Flora sah von ihrer Zeitschrift auf. »Du bist noch nie ohne Enten von der Jagd nach Hause gekommen«, sagte sie.

»Heute schon.«

»Das einzige Mal bisher, dass du ohne etwas nach Hause gekommen bist, war an dem Tag, als du das Baby gefunden hast.«

Langes Schweigen. Flora wandte sich wieder ihrer Lektüre zu.

Gerade als Nathan dachte, sie würde nichts weiter dazu sagen, ergriff sie wieder das Wort. »Warte mal. Ist heute nicht der 2. Oktober?«

»Ja, ich glaube schon. Warum?«

»Damals war es auch der 2. Oktober. Oder nicht?«

»Ja, ich denke schon.«

»Was für ein Zufall.«

»Ja, vermutlich«, sagte Nathan.

»In Zukunft«, fuhr Flora fort, »solltest du schlau sein und am 2. Oktober einfach zu Hause bleiben.«

»Ja«, antwortete er, »ich hoffe wirklich, dass ich so schlau bin.«

Teil 2

NATHAN BATES

2. September 1965
Feathers

Zwei Jahre zuvor, am Nachmittag vor seinem ersten Kindergartentag, hatte Nat Bates ein Vogelbaby im Vorgarten gefunden. Unter dem Ahornbaum.

Das war beinahe zu viel für ihn gewesen.

Eine einzige neue Sache war ja schon schwierig, aufregend, anstrengend und wunderbar genug. Aber Kindergarten *und* ein Vogelbaby waren beinahe zu viel. Als wenn etwas in seiner Brust platzen würde, und dann wäre er tot.

Zuerst wusste er gar nicht, worum es sich bei dem kleinen Häuflein unter dem Ahorn handelte. Nur dass es noch am Leben war, das wusste er. Es sah gar nicht wie ein Vogel aus. Es sah überhaupt nicht aus wie etwas, das er schon mal gesehen hatte. Es hatte keine Federn und war nicht größer als seine Handfläche. Rosa. Knochig, wie auf den Bildern von Dinosauriern, die Haut so über die Knochen gespannt, dass sie merkwürdig durchsichtig und runzelig wirkte.

Es öffnete den Schnabel, als wollte es etwas von Nat. Etwas, das er jedenfalls nicht hatte.

Mit beiden Händen nahm er es hoch und trug es hinein zu Gamma.

»Oje«, sagte sie.

Nat wusste, dass sie keine Tiere im Haus mochte. Aber dieses Mal hatte er keine andere Wahl.

»Was ist das, Gamma?«

»Ein Vogelbaby. Es muss aus dem Nest gefallen sein.«

»Vielleicht kann ich es zurücklegen.«

»Und wie willst du dort hinaufkommen?«

»Ich kann hochklettern.«

»Mit einem Vogelbaby in einer Hand?«

»Ich könnte eine Leiter von Mr Feldstein ausleihen. Wenn du die Leiter festhältst, kann ich es bestimmt.«

»Es ist eh zu spät«, sagte Gamma. »Du hast es angefasst. Du kannst einen Vogel nicht zurück in sein Nest bringen, wenn du ihn einmal angefasst hast. Seine Mutter würde ihn nicht mehr füttern. Nicht, wenn er nach Mensch riecht.«

Darüber dachte Nat eine Weile nach. Er wollte keine Lösung hinnehmen, die für den Vogel schlecht ausging, nur weil er ihn angefasst hatte.

»Dann muss *ich* ihn wohl füttern.«

»O Gott«, entfuhr es Gamma. Aber sie sagte nicht Nein. Offenbar wusste sie aus Erfahrung, dass er das nicht als Antwort akzeptieren würde.

* * *

Nat spülte eine Pipette im Waschbecken aus, während Gamma die Wärmelampe holen ging, die sie gegen ihre Rückenschmerzen benutzte.

In einer alten Hutschachtel, die Gamma gar nicht gern hergab, machten sie es dem Vogelbaby so bequem wie möglich und bereiteten ihm eine weiche Unterlage aus einigen von Nats weißen Socken.

»Er heißt Feathers«, verkündete Nat.

»Du solltest ihm keinen Namen geben«, erwiderte Gamma. »Wenn du ihm einen Namen gibst, wird er wie ein Haustier für dich. Und du wirst ihn behalten wollen. Aber ich mag doch keine Haustiere. Außerdem geht das mit einem wilden Vogel sowieso nicht. Er wird entweder sterben oder wegfliegen. Deshalb kannst du ihm keinen Namen geben.«

»Aber das habe ich doch schon«, beharrte Nat.

Gamma seufzte tief. »Im Übrigen ist das ein alberner Name. Er *hat* noch nicht mal Federn.«

»Aber das ist es ja«, sagte Nat.

»Was ist es?«

»Es ist wie ein Wunsch.«

Gamma schüttelte nur den Kopf und ging weg, um etwas zu suchen, das man einem Vogel durch eine Pipette als Futter geben konnte.

* * *

Zur Schlafenszeit kam sie in sein Zimmer und sagte: »Hör auf, den Vogel anzuschauen, und geh ins Bett.« Genau genommen sagte sie das sogar, bevor sie in sein Zimmer geschaut hatte, weshalb Nat sich fragte, ob sie durch Wände sehen konnte.

Schon oft hatte sie ihm gesagt, dass sie Kräfte hätte, die er nicht verstehen würde. Und denen er sich ganz sicher nicht widersetzen könnte.

»Ich habe nur noch mal nach ihm gesehen.«

»Du hast morgen früh Schule, also geh schlafen.«

»Ich will nicht, dass er stirbt.«

»Na ja, normalerweise sterben sie aber, also schließe ihn nicht zu sehr ins Herz.«

Nat fing an zu weinen.

Es lag nur zum Teil daran, dass der Vogel sterben könnte. Vielmehr war es das Gefühl, dass er zu viele neue Sachen auszuhalten hatte und dass deswegen etwas in seiner Brust platzen müsste.

»Ach du meine Güte. Jetzt wein doch nicht. Ich wollte dich nicht zum Weinen bringen. Geh jetzt ins Bett. Morgen sehen wir weiter.«

3. September 1965
Anders

Als Gamma Nat in den Kindergarten gebracht hatte und wieder gehen wollte, gerade als sie ihren großen Stoffmantel zuknöpfte und sich ihren riesigen, handgestrickten Schal umband, fragte er: »Fütterst du Feathers, während ich nicht da bin?«

»Du kannst ihn füttern, wenn du nach Hause kommst. Er muss nicht jede Minute am Tag etwas essen.«

»Aber er hat heute Morgen nichts gegessen. Er wollte noch nicht mal den Schnabel aufmachen. Bitte, Gamma.«

»Na gut«, seufzte sie. »Dafür bist du jetzt brav.«

* * *

Die Lehrerin war sehr nett zu ihm. Und es gefiel ihm.

Zuerst.

Sie war hübsch und hatte braune Haare mit einem rötlichen Schimmer, wenn die Sonne darauf fiel. Sie trug Lippenstift und ein weißes Kleid mit kleinen roten Rosensträußchen darauf. Die Morgensonne tauchte sie in helles Licht, als sie am Fenster saß und den Arm um Nats Schulter gelegt hatte, während er an seinem Bild malte.

Sie hatten Pinsel und Klebstoff bekommen. Nachdem sie mit dem dicken weißen Klebstoff ein Muster auf das farbige Bastelpapier gemalt hatten, gab ihnen die Lehrerin Flitter, den sie über das Papier streuen sollten.

Während Nat darauf wartete, dass der Klebstoff trocknete, genoss er den leichten Druck ihrer Hand auf seiner Schulter.

Er schaute die anderen Schüler an und zählte sie. Im Zählen war er gut. Außer ihm waren es sechzehn.

Er schaute wieder nach unten auf sein Bastelpapier und stellte sich vor, wie es aussah, wenn der überschüssige Flitter abgeschüttelt wäre.

»Nathan, das wird sehr schön. Das hast du gut gemacht.«

Sie mag mich, dachte Nat. Wieder schaute er die anderen Schüler an und suchte nach einem Gefühl. Er konnte es nicht in Worte fassen. Aber etwas in ihm erwartete, dass die Lehrerin zu den anderen ging und den Arm auch um sie legte.

Aber das tat sie nicht.

Mich mag sie am liebsten, dachte Nat.

Er sah zu ihr auf. Sie blickte ihm in die Augen und lächelte ihn traurig an. Sein Magen verkrampfte sich. Ein solches Lächeln bekommt man von einem Fremden im Kaufhaus, der sieht, dass man geweint hat, und einem helfen möchte. Und dem es leidtut, dass er nicht helfen kann. Und der nichts anderes tun kann, als traurig zu lächeln, um zu zeigen, dass er wünschte, es wäre nicht so traurig. Aber Nat hatte nicht geweint. Und er wusste nicht, warum er traurig sein sollte.

Er beschloss, sich später mit diesem Rätsel zu befassen. Vielleicht viel später.

Gab es an ihm etwas, das die anderen sechzehn nicht hatten?

Jetzt sagte die Lehrerin den Schülern, dass sie alle den überschüssigen Flitter abschütteln sollten, um zu sehen, wie die Bilder geworden seien.

»Ihr nehmt diese Bilder heute mit nach Hause und gebt sie euren Müttern«, sagte sie. Ihre Hand ruhte noch immer auf Nats Schulter. Nur dass sie sich jetzt schwerer anfühlte. Weniger tröstlich. Sie sah auf ihn hinab. »Nathan, du kannst dein Bild zu Hause deiner Großmutter geben«, sagte sie.

Wieder so ein Pfeil, aber er wusste nicht, worauf er zeigte.

Irgendetwas war mit ihm anders.

Er faltete das Bild dreimal und schob es so vorsichtig wie möglich in die Hosentasche seiner Jeans.

* * *

Zu Hause rannte er geradewegs zu der Hutschachtel.

Sie war leer.

Die Wärmelampe war ausgeschaltet und die weißen Socken weggeräumt, vermutlich in den Wäschekorb. Gamma mochte es, wenn Sachen direkt und schnell im Wäschekorb landeten.

Er traf sie in der Küche an, wo sie Suppe aus einer Konservendose aufwärmte.

»Wo ist Feathers?«

»Er ist weggeflogen.«

»Ging es ihm denn schon besser?«

»Ja.«

»Wie ist er denn aus meinem Zimmer gekommen?«

»Ich habe ihm das Fenster aufgemacht. Es ist grausam, einen wilden Vogel zu behalten, wenn er wegfliegen will.«

»Du hättest warten sollen, bis ich wieder zu Hause bin. Dann hätte ich mich von ihm verabschieden können.«

»Tut mir leid, mein Lieber.«

»Er hat mir gehört. Ich bin sauer, weil du nicht gewartet hast.«

»Er hat nicht dir gehört. Es war ein wilder Vogel. Ein wildes Tier kann dir nicht gehören.«

»Ich bin trotzdem sauer.«

»Ich habe nur getan, was ich für das Beste hielt. Komm jetzt. Dein Mittagessen ist fertig.«

Nat setzte sich an den Tisch. Er wand sich, als sie ihm eine Papierserviette in den Kragen seines T-Shirts steckte wie ein Lätzchen. Er bekleckerte sich fast nie, aber sie wurde trotzdem böse, wenn er die Serviette wegnahm. Wenn er alt genug wäre, um selbst die Wäsche zu machen, sagte sie, könne man wieder darüber sprechen.

Sie stellte einen Teller Suppe vor ihm ab und reichte ihm Salzcracker. Es war Tomatensuppe. Nat mochte keine Tomaten. Er mochte Hühnernudelsuppe, bekam sie aber fast nie.

»Wie konnte er ohne Federn wegfliegen?«

»Weiß ich nicht. Aber er hat es geschafft. Iss jetzt deine Suppe.«

Als eine Art Hinhaltetaktik rührte Nat ein paarmal in der Suppe und aß einen winzigen Löffel davon. Er hatte noch weitere Fragen, aber Gammas Geduld war am Ende. Wenn er das Thema noch mal ansprach, würde sie ihn nur anschreien.

Er holte das Glitzerbild aus seiner Tasche und faltete es auseinander. Die Hälfte des Flitters fiel dabei zu Boden. So gut er konnte, strich er es glatt und breitete es auf dem Tisch aus. Währenddessen schnalzte Gamma mit der Zunge und ging zur Abstellkammer, um einen Besen zu holen.

»Meine Lehrerin hat gesagt, ich soll dir das geben.«

Dann stopfte er sich drei Cracker auf einmal in den Mund, woraufhin Gamma ihn stirnrunzelnd anblickte. Schnell holte er so viel wie möglich wieder heraus, damit sie nicht mehr so die Stirn runzelte.

Sie lehnte den Besen gegen den Ofen und nahm sein Bild in die Hand. »Das ist ein sehr schönes Bild«, lobte sie. »Ich hänge es an den Kühlschrank.«

»Was heißt groß?«, fragte er mit dem Mund voller halb gekauter Cracker.

»Sprich nicht mit so vollem Mund. Das ist eklig. Groß? Oh, also, eigentlich nur das Gegenteil von klein. Wie zum Beispiel ein großer Ballsaal. Es bedeutet riesig. Aber oft wird es auch benutzt, um zu sagen, dass etwas schick, vornehm, prächtig oder so ist.«

Während sie das erklärte, hatte sie sein Bild mit Tesafilm an den Kühlschrank geklebt. Dann fegte sie den verstreuten Flitter auf.

»Was ist an dir groß?«

»An mir?«, fragte sie und brach in schallendes Gelächter aus. »Wieso? Ich würde sagen, nichts. Mir fällt nicht das kleinste bisschen ein. Wieso stellst du mir überhaupt so eine komische Frage? Hat irgendjemand mal behauptet, ich sei groß?«

»Alle«, erwiderte Nat.

»Alle sagen, ich bin groß? Quatsch. Iss deine Suppe.« Dann, kurz darauf: »Warte. Meinst du, dass alle sagen, dass ich deine Großmutter bin?«

»Ja«, sagte er. »Genau.«

»Oh, das ist was ganz anderes. Das heißt nicht riesig oder schick oder so was. Das heißt nur, dass ich die Mutter deiner Mutter bin.«

»Du bist gar nicht meine Mutter?«

»Natürlich nicht. Ich bin deine Großmutter. Das weißt du doch.«

Wusste er das? Er hatte die Worte gehört.

»Also ist meine Mutter …« Er hatte keine Ahnung, wie er den Satz beenden könnte.

»Meine Tochter.«

»Oh.«

Er hatte noch eine gewaltige Frage in petto. Sie war einfach so da. Trotzdem konnte er sie nicht in Worte fassen. Irgendwie war das nicht so einfach. Nicht so einfach wie: Warum sehen wir sie dann niemals hier irgendwo? Aber trotz der Einfachheit wog sie so schwer, war so allumfassend, dass er es nicht über sich brachte, sie in solch unzureichende Worte zu fassen.

Was die Sache noch schlimmer machte, war, dass sich Gammas Augen mit Tränen füllten. Zwar liefen sie ihr noch nicht über das Gesicht, aber es war auf beängstigende Weise klar, dass das jeden Augenblick der Fall sein konnte. Und Nat hatte auch noch das Gefühl, dass er was dafür konnte.

Gamma leerte die Kehrschaufel und wischte sich mit ihren großen Fingern über die Augen, während sie sich wieder zu ihm an den Tisch setzte.

»Bist du sicher, dass Feathers weggeflogen ist?«

Sie schlug hart mit der Handfläche auf den Tisch. Nat sprang erschrocken auf. »Ich habe dir doch gesagt, was passiert ist, und jetzt will ich nichts mehr davon hören. Iss deine Suppe.«

»Ich mag keine Tomaten.«

»Du musst sie nicht mögen«, sagte sie, und kurz machte er sich Hoffnungen. »Du musst sie nur essen.«

24. Dezember 1967
Kalt

Am Abend von Nats siebtem Weihnachten brachte Gamma ihn früh ins Bett, wie sie es immer an Heiligabend tat.

Der nächste Morgen war der einzige Tag im Jahr, an dem er sie zu jeder noch so »unchristlichen« Stunde wecken durfte. Deshalb bestand sie darauf, dass die Nacht früh anfing.

»Sieh mal«, sagte sie und zeigte zum Fenster. »Sieht so aus, als ob wir morgen weiße Weihnachten bekommen.«

»Ich kann nichts sehen«, bedauerte Nat.

Aufstehen und zum Fenster gehen wollte er nicht, weil es so kalt in seinem Zimmer war. Gamma hatte nicht gerade viel Geld, und sie sparte Heizöl, indem sie das Haus so kalt ließ, wie sie es gerade noch ertragen konnte. Das war allerdings kälter, als Nat ertragen konnte. Gerade hatte er es mühsam geschafft, dass seine eigene Körperwärme unter der Bettdecke ausreichte, damit er nicht mehr zitterte, und da würde er sich bestimmt nicht bewegen.

Gamma ging für ihn zum Fenster und zog den Vorhang zur Seite, damit er sie sehen konnte: ganz kleine Flocken, wenige trockene, die in der Luft umherwirbelten.

»Wird er liegen bleiben?«, fragte er sie.

»Ich weiß es nicht. Da kannst du nur hoffen.«

Aber Nat mochte Schnee nicht, da er in seinem Kopf mit Kälte zusammenhing, die er besonders verabscheute. Daher wusste er nicht recht, was er hoffen sollte.

Gamma kehrte zu ihm zurück und setzte sich. Unter ihrem enormen Gewicht senkte sich die eine Seite des Bettes, und die Matratzenfedern quietschten.

»Vielleicht kann meine Mutter zu Besuch kommen«, schlug Nat vor.

In dem Augenblick, der auf seine Frage folgte, wurde ihm deutlich bewusst, warum er solche Worte sonst nicht laut aussprach. Gammas Gesichtsausdruck war so, wie er ihn sich vorstellte, wenn er sie bösartig und ohne Vorwarnung geschlagen hätte.

Und, schrecklich, wieder füllten sich ihre Augen. Die Tränen, denen sie anscheinend nie freien Lauf ließ.

»Wie um Himmels willen kommst du darauf?«, fragte sie.

»Einfach nur, weil Weihnachten ist.«

»Früher war auch schon mal Weihnachten, und du hast noch nie so was gesagt.«

»Aber Jacob bekommt an Weihnachten Besuch von seinem Vater.«

»Aha. Daher hast du das also. Jacobs Vater. Nun, Jacobs Vater und deine Mutter sind zwei völlig unterschiedliche Fälle.«

Vielleicht könnte mein *Vater* zu Besuch kommen? Das war sein nächster Gedanke. Und auch: Warum sind das zwei so unterschiedliche Fälle?

Aber der geschlagene Ausdruck war aus Gammas Gesicht verschwunden, die Tränen waren zurückgedrängt oder weggewischt worden, und Nat wollte nicht riskieren, sie noch einmal zu sehen. Vor allem nicht, wenn er der Grund dafür war.

Es ist nicht schön, andere zu verletzen, und wenn es sich nicht vermeiden lässt, dann ist es wichtig, es nicht an Heiligabend oder am Weihnachtsfeiertag zu tun, oder auch ein, zwei Tage vor oder nach Weihnachten.

25. Dezember 1967
Geschenke aufmachen

Am Morgen rannte Nat nach unten. Obwohl er eine Decke um sich gewickelt hatte, fror er. Vergeblich versuchte Gamma, ihm zu folgen.

»Für diesen besonderen Anlass könnte ich wohl die Heizung ein wenig hochdrehen«, sagte sie.

Doch Nat wusste, dass es trotzdem eine Zeit lang dauern würde, bis man die Temperaturänderung bemerkte, und darauf wollte er nicht warten.

»Lass uns gleich anfangen, die Geschenke aufzumachen.«

Gamma gab ihm zwei Päckchen. »Die sind von mir«, sagte sie. Dieses Jahr hatte sie zum ersten Mal zugegeben, dass die Geschenke von ihr waren. In den Jahren zuvor hatte sie behauptet, der Weihnachtsmann habe sie gebracht. Aber Nathan, trotz seiner für Kinder typischen Bereitschaft, es zu glauben, kam nicht umhin festzustellen, dass Santas Geschenke immer sehr wie Gammas Strickarbeiten aussahen.

Das erste Geschenk, das er aufmachte, war toll. Ein Feuerwehrauto. Es war aus Metall und Holz, ganz in Rot und halb so lang, wie Nathan groß war. Und mit einem richtigen Schlauch, den man herausziehen konnte, und einer Leiter, die man ausfahren und in jede Richtung schwenken konnte.

»Vielen Dank, Gamma«, sagte er.

Das zweite Geschenk war die unvermeidliche Strickarbeit. Ein zusammenpassendes Set aus Mütze, Fäustlinge, Pullover und Schal in Dunkelblau. Eigentlich eine schöne Farbe.

Aber niemand bekommt gern Kleidung zu Weihnachten.

»Vielen Dank, Gamma«, sagte er wieder.

Dann verschwand sie im Schrank und holte eine dritte Schachtel hervor. Sie war groß und in Geschenkpapier eingewickelt, das er noch nie in diesem Haus gesehen hatte. Vor Vorfreude war er ganz kribbelig. Er wünschte, er hätte daran gedacht, zur Toilette zu gehen, bevor er heruntergekommen war. Es war nicht so, dass er seine Blase nicht kontrollieren konnte – er war ja kein Baby mehr, natürlich konnte er das. Aber nun musste er das *bewusst* tun.

»Und das hier ist von dem Mann, der dich im Wald gefunden hat«, sagte Gamma, während sie die große Schachtel auf seinem Schoß platzierte.

Das letzte Geschenk von Dem Mann, das er vor drei Monaten zu seinem siebten Geburtstag bekommen hatte, war ein sehr schönes gewesen, und das war noch untertrieben. Ein brandneuer handgenähter Baseballhandschuh aus Leder, der sehr teuer aussah. Das war besser als irgendetwas, das irgendein anderer Junge in seiner Gegend hatte. Alle machten Oh und Ah, als er damit angab. Er war noch ein wenig zu groß für seine Hand; er würde üben müssen, wie er ihn richtig von innen anzog. Doch er hätte schwören können, dass seine Hand in den letzten drei Monaten größer geworden war, denn inzwischen konnte er viel besser damit umgehen. Entweder das, oder er hatte den Griff jetzt richtig gelernt.

Wie wild riss er das Papier auf.

Innen war eine Schachtel, die laut Aufschrift ein Chemie-Set enthielt.

Er runzelte die Stirn und konnte seine Enttäuschung nicht verbergen.

»Aber ich mag Chemie nicht«, sagte er.

»Na ja, das weiß er eben nicht, mein Lieber. Weil er dich nicht kennt.«

»Warum schenkt er mir etwas, wenn er mich nicht kennt?«

»Weil er der Mann ist, der dich im Wald gefunden hat.«

»Oh«, machte Nat.

Er stellte keine weiteren Fragen, denn er wusste, dass die Antworten nichts ändern würden.

Es war ihm nicht neu, dass sich viele Menschen – die gesamte erwachsene Bevölkerung zum Beispiel – so verhielten, dass er es nicht verstehen konnte.

26. Dezember 1967
Tauschgeschäfte

In der Nacht nach Weihnachten durfte Jacob bei ihm übernachten, weil immer noch Schulferien waren.

»Hast du was Tolles bekommen?«, fragte Jacob Nat, sobald sie in seinem Zimmer und außer Hörweite von Gamma waren.

»Dieses Feuerwehrauto«, antwortete er und zeigte es Jacob. »Von Ga… Von meiner Großmutter«, verbesserte er sich, als er plötzlich und zum ersten Mal feststellte, dass Gamma babyhaft klang. »Hast du was Besseres bekommen?«

»Mein Vater hat mir einen Baseball mit dem Autogramm von Joe DiMaggio geschenkt. Aber ich glaube, damit können wir nicht Baseball spielen. Er ist zu gut dafür. Und er ist in einer Plastikhülle. Meine Mutter sagt, dass er viel Geld wert ist, aber er mir den nur geschenkt hat, weil er sich schuldig fühlt. Hast du noch was bekommen?«

»Kleidung. Ich hasse Kleidung.«

»Jeder hasst Kleidung.«

»Und dieses Chemie-Set.« Er holte es aus dem Schrank und legte es in die Mitte seines Teppichs.

»Das ist toll.«

»Findest du? Ich hasse Chemie.«

»Hat deine Großmutter dir das geschenkt? Hat sie keine Angst, dass du das Haus in die Luft jagst?«

»Nein, es ist von dem Mann, der mich im Wald gefunden hat.«

Schweigen. Nat hatte keine Ahnung, dass er etwas Verwirrendes gesagt hatte. Doch er konnte sehen, wie Jacob zu verstehen versuchte, was für ihn einfach nur eine Information war.

»Ein Mann hat dich im Wald gefunden? Was hast du im Wald gemacht?«

»Nein, ich war nicht im Wald. Nicht direkt, meine ich. Ich glaube nicht. Es ist einfach ein Mann, der mir Geschenke schickt. Oder?«

»Von dem habe ich noch nie gehört.«

»Bekommst du keine Geschenke von dem Mann, der dich im Wald gefunden hat?«

»Ich glaube nicht.«

»Ich dachte, das wäre bei allen so.«

»Bei niemandem, den ich kenne. Außer bei dir. Was hat er dir sonst noch geschenkt?«

»Von ihm habe ich den Handschuh bekommen. Er schenkt mir immer zum Geburtstag und zu Weihnachten etwas. Er hat mir ein Set zum Bogenschießen geschenkt. Und ein Fernglas. Und eine Ameisenfarm, aber Gam… meine Großmutter hat mir nicht erlaubt, sie zu behalten.«

»Mensch, ich wünschte, ich hätte auch so einen Waldmann. Lass uns rausfinden, was wir mit diesem Set anfangen können.«

Also holten sie all die kleinen Teströhrchen, Brenner und Fläschchen mit verschiedenen durchsichtigen Flüssigkeiten heraus.

Jacob entschied, dass sie Seife herstellen sollten, weil das in dem Büchlein der erste Versuch war und am leichtesten zu sein schien. Nat machte mit, obwohl er fand, es klang uninteressant, weil man mit Seife ziemlich sicher nichts in die Luft jagen könnte.

Bei dem Versuch verkleckerten sie ein ganzes Fläschchen einer medizinisch riechenden Flüssigkeit auf dem Teppich in Nats Zimmer, doch am Ende erhielten sie eine dickliche, schaumige Flüssigkeit, von der sie annahmen, es sei Seife. Kein besonders aufregendes Ergebnis, fand Nat, da sie sonst, soweit es ging, Seife zu meiden versuchten und sich nur wuschen, wenn sie dazu gezwungen waren.

»Wir könnten noch was herstellen«, schlug Jacob vor.

»Nö. Ich mag Chemie nicht.«

»Was willst du dann machen?«

»Weiß nicht.«

Sie lagen auf dem Rücken auf Nathans Bett und starrten minutenlang die Plastiksterne an der Decke an.

Dann sagte Nat: »Ich bin gleich zurück.«

Als er nach unten schlich, wurden seine nackten Füße eiskalt.

Gamma saß in ihrem großen Polstersessel, strickte und sah sich einen alten Liebesfilm in Schwarz-Weiß an.

»Wer ist der Mann, der mich im Wald gefunden hat?«

Gamma seufzte tief. »Na, du hast ja in letzter Zeit viele Fragen. Nicht wahr? Jetzt verpasse ich meinen Film. Na ja, du fragst ja doch früher oder später. Also, dann frag weiter, aber mach den Fernseher leiser, und komm dann zurück zu mir.«

Nat lief zum Fernseher, drehte ihn leiser und verzog das Gesicht, weil sich auf dem Bildschirm gerade ein Mann und eine Frau küssten.

Während sie sprach, strickte Gamma weiter, so schnell, dass die Nadeln zu fliegen schienen.

»Alle kleinen Jungs und kleinen Mädchen kommen so auf die Welt«, sagte sie. »Der Storch bringt dich und legt dich im Wald ab. In einem besonderen Geheimversteck. Und für jeden kleinen Jungen oder jedes kleine Mädchen gibt es nur eine Person auf der Welt, die das kennt. Und das ist der Mann, der dich im Wald gefunden hat. Wenn also wieder mal jemand etwas darüber sagt, dass du im Wald gefunden wurdest, weißt du jetzt, wie das gemeint ist.«

Ihre Augen wandte sie nicht von dem stummen Schauspiel auf dem Bildschirm ab.

»Jacob hat nicht so einen Mann.«

»Jeder hat so einen Mann.«

»Jacob bekommt auch keine Geschenke von dem Mann.«

»Na, dann hast du ja Glück gehabt, nicht wahr? Jetzt mach den Ton wieder an, mein Schatz. Ich verpasse ja den Film.«

* * *

»Willst du tauschen?«, fragte Jacob. Er musste nicht erst sagen, dass er das Chemie-Set meinte. Beide wussten, was er meinte.

Gamma hatte sie ins Bett gesteckt und das Licht ausgemacht. Sie mussten leise sprechen, damit sie nicht merkte, dass sie noch wach waren. Wenn sie sie hörte, musste sie noch einmal heraufkommen und mit ihnen schimpfen.

»Was hast du denn zum Tauschen?«

»Meine Katze bekommt bald Junge. Ich gebe dir ein Kätzchen dafür. Du kannst es aussuchen.«

»Schön wär's. Meine Großmutter erlaubt mir bestimmt nicht, eine Katze zu haben.«

»Nicht mal in der Garage?«

»Ich durfte noch nicht mal die Ameisen in der Garage halten. Dabei war da alles hinter Glas. Hey, vielleicht könnte ich ein Kätzchen aussuchen, das dann bei euch zu Hause lebt.«

»Keine Chance. Meine Mom sagt, alle müssen in sechs Wochen weggegeben sein. Ich kann von Glück reden, dass ich die Katzenmutter behalten darf. Und dafür musste ich weinen.«

»Was hast du sonst zum Tauschen?«

»Einen Baseballschläger. Aber er hat einen Riss.«

»Kann man damit noch einen Ball schlagen?«

»Schon, aber demnächst bricht er durch. Vielleicht aber noch nicht bald.«

»Okay«, stimmte Nat zu. »Abgemacht.«

Und sie reichten sich die Hände.

4. Januar 1968
Das Thema

Es war der Montag nach Neujahr, als er Jacob das nächste Mal sah. Der erste Tag des neuen Schulhalbjahrs.

Jacob ging den halben Wohnblock entlang und wartete auf dem Bürgersteig auf Nat, um mit ihm zusammen zum Schulbus zu gehen. Wenn er genug Zeit hatte, machte er das oft.

»Der Baseballschläger ist zerbrochen«, sagte Nat.

»Schon? Oh, also dann gebe ich dir das Chemie-Set zurück, wenn du willst.«

»Nein, ist schon okay.«

Die nächsten Minuten warteten sie schweigend, schauten den kleinen Wölkchen zu, die ihr Atem in der Luft machte, und warteten auf den Bus wie auf einen Galgen oder eine Guillotine.

Schließlich sagte Jacob: »Ich habe meine Mutter gefragt. Und sie hat gesagt, dass du wirklich im Wald gefunden wurdest.«

»Ich weiß«, erwiderte Nat. »Hat meine Großmutter mir erzählt. Am Tag nach Weihnachten.«

»Oh«, machte Jacob.

Damit schien das Thema zwischen ihnen ausreichend besprochen zu sein, sodass es nicht wieder aufgegriffen werden musste.

20. März 1973
Wo

Als Nat von der Schule nach Hause kam, stand Gamma neben einem gepackten Koffer im Wohnzimmer. Sie band sich gerade einen gestrickten Schal um den Hals.

»Wo gehst du hin?«, fragte Nat.

»Dein Onkel Mick ist im Krankenhaus. Blinddarmdurchbruch. Ich muss mit dem Bus nach Akron fahren, um auf seine Kinder aufzupassen.«

»Wo bleibe ich?«, fragte er in der Hoffnung, dass sie ihn für alt genug hielt, um ganz allein zu Hause zu bleiben.

»Ich habe mit Jacobs Mutter gesprochen. Sie kocht zum Abendessen ihre selbst gemachte Hühnernudelsuppe, die du so gern magst. Jetzt lauf schnell hoch, und hol deine Zahnbürste und einen Schlafanzug und was du sonst noch brauchst, und geh gleich rüber zu ihnen. Ich muss los.«

Nat seufzte und trottete die Treppen nach oben in sein Zimmer. Aus einer Schublade zog er seinen roten Schlafanzug hervor, warf ihn auf sein Bett, schnappte sich im Badezimmer seine Zahnbürste, legte sie dazu, rollte alles zusammen und klemmte es sich unter den Arm.

Er war gern bei Jacob zu Hause, aber diesmal kam er sich vor, als ob sie ihn wie ein Kind behandelte – und das mit fast 13 Jahren.

Unten an der Treppe trat Gamma von einem Fuß auf den anderen.

»Geht's vielleicht noch langsamer? Du weißt doch, dass ich losmuss.«

»Warum kann ich nicht mit? Ich mag Onkel Mick.«

»Weil du Schule hast. Und außerdem bist du sowieso zu jung, um Onkel Mick im Krankenhaus zu besuchen. Du würdest nur seine Kinder treffen. Und die magst du nicht besonders, falls du dich erinnerst. Aber das ist nicht die Hauptsache. Der Hauptgrund ist, dass du keinen einzigen Tag Schule verpassen sollst. Nicht bei deinen miserablen Noten. Hier hast du einen Hausschlüssel. Ich habe ihn an eine Schnur gebunden, damit du ihn nicht verlierst. Wenn du nach Hause kommen musst, um Kleidung oder etwas anderes zu holen, kannst du aufschließen.«

Sie hängte ihm den Schlüssel um den Hals, gab ihn ihm noch nicht einmal in die Hand, damit er ihn sich selbst umhängte. Er fühlte sich wie ein Fünfjähriger, der still halten muss, weil seine Handschuhe an den Schneeanzug gebunden werden. Seine Laune wurde immer schlechter.

»Wird Onkel Mick denn wieder gesund werden?«

Gammas erschrockener Blick. Der entsetzte Gesichtsausdruck. »Natürlich. Wie kannst du nur so etwas fragen?«

Wie kann ich es *nicht* fragen?, dachte Nat. Wie kannst *du* so was nicht fragen? Aber natürlich behielt er diese Gedanken für sich.

* * *

»Oh, Scheiße. Wo ist meine Katze?«, rief Jacob.

»Ich weiß nicht. Unten, nehme ich an.«

Sie waren im Bett, das Licht war schon ausgeschaltet. Daher waren sie beide unsicher, ob sie sich noch bewegen durften, und sprachen leise.

»Ich muss sie in meinem Zimmer haben, und die Tür muss zu sein. Sonst wirft meine Mom sie über Nacht raus. Vor allem, wenn Janet da ist.«

»Wer ist Janet?«

»Ihre Freundin, mit der sie die halbe Nacht schwätzt und Klatsch erzählt.«

»Ich wusste nicht, dass jemand da ist.«

»Ich weiß gar nicht, ob sie schon da ist. Ich weiß nur, dass sie heute kommt.«

»Ich gehe und suche die Katze«, bot Nat an. Weil er die Katze mochte und ihm jede Ausrede gelegen kam, um sie hochzunehmen. Immer wenn er sie hochnahm, schnurrte sie. Er liebte es, sie für einen Moment an sein Ohr zu halten und dem Geräusch zu lauschen. »Ich kann schleichen.«

Auf leisen Sohlen ging er nach unten.

Ja, Jacobs Mutter hatte bestimmt eine Freundin zu Besuch. Er konnte sie in der Küche miteinander sprechen hören, während er im Wohnzimmer suchte. Er schnappte auf, dass Janet einen Freund hatte, auf den sie böse war.

»Jacob, bist du das?« Die Stimme von Jacobs Mutter klang verärgert.

Er war nicht leise genug gewesen.

»Nein, Ma'am«, sagte Nat und steckte den Kopf durch die Küchentür. »Ich bin es, Nat.«

»Warum bist du nicht im Bett?«

»Ich habe Buttons gesucht.«

»Du solltest sie besser finden. Denn wenn ich sie vorher finde, muss sie nach draußen. Janet ist allergisch gegen Katzen.«

Er fragte sich, ob Janets Allergie der Grund für die Taschentücher-Box auf dem Tisch war. Oder ob Janet geweint hatte. Vielleicht beides.

»Du bist Nat?«, fragte Janet. Also ob es einen irgendwie berühmt oder auserwählt machte, wenn man Nat war. Als ob es etwas wirklich Ungewöhnliches und Bemerkenswertes war, Nat zu sein.

»Ja, Ma'am.«

Janet drehte sich zu Jacobs Mutter um. »Ist er …«

Jacobs Mutter warf ihr einen Blick zu, der sie verstummen ließ. Einen missbilligenden Blick und ein dezentes Kopfschütteln. Als wollte sie sagen: Tu es nicht. Als wollte sie sagen: Beende diesen Satz unter keinen Umständen.

Schweigen.

»Bin ich was?«, fragte Nat. Ganz schön mutig, fand er.

»Nichts, mein Lieber. Lauf, um Buttons zu finden, und geh dann wieder ins Bett.«

Nat verließ den Raum. Er ging ganz langsam zum Fuß der Treppe, wo er sich von Dunkelheit umgeben wusste.

Dort setzte er sich hin und lauschte.

»Das ist also der Junge.«

»Ja, das ist er. Der arme kleine Kerl. Es tut mir so leid für ihn.«

»Kein Wunder. Kannst du dir so was vorstellen? Deine eigene Mutter. Versucht dich umzubringen.«

»Na ja, es war wohl eigentlich nicht Mord. Grobe Vernachlässigung, glaube ich.«

»Machst du Witze? Das soll doch ein Witz sein! Grobe Vernachlässigung wäre es, wenn sie nie seine Windeln gewechselt hätte. Es war eiskalt im Wald. Es ist ein Wunder, dass er nicht gestorben ist. Kennt er denn die ganze Geschichte, was meinst du?«

»Ich weiß nicht, was er weiß. Seine Großmutter verbietet ja jedem, darüber zu sprechen. Jacob hat gesagt, er hätte es ihm einmal gesagt und Nat hätte geantwortet, dass er es wisse. Seinem Verhalten nach zu urteilen, hielt er es für keine große Sache. Vielleicht leugnet er es. Oder vielleicht war er damals zu jung, um es zu verstehen. Jacob hat erzählt, die Kinder in der Schule machen manchmal spöttische Bemerkungen. Und Nat ist wohl schon vier oder fünf Mal zu seiner Großmutter gegangen und hat sie gefragt, was sie bedeuten.«

»Woher weiß Jacob das überhaupt? Sprechen sie darüber?«

»Ich glaube, das waren nur die Male, bei denen Jacob dort dabei war. Du kannst dir also vorstellen, wie oft das vorkommt, wenn er es vier oder fünf Mal in den letzten sechs oder sieben Jahren mitgekriegt hat, seit sie Freunde sind.«

»Was sagt seine Großmutter dann?«

»Sie belügt ihn. Sagt, dass die Leute, die so was behaupten, sich irren. Oder er etwas falsch verstanden hat.«

»Das finde ich nicht richtig.«

»Nun, was würdest du tun? Wenn du einen Jungen in seinem Alter hättest, dem so etwas Schreckliches geschehen ist, was würdest du dann tun? Würdest du ihm so eine fürchterliche Sache erzählen?«

Langes Schweigen.

»Puh, ich weiß es nicht. Ich bin nur froh, dass ich es nicht wissen *muss.*«

»Ich auch. Lass uns darauf zurückkommen, was du gerade über Geoffrey sagen wolltest.«

* * *

Immer noch barfuß und im Schlafanzug stahl sich Nat aus Jacobs Haus. Über den eisigen Gehweg lief er den halben Block entlang nach Hause. Mit dem Schlüssel von der Schnur um seinen Hals schloss er die Vordertür auf. Dann lief er die Treppe hinauf in Gammas Schlafzimmer, das er erst dreimal betreten hatte, und sah sich suchend um, ob er etwas fand.

Was genau er suchte, hätte er nicht in Worte fassen können. Aber sein Bauchgefühl sagte ihm, dass da etwas sein müsse. Bilder von seiner Mutter. Briefe von ihr. Irgendetwas musste da sein. Gamma hob alles auf. Sie war nicht der Typ, der Sentimentales wegwerfen konnte. Oder überhaupt irgendetwas.

Er öffnete die Schubladen ihrer Kommode, fand aber peinlicherweise nur ihre Unterwäsche. Damit Gamma nie bemerken müsste, dass er hineingeschaut hatte, schloss er alle Schubladen, ohne etwas zu berühren.

Auf den Einlegeböden ihres Schranks standen nur Schuhe und Hüte. Auch hier achtete er darauf, keinen Hinweis auf sein Eindringen zu hinterlassen.

Unter dem Bett fand er eine Zigarrenkiste aus Holz.

Er zog sie heraus, hielt sie unter das Licht, dann öffnete er sie.

Darin befanden sich einige Papiere, nicht einmal genug, dass die Kiste voll gewesen wäre. Obenauf lag zusammengefaltet ein ausgeschnittener Zeitungsartikel, der über die lange Zeit vergilbt war.

Nat faltete ihn auseinander.

Es handelte sich um die Titelgeschichte vom 3. Oktober 1960. Zwei Tage nach seiner Geburt. Die Schlagzeile in schockierend dick gedruckten Großbuchstaben lautete: Ausgesetztes Neugeborenes von ortsansässigem Jäger im Wald gefunden.

Das kribbelige Gefühl, das sich in Nats Magengegend ausgebreitet hatte, seit er in Jacobs Küche gestanden hatte, wurde von diesen Neuigkeiten weggefegt. Das war gut. Es fühlte sich gut an, die Nervosität durch einen Schock zu ersetzen. Denn zumindest in diesem Augenblick bedeutete ein Schock, überhaupt nichts zu fühlen.

Er hatte sogar aufgehört, vor Kälte zu zittern.

Rasch überflog er den Artikel.

Lenora Bates. Seine Mutter hieß Lenora.

Richard A. Ford. Sein Vater hieß Richard A. Ford. Warum hieß er dann nicht Nathan Ford?

Er hatte eine Mutter und einen Vater … irgendwo.

Und in der Nacht seiner Geburt hatten sie sich seiner entledigt.

Saßen sie noch im Gefängnis? Oder hatten sie ihre Strafe abgesessen und waren entlassen worden? Und ohne ein Wort an ihn verschwunden?

Er las weiter, um etwas über den Mann zu erfahren, der ihn gefunden hatte. Eigentlich wollte er sich seinen Namen einprägen, aber er wurde nur als »ein Mann, der mit seiner Hündin auf der Jagd war« bezeichnet.

Nat begann noch mal von vorn und las den Artikel Wort für Wort. Als er mit der Lektüre fertig war, faltete er ihn sorgfältig wieder zusammen und behielt ihn in seiner linken Hand, während er mit der rechten die Zigarrenkiste zurück unter das Bett schob. Dann nahm er den Artikel mit in sein Zimmer, wo er einen Koffer mit seinen wichtigsten Habseligkeiten packte: Jeans und Unterhosen, T-Shirts, seinem Baseballhandschuh und dem Artikel.

Als das Telefon klingelte, zuckte er zusammen.

Doch dann rannte er die Treppe hinunter und nahm den Hörer ab.

»Hallo?«

»Nat! Gott sei Dank! Wir wussten nicht, wo du bist.« Es war Jacobs Mom.

»Ich habe etwas zu Hause liegen gelassen.«

»Kommst du gleich wieder zurück?«

»Ja, jetzt gleich.«

Er legte den Hörer auf und kehrte ins obere Stockwerk zurück, wo er sich Jeans, warme Socken und Schuhe anzog. Außerdem eine Jacke, die er nicht besonders mochte, denn seine Lieblingsjacke lag bei Jacob. Nachdem er sich selbst hinausgelassen hatte, verschloss er die Haustür wieder sorgfältig. An der Bordsteinkante hielt er an und versenkte den Schlüssel am Faden im Gully.

Nach Gefühl entschied er sich für eine Richtung und marschierte los.

* * *

Nat wusste nicht genau, wie lange er schon zu Fuß unterwegs war oder in welche Richtung er marschierte. Nur dass sein Koffer schwer war, wusste er, weil er immer wieder die Hand wechseln musste.

Er folgte dunklen Straßen und landete schließlich auf einem Güterbahnhof. Der müsste auch verlassen sein, nahm er an. Bisher war alles verlassen gewesen, seit er von zu Hause weggegangen war.

Die ganze Welt schlief, so glaubte er.

Nicht jedoch der Güterbahnhof.

Hier standen vier Männer in einer Gruppe um ein Feuer in einem alten Ölfass, an dem sie sich die Hände wärmten, und lachten. Einige Männer saßen in dem offenen Güterwaggon eines stehenden Zugs und ließen ihre Beine über die Kante baumeln.

Als Nat ankam, blickten sie alle auf.

Er trat näher. Ihm gefiel die Vorstellung, dass hier Leute lebten, die die Nacht mit etwas anderem als Schlafen verbrachten.

»Na, wen haben wir denn da?«, fragte einer der Männer.

Aus der Nähe betrachtet machten sie einen ärmlichen Eindruck. Die Mäntel und Bärte waren ungepflegt, um es freundlich auszudrücken.

»Niemand«, erwiderte Nat.

»Perfekt«, versetzte der Mann. »Da passt du gut zu uns.«

* * *

Nat saß am hinteren Ende eines Güterwaggons und ließ die Beine über die Kante baumeln. Seine Augen waren auf die prasselnden Flammen des Feuers gerichtet. Er ließ sich von ihnen hypnotisieren. Die Gedanken aus seinem Kopf wegbrennen.

Er beobachtete kleine Lichter, die durch die Luft über dem Ölfass wirbelten, und dachte, dass es sich bei einigen um Funken und bei anderen um Glühwürmchen handelte, was schwierig zu unterscheiden war.

Nein, es war doch zu früh im Jahr für Glühwürmchen, oder nicht?

Vielleicht trogen ihn seine Augen.

Neben ihm saß ein alter Mann, der Whiskey direkt aus der Flasche trank. Dann hielt er Nat die Flasche hin.

»Auch einen Schluck? Das wird dich aufwärmen.«

»Okay, danke.«

Er nahm die Flasche, wischte sich mit dem Ärmel über den Mund, nahm einen Schluck und hustete. Die Männer sahen ihn alle an und lachten.

»Wo kommt man hin, wenn man auf einen Zug aufspringt?«, fragte Nat den Alten.

»Überall, wo man verdammt noch mal hinwill«, entgegnete der Mann.

»Klingt gut.«

»Hat Vorteile.«

Ein jüngerer Mann, der gerade die Hände am Feuer wärmte, warf ein: »Für *uns* hat das Vorteile. Aber *du* gehst wohl am besten nach Hause.«

Nat schwieg.

»Wo ist deine Familie, Junge?«

»Hab keine.«

»Hm, und was hast du bisher gemacht?«

Nat zuckte die Achseln. »Nur bei einer Fremden gelebt, glaube ich.«

»Vielleicht besser eine Fremde als überhaupt niemand.«

»Das habe ich bisher auch gedacht«, erwiderte Nat, »aber jetzt nicht mehr.«

21. März 1973
Die Welt

Als Nat wieder aufwachte, war der Zug in Bewegung. Ohne dass er es bemerkt hatte, war die Tür zu seinem Güterwaggon geschlossen worden, und der Zug war abgefahren. Außer ihm war sonst niemand in dem Waggon.

Gut so, dachte er.

Er rutschte zu der Tür. Ein Spalt von einigen Zentimetern ließ Licht herein und würde ihm erlauben, hinauszusehen. So zog die Welt an ihm vorbei.

In der Ferne waren Berge zu erkennen. Berge hatte er noch nie zuvor gesehen. Massive Eiszapfen hingen in unzähligen Reihen an Felswänden. Auf Feldern weideten Kühe und Schafe, und auf einer Pferdekoppel liefen Pferde mit wehenden Schweifen, beinahe wie Flaggen.

Aber er bekam auch die feuchtesten, heruntergekommensten Ecken der Städte zu sehen. Schrottplätze, Güterbahnhöfe, übereinandergestapelte Frachtcontainer, Maschendrahtzäune und Eisenbahnbrücken aus Stahl.

Und dann wieder fuhr er über das Land, mit seinen Scheunen, Traktoren, Silos und Bewässerungsgräben zwischen den säuberlich bestellten Äckern.

Stundenlang schaute er hinaus, und am Ende war es der ganze Tag gewesen, den er auf diese Weise verbracht. Und er hatte sich nicht einmal dabei gelangweilt. Wie hätte er sich auch langweilen können? Das hier war die Welt. Sie war schon immer da gewesen, aber bisher hatte ihn noch niemand eingeladen – oder ihm noch niemand erlaubt –, sie zu betrachten. Dachten alle, ihm wäre die Welt außerhalb seiner erbärmlichen Kleinstadt egal? Oder verhielt es sich mit der Welt wie mit allem anderen? Ein weiteres Geheimnis vielleicht, das man vor ihm verbergen musste?

Sein Magen war leer und schmerzte, aber dieses Opfer schien es ihm wert zu sein. Keine Menschen. Keine Schule. Keine Lügen.

Er würde schon etwas zu essen finden. Betteln, stehlen, dafür arbeiten könnte er. Doch, er würde vor Sonnenuntergang irgendwo einen Happen zu essen bekommen. Das hieß, wenn dieser Zug jemals anhalten sollte.

Irgendwie würde er es schon schaffen, über die Runden zu kommen.

22. März 1973
Vorbei

Es war stockdunkel, als er aus dem Schlaf hochschreckte. Immer noch in diesem Güterwaggon. Immer noch ohne etwas zu essen. Seine Zähne klapperten, so kalt war es. Da er auf der Seite auf dem kalten Metallboden gelegen hatte, schmerzte seine Hüfte. Sein Mund war so trocken, dass er sich anstrengen musste, mit seinem eigenen Speichel seine ausgedörrte Zunge zu befeuchten.

Wagentüren wurden laut knallend aufgeschlagen. Davon war er aufgewacht. Die Geräusche kamen näher.

Er fragte sich, ob noch genug Zeit bliebe, zu entkommen.

Die große Güterwagentür wurde scheppernd aufgeschoben.

Nat blinzelte in das Licht, das auf ihn gerichtet war, und versuchte mit einer Hand, seine Augen zu schützen.

»Okay, Junge«, sagte eine laute männliche Stimme. »Das Vagabundenleben ist vorbei. Schnapp dir deine Sachen, und komm mit.«

23. März 1973
Nichts

»Du hast mir eine schreckliche Angst eingejagt!« Die Alte schrie die Worte so nah an seinem Ohr, dass er zusammenzuckte. Dann hob sie die Hand und schlug ihn. Fest. Direkt über dem Ohr, sodass im Inneren des Ohrs alles wehtat. »Und Jacobs Mutter auch. Sie war für dich verantwortlich. Weißt du eigentlich, was für eine Angst sie hatte?«

Noch ein heftiger Klaps, wieder auf das gleiche schmerzende Ohr.

Er sah zu den Polizisten hoch, als ob diese ihm irgendeine Hilfe sein könnten.

Hätte Nat jemanden so hart geschlagen, vermutlich hätten sie ihn sofort wieder eingesperrt und ihm einen Vortrag gehalten, dass Gewalt falsch und niemals eine Lösung sei.

Aber Enkelsöhne waren offensichtlich Freiwild.

Die Polizisten sahen ihn bloß mit hochgezogenen Augenbrauen an und gaben kein Wort von sich. Nur ihre Blicke sagten, dass Nat das und noch mehr verdiente.

»Und warum? Weil ich dich allein gelassen habe? Weil du dachtest, dass du allein klarkommen würdest? Das ist doch das egoistischste Verhalten, von dem ich je gehört habe!«

Nat wich zurück und hielt beide Hände schützend über die Ohren. Doch ihre Hände rührten sich diesmal nicht.

»Hast du das deshalb getan?«

Nat antwortete nicht.

»Antworte mir!«

Nat schwieg immer noch.

»Was hast du zu deiner Verteidigung vorzubringen, junger Mann?«

»Nichts«, antwortete Nat.

* * *

»Du weißt, dass du früher oder später mit mir reden musst«, fing sie auf dem langen Nachhauseweg an.

Nach ihrer Schätzung würde die Rückfahrt neunzehn Stunden dauern. Ob Nat eine Vorstellung hatte, was das ganze Benzin kosten werde? Ganz zu schweigen von der Abnutzung des Autos?

Die hatte er natürlich nicht. Und es war ihm auch egal.

»Früher oder später musst du etwas sagen.«

Zumindest glaubst du das, dachte er.

»Warum hast du nicht deinen Namen angegeben? Wenn du den gesagt hättest, wäre ich schon gestern angerufen worden. Aber nein, du hast nichts gesagt, und ich musste noch einen Tag warten, bis sie dich mit den Vermisstenanzeigen von Kindern aus dem ganzen Land verglichen hatten. Und die arme Mutter von Jacob ist während der Wartezeit tausend Tode gestorben. Sie hat sich für dich verantwortlich gefühlt. Warum hast du denn nicht einfach der Polizei gesagt, wer du bist?«

Weil ich, dachte Nat, wenn ich zu dir zurückgewollt hätte, gar nicht erst auf einen Güterzug geklettert wäre.

»Die arme Frau von Mick musste sich nun zwei Tage freinehmen, um auf die Kinder aufzupassen, weil ich ja nach Hause fahren und dich als vermisst melden musste. Und dabei können sie sich den Einkommensverlust kaum erlauben. Vor allem jetzt, da Mick leider im Krankenhaus ist. Weißt du, langsam glaube ich, dass du zu diesen selbstsüchtigen Kindern gehörst, die immer im Mittelpunkt stehen müssen. Armer Mick, er verdient es also noch nicht mal, dass ich mich um ihn kümmere, wenn sein Blinddarm durchbricht, weil sich immer alles um Nat drehen muss. Ist das so, Nat? Wenn es so ist, werde ich das nicht dulden. Ich werde bestimmt kein verzogenes kleines Kind großziehen, das meint, es sei der Mittelpunkt des gesamten Universums und alle müssten um ihn kreisen. Also, was ist nun mit dir?«

Nat antwortete nicht.

»Hast du nichts zu deiner Verteidigung zu sagen?«

Weil du nicht zuhörst, dachte er.

»Und was soll ich jetzt machen? Bei Mick brauchen sie mich noch immer, aber jetzt werde ich dich nicht mehr allein lassen, da ich ja nicht weiß, ob ich dir noch vertrauen kann. Oder? Kann ich das denn? Kann ich dir vertrauen?«

Nat schwieg.

»Na ja, es würde auch keinen Unterschied machen, wenn du Ja sagen würdest. Das würde nichts bringen. Weil ich ja trotzdem nicht wüsste, ob es stimmt. So wie ich das sehe, könntest du genauso gut lügen.«

Stell dir vor, dachte Nat. Stell dir vor, du weißt nicht, ob die Person, die du am besten kennst, dir die Wahrheit sagt oder dich glatt anlügt. Aber das sprach er nicht aus. Natürlich nicht. Er sagte nichts.

»Na, das wird eine lange Fahrt«, verkündete sie.

Das jetzt neunzehn Stunden lang, und ich drehe durch, dachte Nat.

Doch sie redete weiter. Und er ignorierte sie weiter. Er blickte nur aus dem Fenster, sah die Welt an sich vorüberziehen. Er beobachtete sie genau, für den Fall, dass er sie für lange Zeit nicht mehr zu sehen bekommen würde. Etwas mehr als neunzehn Stunden lang sagte er nichts.

30. September 1974
Der Mann

»Ich hoffe, du denkst nicht, dass ich weich werde«, warnte sie ihn. »Denn das werde ich nicht tun. Ich habe es versprochen, und das meine ich so. Keine Geschenke, bis deine Noten nicht mehr kurz vorm Sitzenbleiben sind.«

Er lag auf dem Rücken auf dem Sofa und sah fern. Eine Fernsehshow, die er gar nicht mochte. Und tat so, als würde er sie nicht hören. Gab vor, dass es ihm gar nichts ausmachte, keine Geschenke mehr zu bekommen. Wie sie so über ihm stand, versperrte sie ihm teilweise die Sicht. Sie schimpfte mit ihm. Das war der Grund, warum er sich eine Show ansah, die er nicht mochte. Dann würde es ihn nicht stören, wenn sie ihm verbieten würde, weiter fernzusehen.

Er sagte nichts.

»Du denkst wahrscheinlich, dass es mir irgendwann leidtut für dich, heute Abend oder morgen früh. Dass ich dann loslaufe und etwas kaufe. Aber das werde ich nicht tun. Versprochen ist versprochen.«

Nat erwiderte nichts.

»Ich werde auch nicht wieder anfangen, dir Taschengeld zu geben.«

Immer noch nichts, obwohl es Nat vorkam, als sei er *unfähig*, etwas zu sagen. So als sei Kommunikation mit ihr auf eine entfernte Weise möglich und doch gleichzeitig für ihn unerreichbar. So als ob die Worte, die er selten an sie zu richten versuchte, gegen eine Ziegelmauer prallten und vernichtet zu Boden fielen.

»Es sieht bereits nach Nachhilfe in den Sommerferien aus. In drei Fächern.«

Zum ersten Mal sah er zu ihr auf. »Was ist mit meinem Geschenk von Dem Mann?«

Für einen Moment wirkte sie nervös. Dann schnaubte sie: »Ah, es spricht.«

»Und? Was ist damit?«

»Hm. Darüber habe ich noch nicht nachgedacht. Nun, du magst seine Geschenke ja sowieso nicht. Also zählen sie wohl kaum als Belohnung. Das ist wohl eine Sache zwischen dir und ihm.«

»Ist es schon angekommen?«

»Nein. Warum sollte es?«

»Weil die Post schon da war.«

»Die kommen nicht mit der Post.«

Das war eine schlechte Neuigkeit für Nat, weil er darauf gesetzt hatte, einen Blick auf die Absenderadresse zu erhaschen. Aber er riss sich zusammen und runzelte nicht die Stirn oder zeigte auf andere Art seine Gedanken.

»Wie kommen sie dann?«

»Sie liegen einfach am Morgen auf der Veranda.«

Das war genauso interessant, dachte Nat. Denn das bedeutete, dass es persönlich gebracht wurde.

* * *

In der Dunkelheit seines Zimmers saß Nat auf dem gepolsterten Fensterbrett und starrte auf die Straße. In seinem Schoß lag das Fernglas, das Der Mann ihm zu seinem sechsten Geburtstag geschenkt hatte.

Er konnte die Umrisse der Zweige des Ahornbaums auf der gegenüberliegenden Wand seines Zimmers hin und her wandern sehen. Die Straßenlaterne vor dem Haus warf unheimliche Schatten herüber. Zudem wehte in dieser Nacht ein starker Wind, dadurch hatte er etwas zum Beobachten. Denn in ihrer Straße passierte nachts nichts. Es gab keine Menschen, keine Autos, kein nichts.

Die Uhr konnte er ganz deutlich erkennen, obwohl sie sich drüben auf der Kommode befand. Die Zeiger leuchteten im Dunkeln. Und sie tickte. Bisher hatte ihn das Ticken nicht gestört, doch heute Nacht schon.

Es war halb elf.

Irgendwann in der darauffolgenden halben Stunde döste er ein, ohne es zu wollen.

Vom Zuschlagen einer Autotür wachte er auf.

Ruckartig setzte er sich auf, den Rücken steif von der unbequemen Haltung. Auf der anderen Straßenseite hatte ein Auto angehalten. Ein älterer Kombi, dessen Motor leise weiterlief. Durch die Dunkelheit konnte er die Farbe nicht erkennen. Auch die Nummernschilder konnte er nicht lesen, da das Auto direkt gegenüber an der Straße stand.

Ein Mann mit einem Paket schritt herüber zu seinem Haus.

Er warf einen Blick auf die Uhr. Fünf Minuten nach elf.

Durch das Fernglas spähte er hinaus, versuchte, einen klaren Blick auf das Gesicht des Mannes zu werfen. Doch der trug einen Hut mit Krempe und war jetzt beinahe direkt unterhalb des Fensters. Zu nah am Haus, um von Nats Aussichtspunkt gesehen zu werden, verschwand er aus Nats Blickfeld. Eine Sekunde später tauchte er wieder auf, auf dem Rückweg zum Auto. Doch nun wandte er Nat den Rücken zu.

Er stieg ins Auto, legte den Gang wieder ein und fuhr los.

Zuerst versuchte Nat, das Gesicht des Mannes zu erspähen, aber im Inneren des Autos war es zu dunkel. Dann richtete er das Fernglas auf das Nummernschild, aber es war zu spät. Nur die Buchstaben DCB konnte er noch lesen, während der Wagen außer Sicht verschwand.

Eine Minute lang saß Nat frustriert da. Ich bin nicht viel weitergekommen, dachte er. Dabei würde er nur zwei Gelegenheiten im Jahr bekommen.

* * *

Auf Zehenspitzen schlich er nach unten und auf die vordere Veranda, um sein Geschenk abzuholen. Eine mittelgroße Schachtel. Er schüttelte sie einige Male, aber es gab nur ein dumpfes, nicht sehr aussagekräftiges Rumpeln.

Er trug sie in sein Zimmer. Dort zerriss er das Papier.

Boxhandschuhe.

Und ein Boxsack, aber eine andere Sorte als die, die Nat kannte. Nicht so ein aufblasbarer Sack, der vor- und zurückhüpft, wenn man mit beiden Händen darauf einschlägt. Dies musste ein großer, schwerer Sack sein, den man an die Decke hängte. Von der Art, die gewaltige Schläge wegsteckt wie ein Mensch, ein echter Gegner. Aber es war schwer zu sagen, denn es handelte sich nur um die Hülle aus Leder und Stoff. Noch ohne Füllung.

Oben war eine Kette befestigt, vermutlich zum Aufhängen.

Nat zog die Boxhandschuhe an und wusste nicht, wie er sie am Handgelenk festknoten sollte.

»Nun, alter Mann«, sagte er laut in den stillen Raum hinein. »Jetzt haben wir was vor.«

1. Oktober 1974
Nein

Auf dem Weg zu Mathe dachte Nat ernsthaft darüber nach, den Unterricht zu schwänzen. Er hatte die Boxhandschuhe in seiner Büchertasche mitgenommen, und die waren allzu verlockend.

Eigentlich hatte er geplant, sie mitzunehmen, um direkt nach der Schule in die Sporthalle in der Stadt zu gehen. Vielleicht gab es eine Möglichkeit, dass er dort boxen lernen konnte. Wahrscheinlich nicht, wenn man kein Geld hatte. Aber vielleicht konnte er dort einfach mit jemandem über die Handschuhe sprechen. Oder sich anschauen, wie sie dort ihre zubanden. Oder womit sie ihre Säcke befüllten.

Auf dem Weg zu Mathe hätte er beinahe den Rest des Nachmittagsunterrichts sausen lassen und wäre direkt in die Sporthalle verschwunden. Doch dann knickte er ein, weil ihm einfiel, wie lange er sich das Schimpfen der Alten würde anhören müssen. Das schien es ihm nicht wert zu sein.

Er seufzte und ging stattdessen weiter ins Klassenzimmer.

* * *

»Okay, holt ein Blatt Papier heraus.« Nats Mathelehrer – den Nat nicht mochte, was auf Gegenseitigkeit beruhte – wirkte immer leicht schadenfroh, wenn er einen Test ankündigte. Die ganze Klasse stöhnte, und es klang wie aus einem Mund. »Also, diesmal könnt ihr nicht sagen, ich hätte euch nicht gewarnt. Gestern habe ich euch gesagt, dass ich einen Test schreibe.«

Nat kramte kurz in seinem Gedächtnis und fand nichts über einen Mathetest. Vielleicht hatte er nicht zugehört. Oder es einfach vergessen. Oder vielleicht spielte die Tatsache eine Rolle, dass es ihn nicht kümmerte. Nicht das kleinste bisschen.

Der Lehrer schrieb die Aufgaben an die Tafel, von eins bis einschließlich zehn.

Sobald der Rest der Klasse mit Aufgabe eins anfing, reckte Nat den Hals, um die Lösung von Sarah Gordon abzuschreiben, die zu seiner Rechten saß. In Mathe war sie recht gut, und sie deckte ihr Lösungsblatt nicht mit dem Arm zu, wie das so viele andere seiner Mitschüler taten, wenn sie neben ihm saßen.

Der Lehrer wirbelte herum und erwischte ihn sofort.

Es kam ihm beinahe so vor, als wäre er in eine Falle gelockt worden. So als hätte sich der Lehrer gerade lange genug abgewandt, um Nat Bates Gelegenheit zu geben, sich in Schwierigkeiten zu bringen, und sich dann genau rechtzeitig wieder umgedreht, um ihn voller Schadenfreude zu erwischen.

»Mr Bates. Nach vorne, bitte.«

Nat seufzte tief, hob seine Büchertasche auf und ging mit schweren Schritten zur Tafel nach vorne.

»Ins Büro des Schulleiters. Sicher hast du bei deiner Erfahrung keine Probleme, es zu finden. Du kannst einfach der Spurrille folgen, die du bei den anderen fünfzig Malen auf dem Gang in den Boden gelaufen hast. Ich rufe an und kündige dich an, falls du einen Suchtrupp brauchst.«

Nat verließ das Klassenzimmer.

Was für ein Geburtstag, dachte er. Warum kann man nicht an seinem Geburtstag einen Tag von dieser Quälerei freibekommen? Es ist ja nur ein Tag im Jahr.

Er trabte die zwei Treppen hinunter und den dunklen, trüben Flur entlang. Am Büro des Schulleiters vorbei und zur Eingangstür hinaus.

Als er die Stufen außen vor dem Schulgebäude hinunterstieg, hörte er, wie jemand seinen Namen rief.

»Mr Bates, wohin gehst du wohl?«

Es klang nach dem stellvertretenden Schulleiter.

Ohne sich umzudrehen, hob Nat die Hand zum Abschied.

* * *

»Kann ich dir helfen, Junge?«

»Ich weiß nicht. Diese Boxhandschuhe habe ich zu meinem Geburtstag bekommen und würde sie gern benutzen. Aber ich weiß nicht genau, wie.«

Der kleine Mann verdrehte die Augen.

Er war eigenartig klein, viel kleiner als Nathan, wog aber vermutlich doppelt so viel, ohne dabei fett zu sein, das waren alles Muskeln. Er war vielleicht etwas älter als fünfzig. Zwischen den Backenzähnen klemmte eine halb gerauchte Zigarre, aber sie war nicht an. Das künstlich wirkende Haar in einem dunklen Rotorange-Ton war mit unglaublich viel Haarfestiger geglättet, und die pechschwarzen Schuhe glänzten perfekt. In dem Obermaterial spiegelte sich die Deckenbeleuchtung der Sporthalle.

Durch die Fenster der Halle fiel Licht auf den kleinen Mann, das auch die herumwirbelnden Staubteilchen erfasste.

»Jack, hast du Zeit für einen Jungen, der keine Ahnung von nichts hat?«

Ein anderer Mann, wahrscheinlich Jack, tauchte aus dem Hinterzimmer auf. Er wirkte jünger und größer. Glatt rasiert. Ein gut aussehender Frauentyp. Von einem seiner Vorderzähne war eine Ecke abgebrochen. Nat beobachtete, wie er zu ihnen kam. Genau genommen starrte er ihn an, während Jack sich näherte, unfähig, die Augen vom Gesicht des Mannes abzuwenden. Es war, als würde er in einen Spiegel blicken, der nicht das zeigte, was Nat derzeit war, sondern das, was er werden wollte.

Er erinnerte Nat an das Bild von dem ihm unbekannten Vater, den er sich so oft im Geist ausmalte. Das Bild von Richard A. Ford, das er hinter geschlossenen Lidern heraufbeschwor.

»Was, diesen Jungen?«, sagte Jack.

Er trat zu Nat und schaute ihn abschätzend an, als wäre er ein Gebrauchtwagen. Ein billiger Wagen. Es fehlte nicht viel, und Nat hätte auf dem Absatz kehrtgemacht. Jack grinste. »Sieht ein bisschen wie Joey aus, oder? In Ordnung. Zieh deine Handschuhe über, Junge. Mal sehen, was du kannst.«

Nat zog die neuen Handschuhe aus seiner Büchertasche heraus, streifte sie über und stieg in den Ring, ohne die Bänder zuzuschnüren. Der kleine Mann band sowohl seine als auch Jacks Handschuhe zu und ließ Nat darüber im Unklaren, wie er das später mal allein schaffen sollte.

»Hey, tolle Handschuhe, Kleiner. Woher hast du die, sagtest du?«

»Geschenkt bekommen.«

»Müssen ganz schön teuer gewesen sein. Es sind welche, mit denen die Profis boxen. Da muss jemand ganz schön viel von dir halten, dass er dir solche Handschuhe schenkt.«

»Zu schade, dass ich ihn nicht kenne«, murmelte Nat leise.

»Was hast du gesagt, Kleiner?«

»Nichts.«

Der kleine Mann duckte sich unter den Seilen hindurch und stieg aus dem Ring.

Einige Male umrundete Jack Nat, der die Hände hob, so wie er es bei anderen gesehen hatte. Plötzlich drängte es ihn, den anderen zu beeindrucken, weil er ihn so bewunderte. Aber er hatte keine Ahnung, wie er es anstellen sollte.

»Nein, nein, nein«, rief Jack. »Du musst sie oben lassen. Oben. Oder sie bringen dich um. Und achte auf deine Fußarbeit, Kleiner.«

Nat starrte nach unten und stellte fest, dass er seine Füße schleifen ließ und beim Einkreisen an nichts anderes als seine Hände in den Handschuhen dachte.

»Schau dir Jacks Fußarbeit genau an«, riet der kleine Mann. »Er ist der König der Fußarbeit.«

Nat beobachtete ihn und versuchte, es nachzumachen.

Jack holte zum Faustschlag aus. Er traf Nat direkt in den Bauch, und ihm blieb vor Schmerz die Luft weg.

»Auszeit!«, schrie Jack und verschaffte Nat dadurch einen Moment, um in den Seilen zu hängen und zu Atem zu kommen. »O Mann, Little Manny, da hast du keinen Witz gemacht, als du gesagt hast, dass er keine Ahnung von nichts hat. Komm her, Kleiner. Ich werde dich mal mit diesem schweren Sack üben lassen.«

Sie stiegen gemeinsam durch die Seile, und Jack führte ihn zu einem Boxsack, der ziemlich große Ähnlichkeit mit dem besaß, den er nun zu Hause hatte. Abgesehen davon, dass dieser hier gefüllt war.

»Ich habe auch so einen«, fing Nat an, wobei er versuchte, nicht wie jemand zu klingen, der gerade einen Schlag in den Magen erhalten hatte. »Aber er besteht eigentlich nur aus dieser äußeren Hülle.«

»Du musst ihn selbst stopfen. Aber gut, dass du einen hast, denn du brauchst Übung.«

»Was stopfe ich denn hinein?«

»Die hier sind mit Sägespänen gefüllt. Oder mit Sand. Oder mit beidem. Aber versuch das nicht zu Hause, außer die Decke ist wirklich stabil. Altkleider funktionieren gut. Oder du gehst bei dem Müllcontainer hinter dem Teppichladen vorbei, ein Stück die Straße runter. Hol dir einen Armvoll altes Polstermaterial. Das rollst du um ein paar alte Klamotten oder Lumpen oder so was, und dann schiebst du das Ganze hinein. Jetzt komm mal her zu diesem Sack hier.«

Die ersten ein oder zwei Minuten stand er hinter Nat und verbesserte die Haltung seiner Hände nach jedem Schlag.

»Ich schlag dir einen Deal vor«, begann Jack. »Geh nach Hause zum Üben. Trainiere so wie jetzt gerade hier, und vergiss dabei bloß nicht die Fußarbeit. Das machst du eine Woche lang. Dann kommst du wieder her, und vielleicht gehe ich dann mit dir in den Ring.«

Nat ging auf den Deal ein, blieb aber dennoch über zwei Stunden zum Üben. Um verstohlene Blicke auf Jack zu werfen. Um dieses warme Gefühl zu spüren, weil ihn jemand unter seine Fittiche genommen hatte. Jemand, mit dem er sich identifizieren konnte. Jemand, den er sich zum Vorbild nehmen konnte. Eine deutliche Markierung auf seinem Weg zu dem Mann, der Nat plötzlich unbedingt werden wollte.

* * *

Als Nat mit einer riesigen Rolle entsorgter Teppichpolsterung nach Hause kam, war die Alte nirgendwo zu sehen.

Vermutlich bei einer Besprechung in meiner Schule, überlegte er.

Er stopfte seinen Sack aus und suchte dann nach Ideen, wie er ihn aufhängen könnte.

Schließlich löste er dieses Problem, indem er den großen Haken, an dem sonst der Kronleuchter im Esszimmer hing, herausnahm und ihn stattdessen an einem der Deckenbalken festmachte.

Er zog die Handschuhe an, ohne sie zuzuschnüren, und begann mit dem Training.

Es fühlte sich gut an.

* * *

»Was um Himmels willen tust du denn da? Und was macht der Kronleuchter auf dem Esstisch?«

Zu blöd, dachte Nat. Die Alte ist wieder zu Hause.

»Du meine Güte! Ich kann das nicht mehr ertragen!«, kreischte sie. »Dafür hast du den Haken vom Kronleuchter genommen? Wie sollen wir jetzt zu Abend essen?«

»Ich hab keinen Hunger«, erwiderte Nat und boxte weiter.

»Gerade bin ich aus deiner Schule zurückgekommen. Der stellvertretende Schulleiter hat mich angerufen.«

Nat gab keine Antwort und schlug einfach weiter gegen den Boxsack.

»Bist du ohne Erlaubnis aus der Schule weggegangen?«

»Nein.«

»Wie bitte? Was hast du gesagt?«

»Nein.«

»Warum behauptet er das also?«

Nat hielt kurz inne. Zum ersten Mal sah er sie an. »Vielleicht hat er sich geirrt. Oder du hast was falsch verstanden.« Dann fuhr er fort, auf den Boxsack einzuschlagen, diesmal noch fester.

»Du warst also den ganzen Nachmittag in der Schule?«

»Jap.«

»Welches Fach hast du direkt nach Mathe?«

»Geschichte.«

»Und was habt ihr heute Nachmittag in Geschichte durchgenommen?«

»Die Französische Revolution«, antwortete er, von der Boxübung noch ganz außer Atem, die Stimme brüchig. »Wusstest du, dass Marie Antoinette mit ihrem Satz ›Dann sollen sie doch Kuchen essen‹ nicht solchen Kuchen meinte, wie wir ihn essen, sondern dieses grässliche Zeug, das beim Brotbacken an der Pfanne klebt? Wusstest du das? Das rückt die Dinge in ein ganz anderes Licht, oder?«

Stille, während deren er einen Seitenblick auf das Gesicht der Alten riskierte.

»Ja … So schön es ist, dich mehr als einen zusammenhängenden Satz sprechen zu hören … Es ist immerhin – wie lange? – ein oder zwei Jahre her, dass du so viel mit mir geredet hast. Doch trotz dieses Vergnügens glaube ich, dass du lügst.«

»Nein«, wiederholte Nat.

Sie verließ das Zimmer.

Instinktiv wusste Nat, dass er noch mehr Ärger bekommen würde, aber er ließ sich dadurch nicht bei seinem Training stören. Einige Minuten lang hieb er weiter auf den Boxsack ein, während ihm der Schweiß in den Ausschnitt seines T-Shirts lief, was leicht kitzelte. Das Geräusch seines keuchenden Atems gefiel ihm.

Da tauchte die Alte wieder auf. Absichtlich blickte er sie nicht direkt an.

»Ich habe deine Geschichtslehrerin zu Hause angerufen und von ihr erfahren, dass ihr die Französische Revolution *letzte Woche* durchgenommen habt und du heute Nachmittag im Unterricht gefehlt hast. Dass du dir die Bemerkung von Marie

Antoinette gemerkt hast, beeindruckt mich zwar, aber trotzdem heißt das, dass du ein Lügner bist.«

Nat hörte auf zu boxen. Die Hände in den Handschuhen hatte er noch immer am Boxsack und lehnte sich leicht dagegen. Er keuchte: »Das liegt wohl in der Familie.«

Die Alte verlor die Beherrschung und fuhr ihn wütend an: »Das nimmst du zurück!« Sie versuchte, den Boxsack vom Haken herunterzubekommen.

»Nein!«, schrie Nat. »Verdammt, nein.«

»Solche Wörter benutzt du hier nicht, Bürschchen«, brüllte sie und schlug ihn hart ins Gesicht. »Dieses Geschenk wird zurückgegeben.«

Sie streckte die Hand nach den Handschuhen aus, und weil sie unverschnürt waren, bekam sie einen zu fassen und zog ihn von seiner Hand. Natürlich versuchte er, ihn zurückzubekommen, aber sie drehte sich um, presste ihn gegen ihren Bauch und schützte so ihre Beute.

Er griff nach ihr und versuchte, den Handschuh zu packen. Doch stattdessen krachte nur seine Schulter in sie hinein, mit einem harten Schlag. Sie prallte gegen die Wand und wieder nach vorne und blieb schließlich mit einem Plumps auf dem Boden sitzen.

Er packte seinen Handschuh und stürmte aus dem Haus, obwohl er wusste, dass er soeben den Sack geopfert hatte. Aber er wusste nicht, wie er das ändern sollte. Nur, dass jetzt die Zeit gekommen war, abzuhauen.

Als er die Treppe vor dem Haus zur Hälfte runtergestürmt war, hielt er inne und warf einen Blick zurück. Unwahrscheinlich, dass sie verletzt war. Nicht schlimm verletzt jedenfalls. Ganz sicher könnte er in eine Wand rennen und so herunterfallen, ohne dass ihm etwas geschah. Doch sie war alt. Vielleicht war es doch besser, zurückzugehen?

Bestimmt würde sie eine Bestrafung für ihn finden. Da war er sicher.

Hinter dem Fenster konnte er ihr Gesicht auftauchen sehen. Sie drückte die Hände gegen die Glasscheibe und sah, wie er sich umdrehte und, immer zwei Stufen auf einmal, die Treppen hinunterrannte.

* * *

Im Laufschritt wandte er sich Richtung Güterbahnhof. Seine einzige Chance war, schnell dort anzukommen. Dort würden sie zuerst nach ihm suchen, das wusste er. Seine einzige Hoffnung, zu entkommen, bestand darin, dorthin zu gelangen, bevor die Alte bei der Polizei anrief und ihnen verriet, wo sie nach ihm suchen sollten.

Es ging eine halbe Meile bergab bis zu den Gleisen, die er entlangjoggte, immer in der Hoffnung, dass ein Zug vorbeikäme. Es wäre viel besser, wenn er auf etwas aufspringen könnte, das sich schnell fortbewegte.

Er hielt sogar an und legte das Ohr auf ein Gleis, aber es war nichts zu hören.

Als sich die schmalen Grünstreifen auf beiden Seiten der Gleise verbreiterten, sah er den Güterbahnhof und auch, dass er leer war. Keine abgestellten Züge. Ein abgestellter Zug hätte ihm sowieso nicht viel geholfen, außer wenn er kurz darauf losgefahren wäre.

Als er näher kam, duckte er sich wieder ins Gebüsch und fragte sich, wo er sich am besten verstecken könnte. Er schob sich rückwärts ins Unterholz und kauerte sich zusammen, spürte, wie die spitzen Zweige ihn am Nacken, Rücken und unter den Haaren kratzten. Ganz still hockte er dort und lauschte seinem Atem, der sich zum ersten Mal seit Stunden wieder normalisierte.

Die Dämmerung setzte ein, was ihm willkommenen Schutz bot.

Er war ohne Jacke fortgegangen und würde sich nun etwas einfallen lassen müssen, um warm zu bleiben.

Er schloss die Augen. Nach einigen langen Minuten – es konnte auch eine halbe Stunde gewesen sein – hörte er die Gleise vom Geräusch eines herannahenden Zugs vibrieren. Er kam von der anderen Seite des Güterbahnhofs. Sein Pfeifen war ein einladendes Geräusch für Nat.

Aus seiner jetzigen Position wollte er nicht riskieren aufzuspringen. Zu schmal. Zu wenig Spielraum für Fehler. Es war das erste Mal, dass er auf einen fahrenden Zug aufsprang, und er würde wohl nur diese eine Chance bekommen. Außerdem war es halbdunkel.

Die Handschuhe band er an den Schnürbändern zusammen und hängte sie sich um den Hals.

Als er die Vorderlichter der Lok sah, sprang er aus den Büschen und rannte, so schnell er konnte, in den offenen Bereich des Bahnhofs. Im gleichen Moment wurde er von zwei Polizisten mit vorgehaltener Waffe empfangen.

»Nathan Bates?«, fragte der eine. »Du bist verhaftet wegen Körperverletzung.«

Abrupt stoppte er. Was sollte er sonst tun?

Der Zug ratterte hinter ihnen vorbei.

»Ich bin nicht Nathan Bates«, erwiderte er, als man ihn wieder hören konnte. »Sie haben den Falschen.«

»So, haben wir? Dann bist du also nur ein anderer Junge im gleichen Alter, aus der gleichen Gegend, der gerade mit einem Paar Boxhandschuhe auf einen Güterzug aufspringen wollte? Okay, ich sag dir was. Komm mit. Wir werden rausfinden, wer du bist. Wenn du nicht Nathan Bates bist, kannst du wieder gehen. Wenn du doch Nathan Bates bist, wirst du wegen Körperverletzung *und* Falschaussage gegenüber einem Polizeibeamten verhaftet.«

Sie nahmen ihm die Boxhandschuhe weg, und die Hände legten sie ihm hinter dem Rücken in Handschellen. Dann wurde er zu einem Streifenwagen geführt, der auf der gegenüberliegenden Straßenseite parkte.

»Also«, sagte der andere Polizist, »irgendwelche neuen Erkenntnisse dazu, wer du bist?«

»Ich denke, ich bin Nathan Bates«, gab er zu.

»Es ist immer ein wunderbarer Moment, wenn solche Kids sich selbst finden. Findest du nicht auch, Ralph?«

2. Oktober 1974
Noch mehr Nichts

Auf einer harten Holzbank in einer kleinen, kalten Polizeizelle wachte Nat wieder auf.

Die Tür der Zelle war offen, und die zwei Polizisten standen im Türdurchgang und sprachen mit übertrieben lauten Stimmen miteinander.

»Sag mal, Ralph … hast du schon mal ein Kind getroffen, das verdorben genug wäre, seine eigene Großmutter anzugreifen, sodass sie eine Gehirnerschütterung hat?«

Sie hatte eine Gehirnerschütterung? Stimmte das? Er hatte keine Ahnung.

»Nein. Ich habe schon einige verdorbene Kids gesehen. Aber der hier gewinnt den ersten Preis.«

»Was würdest du mit deinem eigenen Jungen machen, wenn er so was anstellen würde?«

»Von meinen würde keiner so was tun. Ich würde sie besser erziehen. Das würde keiner wagen.«

»Aber rein theoretisch. Was würdest du machen?«

»Na ja, wenn die Großmutter Anzeige erstattet, würde ich ihn für ein paar Jahre ins Jugendgefängnis sperren. Das würde ihm eine Lehre sein.«

»Und wenn sie das nicht tut?«

»Dann müsste ich ihm selbst eine Lehre erteilen, nehme ich an.«

Nathan schloss die Augen wieder und wartete.

Sekunden später wurde er unter den Achseln hochgehoben und auf die Füße gezogen. Seine Arme waren immer noch fest auf den Rücken gebunden. Als er die Augen wieder öffnete, blickte er in das Gesicht von einem der beiden. Ralph. Jetzt bloß so wenig Angst wie möglich zeigen. Seine Schultergelenke waren schmerzhaft verzerrt, aber er war schlau genug, sich nicht zu beklagen oder sich auch nur etwas anmerken zu lassen.

»Wie fühlt es sich also an, hilflos zu sein? Na, Junge? Wenn dich jemand so festhält, der größer und stärker ist als du, kommst du dir dann nicht hilflos vor … wie zum Beispiel eine alte Frau?«

Die Wahrheit war, dass dieses Gefühl völliger Hilflosigkeit – und deswegen auch noch verspottet zu werden – ihn fürchterlich wütend machte. Diese Wut breitete sich von seiner Magengegend aus und überwältigte ihn schließlich völlig. Doch es gab nicht viel, was er dagegen ausrichten konnte.

Fast hätte er dem Polizisten ins Gesicht gespuckt. Genug Speichel dafür hatte er schon beinahe gesammelt.

Aber nein. Das würde er nicht tun. Er würde gar nichts tun.

Er dachte nur, es soll alles an ihnen liegen. Alles sollte ihre Schuld sein. Gib ihnen keinen Vorwand.

Also verschloss Nat sein Innerstes wie ein Geschäft zu Ladenschluss. Er sperrte die Tür zu und drehte das Schild um. Jetzt konnten sie mit ihm tun, was immer sie wollten, doch abgesehen von körperlichen Schmerzen würde ihn das nicht dazu bringen, irgendetwas zu fühlen.

* * *

»Meine Güte«, sagte die Alte, als sie hochblickte und sein Gesicht sah.

Sie stand an der Theke und diskutierte mit einem Beamten, den Nat noch nicht kannte. Sie schien einen Moment zu benötigen, ehe sie den Faden wieder aufnehmen konnte. Als hätte der Anblick seines Gesichts alle anderen Gedanken aus ihrem Kopf verbannt.

»Eine Frage noch«, bat der Polizeibeamte hinter dem Tresen. »Wenn Sie keine Anzeige erstatten wollen, warum haben Sie ihn uns dann überhaupt erst einfangen lassen?«

»Also, ich konnte ihn ja nicht einfach abhauen lassen«, antwortete sie.

»Wir sind nicht Ihre Babysitter, Ma'am.«

»So habe ich das nicht gemeint. Das haben Sie falsch verstanden. Ich wollte nicht sagen, dass das der einzige Grund war. Ich meinte … Also, ich habe überlegt, Anzeige zu erstatten, aber ich glaube, dass es in seiner Situation langfristig gesehen nicht das Richtige ist.«

»Es wäre ihm eine Lehre.«

»Wäre es das? Was ist dann mit den Jungs, die Sie jeden Tag aus dem Jugendgefängnis entlassen? Die haben ihre Lektion gelernt, sagen Sie? Die geraten danach nie mehr in Schwierigkeiten?«

Schweigen.

»Natürlich nicht«, fuhr die Alte umständlich fort. »Da werden sie nur noch abgebrühtere Kriminelle. Wenn es Ihnen nichts ausmacht, fahren mein Enkel und ich jetzt nach Hause.«

»Gut. Viel Glück mit ihm, Ma'am. Sicher werden Sie das brauchen.«

Sie wandte sich zur Tür und ging rasch einige Schritte darauf zu, ehe sie anhielt und über die Schulter zu Nat zurückblickte. »Kommst du? Oder gefällt es dir hier?«

Nat blickte den Polizisten hinter dem Tresen an. »Bekomme ich meine Boxhandschuhe zurück?«, fragte er ganz ruhig.

Der Polizeibeamte richtete sich auf. »Gemäß den Bestimmungen über den Besitz eines Inhaftierten … haben wir die persönlichen Gegenstände, die bei deiner Verhaftung konfisziert wurden, an deine gesetzliche Vertreterin übergeben. Das heißt, das, was sie eingefordert hat.«

Für einen Moment kniff Nat die Augen zusammen.

Dann drehte er sich um und folgte ihr zögernd zum Auto.

Das Licht der Morgensonne bohrte sich in seinen schmerzenden Kopf, und er zuckte zusammen. Überlegte, ob er sich übergeben müsse. Um diesen Impuls in den Griff zu bekommen, ließ er sich auf dem Beifahrersitz ihres Autos nieder.

Die Bewegung tat mehr weh, als er erwartet hatte.

Sie setzte sich auf den Fahrersitz und ließ den Motor an.

Nat wurde bewusst, dass sie seine schlimmere Seite – die linke – sehen konnte.

Sag etwas über mein Gesicht, dachte er.

Sie hob die Hand, um den Gang einzulegen, doch dann hielt sie inne und legte ihre Hände wieder in den Schoß. Drehte sich zu ihm und starrte ihn an.

Sag etwas über mein Gesicht.

Eine lange Stille.

Dann fragte sie: »Hast du dich mit diesen Polizisten angelegt?«

Nat schwieg.

Als sie auf halbem Weg nach Hause waren, machte Nat schließlich den Mund auf. »Ich wollte dir nicht wehtun.«

Die Alte antwortete nicht.

4. Oktober 1974
Maulesel

Gegen halb elf am Vormittag traf Nat in der Sporthalle ein. Der kleine Mann war nirgends zu sehen. Im Ring war Jack. Er trainierte mit einem anderen Typen, der zu alt wirkte, als dass er hierhergehörte. Da sie nicht aufsahen, vermutlich wagten sie das nicht, beobachtete Nat sie einfach.

Vorsichtig lehnte er sich an einen schweren Boxsack, der daraufhin nach hinten schwang und gegen die dreckige Hallenwand stieß, studierte Jacks Fußarbeit und wie er die Hände hielt, sodass jeder Hieb des Älteren an Jacks Handschuhen abprallte.

Mit beinahe schmerzlicher Bewunderung sah er den beiden etwa fünf Minuten lang zu. Der andere landete keinen einzigen Treffer.

Als der Ältere schließlich nachließ und müde wurde, machte er einen Fehler. Nat sah es. Er sah es sogar, noch bevor der andere für seinen Fehler bezahlte, was Nat für ein gutes Zeichen hielt. Genau genommen konnte er sogar ausmachen, was der Alte falsch gemacht hatte, wo er zu viel Platz gelassen hatte.

Jacks Rechte traf ihn mit der Wucht eines Güterzuges. Quer durch den Raum konnte Nat die zwei festen Schläge hören, die der Aufprall von Jacks Handschuhfaust verursachte, und wie der Alte rücklings auf der Matte landete.

»Auszeit! Geh dich sauber machen, Fred. Ich habe dich heute geschont.«

»Du brauchst *mich* nicht zu schützen, Mistkerl«, sagte der andere, doch soweit Nat es beurteilen konnte, ohne echten Groll.

Jack hielt dem anderen den Arm hin, um ihm wieder auf die Füße zu helfen. Dann duckte er sich zwischen den Seilen hindurch und ging, während er sich die Handschuhe abstreifte, in Nats Richtung. Nat begriff, dass er die ganze Zeit gewusst hatte, dass er da war. Er machte einfach eins nach dem anderen.

Er trug nur eine Sporthose und kein T-Shirt. Nat musterte verstohlen die wohldefinierten Muskeln auf seiner Brust und seinem Bauch. Es war wie ein Waschbrett, jede Partie war definiert und deutlich abgegrenzt, als wären sie aus Lehm geformt. Sofort wusste Nat, dass er das für sich selbst auch wollte, einen solchen Körper, eine solche Haltung. Er wollte Jacks Leben, wenn das möglich gewesen wäre.

»Hab dir doch gesagt, komm in einer Woche wieder. Waren das jetzt nicht eher vier oder fünf Tage?« Sein Blick fiel auf Nats Gesicht, und er pfiff leise. »Mann, bist du völlig zusammengeschlagen worden, oder was?« Er griff Nat ans Kinn und drehte sein Gesicht zur Seite, um es besser betrachten zu können. »Kein Wunder, dass du boxen lernen willst. Du solltest niemals wieder so einen Scheiß mit dir machen lassen.«

»Und was, wenn es ein Polizist war?«

»Oh. Jetzt wird es aber etwas heikel. Hey, ist heute keine Schule?«

»Vermutlich.«

»Wo ich so darüber nachdenke, war es nicht beim letzten Mal auch schon ein Schultag?«

»Ja, schon möglich.«

»Du machst dir nicht viel aus Schule?«

»Nicht, wenn ich es vermeiden kann.«

»Na ja, ich bin ja nicht von der Schulbehörde. Wo sind deine Handschuhe, Kleiner?«

»Hab sie nicht mehr.«

»Hast sie nicht mitgebracht?«

»Hab sie nicht mehr. Gar nicht mehr.«

»Wurden sie dir geklaut oder so was?«

»So was Ähnliches.«

»Mann, diese tollen Handschuhe. Die waren wirklich erste Sahne. Das ist scheiße, Kleiner.«

»Ja, echt scheiße. Den Sack habe ich auch nicht mehr.« Eine lange Pause. »Was, glauben Sie, kostet so ein Paar?«

»Mehr, als du hast, wette ich. Wie viel hast du denn?«

»Nichts.« Seit beinahe einem Jahr lebte er mit entzogenem Taschengeld.

»Dann würde ich behaupten, sie kosten mehr, als du hast.«

»Haben Sie hier irgendeine Arbeit für mich?«

Jack lachte, ein Schnauben zwischen fast geschlossenen Lippen. »Was zum Beispiel?«

»Putzen zum Beispiel. Den Schweiß vom Boden wischen?«

»Das macht Little Manny. Nein, tut mir leid, Kleiner. Kann dir mit den Handschuhen nicht helfen«, seufzte Jack. Sein Kiefer bewegte sich, als kaute er etwas zwischen den Backenzähnen. »Aber ich sag dir was. Du darfst sie *niemals* mit nach Hause nehmen. Nie. Ich will *niemals* sehen, dass meine Handschuhe diese Halle verlassen. Aber wenn du hier üben willst … kannst du von denen hier ein Paar nehmen.« Mit dem Kinn deutete er auf die gegenüberliegende Wand, wo sechs Paar alte Handschuhe nebeneinander an Haken hingen.

Nathan ging rüber, um sie näher zu betrachten.

Er versuchte, ein Paar zu finden, das in besserem Zustand war als die anderen. Aber sie waren alle gleich und alle schrecklich. Mindestens zwanzig Jahre alt, vermutete er. Die braune Farbe war an den Kontaktflächen weitgehend abgenutzt oder abgekratzt. Isolierband sollte sie davor bewahren, an den Nähten völlig auseinanderzufallen.

Er nahm ein Paar herunter, zufällig ausgewählt, weil er einfach nicht in der Lage war, zu erkennen, ob ein Paar besser war als das andere.

»Ich weiß, ich weiß«, hörte er Jacks Stimme hinter seiner rechten Schulter. »Das ist, als wenn einem der Ferrari gestohlen wird und man auf einem Maulesel reiten muss. Aber wenn du trainieren willst …«

»Ja, unbedingt.«

Er schlüpfte in die Handschuhe und hielt die Hände so vor Jack, dass er sie zuschnüren konnte.

Nat machte einen Schritt auf den schweren Boxsack zu und versetzte ihm mit seiner Rechten einen ordentlichen Schlag. Ein furchtbarer Schmerz barst in seinem Körper. In seinem Bauch. In den Muskeln in seinem Brustkorb, in seinem Bauchraum. Durch den Aufprall hatte er sogar Schmerzen im Kopf.

Eine weitere Minute lang stand er still, mit geschlossenen Augen, die Stirn an den Sack gelehnt, den er immer noch mit beiden Handschuhen festhielt.

Er spürte Jacks Hand auf seiner Schulter.

»Vielleicht in ein paar Tagen. Wenn es dir wieder besser geht.«

»Ich bin in Ordnung.«

Er richtete sich auf und boxte noch einmal den Sack.

Und noch einmal. Und noch einmal. Und noch einmal.

Jack schaute zu. Also konnte er alles tun.

17. Januar 1975
Oh

In Nats armseliger Kleinstadt gab es nur ein Einkaufszentrum. Es lag gut fünfundzwanzig Minuten vom Stadtzentrum entfernt im Umland, und Nat war erst einmal dort gewesen – als er neun gewesen war und die Alte ihn mitgeschleift hatte, um Weihnachtseinkäufe zu machen. Das war in dem Jahr gewesen, in dem ihre Schwester gestorben war und ihr eine Kleinigkeit Bargeld hinterlassen hatte. Seitdem waren die Weihnachtsgeschenke nicht mehr alle selbst gemacht.

Am Freitagmorgen fuhr Nat per Anhalter dort hinaus. Im Einkaufszentrum gab es ein Sportartikelgeschäft, zumindest hatte er das gehört. Dort wollte er sich die Handschuhe näher anschauen.

* * *

In einem Gang hinten im Geschäft sah er sie. Sie steckten in einem schweren Pappkarton, aber er war vorne offen. Dreiseitig wie ein Präsentationskarton.

Es waren genau die gleichen Handschuhe wie die, die er bekommen hatte und die ihm dann wieder genommen worden waren.

Abrupt hielt er an und betrachtete sie lange Zeit. Dann streckte er die Hand aus, um sie zu berühren.

Es war, als würde man unerwartet auf einer belebten Straße eine ehemalige Liebe treffen. Jemanden, den man längst verschollen glaubte. Zumindest stellte Nat es sich so vor. Wenn es nur jemanden gäbe, den er liebte.

Es hätten buchstäblich die gleichen Handschuhe sein können. Ähm, nein. Stimmt nicht, dachte er. Das konnte nicht sein. Nicht genau die gleichen. Die hier waren nagelneu. Aber auch die, die er verloren hatte, waren so neu gewesen. Er hatte keine Chance, die beiden Paare auseinanderzuhalten.

Er nahm den Karton vom Regal und las das Preisschild. Fast dreißig Dollar. Nat schluckte schwer. Als er noch Taschengeld bekommen hatte, waren es zwei Dollar in der Woche gewesen. Jetzt war es nichts pro Woche.

Gerade wollte er sie zurück ins Regal stellen, doch dann schaute er in beide Richtungen. Er war allein im Gang. Niemand würde sehen, was als Nächstes passierte.

Nacheinander zog er die Handschuhe aus dem schweren Karton, ließ sie in seine Büchertasche gleiten und stellte den leeren Karton hinter zwei andere.

Die Tasche schwang er sich über die Schulter und ging zur Tür hinaus ins Einkaufszentrum. Er ermahnte sich selbst, sich nicht zu beeilen.

Trödel nicht, aber beeil dich auch nicht. Benimm dich einfach ganz normal.

Wow, dachte er. Das war ja fast zu einfach.

Geradewegs steuerte er auf den Fahrstuhl zu. Kurz bevor er dort ankam, trat ein Mann in Uniform in seinen Weg. Ein sehr großer Mann in grauer Uniform und mit einem selbstzufriedenen Gesichtsausdruck.

»Sicherheitsdienst«, sprach er ihn an. »Würdest du bitte diese Tasche öffnen und mir zeigen, was du da drin hast?«

Sein erster Gedanke war: Renn weg. Doch er entschied, dass es einen besseren, klügeren Weg gab. Schließlich war er vor einer Weile noch mit einem identischen Paar Handschuhe in seiner Büchertasche herumgelaufen. Also hieß das hier noch nicht, dass er etwas Verbotenes getan hatte.

»Nur meine Boxhandschuhe«, entgegnete er, öffnete die Tasche und ließ den Wachmann hineinspähen.

»*Deine* Handschuhe.«

»Ja. Ein Geschenk von … Sie gehören mir. Ich komme gerade aus der Sporthalle.«

Der Mann warf ihm einen Blick zu, den Nat nicht recht verstand. Aber er verhieß nichts Gutes, so viel war klar.

»Kleiner, du wurdest die ganze Zeit auf einem Überwachungsbildschirm beobachtet.«

»Oh«, machte Nat.

* * *

Die Alte saß hinter dem Steuer ihres betagten Wagens und starrte geradeaus. Nathan fragte sich, wann – ja sogar, ob – sie den Motor anlassen und nach Hause fahren würde.

»Was ich gerade für deine Kaution hinterlegt habe, war die Hälfte meiner Ersparnisse.«

»Die bekommst du zurück. Ich gehe nicht weg.«

»Mehr kann ich nicht ertragen.«

»Das sagst du mir immer wieder.«

»Ich setze dich davon in Kenntnis, und zwar genau jetzt: Wenn noch mal so etwas passiert …«

Nat wartete, aber sie beendete ihren Satz nicht.

»Dann *was*?«

»Fang das nicht mit mir an. Ich will diese Unterhaltung nicht mir dir führen.«

»Nein, wirklich. Sag es mir. Was machst du, wenn ich es noch mal vermassele?«

Keine Antwort.

»Ich glaube, dass du kein Glück damit haben dürftest, mich im Wald bei dem See auszusetzen. Inzwischen bin ich älter und klüger. Wahrscheinlich würde ich sogar allein wieder aus dem Wald rausfinden.«

Sie sah ihn nicht an, blickte durch die Windschutzscheibe nach vorne. Er wartete darauf, dass sie wieder diesen geschlagenen Ausdruck im Gesicht hatte. Doch davon war sie weit entfernt. Jetzt wirkte sie, als wollte sie sagen: »Ich habe mich gegen dich gewappnet, und du wirst mich nie wieder treffen.«

Keine Antwort.

»Dein Glück, dass ich diesmal wohl auch nicht sterben würde«, gab er ruhig zurück.

Eine Pause, dann ließ sie das Auto an, legte den Gang ein und fuhr los.

So begann der erste Moment einer neuen Ära zwischen ihnen. Die Ära, in der die Alte auch nichts mehr sagte.

Nats Meinung nach war das ein gewaltiger Schritt in die richtige Richtung.

Zu Beginn dieser Stille wurde ihm etwas ganz klar. Wenn man erst mal den Fehdehandschuh des Ultimatums hingeworfen hat, passiert noch einmal etwas. Nat stellte sich vor, dass es kaum einen Unterschied machte, was es war. Das wäre der Strohhalm, an dem sie zerbrechen würde. Und er war definiert worden. Vorbereitet. Also würde es so kommen.

Es war nur eine Frage der Zeit.

Teil 3

NATHAN MCCANN

23. September 1975
Er empfindet jetzt immer noch genauso

Es klopfte an der Tür von Nathan McCann, und als er öffnete, stand auf seiner Veranda eine ältere Frau in Begleitung eines mürrischen Teenagers. Das Haar hing ihm in die Augen; er mied Nathans Blick, als könnte er seiner Missachtung auf so einfache Weise Ausdruck verleihen. Sein Gesicht war von jugendlicher Akne übersät. An einem Knie hatte die schmutzige Jeans ein ausgefranstes Loch.

Nathan mochte keine unangekündigten Besucher, und er konnte sich auch nicht erinnern, diese zwei Leute je zuvor gesehen zu haben.

»Nathan McCann?«, fragte die Frau.

»Ja.«

»Nathan McCann, das ist Nathan Bates, der Junge, den Sie im Wald gefunden haben.«

Kurze Stille.

Nathan sah den Jungen näher an, der weiterhin versuchte, seinem Blick auszuweichen.

Es versetzte ihm einen Stich der Enttäuschung. Es war, als hätte ein Teil von ihm gewusst, dass dieser Moment kommen würde, oder ein ähnlicher Moment, und sich dennoch mehr davon versprochen. Etwa ein Gefühl von Verbundenheit oder sofortiger Seelenverwandtschaft. Aber ein solches Band war zwischen ihnen nicht zu erkennen, nirgends zwischen hier und dem Horizont. Der Junge war einfach nur ein Fremder. Und dazu noch ein mürrischer, teilnahmsloser und ungepflegter Fremder. Es hatte keinen Zweck, das zu leugnen, wäre es überhaupt möglich gewesen.

Ertha Bates fuhr fort: »Ich erinnere mich noch an die Zeit, als Sie den Jungen gerne zu sich genommen hätten. Bitte, hier ist er. Als ob Sie schon immer erwartet hätten, dass es so kommen würde. Und vielleicht auch, als würden Sie denken, dass es eine gute Sache wäre, mit diesem jungen Menschen Ihr Leben zu teilen. Da ist Ihnen wohl ein böses Erwachen erspart geblieben. Es sei denn, Sie sind mutig genug, eine zweite Chance zu wollen.

Sagen Sie mir bitte, Mr McCann, empfinden Sie jetzt immer noch so? Denn ich bin mit meinem Latein am Ende. Ich hab's versucht, das ist alles, was ich sagen kann. Das ist alles. Ich hab's versucht. Jeder Mensch hat nur ein bestimmtes Maß an Geduld, und er hat meines aufgebraucht. Restlos erschöpft. Und so kann ich nicht weiterleben. Mit dieser Situation kann ich einfach nicht umgehen. Ich habe fünf Kinder großgezogen mit, so dachte ich, normaler Zucht und Ordnung, aber wenn es bei diesem Jungen etwas gibt, das wirkt, bin ich noch nicht darauf gekommen.

Wollen Sie diesen Jungen immer noch, Mr McCann? Sie würden mir einen großen Gefallen tun. Und ihm ebenso. Ich denke, hier hätte er es besser als in einem staatlichen Heim, und das wird seine nächste Station sein, glauben Sie mir.

Gerade war ich auf dem Weg zur Polizeistation, um ihn zu übergeben. Die Vormundschaft abzugeben, sodass er zur Abwechslung das Problem eines anderen ist. Und mitten auf der Fahrt dorthin sind Sie mir eingefallen. Zuerst dachte ich, wenn ich die Vormundschaft abgebe, muss ich wenigstens das Versprechen halten, das ich Ihnen vor fünfzehn Jahren gegeben habe. Ihn hierherbringen, damit Sie beide sich kennenlernen. Und dann sagte eine Stimme in meinem Kopf: ›Frag ihn, ob er immer noch so empfindet.‹ Selbst wenn ich mir nicht vorstellen kann, warum irgendjemand das tun sollte. Wie jemand so verrückt sein kann. Aber die Stimme brachte mich dazu, herzukommen und Sie zu fragen. Und das tue ich nun. Denn ich bin sicher, dass er es hier besser hätte. Das heißt, falls Sie noch so empfinden.«

»Ja«, sagte Nathan, »ich empfinde immer noch so.«

Der Junge blickte kurz auf, als er das hörte, wandte die Augen aber sofort wieder ab.

»Gut, ich habe seine Sachen im Auto.«

»Wir helfen Ihnen, sie reinzutragen«, bot Nathan an. »Nicht wahr, Nathan?«

Ertha Bates hielt sich nicht lange auf. Sie schien das Thema nicht weiter diskutieren zu wollen. Es gab keine sehnsüchtigen Blicke voller Bedauern. Keinen sentimentalen Abschied. Wenn sie das Gefühl hatte, sie könnte den Jungen vermissen, den sie fünfzehn Jahre lang wie ihren eigenen Sohn großgezogen hatte, dann ließ sie es sich nicht anmerken.

Sobald sie die drei Koffer und den Wäschesack auf den Bordstein gestellt hatten, stieg sie wieder in ihren alten braunen Wagen, beschleunigte mit quietschenden Reifen und fuhr davon.

* * *

Während sie die Sachen des Jungen ins Haus brachten, verspürte Nathan ein kurzes Bedauern, dass Flora diesen Tag nicht mehr erlebte.

Sie hatte ihn gnadenlos damit aufgezogen, dass er immer das Gefühl gehabt hatte, dass es so sein sollte.

* * *

»Du kannst in dem Zimmer schlafen, das früher meiner Frau gehört hat«, erklärte er dem Jungen. »Auf welchen Namen hörst du?«

»Was?«

»Wie wirst du genannt?«

»Ach so. Nat.«

»Gut«, antwortete Nathan. »So können wir Verwechslungen vermeiden. Wir werden nach und nach die Sachen meiner verstorbenen Frau hinaus in die Garage bringen. Du kannst dieses Zimmer vollständig in dein eigenes verwandeln.«

Im Hintergrund konnte Nathan Maggie laut auf der Rückseite des Hauses bellen hören. Die Hündin hörte und roch, dass ein neuer Mensch im Haus war, deshalb würde sie wahrscheinlich weiterbellen, bis sie diesen Menschen eingehend untersuchen konnte.

Nat lehnte mit der Schulter am Türpfosten. »Haben Sie beide nicht zusammen geschlafen?«

Nathan ließ einen Koffer fallen und blieb stocksteif stehen. Einen Moment lang betrachtete er den Jungen; unerschütterlich hielt der seinem Blick stand. Die Bedeutung dieser ersten Tests lastete schwer auf Nathan.

»Ich erwarte nicht, dass du das verstehst«, erklärte er. »Aber wir haben uns auf unsere Weise geliebt. Es war vielleicht nicht immer die beste Art, aber es war alles, was wir hingekriegt haben.«

Absichtlich schaute er Nat nicht ins Gesicht, damit er seine Reaktion nicht sehen musste, denn keine war ihm recht. Er hatte seine Aussage gemacht, und niemand sollte sie weiter infrage stellen.

Stattdessen ging er zur Hintertür und ließ die Hündin ins Haus. Diesen Luxus erlaubte er sich und Maggie seit Floras Tod öfter.

Zusammen gingen sie in Nats neues Zimmer.

Als Nat aufsah, wirkte er verblüfft. »Ist das die Hündin?«

Schwanzwedelnd lief Maggie auf den Jungen zu. Sie schnupperte einen Moment an seiner Hand, die er ihr hinhielt, und leckte einmal begeistert daran. Aus Nats Gesichtsausdruck schloss Nathan, dass der Junge nicht an warmherzige Begrüßungen gewöhnt war.

»Nein, ist sie nicht«, sagte Nathan mit einem Gefühl des Bedauerns wegen der schlechten Nachricht für Nat und auch weil es die Hündin nicht mehr gab. »Nein, Sadie ist schon lange tot. Das ist Maggie.«

»Aha, okay«, machte Nat, und der verblüffte Blick verschwand.

Gerade als Nathan das Zimmer verließ, sagte der Junge: »So ein Zufall, was? Dass wir beide den gleichen Namen haben.«

Nathan drehte sich um und studierte kurz das Gesicht des Jungen. Soweit er das erkennen konnte, gab es keine Anzeichen von Spott oder Sarkasmus. Wenigstens keine Anzeichen, die der Junge verriet. Glaubte er wirklich, es sei Zufall? Hatte ihm niemand etwas verraten?

»Das ist kein Zufall. Du wurdest nach mir benannt.«

Er beobachtete das Gesicht des Jungen, um irgendeine Reaktion zu erkennen. Doch offensichtlich beherrschte Nat es, ein Pokerface aufzusetzen. Äußerlich wirkte er die ganze Zeit, als würde er nichts fühlen oder mitkriegen. Doch Nathan neigte nicht dazu, eine so unwahrscheinliche Zurschaustellung für bare Münze zu nehmen. Nicht von diesem jungen Mann. Von niemandem.

»Echt? Warum?«

»Weil ich der Mann bin, der dich im Wald gefunden hat«, erläuterte Nathan, der sich nicht vorstellen konnte, dass diese Situation einer weiteren Erklärung bedurfte.

»Oh«, machte Nat. Dann, als sich Nathan gerade wieder zum Gehen wandte, fügte er hinzu: »Ich glaube nicht, dass Sie mir damit einen großen Gefallen getan haben, wissen Sie?«

Nathan hielt inne, drehte sich um. Mehr Tests, vermutete er. Mehr theatralisches Getue, für das ihm die Geduld fehlte.

»Oh, glaubst du das?«

»Genau.«

»Dein Leben ist also kein großer Gefallen?«

»Woher wissen Sie, dass ich es überhaupt will?«

»Jeder normale Mensch will sein Leben.«

»Oh, dann glauben Sie, ich bin nicht ganz normal.«

»Nein, ich glaube, dass du es eigentlich willst und bloß nach außen so tust.«

»Was ich meine«, sagte er mit wachsendem Ärger und leicht errötenden Wangen, »ist, dass ich gern wüsste, was mir mein Leben nützt.«

»Du bestimmst den Wert deines Lebens selbst«, erwiderte Nathan.

Der Junge reckte das Kinn, mit dem Rücken lehnte er am Schrank. Für einen kurzen Moment schwieg er, doch Nathan konnte spüren, wie die Worte unverstanden an ihm abprallten. »War das Englisch, was Sie gerade gesagt haben?«

Nathan holte tief Luft. »Gab es irgendwelche Wörter in dem Satz, die du nicht verstanden hast?«

»Hm, lassen Sie mich nachdenken. Den. Wert. Leben. Bestimmen. Nein, ich glaube, eigentlich kenne ich sie alle. Nur was sie zusammen ergeben sollen, das verstehe ich nicht.«

»Aber du erkennst, dass es die englische Sprache ist.«

»Jedes Wort für sich genommen vielleicht.«

»Du weißt, dass es Englisch ist.«

»Englische Sätze müssen doch etwas bedeuten. Dieser Satz eben bedeutet nichts.«

»Dass du sie nicht erfassen kannst, heißt nicht, dass der Satz keine Bedeutung hat.«

»Was soll ich also mit so einem Satz anfangen? Der mir nichts sagt?«

»Steck ihn weg, um ihn eventuell später zu verwenden.«

»In Ordnung«, stimmte Nat zu. »Aber ich sage es Ihnen … der wird dort ganz schön lange warten.«

* * *

Als es Zeit zum Schlafen wurde, klopfte Nathan vorsichtig an, bevor er das Zimmer des Jungen betrat.

»Was?«, fragte Nat, als Nathan einen Stuhl neben sein Bett zog.

»Ich wollte dir nur Gute Nacht sagen.«

»Oh.«

Nathan nahm das Foto aus der Tasche seines Pullovers und legte es auf den Rand von Nats Bett. »Das war Sadie«, erklärte er. »Sie war ein Retriever mit gelocktem Fell. Eine bemerkenswerte Hündin. Ich vermisse sie schrecklich. Maggie ist auch eine gute Hündin, aber deswegen vermisse ich Sadie nicht weniger.«

Nat nahm das Foto in die Hand und starrte es kurz an.

Dann sagte er, als hätte er das Tier auf dem alten Foto nie wahrgenommen: »Warum muss ich so früh ins Bett? Es ist gerade mal acht Uhr. So früh kann ich noch nicht schlafen. Ich bin schließlich kein Kind mehr.«

Doch er wirkte dabei genau wie eins. Sehr sogar. Für einen Fünfzehnjährigen war er klein, wirkte etwas hilflos und verloren, wie er da in Floras altem Bettzeug lag, eingehüllt in Blümchendecken. Nathan fragte sich, ob der Junge seine eigene Angst zugeben konnte. Zumindest sich selbst gegenüber.

»Weil ich dich morgen ganz früh wecken werde. Wir gehen auf die Jagd.«

»Jagd?«

»Ja, Entenjagd. Mit Maggie.«

»Ich kann nicht jagen.«

»Nun, ich schlage vor, dass du es mal versuchst.«

»Um welche Uhrzeit müsste ich aufstehen?«

»Gegen halb fünf.«

»Nie im Leben. Vergessen Sie es.«

»Ich komme rein, um dich zu wecken. Bitte probier es dieses eine Mal mit mir aus.«

Mürrisch schwieg Nat eine Weile. Dann veränderte sich das Gesicht des Jungen. Ganz leicht, aber doch sichtbar.

»Gehen Sie immer an die gleiche Stelle?«

Darauf brauchte er nicht weiter einzugehen, musste nicht beschreiben, welche gleiche Stelle. Beide wussten, was er meinte.

»Ja.«

»Können Sie mir den genauen Ort zeigen?«

»Ja.«

»Okay, dann komme ich mit. Dieses eine Mal.«

Nathan nahm sein Foto, tätschelte Nat durch die Decke am Knie und streckte dann auf dem Weg aus dem Zimmer den Arm zum Lichtschalter aus.

Als wäre Nat nicht erpicht darauf, dass er ihn verließ, fragte er: »Wollen Sie eigentlich gar nicht von mir wissen, was ich getan habe, dass ich rausgeschmissen wurde?«

»Nein, ich halte es für das Beste, wenn wir ganz von vorn miteinander anfangen. Nächste Woche ist dein Geburtstag, den werden wir feiern.«

»Warum denken Sie nach all der Zeit an meinen Geburtstag?«

»Wie könnte ich nicht an deinen Geburtstag denken? Am 2. Oktober 1960 habe ich dich im Wald gefunden. Wie könnte ich ein solches Datum vergessen? Am Tag zuvor warst du geboren worden, am ersten Oktober. Du wirst fünfzehn.«

»Wie kann ich hier leben? Ich kenne Sie nicht mal.« Das stand in keinem Bezug zu Nathans vorheriger Bemerkung, was vermutlich der Grund war, warum er es gesagt hatte. »Dieses Haus kenne ich auch nicht. Alles ist komplett neu für mich. Wie kann ich hier leben?«

Nathan seufzte. »Immer schön der Reihe nach, vermute ich. Ich werde nicht so tun, als sei das kein Problem für dich.«

»Und Sie?«, fragte der Junge, jetzt noch aufgewühlter. »Ist es für Sie kein Problem?«

»Überhaupt nicht«, erwiderte Nathan. »Ich bin glücklich, dich bei mir zu haben.«

Auf dem Weg aus dem Zimmer schaltete er das Licht aus.

24. September 1975
Er ist bereit zu sterben, um es zu schaffen

»Ich kann nicht glauben, dass Sie dumm genug sind, mir ein Gewehr zu geben«, knurrte der Junge, während er versuchte, sich die große Blümchendecke wieder über den Kopf zu ziehen. Doch Nathan hatte sie fest in der Hand. »Sie kennen mich nicht wirklich gut. Ich will nicht auf Entenjagd gehen. Es ist verdammt noch mal vier Uhr früh, und ich will weiterschlafen.«

»In diesem Haus wird nicht geflucht«, entgegnete Nathan. »Außerdem ist es Viertel vor fünf. Und ich bitte dich einfach, dass du es dieses eine Mal mit mir ausprobierst. Wenn es dir nicht gefällt, werde ich dich nie wieder bitten, mitzukommen.«

»Ich sollte nicht gezwungen werden, Dinge gegen meinen Willen zu tun.«

»Gestern Abend warst du einverstanden. Ich erwarte nur, dass du zu deinem Wort stehst.«

»Na, ich weiß aber nicht mehr, *warum* ich zugestimmt hatte.«

»Weil du wolltest, dass ich dir den genauen Ort zeige.«

»Oh.«

Nat setzte sich auf, schwang seine Beine auf die eine Seite des Betts und rieb sich die Augen. Er trug nur ein kurzärmeliges T-Shirt und verwaschene Boxershorts und sah irgendwie resigniert, aber kein bisschen kooperativ aus.

Maggie, die bisher um Nathans Knie herumgerannt war, sprang plötzlich auf ihre Hinterbeine und leckte Nat an der Nase, als wollte sie sagen: Warum in aller Welt willst du dich zu dieser Tageszeit so lang aufhalten?

»Wieso ist sie so aufgeregt?«, wollte Nat wissen.

»Sie liebt es, zur Jagd zu gehen.«

»Oh«, machte Nat, »na, wenigstens einer von uns.«

Für Nat schien es in Ordnung zu sein, loszugehen und das Bett ungemacht zurückzulassen. Aber Nathan ging die einzelnen Schritte mit ihm zusammen durch. Er brachte ihm bei, wie man die Ecken einschlägt, wobei er selbst auf der einen und Nat auf der anderen Seite arbeitete.

Dass Nat die Augen verdrehte, überging er wohlweislich.

Dann prüfte Nathan, ob die Decke straff genug gespannt war – sie war es nicht wirklich.

* * *

Während der Fahrt zum See war der Junge mürrisch und schweigsam, aber er offenbarte Nathan etwas von sich, als er nach hinten fasste, um Maggie am Kopf zu kratzen. Wenigstens kam es Nathan so vor, als würde er trotz der widerspenstigen Böse-Buben-Hülle, die er der Welt zeigte, etwas über sein wahres Wesen verraten.

Vielleicht bemerkte Nat gar nicht, dass er eine gewisse Verletzlichkeit preisgab, wenn er auf Nathans Hündin einging.

Nathan dachte: Ertha Bates hatte gesagt, wenn es etwas gäbe, worauf der Junge reagierte, hätte sie es noch nicht gefunden. Doch Nathan hatte schon einen Riss in seinem Panzer entdeckt. Nat sprach auf Hunde an. Ob es im Hause Bates je Haustiere gegeben hatte? Wohl nicht, vermutete er.

Er warf einen flüchtigen Blick zu Nat, der ihn trotzig erwiderte.

»Was?«

»Nichts.«

Nat nahm seine Hand von Maggies Kopf und starrte geradeaus, die Hände während der restlichen Fahrt bis zum See im Schoß.

Maggie lehnte sich im Vordersitz in Nats Richtung, so weit sie konnte, ohne die Regeln zu verletzen, und ließ sogar ein paarmal ein leises, dünnes Winseln hören. Aber Nat stierte stur aus dem Fenster und tat, als hätte er sie nicht gehört.

* * *

»Vergewissere dich, dass sie gesichert ist«, ermahnte Nathan ihn, während sie im Dunkeln das Auto ausluden. »Und trage die Waffe so, dass sie auf nichts zielt. Entweder über die Schulter nach oben, oder in deiner Armbeuge nach vorne und auf den Boden gerichtet.«

»Aber sie ist doch gesichert.«

»Bei Waffen kann man nicht vorsichtig genug sein.«

Seite an Seite begannen sie ihre Wanderung zum See, während Maggie vorauslief.

Mit seiner Taschenlampe wies Nathan ihnen den Weg.

Der Himmel wurde allmählich heller. In fünf oder zehn Minuten würden sie ohne Hilfe der Lampe ihre Fußabdrücke im herabgefallenen Laub ausmachen können. Dies war die perfekte Zeit, um auf die Jagd zu gehen. Wenn sie den See erreicht hatten, konnte die Taschenlampe verstaut werden, und das natürliche Licht würde ihnen reichen. Doch noch war der Tag nicht angebrochen.

Es war diese Zeit am Morgen, die Nathan immer mit Dankbarkeit für sein Leben erfüllte.

»Ich wünschte, Sie würden mich nicht fragen lassen«, knurrte der Junge, nachdem sie eine kurze Weile gegangen waren. »Ich wünschte, Sie würden es mir einfach erzählen und mir das Fragen ersparen.«

»Wenn wir dort ankommen«, beruhigte Nathan ihn, »zeige ich dir die Stelle.«

Etwa zweihundert Meter weiter deutete Nathan nach vorn: »Gleich dort drüben. Unter dem Baum.«

Der Junge ging hin und schaute im Halbdunkel auf eine frisch gefallene Blätterdecke.

Respektvoll warteten Nathan und Maggie, bis er fertig war. Selbst als der Himmel heller wurde, unterdrückte Nathan den Impuls, ungeduldig zu werden. Es war, als beobachteten sie einen Hinterbliebenen bei einer Beerdigung, der sich dem offenen Sarg in Totenstille näherte.

Es war ein Moment, der keine Eile ertrug.

Nach einigen Minuten drehte sich Nat um und kehrte zu Nathan und der Hündin zurück. Maggie sprang in die Höhe und traf Nat mit ihren Pfoten an der Brust. Das war strikt gegen die Regeln, was sie auch wusste, doch in diesem Moment war sie einfach überschwänglich gewesen. Nat sagte nichts dazu. Auch Nathan beschloss, es dabei zu belassen.

Nathan hätte erwartet, dass der Junge sich nicht mehr an sein Versprechen hielt, jagen zu gehen – jetzt, da er bekommen hatte, was er gewollt hatte. Nathan hätte erwartet, dass er ihm den Mittelfinger zeigte und zum Auto zurückging.

Doch stattdessen folgte er Nathan und Maggie mit leicht gesenktem Kopf bis zum See. Er wirkte, als wäre er plötzlich zu müde, um weiter zu diskutieren.

* * *

Die Lektion im Jagen verlief nicht gut. Sie war vielmehr ein totaler Reinfall, da Nat aufsprang und absichtlich mit den Armen wedelte, um die Enten zu verscheuchen.

»Fliegt weg«, rief er. »Fliegt weg, ihr idiotischen Enten, oder ihr werdet erschossen.«

Das taten sie. Das vielfache Flügelschlagen war auf der Wasseroberfläche zu sehen und zu hören.

Dann setzte er sich und wartete ab, wie Nathan reagieren würde.

»Das Getue, das du bisher gewohnt warst, werde ich nicht akzeptieren«, beharrte Nathan. »Solange du mit mir zusammen bist, benimmst du dich wie ein zivilisierter Mensch.«

»Große Klasse. Sie wollen, dass ich auf etwas schieße. Sehr zivilisiert.«

»Isst du Geflügel?«, wollte Nathan wissen.

»Ob ich was esse?«

»Bist du Vegetarier?«

»Nein.«

»Also dann: Ja, das ist zivilisiert. Was ein Mann essen will, sollte er bereit sein, vorher zu töten. Es ist zwar nicht absolut notwendig, dass man es selbst tut, aber man sollte zumindest bereit sein, der Realität ins Auge zu sehen. Wenn man ein Hühnchen nur isst, wenn man es auf dem Markt kauft, dann ist das der Gipfel der Feigheit und des Augenverschließens. Es musste ja trotzdem jemand töten.«

Nat stand auf und ging ein Stück weg. Einen Moment lang trat er gegen das Gras.

Als Nathan wieder aufsah, blickte er direkt in den Lauf von Nats Waffe.

Natürlich geladen mit feinem Schrot für die Vogeljagd, und zudem hatte der Junge keine Erfahrung mit Schusswaffen. Doch ein größeres Ziel kann man mit einem Gewehr trotzdem nur schwer verfehlen. Außerdem würde der Schuss den Lauf der Waffe etwas anheben, und eine Schrotkugel im Auge könnte tödlich für ihn enden. Es war also vorstellbar, obgleich unwahrscheinlich, dass Nathan getötet werden könnte.

Diese Faktoren wägte er ab, während der Junge seine kleine Rede hielt.

»Sie können mich nicht zivilisieren«, begann Nat. »Sie können mich nicht dazu bringen, dass ich aufhöre zu fluchen. Oder jagen lerne. Oder mich wie ein Gentleman benehme oder auf Nummer sicher gehe. Eher schieße ich Sie nieder, bevor Sie mich zu etwas machen, das ich nicht bin.«

»Ich will doch, dass du so bist, wie du bist«, widersprach Nathan, »nur eben zivilisiert. Davon kannst du mich nur abhalten, indem du mich tötest. Wenn du mich also unbedingt davon abhalten musst, dann ist es wohl besser, du ziehst das jetzt durch.«

Die Hände des Jungen am Gewehr zitterten einen weiteren Augenblick lang, bevor er den Lauf leicht nach unten senkte.

»Vielleicht«, bemerkte Nathan, »war das Einzige, was du die ganze Zeit gebraucht hättest, jemand, der darauf besteht, dass du dich benimmst.«

Vielleicht sogar jemand, der bereit wäre zu sterben, um das zu schaffen.

Der Junge ließ das Gewehr fallen und rannte davon.

* * *

Als Nathan und Maggie etwa zwei Stunden später zu Nathans Kombi zurückkamen, wartete der Junge im Innern des Wagens auf sie. Das gefiel Nathan, aber er machte kein großes Aufheben darum.

Die vier Enten in Leinensäcken legte er vorne ins Auto, zwei auf die Sitzbank zwischen ihnen, zwei in den Fußraum bei Nats Füßen.

»Ich werde nicht darauf bestehen«, erklärte Nathan, »aber da es viel Arbeit ist, vier Enten zu säubern und vorzubereiten, wäre ich froh, wenn du mir dabei helfen würdest.«

»Warum hat sie das getan?«, fragte Nat.

»Ich weiß es nicht«, gab Nathan zu. »Ich kann es mir nicht vorstellen.«

»Überlegen Sie doch mal, wie ich mich dabei fühle.«

»Das habe ich schon. So viele Male.«

»Und dann lässt meine Großmutter mich im Stich.«

»Über die ersten beiden Erlebnisse kannst du weinen und dich bedauern«, erwiderte Nathan. »Das ist bei dir längst fällig. Aber bei dem letzten musst du genauer hinschauen. Du warst es, der deine Großmutter dazu gebracht hat, dass sie nichts mehr mit dir zu tun haben will. Nur ist es mir nicht wichtig, zu wissen, wie du das getan hast.«

»Was müsste ich tun, damit *Sie* nichts mehr mit mir zu tun haben wollen?«

»Da gibt es nichts, was du tun könntest. Niemals würde ich mit dir nichts mehr zu tun haben wollen.«

Den Rest der Rückfahrt verbrachten sie schweigend.

* * *

Nat kam zu Nathan in die Garage, um beim Säubern und Vorbereiten der Enten zu helfen. Ausnehmen wollte er sie nicht, aber er schien imstande zu sein, die Tiere zu rupfen.

»Drei kommen in den Gefrierschrank, und eine brate ich uns heute zum Abendessen. Hast du schon mal Entenbraten gegessen?«

»Ich glaube nicht.«

»Der wird dir schmecken.«

Schweigend arbeiteten sie eine Weile weiter, bis der Junge fragte: »Wissen Sie, was mit meiner Mutter geschehen ist, nachdem sie aus dem Gefängnis entlassen wurde?«

Er erstarrte. Regungslos stand Nathan da, die Hände voller Innereien.

Das Versprechen, das er Mrs Bates gegeben hatte, fiel ihm ein. Themen, die sie für ungeeignet halten könnte, würde er nicht ansprechen. Doch dieses Thema hatte nicht Nathan aufgeworfen. Das hatte der junge Mann getan.

Außerdem, schoss es ihm durch den Kopf, war Mrs Bates raus aus der Sache. Es war nicht mehr so, dass sie den Jungen großzog, wie sie es für richtig hielt; diese Position hatte sie aufgegeben. Jetzt spielte nur noch eine Rolle, was Nathan für richtig hielt, wie man einen Jungen erzog.

»Was hat dir deine Großmutter dazu erzählt?«

»Am Anfang gar nichts. Und dann hat sie immer, wenn ich gefragt habe, angefangen zu weinen. Aber letzte Woche habe ich trotzdem gefragt, worauf sie geantwortet hat, dass meine Mutter nach Kalifornien gegangen ist. Dass sie mit einer großen Karriere viel zu tun und deshalb keine Zeit hatte, mir zu schreiben.« Die Hände noch voller Federn, schaute er zu Nathan auf. »Wollen Sie diese ekligen Eingeweide ewig festhalten? Ich würde die Sauerei ja schnell loswerden wollen, wenn ich Sie wäre.«

»Oh«, machte Nathan und legte sie auf die Zeitung, die er vorbereitet hatte. »Meiner Meinung nach war es falsch, dass sie dir das erzählt hat.«

»Warum?«

»Weil es nicht stimmt.«

Nat warf ihm einen kurzen scharfen Blick zu und ließ seine halb gerupfte Ente mit einem dumpfen Geräusch auf den provisorischen Tisch fallen.

Ein weiterer Riss in seinem Panzer, vermerkte Nathan. Die Wahrheit in dieser Sache ist ihm sehr wichtig. Und er fürchtet sich davor, sie zu hören. Und davor, sie nicht zu hören. »Was ist denn die Wahrheit?«

»Es tut mir leid, dir sagen zu müssen, dass deine Mutter im Gefängnis gestorben ist. Nur ein paar Tage nach deiner Geburt. Sie hatte Blutungen. Es war eine schwierige Geburt, und sie hat eine Sepsis bekommen.«

»Das ist ...«

»Das ist eine Blutvergiftung.«

»Und keiner hat ihr geholfen?«

»Sie hat niemandem gesagt, dass sie Hilfe bräuchte.«

»Oh.« Der Junge nahm den Vogel wieder hoch und fuhr fort, die Federn zu rupfen. »Was ist mit meinem Vater?«

»Was soll mit ihm sein?«

»Er heißt Richard A. Ford. Sitzt er im Gefängnis?«

»Nein, er hat die Kautionsauflagen verletzt und ist abgehauen.«

»Ich könnte ihn finden. Vielleicht könnte ich bei ihm wohnen.«

Nathan konnte die Hoffnung in der Stimme des jungen Mannes hören und bedauerte es sehr, sie zerschlagen zu müssen.

»Ersteres ist unwahrscheinlich. Er versteckt sich vor der Strafverfolgung. Wenn die Polizei ihn bisher nicht gefunden hat, ist es mehr als unwahrscheinlich, dass du es schaffst. Doch der zweite Teil deines Plans macht mir viel mehr Sorgen.«

»Das heißt ...?«

»Das heißt: Man sagt, wenn man beurteilen will, was jemand in Zukunft tun wird, ist es das Beste, sich anzusehen, was er in der Vergangenheit getan hat. Bisher hat er sich nicht gerade als liebevoller Vater erwiesen. Auch wenn das womöglich deine Gefühle verletzt oder dich beleidigt, würde ich sogar so weit gehen, zu behaupten, dass dein biologischer Vater überhaupt kein Vater ist. Dazu bedarf es gewisser Qualitäten. Er ist wohl eher nur ein junger Mann, der aus Versehen ein Mädchen geschwängert hat. Schau, Nat. Du kannst versuchen, ihn zu finden. An irgendeinem Punkt deines Lebens wirst du das sicher tun. Das ist so etwas, das die Menschen meinen, tun zu müssen. Versprich mir nur, dass du dich auf eine Enttäuschung gefasst machst.«

Es folgte eine lange Stille, weil Nathan dies für kein passendes Ende für eine solche Unterhaltung hielt. »Ich weiß nicht, warum deine Großmutter dir nicht die Wahrheit gesagt hat. Sie hatte wohl die Vorstellung, dass manche Wahrheiten für junge Menschen ungeeignet sind. Ich sehe das jedoch anders. Für mich ist die Wahrheit einfach nur die Wahrheit. Sie vor jemandem zu verbergen bedeutet einfach nur, dass man dieser Person nicht genug Respekt entgegenbringt. Doch ich bin sicher, dass sie das nicht so gesehen hat. Sicher hat sie getan, was sie für das Beste hielt.«

Keine Antwort.

»Tut mir leid. Ich weiß, es muss schwer für dich sein, diese Dinge zu hören.«

»Ja und nein«, entgegnete Nat. Weiter ging er nicht darauf ein.

Nathan entschied, ihn einige Zeit damit in Ruhe zu lassen. So lange, wie er es für berechtigt hielt – wie lange das auch letzten Endes sein mochte.

* * *

Zum Abendessen gab es Entenbraten in Apfelsoße mit Kartoffelbrei.

Sie setzten sich, und dann hielten sie beide einen merkwürdig ehrfürchtigen Moment lang inne, ehe sie sich das Essen auftaten. Es schien, als ob die Situation sie eiskalt erwischt hätte, sie praktisch zu Eis gefroren hätte, wie die Oberfläche eines Sees mitten im Winter.

Dann brach Nathan sein sich selbst gegebenes Versprechen und fragte: »Bedauerst du es, dass ich es dir erzählt habe? Oder findest du es besser, dass du es jetzt weißt?«

Zuerst kam keine Antwort. Noch immer rührte keiner von ihnen das Essen an.

Schließlich sagte Nat: »Wenigstens weiß ich jetzt, warum sie mir nie geschrieben hat und mir nie ein Geburtstagsgeschenk geschickt hat, oder ein Weihnachtsgeschenk.«

»Ich dagegen habe dir Geschenke geschickt«, warf Nathan ein. »Ich hoffe, du hast sie bekommen.«

»Ja, jedes Jahr zum Geburtstag und zu Weihnachten hat meine Großmutter mir ein Geschenk gegeben mit den Worten: ›Hier, das ist von dem Mann, der dich im Wald gefunden hat.‹«

Seine Stimme klang verändert, weshalb Nathan aufsah, aber der Junge starrte nur ausdruckslos auf seinen Teller.

»Ich bin ja überrascht, dass sie dir überhaupt von mir erzählt hat.«

»Sie dachte wohl, wenn sie das immer wieder zu mir sagt, also von dem Zeitpunkt an, als ich alt genug zum Sprechen war, dann würde ich nicht viel darüber nachdenken, wenn jemand anders so was sagt.«

»Wenn sie dir jedes Jahr am ersten Oktober ein Geschenk von mir gegeben hat, warum warst du dann überrascht, dass ich mich an deinen Geburtstag erinnere?«

Der Junge zuckte mit den Achseln.

»Es waren vielleicht nicht die besten, passendsten Geschenke«, fuhr Nathan fort. »Ich weiß nicht mal, ob ich dir jemals etwas geschenkt habe, das du dir gewünscht hast. Weil ich nicht den Vorteil hatte, dich zu kennen. Deine Vorlieben und Abneigungen.«

»Das ist aber nicht das Wichtigste«, widersprach Nat. »Entscheidend ist, dass Sie es kein einziges Mal vergessen haben.«

»Hm«, brummte Nathan leicht verlegen. »Lass uns anfangen zu essen, was meinst du?«

Er schob den größten Teil der Ente auf Nats Teller.

Nat benutzte wohlerzogen Messer und Gabel und probierte einen kleinen Bissen, ehe er die Schüssel mit Kartoffelbrei nahm.

»Das ist gut«, lobte er.

Nathan dachte, dass dies vielleicht der Wendepunkt war. Es war nicht ausgeschlossen, dass es am Ende zwischen ihnen beiden doch klappen könnte.

25. September 1975
Er wird dich niemals im Stich lassen

Am nächsten Tag stand Nathan um sieben Uhr auf, machte sich Kaffee – darin war er seit Floras Tod recht gut geworden – und aß rasch etwas Grießbrei zum Frühstück.

Bevor er das Haus verließ, klopfte er sacht an die geschlossene Tür von Nats Zimmer. Er öffnete sie nicht, weil er dem Jungen seine Privatsphäre lassen wollte. Besonders wenn man sich überlegte, wie viel sich für Nat gerade änderte und in welchem Tempo. Dennoch wollte er den Jungen daran erinnern, dass er den ganzen Vormittag nicht da sein würde.

Als er Nat am Abend zuvor mitgeteilt hatte, dass er außer Haus sein würde, hatte Nathan ganz deutlich den Eindruck gewonnen, dass der Junge nur halb zuhörte. Wenn er überhaupt zugehört hatte.

»Nat, ich mache mich auf den Weg und werde den ganzen Vormittag wegbleiben, wie ich es dir schon gestern Abend erzählt hatte. Im Schrank über dem Kühlschrank sind drei verschiedene Sorten Frühstücksflocken.«

Keine Antwort.

Ein Teil von ihm wollte dringend auf irgendeiner Art Antwort beharren. Allerdings hatte er in der letzten Zeit schon auf so vielen Dingen bestehen müssen.

Heute würde er sich noch damit befassen müssen, dass er Nat in seinem neuen Schulbezirk anmeldete. Doch nach dem frühen Aufstehen wegen der Jagd am Vortag erschien es ihm als das Freundlichste, was er tun konnte, jetzt einfach wegzufahren und Nat ausschlafen zu lassen.

* * *

Nach eineinhalb Stunden Fahrt hinaus aufs Land kam Nathan zu der Hundezuchtstation. Es war die gleiche, aus der er auch Sadie und Maggie hatte, unter der Leitung des gleichen Züchters.

Sam begrüßte ihn an der Scheunentür.

»Wie geht's dem Mädchen?«, wollte Sam wissen.

»Maggie geht es gut, danke.«

»Da bin ich froh. Habe mir schon Sorgen gemacht, Sie hier zu sehen. Hätte nicht gedacht, dass Sie so bald einen neuen Hund brauchen.«

»Ist nicht für mich«, erklärte Nathan. »Ich habe jetzt einen jungen Mann in meine Obhut genommen, er ist knapp fünfzehn. Anscheinend ist es nicht leicht, zu ihm vorzudringen, aber Hunde scheint er zu mögen. Sie sind ja auf exzellente Jagdhunde spezialisiert, wie ich weiß, und das ist in dieser Situation nicht ganz passend. Aber vielleicht wissen Sie, wo ich einen finden …«

»Mensch, haben Sie ein Glück«, rief Sam. »Ich habe genau das Richtige für Sie.«

Er führte Nathan zu einem Hundezwinger, in dem sich eine erwachsene Retrieverhündin mit gelocktem Fell und ein halbgroßer Welpe befanden. Sein Stammbaum schien unbekannt, denn sein Fell war länger und glatter, was ihm das Aussehen eines nicht ganz gelungenen Schäferhunds verlieh. Das kräftige Braun des Fells seiner Mutter war bei ihm von weißen Flecken durchbrochen. Im Gesicht schienen dem Kleinen die Haare in alle Richtungen gleichzeitig abzustehen.

»Eine meiner besten Hündinnen ist ausgebüxt und trächtig zurückgekommen. Glück für mich, denn sie hat zehn Welpen geworfen. Haben Sie eine Vorstellung, wie schwierig es ist, für zehn Mischlingswelpen ein neues Zuhause zu finden? Dieser Kleine ist der letzte. Fünf Monate alt.«

»Von welcher Rasse ist er dann?«

Nathan schaute der erwachsenen Retrieverhündin tief in die dunklen, treuen Augen, die seinem Blick standhielten. Sie erinnerte ihn an Sadie, was nicht gänzlich überraschend war; vermutlich waren sie sogar verwandt.

»Keine Ahnung. Die Leute, die die anderen Welpen übernommen haben, halten sie für gute Hunde. Klug, mit feinen

Anlagen. Habe ich immerhin von dreien gehört. Und zurückgekommen ist auch keiner.«

Sam öffnete die mit einer Kette verschlossene Zwingertür. Der Welpe sauste heraus, sprang an Nathan hoch und begann an seinem Handgelenk zu nagen, als wäre es ein Knochen.

»Braucht nur noch jemanden, der ihm Benehmen beibringt«, knurrte Sam. »Mann, das ist Schicksal, wenn Sie mich fragen. Keine Stunde, bevor Sie kamen, habe ich in diesen Zwinger geschaut und mich gefragt, was in aller Welt ich nur mit ihm anfangen soll.«

Nathan setzte den Welpen auf den Betonboden der Scheune und blickte ihm in die Augen. Für eine Weile würde er noch eine Handvoll bleiben. Doch er wäre Nats Handvoll. In seinen Augen spiegelten sich Intelligenz und Verstand. Vielleicht käme er nach seiner Mutter. Die Gene eines Champions würden sich sicher durchsetzen.

»Was verlangen Sie für ihn?«

»Na ja, er ist ein Mischling. Ich will ein gutes Zuhause für ihn, und ich will ihn loswerden. Das ist alles.«

* * *

Auf der Rückfahrt hielt Nathan in der Stadt bei der Bank an und ließ den Welpen in der Transportbox auf der Rückbank im Auto. Noch während er am Schalter stand, konnte er den Welpen kläffen hören.

In dem Moment, als er aus der Bank trat und über den laubbedeckten Gehsteig der Hauptstraße zurückging, hörte er eine Frau seinen Namen rufen.

»Nathan?«

Er drehte sich um.

Es dauerte eine Weile, bis er sie erkannte. Genau genommen war sie schon bis auf wenige Schritte herangekommen, als er begriff, dass es Eleanor MacElroy war.

»Eleanor«, begrüßte er sie sichtlich erfreut über die unerwartete Begegnung. Die Freude war echt. Aus reiner Höflichkeit hätte er keinen solchen Tonfall angeschlagen.

Sie hatte sich kaum verändert, stellte Nathan fest. Ja, sie war älter geworden, aber mit Würde. Nicht so sehr wie er selbst, schien es. Auf das bei Frauen dieses Alters beliebte, aber vergebliche Färben der Haare hatte sie verzichtet. Dennoch waren sie nur leicht mit Grau durchzogen, besonders an den vorderen Haarsträhnen rund um die Stirn.

Nathan glaubte an die Theorie, dass die Menschen, je älter sie wurden, das Gesicht bekamen, das sie in Wahrheit verdienten. In ihrem Fall war das sicher keine Tragödie.

»Nathan, ich habe Sie schon jahrelang nicht mehr gesehen. Vielleicht zwölf Jahre. Wie geht es Ihnen? Und Flora?«

Auf ihre zweite Frage brauchte Nathan nicht einmal eine Antwort zu geben. Sein Gesichtsausdruck sagte anscheinend alles.

»Oh, Nathan, es tut mir so leid. Wie lange ist es her?«

»Drei Jahre.«

»Und haben Sie wieder geheiratet?«

Ihre Frage überraschte ihn nicht nur, sie brachte ihn völlig aus der Fassung.

»Warum … nein, ich habe noch nicht einmal daran gedacht. Ich weiß nicht, wieso Sie dachten, ich würde …«

»Ich glaube, ich auch nicht«, unterbrach sie ihn. »Schließlich bin ich seit fünfzehn Jahren verwitwet und habe auch nicht wieder geheiratet. Es tut so gut, Sie zu sehen, Nathan. Haben Sie es eilig? Oder haben Sie ein paar Minuten? Es wäre so schön, etwas nachzuholen und einiges aus Ihrem Leben zu erfahren. Wie wäre es mit einer Tasse Kaffee? Oder, es ist fast Mittag. Na ja, nicht ganz … wie wäre es mit einem frühen Mittagessen?«

Nathan war noch ganz in Gedanken versunken.

Gewisse Elemente dieser verwirrenden Unterhaltung mit Eleanor klärten sich auf und kamen ans Licht. Doch gleichzeitig war er damit beschäftigt, abzuwägen, wie lange er wegbleiben könnte. Ein frühes Mittagessen mit ihr würde ihm in der Tat gefallen, sogar sehr. Aber er hatte das Gefühl, dass der Preis zu hoch wäre, wenn er Nat zu lange allein ließ.

Und dann war da auch noch der Welpe, der jetzt auf der Rückbank des Autos heulte.

»Ich … äh …«

»Oh, macht nichts. Ich hätte vermutlich gar nicht fragen sollen.«

»Nein, das ist es gar nicht. Es ist nur …«

»Das verstehe ich. Wirklich.«

»Nein«, entgegnete Nathan, »Sie verstehen es nicht. Ich kann mich heute nicht freimachen. Nicht so kurzfristig. Wenn wir das einfach auf ein andermal vertagen könnten …«

»Ja, natürlich. Abendessen bei mir zu Hause? Ich kann mich noch daran erinnern, wie man kocht. Oder zumindest glaube ich das.«

»Das wäre fantastisch. Ich koche nicht besonders gut. Entenbraten bekomme ich ganz akzeptabel hin, aber davon abgesehen hatte ich kein selbst gekochtes Essen mehr seit …« Er brach ab, wollte irgendwie nicht Floras Namen sagen.

»An welchem Abend?«

»Hm, mir egal.«

»Heute um sieben?«

Heute Abend. Dann würde er Nat heute Abend wieder allein lassen müssen. Aber das wäre wohl in Ordnung, nahm er an, solange er es vorher ankündigte. Außerdem würde Nat mit seinem neuen Welpen beschäftigt sein.

»Ja, das wäre toll. Vielen Dank. Heute Abend um sieben klingt perfekt.«

* * *

Als Nathan zu Hause ankam, brachte er den Welpen zu Maggie in die Hundehütte.

»Pass auf ihn auf«, bat er sie, was sie bereitwillig zu tun schien.

Danach ging er ins Haus, um nach Nat zu sehen. Doch er konnte ihn nirgends finden.

Als er die Tür zum Schlafzimmer des Jungen öffnete, fand er das Bett sauber gemacht vor.

War es möglich, dass der Junge das Bett ganz allein so gemacht hatte, bevor er aus dem Haus gegangen war? Und dann war die naheliegende Frage natürlich: Wohin war er verschwunden?

Nathan ging zum Bett hinüber und überprüfte die Ecken des Betttuchs. Auf der einen Seite perfekt eingeschlagen, auf der anderen Seite etwas nachlässiger.

Nein, begriff Nathan. Sosehr er es sich auch anders wünschte, in diesem Bett war nicht geschlafen worden, seit er Nat gestern früh zur Jagd mitgenommen hatte.

Hatte er Nat am Vorabend ins Bett gebracht? War er reingekommen, um ihm Gute Nacht zu wünschen? Nein, er hatte ihm nur ein Handtuch und einen Waschlappen gegeben und gesagt, dass sie sich am Morgen sehen würden. Weil er zu spüren glaubte, dass der Junge überwältigt war. Nie hätte er in Zweifel gezogen, dass es so sein musste. Den Waschlappen und das Handtuch fand er gefaltet und unbenutzt auf dem Waschbecken in Floras altem Badezimmer.

Einige Augenblicke lang saß er nur im Wohnzimmer, bis sich seine Gedanken so weit beruhigt hatten, dass er das Ganze etwas strukturierter angehen konnte.

Der Junge konnte weggelaufen sein, vielleicht nach Hause zu seiner Großmutter. Schließlich war es das Einzige, was er bisher gekannt hatte. Nathan war sicher, dass sie ihn nicht hineinlassen würde, aber es war sicherlich denkbar, dass sich Nat in diesem Punkt einer Selbsttäuschung hingab. Könnte er vielleicht in den Unterricht an seiner alten Schule quer durch die Stadt gegangen sein? Obwohl Nathan nicht für die Fahrt dorthin gesorgt oder darauf bestanden hatte? Das erschien ihm höchst unwahrscheinlich. Nein, vermutlich war er weggelaufen – und auch nicht unbedingt zum Haus der Großmutter. Viel eher wohl irgendwo ins Ungewisse.

Nathan dachte daran, die Polizei zu informieren, aber zwei Überlegungen hielten ihn davon ab. Erstens fragte er sich, ob ein Teenager, vor allem einer, der schon mal aufgefallen war, nicht länger vermisst werden müsste, bevor die Polizei aktiv wurde. Und außerdem stellte er sich vor, dass es schwierig für ihn werden würde, sich als rechtlicher Vormund auszuweisen.

Er entschloss sich, Dachboden und Keller abzusuchen. Nicht, weil er erwartete, Nat dort zu finden. Es war Teil des strukturierten Vorgehens bei der Suche. Wenn zum Beispiel ein Koffer verschwunden war, würde das etwas aussagen.

Dabei fiel ihm ein, dass er noch gar nicht Nats Schränke und Schubladen überprüft hatte. Also begann er damit. Doch von Nats persönlichen Dingen schien nichts zu fehlen. Ein sehr ermutigendes Zeichen, fand Nathan.

Er ging die Kellertreppe hinunter und schaltete das Licht ein.

Die Tür zu seinem Waffenschrank – seinem verschlossenen Waffenschrank – stand weit offen. Auf dem Boden davor lag seine Handsäge neben einem Haufen Metallspäne. Obwohl Nathan drei Gewehre besaß, fehlte eines – und zwar unangenehmerweise das wertvolle Geschenk seines Großvaters.

War es möglich, dass der Junge allein zur Jagd gegangen war? Vielleicht hatte er das Gefühl, Nathans Anerkennung zu bekommen, wenn er eine selbst geschossene Ente nach Hause brachte? Doch nein, wenn er gewollt hätte, dass Nathan stolz auf ihn war, hätte er nicht das Schloss des Waffenschranks durchgesägt. So was macht kein junger Mann, der Anerkennung sucht.

Wie erstarrt stand Nathan da, und seine Gedanken kreisten um all das, als oben das Telefon klingelte. Sofort bildete sich ein eisiger Klumpen in seinem Magen. Als ob das Klingeln selbst schon eine schlechte Nachricht wäre.

Immer zwei Stufen auf einmal nehmend, lief er die Treppe hinauf und riss den Hörer vom Telefon an der Küchenwand.

Es war Nat. Zu seiner großen Erleichterung war es Nat.

»Wo waren Sie?«, fragte Nat. »Ich habe den ganzen Vormittag versucht, Sie zu erreichen.«

»Ich habe dir doch gesagt, dass ich den ganzen Vormittag unterwegs sein würde.«

»Ach wirklich? Wann?«

»Gestern Abend.«

»Oh. Ich brauche Ihre Hilfe.«

»Was ist los?«

»Ich stecke ein bisschen in Schwierigkeiten. Und jetzt brauche ich Sie, damit Sie mir raushelfen.«

»Wörtlich genommen?«

»Ja, schon.«

»Wo bist du?«

»In der Jugendstrafanstalt.«

Nathan seufzte tief. Immerhin war er gefunden worden und würde dort bleiben müssen. »Wo genau ist das?«

»Ich weiß nicht. Ich bin ja nicht selbst hergefahren, wissen Sie?«

»Ist ein Beamter bei dir?«

»Das ist doch offensichtlich, oder? Nee, ich bin hier auf Vertrauensbasis. Wenn ich wollte, könnte ich zur Tür rausspazieren, aber dafür bin ich zu ehrlich.«

»Für eine Person in deiner Lage«, erklärte Nathan, »würde es sich schicken, höflich zu demjenigen zu sein, von dem sie glaubt, dass er helfen könnte.«

»Sich schicken? Demjenigen? Das muss wieder etwas aus Ihrem Englisch-als-Fremdsprache sein. Ups. Wissen Sie, was? Macht nichts. Vergessen Sie's. In diesem Fall verstehe ich, was Sie gemeint haben. Ich gebe Ihnen mal einen dieser netten Beamten hier. Die können Ihnen mehr darüber sagen, wo ich bin.«

* * *

Für Nathan war es unglücklich, dass alle Büros des Landkreises zentriert auf einem Gelände der Stadt zu finden waren, denn es stellte sich heraus, dass man, um zur Jugendstrafanstalt hineinzugehen, durch die gleiche Haupttür gehen musste, die man auch für das Männer- oder Frauengefängnis benutzte. Und an diesen Ort hatte Nathan keine angenehmen Erinnerungen. Ganz und gar nicht.

Zweimal war der Versuch eines Bürgerkredits gescheitert, und so war das Gebäude in noch viel schlechterem Zustand als vor fünfzehn Jahren. Seit seinem ersten Besuch hatte Nathan zweimal dafür gestimmt, aber die erforderliche Zweidrittelmehrheit war trotzdem nicht erreicht worden.

Er trat an den Schreibtisch und wurde von demselben Beamten wie damals begrüßt. Es dauerte einen Moment, bis er den Mann erkannte. Er hatte bestimmt fünfundzwanzig Kilo zugenommen, und seine Haare waren viel spärlicher und grauer geworden. Wenn er doch nur schon in Rente gegangen wäre, dachte Nathan, bevor ich hierher zurückkommen musste. Nahe am Rentenalter wirkte er schon.

Laut seinem Namensschild hieß er Chas. A. Frawley.

Die beiden Männer beäugten sich genau.

Nathan erschien es unmöglich, dass sich der Mann an ihn erinnern würde, aber er hatte den Beamten ja auch wiedererkannt. Nach fünfzehn Jahren. Für Nathan war es aber auch eine verstörende Episode gewesen, und ein Trauma kann Erinnerungen festschreiben. Und Nathan hatte außerdem den Vorteil, den Mann im Kontext wiederzusehen.

»Ich kenne Sie. Nicht wahr?«, begann Frawley.

»Ich bin mir nicht sicher«, antwortete Nathan für seine Verhältnisse nicht besonders entgegenkommend.

»Ich vergesse nie ein Gesicht.«

»Ich möchte Nathan Bates sehen. Den Jugendlichen, der heute festgenommen wurde.«

»Warten Sie. Jetzt weiß ich. Sie sind der Kerl, der mich fast den Job gekostet hat. Als das Mädchen während der Haft gestorben ist.«

Also hatte Frawley anscheinend sein eigenes Trauma, das ihm die Erinnerung unvergesslich machte.

»Ich habe nie gesagt, dass ich der Vater des Mädchens wäre.«

»Sie haben aber auch nicht gesagt, dass Sie es nicht sind.«

»Wenn Sie neue Leute treffen«, entgegnete Nathan ruhig, »erzählen Sie denen dann für gewöhnlich, mit wem Sie nicht verwandt sind?«

»Das war ja ein wenig anders …«

»Nach so vielen Jahren halte ich das für Schnee von gestern. Jetzt bin ich hier, um Nathan Bates zu sehen.«

Der Beamte schnaubte. Er warf – ja wirklich, warf – das Klemmbrett mit dem Registrierungsformular auf den Tisch vor Nathan. Es rutschte weiter und traf ihn leicht mit einer Ecke in die Magengrube.

»Immerhin ist der diesmal am Leben und tritt um sich«, knurrte Frawley. »Und tritt um sich. Und tritt und tritt und tritt. Ein kleiner Satansbraten, wenn Sie mich fragen.«

Das habe ich nicht, dachte Nathan, aber er behielt es für sich. Schließlich hatte er hier sowieso nicht den besten Stand.

»Würden Sie mir bitte sagen, was ihm vorgeworfen wird?«

»Bewaffneter Raubüberfall.«

Nathan blieb buchstäblich der Mund offen stehen. Er musste bewusst daran denken, ihn zu schließen. »Das ist ein schwerwiegender Vorwurf«, erwiderte Nathan.

»Wem sagen Sie das? Schießt an einer Tankstelle mit einem Gewehr um sich. Zum Glück für ihn wurde niemand getötet.«

»Vielleicht war das Gewehr nicht geladen«, fügte Nathan hinzu und hörte die Hoffnung aus seinen eigenen Worten. Als könnte er die Wahrheit verändern.

Frawley schnaubte. »Es war mehr als geladen. Es wurde abgefeuert.«

»Er hat auf jemanden *geschossen*?«

»Ich weiß nur, was in diesem Bericht steht. Waffe abgefeuert. Tankstellenbesitzer verletzt. Nicht lebensbedrohlich. In der Notaufnahme behandelt und entlassen. Hat Ihr Junge Glück gehabt. Wenn er schwer verletzt wäre, hätten Sie die Kaution nicht bezahlen können. Falls er überhaupt auf Kaution freikäme. Warten Sie nur, bis Sie hören, in welcher Höhe die Kaution festgesetzt wurde.«

»Das muss ich mir nicht anhören«, erwiderte Nathan. »Denn ich habe nicht die Absicht, sie zu hinterlegen. Ich muss ihn nur sehen.«

* * *

»Gut«, seufzte Nat. »Sie sind da und bezahlen meine Kaution.«

»Nein«, entgegnete Nathan. »Ich werde dich jeden Tag besuchen kommen. Aber ich werde keine Kaution für dich hinterlegen. Weil ich weiß, dass du abhauen wirst. Bis zum Prozess wirst du hierbleiben, und dann wirst du in der Jugendhaft für das bezahlen, was du getan hast. Ich erwarte, dass du mir genau schilderst, was passiert ist. Ich muss wissen, wie du es wagen konntest, mein Gewehr zu stehlen und damit auf einen völlig Fremden zu schießen.«

In Nats Augen trat echter Schrecken. »Ich habe niemanden erschossen! Sagen die das? Dann lügen sie! Weil ich nie auf jemanden geschossen habe!«

»Der Mann im Büro hat gesagt, dass die Waffe abgefeuert wurde. Und dass der Tankstellenbesitzer verletzt wurde.«

»Darf ich jetzt bitte erzählen, was passiert ist?«

»Gut«, stimmte Nathan zu. Er verschränkte die Arme vor der Brust. Als er sich zurücklehnte, spürte er, wie sich der harte Kunststoff des Stuhls in seinen Rücken presste. »Erzähl.«

»Ich habe nur versucht, ihn dazu zu bringen, dass er die Geldschublade der Kasse öffnet. Also habe ich das Gewehr auf ihn gerichtet. Da greift er nach unten, um die Schublade aufzuziehen. Aber er holt eine Pistole aus der Schublade und zielt damit auf mich. Ich meine, wer macht das denn? Eine Waffe auf einen Typen richten, der ein geladenes Gewehr direkt vor dein Gesicht hält?«

»Du willst mir also weismachen, dass alles sein Fehler war? Weil er versucht hat, sein Geschäft zu verteidigen?«

»Das habe ich nicht gesagt. Auf alle Fälle habe ich mich aus dem Weg geworfen. Sie wissen schon, damit ich nicht erschossen werde. Und bin hingefallen. Dabei ist das Gewehr irgendwie … losgegangen.«

»Also hast du auf ihn geschossen. Egal, ob absichtlich oder nicht.«

»Nein! Habe ich nicht! Ich habe ihn nicht getroffen. Nur die Kasse. Als die Kasse in die Luft flog, traf ihn ein Stück an der Wange. Ich weiß, dass es so war, weil ich noch da war, als der Polizist ihm geholfen hat, es herauszuziehen. Er saß regelrecht auf mir, bis die Polizisten angekommen sind.«

Langes Schweigen. Währenddessen machte der Junge immerhin einen beschämten Eindruck.

»Und wenn die Patrone ihn doch getroffen hat?«

»Hat sie aber nicht.«

»Und wenn doch?«

»Es war nur Schrot für die Vogeljagd.«

»Weißt du, was dieses Schrot anrichten kann, wenn man es aus nächster Nähe abfeuert? Direkt in das Gesicht? Du hättest den Mann töten können, und es war reines Glück, dass das nicht passiert ist. Dass dieser Vormittag nicht in einer völligen und nicht wiedergutzumachenden Katastrophe geendet hat, ist nicht dein Verdienst.«

Wieder ein längeres, verlegenes Schweigen.

»Ich weiß«, murmelte Nat. »Darüber habe ich schon nachgedacht.«

»Na ja, du wirst ja noch viel mehr Zeit haben, darüber nachzudenken. Wahrscheinlich behalten sie dich hier, bis du achtzehn bist. Denn was ich über die Kaution gesagt habe, habe ich auch so gemeint. Du hast das getan, und deshalb musst du dafür bezahlen.«

Eine lange Zeit sagte der Junge nichts. Schließlich gab er zu: »In einer Sache haben Sie recht. Nach der Kaution wäre ich abgehauen.«

»Warum hast du das getan?«, wollte Nathan wissen. »Versuchst du, meine Aufmerksamkeit zu bekommen?«

Der Junge zuckte mit den Schultern. »Alle anderen machen auch schlechte Sachen. Warum ich nicht auch?«

»Ich nicht. Viele Leute tun das nicht.«

Der Junge seufzte und schob sich eine Haarsträhne aus dem Gesicht. »Ich habe Ihnen geglaubt«, sagte er. »Ich habe geglaubt, dass Sie mich nie im Stich lassen würden, solange Sie leben. Dass Sie nie aufhören würden zu versuchen, aus mir einen zivilisierten Menschen zu machen. Ich habe versucht, weit weg zu kommen.«

»Aha.«

»Wollen Sie jetzt nichts mehr mit mir zu tun haben?«

»Ganz im Gegenteil«, antwortete Nathan.

* * *

Seit einigen Stunden war Nathan wieder zu Hause. Er hatte Maggie und den Welpen im Zwinger gefüttert und für sich selbst ein Abendessen aufgewärmt – Fleischbratling mit Kartoffelbrei –, das er vor den Fernsehnachrichten aß.

Dann holte er Maggie und den namenlosen Welpen ins Wohnzimmer zu sich.

Erst als er den Fernseher ausschaltete und auf die Uhr sah – es war fast acht Uhr –, fiel es ihm ein.

Er suchte Eleanors Telefonnummer im Telefonbuch, aber sie stand nicht drin.

Es dauerte zwar einige Minuten, aber er fand ihre Nummer in seinen alten Kundenunterlagen, in einer Kiste mit Bankdokumenten.

Als er wieder reinkam, war der Welpe gerade dabei, gegen die Ecke von Nathans Couch zu urinieren.

Leise Flüche murmelnd, brachte er den Welpen zurück in die Hundehütte, wo er winselte und kläffte. Dann machte er sich wieder auf den Weg zur Garage, um Teppich- und Polsterreiniger zu holen. Doch dann verharrte er, weil er wusste, dass der Anruf dringlicher war. Wenn man Nathans Vorliebe für Sauberkeit bedachte, war er ungewöhnlich dringend.

Beim zweiten Klingeln nahm sie ab.

»Oh, Eleanor«, seufzte er. »Es tut mir so leid. Eigentlich tut es mir mehr als leid. Ich bin völlig beschämt.«

In der entstandenen Pause konnte er das aufgeregte Beschwerdegeheul des Welpen hören.

»Vielleicht hätte ich Sie gar nicht fragen sollen«, begann sie.

»Eleanor, ich bin seit drei Jahren verwitwet und Sie seit fünfzehn. Es ist kein bisschen unschicklich, wenn Sie mich zum Essen einladen.«

»Aber als Sie nicht kamen, dachte ich …«

»Da haben Sie falsch gedacht«, unterbrach er sie. Und dann erzählte er ihr in der Kurzfassung von drei oder vier Minuten, wie er den Jungen, den er im Wald gefunden hatte, bekommen und wieder verloren hatte. »Hatten Sie schon einmal einen solchen Tag?«, fragte er. »Wenn etwas passiert, das so gewaltig ist, dass dadurch alles vorher Gewesene ausgelöscht wird?«

Stille in der Leitung. Nathan glaubte, dass sie wirklich über seine Frage nachdachte.

Dann antwortete sie: »Ich vermute, der Tag, als Arthur seinen Herzinfarkt hatte, war ein solcher Tag.«

Eine lebhafte Erinnerung drängte sich ins Nathans Bewusstsein. Als er Floras Tür um elf Uhr am Vormittag geöffnet hatte, um zu sehen, warum sie noch nicht wach war.

Energisch schob er das Bild wieder weg.

»Was müssen Sie nur gedacht haben, es tut mir so leid«, seufzte er. »Und es tut mir so leid, weil Ihr Essen jetzt ruiniert sein muss. Und ich könnte es Ihnen nicht übel nehmen, wenn Sie mir keine zweite Chance geben wollten. Aber wenn wir vielleicht ein andermal …«

Wenigstens würde er sich diesmal keine Gedanken machen müssen, dass es Ärger geben würde, wenn er Nat allein ließ. Der ganze Ärger der Welt hatte bereits den Weg zu ihm gefunden.

1. Oktober 1975
Er kennt dich immer noch nicht wirklich gut

Einige Tage später, am Geburtstag des Jungen, kam Nathan ihn besuchen.

Seit Nats Haftbeginn war er jeden Tag zu Besuch gekommen, aber an diesem Tag gab er sich besondere Mühe. Versuchte, ihn zu etwas Besonderem zu machen, ohne dass es traurig wurde, wie es bei besonderen Anlässen unter tragischen Umständen oft der Fall ist.

Er brachte einen Geburtstags-Cupcake mit – ein ganzer Kuchen erschien ihm unter diesen Umständen zu übertrieben –, einen halben Entenbraten in Folie und in einer Lebensmittelpapiertüte ein Foto von dem immer noch namenlosen Welpen und ein kleines eingepacktes Geschenk.

Als er durch die Haupttür in das Justizgebäude trat, bedauerte er im Stillen, wie vertraut ihm dieser Ort geworden war.

»Ach, Sie«, murmelte Frawley, als sich Nathan anmeldete.

Auf dem Anmeldeformular fiel Nathan unter den Besuchern von gestern sein eigener Name auf. Es waren nur zwei, abgesehen von ihm.

»Ja«, knurrte Nathan, »ich.«

Es war eine verdeckte Kritik an derart nutzlosem Geschwätz, das Nathan verabscheute. Jegliche Form von Small Talk fand er abscheulich. Der Beamte konnte das jedoch nicht wissen, weshalb das keine unhöfliche Bemerkung gewesen war oder wenigstens nicht als solche aufgefasst werden konnte. Nathan vermutete, dass Frawley es eher für etwas ganz Normales hielt, was man eben so sagte.

»Gibt es etwas Neues darüber, wann mein Gewehr zurückgegeben wird?«, fragte Nathan, wie jedes Mal bei der Anmeldung.

»Nein, aber es wird letzten Endes passieren. Die Mühlen der Beweissicherung mahlen langsam. Was ist da in dem Geschenkpapier? Damit kann ich Sie wahrscheinlich nicht reinlassen. Außer, wenn Sie es auspacken. Ich muss an allem, was hier hereingebracht wird, eine visuelle Prüfung durchführen. Würden Sie es auspacken?«

»Wenn es unbedingt sein muss. Aber er hat heute Geburtstag. Es gefällt mir gar nicht, ihm die Überraschung zu verderben. Wenn Sie fertig sind mit der Prüfung, könnte ich es vielleicht wieder einpacken. Falls Sie Tesafilm haben, den ich ausleihen könnte.«

»Hm, tut mir leid. Wir haben keinen Tesafilm, wir heften alles zusammen. Also, lassen Sie mich das mal näher anschauen.«

Nathan gab es ihm.

Es war klein, leicht und weich. Es steckte nicht in irgendeiner Schachtel. Nathan hoffte, es wäre allein durchs Anfassen offensichtlich, dass es kein echtes Gefährdungspotenzial hatte.

»Ist okay. Da kann ich mal eine Ausnahme machen. Was auch immer es ist, damit kann man niemanden verletzen. Also hat der kleine Missetäter heute Geburtstag.«

»Sein Name ist Nat.«

Der Beamte sah Nathan mit abschätzendem Blick an. Nathans Tonfall machte klar, dass der Mann eine Grenze überschritten hatte. Anscheinend wollte er herausfinden, wie weit.

»Richtig«, gab er zu, »mein Fehler.«

»Jeder kann mal einen Fehler machen«, brummte Nathan, denn ihm war klar, dass sein Schicksal noch für ein paar Jahre in den Händen von Gefängnisbeamten liegen würde.

»Sonst kommt niemand jeden Tag zu Besuch«, bemerkte der Beamte. »Warum wohl?«

»Ich kann nicht für andere sprechen.«

»Was ich eigentlich meinte – warum sind Sie so anders?«

»Ich weiß nicht, ob ich dazu was sagen kann«, erklärte Nathan. »Ich bin so, wie ich bin. Wir alle sind so, wie wir sind, und ich bin mir nicht sicher, ob irgendjemand weiß, warum.«

»Ich vermute, da ist was dran«, gab Frawley zu.

* * *

Nathan stellte den Cupcake, den Entenbraten, das Foto und das Geschenk auf den Holztisch zwischen Nat und sich.

Nat nahm das Foto hoch.

»Was ist das?«

»Dein neuer Hund.«

»Sie schenken mir einen Hund zum Geburtstag?«

»Nein, ich habe dir einen Hund besorgt an dem Tag, als du verhaftet wurdest. Ich bin nur einfach jetzt erst dazu gekommen, ein Foto von ihm zu machen.«

»Ah, verstehe. Da Sie ja nicht wissen konnten, dass ich nicht da sein würde, um ihn kennenzulernen. Zu schade. Werden Sie ihn zurückbringen?«

»Nein.«

»Sie behalten ihn für mich?«

»Wenn du ihn willst.«

»Natürlich will ich ihn. Wie heißt er?«

»Er hat noch keinen Namen. Es ist dein Hund, also gib du ihm einen Namen.«

Der Blick des Jungen landete auf dem eingepackten Geschenk. Das Geheimnis darin verbannte alle anderen Gedanken aus seinem Kopf. Selbst Gedanken an Hunde konnten nichts ausrichten gegen die Neugier, die ein eingepacktes Geschenk hervorrief.

»Kann ich es jetzt aufmachen?«, fragte der Junge.

Der Wachmann blickte Nat über die Schulter, um sich zu vergewissern, dass es nicht mehr enthielt, als Nathan angegeben hatte.

»Du suchst aus, wann du es aufmachst.«

Er riss das Papier ab und starrte das Geschenk an. »Es sieht aus wie eine kleine Mütze«, vermutete er und drehte sie zwischen den Fingern hin und her.

»Es ist eine Mütze.«

Der Wachmann zog sich wieder in die Ecke des Raums zurück.

»Wer kann denn so eine kleine Mütze tragen?«

»Du, als du erst einen Tag alt warst.«

»Meinen Sie, ich habe die getragen?«

»Genau.«

»Als Sie mich gefunden haben? Da hatte ich die an? Und was noch?«

»Du warst in ein Sweatshirt eingewickelt. Ein Sweatshirt für einen Erwachsenen.«

Nathan versuchte, anhand des Gesichtsausdrucks des Jungen seine Reaktion einzuschätzen. Anhand seiner Augen. Um herauszufinden, ob das Geschenk ihm gefiel oder nicht. Nathan war die ganze Zeit klar gewesen, dass das Pendel in die eine oder die andere Richtung ausschlagen könnte.

Und doch fühlte er sich genötigt, dieses Risiko einzugehen.

Aber es gab nichts in dem Gesicht des Jungen, was Nathan hätte einschätzen können. Als würde man versuchen, in ein Zimmer zu spähen, in dem die Rollläden heruntergelassen sind.

Für einen kurzen Moment fragte sich Nathan, ob das Leben hier drin hart für Nat war. Ob die anderen jungen Männer größer waren. Oder stärker. Aber das war eine nicht zu beantwortende Frage, und außerdem könnte er sowieso nichts daran ändern. Nach seiner Einschätzung ging ihn das nichts an, und er würde sicherlich nicht fragen.

»Woher hatte sie wohl eine so kleine Mütze, was meinen Sie?«

»Meine Theorie lautet, dass sie sie gestrickt hat. Ich weiß, dass sie stricken konnte.«

Nat schnaubte. »Richtig. Wie meine Großmutter. Muss in der Familie liegen. Ich hatte nicht ein Mal eine gekaufte Mütze. Oder einen Schal oder Socken. Handschuhe eigentlich auch nicht. Also, woher haben Sie die? War die nicht ein Beweisstück oder so was?«

»In der Notaufnahme haben sie sie dir abgenommen und einfach zu Boden fallen lassen.«

»Und Sie haben sie die ganze Zeit aufgehoben? Warum schenken Sie sie mir jetzt?«

»Ich wollte, dass du weißt, dass sie zumindest zwiespältig war. Sie hat dich ausgesetzt, damit du stirbst, aber etwas in ihr wollte, dass du lebst. Sie hat versucht, dich warm zu halten.«

Nat setzte sich wieder auf seinen Stuhl. Ganz plötzlich, sodass er hörbar daraufplumpste. Er drehte die winzige Mütze einige Male um seinen Zeigefinger, warf sie dann in die Luft, fing sie wieder auf und drückte sie leicht in seiner Handfläche.

»Ein schwacher Trost«, knurrte er.

»Ja, aber immerhin ein Trost. Man kann nicht alles haben. Tut mir leid, wenn es kein tolles Geschenk ist. Ich kenne dich immer noch nicht richtig. Weiß nicht, welche Dinge du magst.«

Nat öffnete seine Hand und ließ die Mütze zwischen ihnen auf den Tisch fallen. Nahm sie wieder hoch, glättete sie und brachte sie vorsichtig wieder in Form. Dann legte er sie wieder zurück, diesmal sanfter. Fast mit übertriebener Sanftheit.

»Nein, es ist toll«, erwiderte der Junge. »Es ist ein gutes Geschenk.« Eine Minute lang saß er schweigend da, dann fügte er hinzu: »Der Baseballhandschuh war auch toll. Den mochte ich wirklich.«

»Gut«, freute sich Nathan, »das ist doch was.«

»Und die Ameisenfarm, aber meine Großmutter hat mir nicht erlaubt, sie zu behalten«, fuhr Nat fort. »Und auch …« Aber er beendete diesen Satz nicht. Er nahm das Foto des Mischlingswelpen. »Das hier ist das Beste, was ich je bekommen habe. Echt scheiße, dass ich ihn nicht kennenlernen kann.«

»Das wirst du.«

»Danke auch für den Entenbraten. Darauf hatte ich Appetit, seit wir auf der Jagd waren. Ähm, *Sie* auf der Jagd waren.«

»Bitte sehr. Ich bin froh, dass er dir genauso gut schmeckt wie mir.«

»Ich habe eine Frage an Sie. Aber ich weiß, dass Sie wahrscheinlich die Antwort selbst nicht wissen. Ich stelle sie trotzdem. Nur um zu hören, was Sie denken.«

»In Ordnung.«

»Glauben Sie, es war so was wie Selbstmord?«

»Du meinst deine Mutter?«

»Ja, meine Mutter. Also sie stirbt an einer Infektion, und trotzdem sagt sie es niemandem. Sie lässt sich einfach davon umbringen.«

»Das ist mir auch schon durch den Kopf gegangen.«

»Vielleicht hat sie sich schuldig gefühlt.«

»Bestimmt hat sie das. Daran habe ich keinen Zweifel. Es gibt keinen Menschen auf diesem Planeten – das heißt, keinen Menschen mit normalem Verstand –, der so etwas tun könnte und sich dabei nicht schuldig fühlen würde. Ich glaube, *die* …«, Nathan deutete auf die kleine Mütze, die zwischen ihnen auf dem kahlen, abgenutzten Holztisch lag. »Ich glaube, die hier ist Beweis genug für ihre Schuldgefühle. Direkt vor uns. Weshalb ich sie mitgebracht habe.«

Eine beunruhigende Zeit lang saßen sie schweigend da. Nathan widerstand der Versuchung, weitere seiner Gedanken vorzubringen. Es schien ihm respektvoller, den Jungen mit seinen eigenen Gedanken allein zu lassen.

Womit er anscheinend auch ziemlich beschäftigt war.

»Na gut«, sagte Nat schließlich, »sie hatte es verdient, sich schuldig zu fühlen.«

Ob sie es verdient hatte, als Folge dieser Schuld zu sterben oder nicht, blieb unausgesprochen.

Nach einer langen, ungemütlichen Stille ergriff Nat plötzlich wieder das Wort, was Nathan fast erschreckte: »Ich nenne ihn Feathers.«

»Feathers?«

»Richtig.«

»Genau genommen hat er keine Federn. Er ist eher komplett drahthaarig.«

»Na ja, natürlich hat er keine Federn. Er ist ja kein Vogel, oder?«

»Ich meinte die Art Federn, die Hunde haben«, erklärte Nathan. Nats Gesichtsausdruck blieb verdattert. »Die langen, fliegenden Haare, die manche Hunde hinten an den Beinen haben. Und auf der Brust. Und am Schwanz. Die werden auch Federn genannt.«

»Oh, das wusste ich nicht.«

»Also, du nennst deinen Hund Feathers, weil …«

Nat zuckte die Schultern. »Er sieht einfach wie ein Feathers aus. Und ich habe noch eine Frage. Kann ein Vogel ohne Federn fliegen?«

»Nein.«

»Niemals?«

»Unter keinen Umständen, die ich kenne.« Nachdem er einige Minuten lang seine Gedanken sortiert hatte, fuhr er fort: »Nein, das wäre unmöglich. Wenn man will, dass ein Vogel nicht wegfliegt, beschneidet man seine Schwungfedern. Ohne Schwungfedern kann ein Vogel unmöglich wegfliegen.«

»Genau«, murmelte Nat. »Das ist so ungefähr das, was ich mir dachte.«

2. Oktober 1976
Er versucht, den Grund zu finden

Glücklicher- und unglücklicherweise zugleich war Nat zur Haft in einem Jugendgefängnis verurteilt worden, das zweieinhalb Stunden Fahrt von Nathans Zuhause entfernt lag. Die lange Fahrt war das Entmutigende. Dies und die Tatsache, dass Besuche nur dreimal pro Woche erlaubt waren.

Die gute Nachricht für Nathan war, dass er keinerlei Erinnerungen an diesen Ort hatte. Und es gab dort niemanden, der Erinnerungen an ihn hegte.

Einige der Angestellten in der neuen Einrichtung waren sogar direkt zuvorkommend und freundlich. Wie zum Beispiel Roger, der Wachmann, der Nathans Besuche überwachte. Manchmal sprach er sogar mit Nathan, als wäre er ein Freund.

Weil Roger bei solchen Besuchen oft der *Einzige* war, der mit Nathan sprach, war seine Freundlichkeit äußerst willkommen.

* * *

Wie es im vergangenen Jahr so oft der Fall gewesen war, sagte der Junge während Nathans heutigem Besuch fast gar nichts.

Daher nahm Nathan, wie er es sich zur Angewohnheit gemacht hatte, ein Buch heraus und begann, Nat vorzulesen. Dies schien ihm der logische Weg, ein solches Dilemma zu lösen. Einen Besuchstag auszulassen war keine denkbare Option. Auch nicht Gespräche in Monologform, mit sich selbst oder mit der Wand. Und er hatte keinen Einfluss auf die Antworten anderer. Besonders nicht die von diesem anderen.

Und sie konnten sich auch nicht einfach eineinhalb Stunden lang anstarren.

Nathan vermutete, dass Nat vielleicht Schwierigkeiten hatte, sich in dieser schwierigen Umgebung zu behaupten. Dass er vielleicht lernen musste, dass er nicht so zäh war, wie er bisher gedacht hatte. Und dass diese Situation ihn verdrießlich stimmte. Doch Nat schien das Ganze nicht diskutieren zu wollen, und Nathan wollte nach wie vor nicht aufdringlich fragen.

An diesem Tag las er Nat etwas aus Albert Einsteins »Mein Weltbild« vor, und zwar den Abschnitt über unsere inhärenten Sozialstrukturen als Menschen. Darüber, wie unsere Handlungen und Wünsche untrennbar mit der Existenz anderer Menschen verknüpft sind.

Als er innehielt, um die Seite umzublättern, gab Nat seinen einzigen Kommentar für den heutigen Tag von sich.

Er sagte: »Dachte, dieser Typ soll klug gewesen sein.«

»Es ist, glaube ich, bewiesen, dass Einstein klug war«, erwiderte Nathan.

Nat schnaubte nur.

Unbeeindruckt setzte Nathan seinen Vortrag fort, bis Roger ihnen bedeutete, dass für heute die Zeit zu Ende sei.

* * *

Roger sah auf und lächelte, als er Nathan durch die Sicherheitstür hinausließ.

»Glauben Sie, es hilft ihm, wenn Sie das tun?«

»Nun«, erklärte Nathan, »ich habe irgendwo gelesen, dass es Patienten im Koma hilft, wenn man ihnen vorliest. Im Vergleich dazu reagiert mein Patient wohl deutlich mehr.«

Roger lachte, etwas länger und lauter als notwendig.

Dann fuhr er fort: »Ich würde sagen, Sie sind die Geduld in Person. Fahren den ganzen Weg hierher. Drei Mal die Woche. Nach Ihnen könnte ich meine Uhr stellen.«

»Ist das etwas Besonderes?«, fragte Nathan.

»Oh, Mann. Sie haben ja keine Ahnung. Die meisten dieser Kids, deren Eltern vielleicht nur zwanzig Minuten von hier wohnen, können sich glücklich schätzen, wenn sie ein paar Minuten im Monat bekommen. Oder unglücklich, je nachdem.«

»Jemand musste ja mal mit dem Klischee der Rabeneltern brechen«, entgegnete Nathan. »Trotzdem glaube ich nicht, dass es so besonders ist.«

»Ist es doch, wenn man berücksichtigt, dass er Sie gerade mal drei Tage lang kannte, als er verhaftet wurde.«

»Nein«, behauptete Nathan. »Ich habe ihn schon sein ganzes Leben gekannt.«

Roger zog eine Augenbraue hoch. »Also lügt er?«

»Er lügt nicht, sondern sieht das nur anders als ich. Aber ich bin nicht sein Vater oder Großvater.«

»Ich weiß; davon habe ich gehört. Wir sollten solche Dinge eigentlich nicht wissen, aber es wird rumerzählt. Glauben Sie mir, ich will nicht in Ihre Privatsphäre eindringen. Aber ich habe mich eben gewundert.«

Nathan hatte das Gefühl, dass dieser Mann den Wunsch hatte mitzureden, und bemerkte plötzlich, dass Roger schon einige Zeit darauf aus gewesen war, Fragen zu stellen und Kommentare abzugeben. Doch er war vorsichtig gewesen, um seine Grenzen nicht zu überschreiten, was Nathan respektierte. Und was Nathan gewogen machte, ihm zu antworten.

Roger fuhr fort: »Es ist nur so eine ungewöhnliche Situation. Es ist ziemlich selten, dass hier so was passiert. Deshalb bin ich einfach etwas neugierig, wissen Sie? Aber ohne respektlos sein zu wollen. Das lässt einen über die Auswirkungen einer einzelnen Tat staunen. Weil Sie sein Leben gerettet haben? Ich habe mal von einer östlichen Religion gehört, deren Anhänger glauben, dass man, wenn man jemandem das Leben gerettet hat, für immer für seine Seele verantwortlich ist. Oder waren das die Indianer?«

»Egal«, gab Nathan zurück, »da ich davon ohnehin kein Wort glaube.«

»Warum also?«, fragte Roger. Er schien ehrlich interessiert zu sein, fast atemlos auf die Antwort auf seine Frage zu warten. Nathan wollte glauben, dass es nur persönliches Interesse war. Er vertraute Roger, dass er seine Antwort nicht im Gefängnis herumtratschen würde. Er hoffte, nicht enttäuscht zu werden. »Warum dieses bemerkenswerte Engagement?«

»Warum nicht?«, fragte Nathan. »Was habe ich sonst mit meinem Leben angefangen, das besonders ist?«

Teil 4

NATHAN BATES

8. Mai 1978
Eklig

Roger kam zur üblichen Zeit in seine Zelle, um das Übliche zu sagen. Da war Nat sicher.

Er hatte ein Nickerchen gemacht. Nicht bewusst. Er war immer wieder eingeschlummert und hatte von Jack geträumt. Davon, wie er mit Jack in der Turnhalle trainierte. In seinem Traum hatten sich Nats Arm- und Brustmuskeln genau wie bei Jack entwickelt.

Auf seiner Pritsche lag Nat auf dem Rücken, darauf bedacht, sich nicht aufzurichten oder aufzusetzen oder etwas anderes zu tun, was Aufmerksamkeit auf ihn lenken könnte.

Die Besuchstage waren inzwischen zu so regelmäßigen Ereignissen geworden, dass seine Zellengenossen ihnen keine Beachtung mehr schenkten. Tatsächlich konzentrierten sie sich viel mehr darauf, sich auf etwas völlig anderes zu konzentrieren. An diesen Tagen lag ein Hauch negativer Spannung in der Luft. Mehrfach hatte Roger schon vermutet, dass es Eifersucht sei, was Nat sich aber nicht vorstellen konnte. Hätte er es glauben können, er hätte die beiden Zellengenossen gern eingeladen, sich an seiner Stelle an den Tisch zu setzen. Und wenn sie zurückkehrten, dürften sie kein Wort verlieren über Ernest Hemingways Überlegungen zum Angeln, Albert Einsteins Ansichten über die Gesellschaft oder Präsident Carters Äußerungen zum aktuellen Steuerjahr.

»Du hast Besucher«, kündigte Roger an.

Das war so seltsam, ein so deplatzierter Gedanke, dass Nat ernsthaft glaubte, Roger müsse sich versprochen haben. Er wartete kurz darauf, dass der andere sich selbst verbesserte und sagte, dass er *einen* Besucher gemeint hatte. Einzahl.

Doch das tat er nicht.

»*Besucher?*«

»Ja, weißt du, was das ist? So was wie ein einzelner Besucher. So wie sonst immer. Nur, dass es in diesem Fall mehr als einer ist.«

»Wer denn?«

»Nun, denk mal über Folgendes nach: Heb deinen Arsch von deiner Pritsche, und schaff ihn in den Besucherraum. Dann werden deine Augen dir alles mitteilen, was du wissen musst.«

Nat seufzte tief.

* * *

Wenigstens waren es nicht zwei völlig Fremde. Wenigstens nur einer.

Nat setzte sich an den Tisch gegenüber von Dem Mann und irgendeiner Frau, die er mitgebracht hatte. Eine Frau im gleichen Alter wie der alte Herr. Sie lächelte Nat an. Er runzelte die Stirn und sank tiefer in seinen Sitz.

Anscheinend meinte der alte Mann, das Schweigen brechen zu müssen.

»Nat, das ist Eleanor. Eleanor, das ist der junge Mann, von dem ich dir schon so lange so viel erzählt habe. Nat.«

»Was haben Sie ihr von mir erzählt?«, wollte Nat wissen.

Zu diesem Zeitpunkt bemerkte Nat, dass Roger, der Wachmann, sich sehr nah positioniert hatte. Er stand mit dem Rücken zur Wand, die Arme verschränkt, und das nah genug, um die Unterhaltung zu belauschen. Er befand sich in Nats Blickfeld, aber hinter den Besuchern, die ihn nicht sehen konnten.

Bei Nats Frage schüttelte Roger leicht den Kopf.

Großartig, dachte Nat, die Unhöflichkeitspolizei.

Er rutschte noch tiefer in seinen Sitz und beschloss, gar nichts zu sagen.

Etwa fünf Minuten lang redete der alte Mann weiter. Vielleicht auch etwas länger. Es kam ihm auf jeden Fall länger vor. Anscheinend war er der Einzige im Raum, der bereit war, etwas zu sagen, also tat er es. Er erzählte, wie er und diese alte Frau sich vor zwanzig Jahren kennengelernt hatten und wie sie sich an dem Tag, als Nat verhaftet worden war, wiedergetroffen hatten und dass sie sich nun seit ein paar Jahren trafen, während Nat nicht da war.

Während er sprach, spürte Nat gelegentlich, dass die alte Frau seinen Blick suchte. Absichtlich schaute er weg. Doch es war schwierig, Rogers und ihrem Blick gleichzeitig auszuweichen. Und Roger schien entschlossen, ihm mittels Augenkontakt eine Botschaft zu übermitteln.

Nat fragte sich kurz, ob achtzehn zu werden bedeutete, dass man durch die Welt spazieren konnte, ohne dass man ständig gesagt bekam, was man tun, sagen oder denken sollte. Und wohin man seinen Blick lenken sollte.

Aus diesem Höllenloch herauszukommen würde das auch nicht ändern.

»Also, wir wollten, dass du der Erste bist, der es erfährt«, hörte er den alten Mann sagen, seine Gedanken über Freiheit unterbrechend.

»Was erfährt?«, fragte Nat. Er wusste nicht, ob er einen Teil der Unterhaltung verpasst hatte oder nicht.

»Dass Eleanor und ich heiraten werden.«

Alarmierende Stille.

»Sie heiraten?«

»Ja.«

»*Warum?*«

Aus dem Augenwinkel sah Nat, wie Roger die Stirn runzelte und den Kopf schüttelte. Außerdem sah er, wie die alte Dame unbehaglich auf ihrem Stuhl hin und her rutschte.

Nat sah zu dem alten Mann auf, der ihn wie gebannt musterte.

»Aus dem gleichen Grund, aus dem alle heiraten. Weil sie sich lieben und die Gesellschaft des anderen genießen. Und weil sie in ihrer Beziehung an einen Punkt gekommen sind, an dem sie miteinander glücklicher sind als ohneeinander.«

Nat runzelte die Stirn und schwieg. Dadurch entstand so etwas wie ein unbehagliches Vakuum. Besonders wenn man bedachte, dass die Besuchszeit noch weit mehr als eine Stunde dauerte.

* * *

»Was zum Teufel ist dein Problem?«, fragte Roger, als er Nat in die Halle hinunter- und in seinen Zellenblock führte.

»Welches von meinen vielen Problemen meinen Sie?«

»Dieser Kerl hat dir alles gegeben. Hat deinen Arsch gerettet, als du neugeboren warst. Kommt an jedem Besuchstag hierher. Dreimal die Woche fährt er fünf Stunden hin und zurück, damit du weißt, es gibt da einen, dem du wichtig genug bist …«

»Ich habe ihn nicht darum gebeten …«

»Ich war noch nicht fertig. Wie wäre es, wenn du zur Abwechslung mal nur zuhörst? Er nimmt dich auf, wenn du hier rauskommst. Gibt dir die Chance, neu anzufangen. Also … würdest du mir jetzt bitte erklären, warum du einem Mann wie ihm sein kleines bisschen Glück im Leben nicht gönnst?«

Nat ging einfach weiter.

Roger hielt an und packte ihn am Kragen seines orangefarbenen Gefängnisanzugs. Er zog ihn zurück und presste ihn, für eine nicht überwachte Autoritätsperson vergleichsweise sanft, wie Nat fand, mit dem Rücken gegen die abblätternde Farbe der Wand im Gang.

»Ich dachte, wir unterhalten uns gerade«, zischte Roger, sein Gesicht nahe an Nats.

Nat verdrehte die Augen. »Was war noch gleich die verdammte Frage?«

»Warum sollte er *nicht* heiraten?«

»Ich hab nie gesagt, dass er nicht heiraten sollte.«

»Warum kannst du dich nicht für ihn freuen? Warum musst du es ihnen so schwer machen?«

»Es ist einfach eklig.«

»Es ist nicht eklig, es ist süß.«

»Sie sind schon alt.«

»Nicht so sehr alt.«

»Sie sind wohl … über sechzig, schätze ich.«

»Und?«

»Und finden Sie das nicht eklig?«

»Viele Leute heiraten, wenn sie jung sind, und sind dann immer noch verheiratet, wenn sie sechzig sind. Oder siebzig. Oder achtzig. Ist das eklig?«

»Wenn man gründlich darüber nachdenkt, ja.«

»Ah«, machte Roger. »Ich glaube dir kein Wort. Du sagst nicht die Wahrheit. Auch dir selbst sagst du nicht die Wahrheit. Es gibt einen Grund, weshalb dich das stört. Und du weißt selbst nicht einmal, was es ist.«

»Wie zum Beispiel?«

»Wie zum Beispiel, dass du sauer bist, weil er etwas tun kann, während du hier drin mit anderen Kerlen eingesperrt bist?«

»O Gott, jetzt ist es noch ekliger geworden. Ich will darüber nicht nachdenken ...«

»Oder vielleicht willst du nur einen Nachmittag lang seine ungeteilte Aufmerksamkeit haben?«

In der Tat dachte Nat etwa eine Minute lang darüber nach. Seine Großmutter hatte ihm auch schon vorgeworfen, immer im Mittelpunkt stehen zu müssen. Aber sie hatte falsch eingeschätzt, was zu dieser Zeit los gewesen war. Keinen Schimmer hatte sie gehabt. Und doch maß er Worten, die er zweimal hörte, besondere Bedeutung bei. Er probierte sie aus. Aber sie schienen nicht zu passen.

Er wünschte kurz, jemand würde den Gang entlangkommen und den Moment beenden. Aber niemand kam.

»Nein, das ist es nicht, glaube ich«, fing er an.

»Ich sag dir was ...« Roger holte ein Bündel Geldscheine aus seiner Tasche, zog einen Zehner heraus und hielt ihn Nat unter die Nase. »Zehn Dollar für eine ehrliche Antwort.« Dann schaute er in beide Richtungen und steckte das Geld schnell wieder ein.

Es verstieß gegen die Regeln, wenn ein Häftling während der Haft Bargeld besaß, und deshalb war es entsprechend begehrt und kostbar. Mit zehn Dollar konnte sich Nat von ziemlich viel Ärger freikaufen, das wusste er. Und Roger wusste es auch.

»Woher wissen Sie, ob es ehrlich ist?«

»Wenn es ehrlich klingt, werde ich im Zweifelsfall für dich entscheiden. Aber es hat auch keine Eile. Denk darüber nach, und komm wieder auf mich zu.«

Dann fasste er Nat an der Schulter, drehte ihn um und führte ihn wieder in seine Zelle.

10. August 1978
Merkwürdig

Als sie am Nachmittag auf dem Gefängnishof Basketball spielten, schied Nat absichtlich aus dem Spiel aus. Er gab vor, sich einen Wadenmuskel gezerrt zu haben, und ließ die Kerle, die er sowieso nicht mochte, ohne ihn weiterspielen.

Er fing Rogers Blick auf, während er zu einem Tischchen in der Ecke des Hofs hinüberhumpelte. Vier Ecken, vier Wachleute. Natürlich wählte er Rogers Ecke.

Er musste ihm etwas sagen. Und Roger schien das gleich zu begreifen.

Zusammen beugten sie sich über den Tisch und schauten dem Spiel zu.

»Also, was hast du für mich?«, wollte Roger wissen. »Gibt's was?«

Schweigend beobachtete Nat noch einen Moment lang das Basketballspiel.

Schließlich begann er: »Es ist einfach merkwürdig …«

»Äh … nö. Bei merkwürdig komme ich nicht mehr mit.«

»Nein, Sie haben mich nicht ausreden lassen. Das wollte ich nicht sagen: dass *sie* merkwürdig sind. Nur dass es merkwürdig ist … wissen Sie … für mich. Zum Beispiel, weil ich in ein paar Monaten in sein Haus zurückkehren und dort leben werde. Und ich war doch bisher nur für ein paar Tage dort. Es ist also alles neu und komisch für mich. Aber ihn kenne ich nun etwas, von all seinen Besuchen. Also dachte ich, es wird schon werden. Aber *sie* kenne ich nicht. Also ist wieder alles neu und komisch. Es ist irgendwie … Ich glaube, merkwürdig ist nicht das passende Wort, aber mir fällt keines ein.«

»Unheimlich?«

»Vielleicht. Ja, ich glaube schon.«

Eine Pause entstand, während deren Nat sich fragte, wie er sich geschlagen hatte.

Plötzlich fuhr Roger herum und packte ihn am Gefängnisanzug. Rogers Gesicht kam nahe an seines heran. Nat zuckte zusammen und machte sich auf etwas gefasst. Jetzt würde er ihm gehörig die Leviten lesen, aber er hatte keine Ahnung, weswegen.

Aber in diesem privaten Moment, den er geschaffen hatte, blinzelte Roger ihm zu und schob einen zusammengefalteten Geldschein in die einzige Brusttasche des Gefängnisanzugs.

»Das klingt jetzt mal nach der Wahrheit«, sagte er dabei.

Dann ließ er ihn wieder los, und Nat fuhr sich über den Anzug. Er wartete, bis sich sein Atem normalisierte.

Roger wollte vom Tisch weg und gehen.

»Einen Moment bitte«, bat Nat.

Roger hielt an und drehte sich um. Wieder kam er ganz nah.

»Warum war Ihnen das zehn Dollar wert?«, fragte Nat leise. Er war sich dessen bewusst, dass von den anderen Wachleuten keiner etwas hören oder wissen durfte.

Roger holte tief Luft. »Weil … Wo ich sitze, scheint keiner bei *irgendetwas* zu wissen, warum zum Teufel er das tut. Oh, natürlich haben sie alle eine Geschichte, die sie nach außen hin erzählen. Aber die klingt schwachsinnig. Weil sie völliger Blödsinn *ist*. So wie ich das sehe, sind Gefängnisse wie dieses hier deshalb so voll. Weil ein Haufen ängstlicher kleiner Idioten jeden darüber belügt, warum sie tun, was sie tun. Sogar sich selbst belügen sie. Je älter ich werde, desto mehr stört mich das. Also wollte ich einfach mal sehen, ob du das kannst. Weißt du? Wenn man dir etwas Zeit zum Nachdenken gibt und einen echten Anreiz, es hinzukriegen. Vermutlich dachte ich, wenn du es könntest, kann es jeder.«

»Wow, danke«, antwortete Nat.

27. September 1978
Liebend gern

Wie jeden Montag, Mittwoch und Freitag schlurfte Nat in den Besucherraum. Suchend sah er sich nach Dem Mann um, entdeckte aber nur die Eltern eines anderen Jungen und eine alte Frau.

Als er die Alte genauer anschaute, blickte sie auf.

Es war seine Großmutter.

Nat sah zu Roger hinüber, der ihm auswich. Er wollte Rogers Blick auffangen und ihn wortlos fragen, warum er nichts gesagt hatte. Warum er Nat nicht freundlicherweise eine Warnung hatte zukommen lassen. Aber auf dieses Spielchen schien Roger nicht eingehen zu wollen.

Eine ganze Weile stand Nat vor ihrem Tisch, bis Roger zu ihm kam, ihm beide Hände auf die Schultern legte und ihn entschieden in den Stuhl drückte.

»Hallo, Nat«, begrüßte ihn die Alte.

Nat antwortete nicht.

»Aha. Sprichst du immer noch nicht mit mir nach all den Jahren?«

»Wo ist der Mann, der mich im Wald gefunden hat?«, fragte Nat. Diese Formulierung erschien ihm ungeschickt, aber er wusste nicht, wie er ihn sonst nennen könnte. Nathan? Mr McCann? Der Kerl, der an deiner Stelle hier sein *sollte*?

»Er war damit einverstanden, draußen zu warten, bis wir mit unserem Gespräch fertig sind.«

»Meiner Meinung nach«, unterbrach Nat sie, »*sind* wir mit unserem Gespräch fertig.«

»Na ja, *ich* habe noch ein paar Dinge zu sagen.«

Nat runzelte die Stirn und rutschte tiefer in seinen Stuhl. Er unterdrückte den Impuls, wegzugehen, weil er wusste, dass Roger ihn nur wieder zu seinem Stuhl zurückführen würde.

»Zuallererst«, begann sie, »muss ich dir eine Frage stellen. Die lautet: Was hätte ich tun sollen? Hätte ich dir, als du noch ein Dreikäsehoch warst, erzählen sollen, dass deine Mutter dir so etwas Schreckliches angetan hat? Was wäre angebracht gewesen?«

Zum ersten Mal sah Nat ihr direkt in die Augen, und erwartungsgemäß wandte sie den Blick ab.

»Ja«, antwortete er geradeheraus. »Das wäre angebracht gewesen.«

»Warum? Würde es dir etwas ausmachen, mir mitzuteilen, warum du das für eine gute Art hältst, mit dieser Sache umzugehen?«

»Sicher«, erwiderte Nat. »Liebend gern. Weil ich dann gewusst hätte, dass meine Mutter ein verdorbenes Miststück war, das sich einen Scheiß um mich gekümmert hat ...« Nat konnte ihre Einwände gegen seine Ausdrücke spüren, aber er hob die Hand, und sie ließ ihn weitersprechen. Am Rande seines Blickfelds konnte er sehen, wie Roger einen Schritt nach vorne machte und dort erstarrt stehen blieb. »Nein, ich bin noch nicht fertig. Ich hätte all das über *sie* gewusst. Aber ich hätte gewusst, dass ich *dir* vertrauen kann. Und so hätte ich immerhin einen Menschen im Leben gehabt, dem ich hätte vertrauen können.«

Eine unangenehme Zeit lang starrten sie beide den Tisch an.

»Ich weiß nicht, ob ich dir da zustimmen kann«, ergriff sie schließlich wieder das Wort. »Nehmen wir an, du hast recht. Ich bin nur ein Mensch, und wir machen alle Fehler. Richtig oder falsch – ich habe getan, was ich für das Beste hielt. Das kannst du mir doch verzeihen, oder?«

Nat antwortete nicht. Weil er ihr nicht verzieh.

»Nach allem, was ich dir verzeihen musste?«, fragte sie.

Das ist mir neu, dass du mir jemals etwas verziehen hättest, dachte Nat. Aber er sagte nichts.

»Und das andere, was ich mit dir besprechen wollte. Ich weiß, dass du nächste Woche rauskommst. Wenn du achtzehn wirst. Und wenn du wirklich deine Lektion gelernt hast ... und das kann ich nur hoffen … wenn du mir absolut versprichst, dass es keine Gewalt, keinen Diebstahl, keine Lügereien mehr geben wird und du dir einen Job suchst und auf dem rechten Weg gehst … dann kannst du nach Hause kommen. Und wir versuchen es noch einmal.«

Nat hatte gerade den Mund aufgemacht, um ihr zu sagen, wohin sie sich ihr gönnerhaftes kleines Angebot stecken könne, als ihm einfiel, dass Roger, der Unhöflichkeitspolizist, in Hörweite stand.

»Nein danke.«

»Verzeihung, was hast du gesagt?«

»Du hast es gehört. Ich sagte, nein danke.«

»Wo gehst du dann also hin?«

»Zurück zu Nathan McCann.«

»Versuchst du mir gerade zu sagen, dass dieser Mann dich tatsächlich wieder willkommen heißt? Nach allem, was du getan hast? Das klingt nach einem Tagtraum. Ich würde denken, dass er dich schon vor langer Zeit im Stich gelassen hätte.«

»Er wird mich niemals im Stich lassen!«, schrie Nat und schlug mit der flachen Hand auf den Tisch. Aus dem Augenwinkel sah Nat, wie der andere Junge und seine Eltern zusammenzuckten. Roger warf ihm einen strengen, warnenden Blick zu. »Wenn er mich im Stich gelassen hätte, warum sitzt er dann jetzt im Warteraum?«, fragte Nat, noch immer aufgeregt. »Geh doch, und frag ihn, ob ich bei ihm willkommen bin. Und wenn du schon dabei bist, sag ihm noch, dass er jetzt reinkommen soll. Und du gehst nach Hause. Und komm nie wieder hierher. Dieses Gespräch ist vorbei.«

Zuerst nichts, keine Bewegung, keine Antwort.

Dann seufzte die Alte tief und erhob sich ächzend.

Nat sah nicht hin, während sie den Raum verließ.

»Was für eine Art, mit seiner eigenen Großmutter zu sprechen«, zischte Roger.

»Halten Sie sich da raus«, fuhr Nat ihn an.

Zu seiner Überraschung erwiderte Roger nichts darauf.

Als Nat wieder aufsah, bemerkte er, wie Nathan McCann sich in den Stuhl gegenüber sinken ließ.

»Also«, begann der alte Mann. »Hattest du ein gutes Gespräch mit deiner Großmutter?«

»Nein«, knurrte Nat. »Es war scheiße. Aber immerhin war es unser *letztes* Gespräch. Das war das einzig Gute daran.«

»Weißt du, sie ruft mich jede Woche an, um sich zu erkundigen, ob es dir gut geht.«

»Nein, das weiß ich nicht«, entgegnete Nat. »Das haben Sie mir noch nie erzählt.«

»Jetzt erzähle ich es dir gerade«, sagte der alte Mann.

3. Oktober 1978
Innewohnend

Nat stand draußen – ganz ohne Mauern – in der kühlen Nachmittagsluft neben dem Kombi des alten Mannes. Er wartete, bis er die Beifahrertür geöffnet hatte. Der Kerl hatte einen neuen Kombi gekauft, der genauso war wie der alte. Die gleiche Bauweise und das gleiche Modell von Chevrolet, nur ein paar Jahre neuer. Er hatte sogar die gleiche langweilige colabraune Farbe. Nat fragte sich kurz, wie es wohl wäre, diese Gleichförmigkeit zu genießen.

Besonders heutzutage, da sich alles veränderte.

Nat widerstand dem Drang, gegen die Sonne zu blinzeln, weil dieses Bedürfnis, wie er sich selbst sagte, albern und unwirklich war. Schließlich war es die gleiche Sonne, die während der letzten drei Jahre auch in den Gefängnishof geschienen hatte. Trotzdem kam sie ihm außerhalb der grässlichen Mauern irgendwie anders vor.

Vielleicht war es nur Einbildung.

Aus dem Inneren des Autos griff der alte Mann hinüber zur Beifahrertür und entriegelte sie. Nat öffnete sie und stieg ein. Zum ersten Mal seit drei Jahren starrte er durch die Windschutzscheibe eines Autos.

Es dauerte eine Minute, ehe er sich wunderte, warum der alte Herr nicht den Gang einlegte und losfuhr.

Nat warf ihm einen kurzen Blick zu.

»Sobald du dich angeschnallt hast, fahren wir nach Hause«, sagte der alte Mann.

Wenn auch nur gegenüber sich selbst, so musste Nat doch zugeben, dass »nach Hause« angenehm klang. Selbst wenn er dort nur für ein paar Tage gelebt hatte. Selbst wenn jetzt noch irgendeine Frau dort lebte, die er erst ein Mal getroffen hatte.

Er schob die Schnalle des Sicherheitsgurts ins Schloss. Der Mann legte den Gang ein, und sie fuhren los mit einer Geschwindigkeit, die Nat sich in seinen Träumen nur vage hatte vorstellen können. Im Gefängnis kam man nur so weit, wie einen die eigenen Füße trugen.

Zuerst herrschte nur Schweigen.

Dann fragte der alte Herr: »Wie ist es, ein freier Mann zu sein?«

»Hm«, machte Nat. »Ich dachte, es wäre großartig. Und irgendwie ist es das auch. Aber es ist auch … ziemlich viele Dinge auf einmal.«

In der folgenden kurzen Stille fiel Nat plötzlich auf, dass er gerade als Mann bezeichnet worden war. Seit einigen Tagen erst war er achtzehn Jahre alt, und niemand hatte sich die Zeit genommen, ihn zu seinem neuen Status zu beglückwünschen. Und doch trug dies zu einer weiteren Schicht im komplizierten Geflecht seiner Gefühle bei.

»Die meisten bedeutenden Großereignisse im Leben sind so. Man glaubt, sie sind emotional gesehen eintönig, aber wenn man drinsteckt, ist es immer komplexer.«

»Das wusste ich nicht«, erwiderte Nat. Er meinte ehrlich, dass er nicht gewusst hatte, dass andere das Leben auf eine Weise erlebten, die er kannte. Dass seine Reaktionen von anderen Menschen geteilt wurden. Doch weil er für all das keine Worte fand, ging er nicht ausführlicher darauf ein. »Ich hatte gedacht, Sie bringen vielleicht Feathers mit«, fuhr Nat stattdessen fort und warf dabei einen Blick auf die Rückbank, als könnte er ihn einfach nur verpasst haben.

»Ich hatte es überlegt. Aber dann hätte Maggie auch unbedingt mitkommen wollen, und das fand ich dann doch zu chaotisch.«

»Oh.«

»Sobald wir zu Hause sind, wirst du ihn sehen.«

»Okay.«

Stille. Eine Meile lang oder etwas mehr.

Mittlerweile waren sie auf der Autobahn, und Nat sah die Äcker vorüberfliegen, und plötzlich kam eine lebhafte Erinnerung in ihm hoch, wie er die Welt durch einen Spalt in der

Tür eines Güterwaggons gesehen hatte. Und nicht nur die Welt schien zu dieser Erinnerung zu passen, sondern auch das damit verbundene Gefühl: Freiheit.

Als dieses Gefühl etwas nachließ und er es überdrüssig wurde, die Welt zu betrachten, fing Nat wieder an: »Ich hatte auch gedacht, Sie würden … sie … mitbringen. Es tut mir leid, wie heißt sie noch mal? Ihre Frau.«

»Eleanor.«

»Richtig. Entschuldigung.«

»Sie ist zu Hause und bereitet das Abendessen vor, denn sie dachte, du würdest ein richtig gutes, selbst gekochtes Essen wollen – an deinem ersten Abend zu Hause. Ich habe ihr erzählt, was du über das Essen gesagt hast, das du bekommen hast. Jetzt bereitet sie gebackenen Schinken mit allem Drum und Dran vor.«

»Echt? Nett von ihr. Vor allem, nachdem ich … « Den Gedanken ließ er unausgesprochen. »Also … ähm … Wie soll ich sie nennen?«

»Eleanor wäre gut.«

»Okay.« Eine weitere lange Pause. »Ja und dann … wie soll ich *Sie* nennen?«

»Wie wäre es mit du und Nathan? So heiße ich schließlich.«

Wieder eine lange Stille. Zwei oder drei Meilen lang.

Dann fuhr Nat fort: »Es ist doch irgendwie merkwürdig, oder? Die letzten drei Jahre habe ich dich drei Mal pro Woche gesehen. Jetzt fahre ich gerade mit dir nach Hause und werde bei dir leben, und erst jetzt frage ich dich, wie ich dich nennen soll? Das kommt mir einfach merkwürdig vor.«

Einen Moment lang ließ sich der alte Mann Zeit, um darüber nachzudenken, dann sagte er: »In unserer Situation sind einige Unterschiede … einige Komplikationen … innewohnend.«

»Ich weiß nicht, was dieses Wort bedeutet.«

»Innewohnend?«

»Ja.«

»Es bedeutet eingebaut.«

»Oh. Tut mir leid, wenn ich mich dumm anhöre.«

»Das tust du nicht. Nicht im Geringsten. Es ist ein Zeichen von Intelligenz, wenn man nach der Bedeutung eines Wortes fragt, das man nicht kennt.«

»Oh«, wiederholte Nat. »Das wusste ich nicht.« Sofort fühlte er sich wieder dumm. »Da ist noch etwas, das ich fragen wollte. Aber ich …« Er blieb hängen, stammelte, fing noch einmal von vorne an. »Nicht dass ich mich beklagen würde, wenn die Antwort Ja ist, aber … Muss ich auf der Couch oder so was schlafen?«

»Nein, du bekommst das gleiche Zimmer wieder.«

»Oh. Gut.«

Nat seufzte, lehnte sich zurück und betrachtete wieder die Welt, diesmal etwas genauer. Sie hatte sich nicht verändert. Lange Baumreihen. Gepflügte Felder. Grasende schwarz-weiße Kühe.

Dann stellte er fest: »Also schlaft ihr beide in einem Zimmer.«

Der alte Mann antwortete nicht, warf Nat aber einen Seitenblick zu, der sein Missfallen ausdrückte. So deutlich wie mit Worten sagte der: »Keinen Schritt weiter.«

»Weißt du, was? Ich habe das wirklich, wirklich, wirklich nicht so gemeint. Ich wollte absolut nicht meine Nase in deine Privatangelegenheiten stecken. Echt. So habe ich das überhaupt nicht gemeint. Es geht mich gar nichts an. Was ich meinte … na, ich weiß, dass ich echt ein Blödmann war, als du mir das erste Mal davon erzählt hast. Ich wollte nur sagen, dass es so klingt, als wenn du glücklich bist. An jenem allerersten Tag, als ich in dein Haus gekommen bin und du mir von deiner anderen Frau erzählt hast und dass sie ein eigenes Zimmer hatte, klang das traurig. Aber das nun klingt glücklicher. Und ich wollte nur sagen … wenn das stimmt … und du glücklich bist … dann bin ich froh, dass du glücklich bist.«

»Meine Güte«, erwiderte der alte Mann. »Ich glaube, das waren mehr Worte, als du in den letzten drei Jahren zusammengenommen mit mir gesprochen hast.«

Na ja, dachte Nat, heute gibt es eben mehr zu sagen. Was gab es in diesem Loch denn schon Tag für Tag zu erzählen? Außerdem war er aufgeregt und ein wenig ängstlich. Und seine Aufregung sprudelte mit all den Worten aus ihm heraus, aber er konnte es nicht recht formulieren.

Deshalb sagte er einfach nur: »Entschuldige, ich wollte nicht plappern.«

»Das war keine Kritik«, sagte der alte Mann. »Danke für deine wohlüberlegten Glückwünsche zu meiner Hochzeit. Ich *bin* glücklich. Und ich bin sehr froh darüber, dass du mit mir glücklich sein kannst.«

Das schien einen guten Auftakt darzustellen, war es dann aber doch nicht. Nat fiel auf, dass dieser ungewöhnlich erfolgreiche Austausch ein Sprungbrett für alles Mögliche sein könnte. Ja, genau so fühlte es sich an, wie ein unmittelbar bevorstehender Sprung. Als wenn man an der Kante einer tausend oder so Meter hohen Klippe stünde, die mehrere Kilometer lang ist, und sich auf den nächsten Schritt vorbereitete.

Das ängstigte Nat so sehr, dass er verstummte und für den Rest der Fahrt nichts mehr von sich gab.

* * *

Der alte Herr öffnete den Hundezwinger und ließ beide Hunde hinaus in den Hof.

Nat wartete darauf, dass Feathers angelaufen kam und ihn begrüßte. Aber das tat er nicht. Er lief nur in Runden um den alten Mann herum und sprang in die Luft, allerdings ohne ihn mit seinen Pfoten zu treffen.

»Hey, Feathers«, rief Nat. »Feathers, alter Junge. Du bist mein Hund, ich bin dein Herrchen. Komm, und begrüß mich.«

Der Alte führte beide Hunde zu ihm. Maggie leckte begeistert an Nats Hand, doch Feathers schnüffelte nur einmal daran und versteckte sich dann halb hinter den Beinen von Nathan.

»Er mag mich nicht«, jammerte Nat.

»Du musst ihm Zeit lassen. *Ich* weiß, dass er dein Hund ist, und *du* weißt es, aber *er* weiß es noch nicht. Wie könnte er auch? Schließlich wurde er drei Jahre lang von mir versorgt.«

»Also ist er eigentlich nicht mein Hund.«

»Natürlich ist er das.«

»Er sieht das nicht so.«

»Gib ihm Zeit, Nat. Spiel mit ihm. Geh mit ihm spazieren. Und von jetzt an solltest du derjenige sein, der ihm sein Futter gibt. Dann wird er es verstehen.«

»Kann ich ihn mit nach drinnen nehmen?«

»Nur solange das Essen noch nicht fertig ist. Und versuch, nicht aufzufallen. Eleanor hat zwiespältige Gefühle, was Hunde im Haus betrifft. Mindestens einmal am Tag bringe ich sie rein. Aber sorge dafür, dass sich alle tadellos benehmen.«

Nat wusste nicht sicher, ob *alle* ihn mit einschloss. Und er fragte auch nicht.

* * *

Er dachte, dass es beinahe eine schöne Szene gewesen wäre. Wie man sie in einem Kinofilm oder einer Fernsehshow über eine Familie sehen konnte. Die Frau ist in der Küche und kocht. All die guten Gerüche, die aus der Küche ins Wohnzimmer dringen. Der Mann sitzt auf der Couch und liest Zeitung. Und der Sohn – der zugegebenermaßen in den Filmen nicht gerade aus dem Gefängnis entlassen worden ist, wo er eine Haftstrafe wegen bewaffneten Raubüberfalls verbüßt hat – spielt mit dem Hund, indem sie zwischen Wohnzimmer und Esszimmer hin- und herlaufen. Der Hund jagte ihm nach und versuchte, das Spielzeug zu schnappen, das er ihm hinhielt: ein kurzes Stück Seil mit zwei Knoten an den Enden, das Nat vom Hundezwinger mitgenommen hatte.

Bei jeder Runde bemerkte er, dass der Tisch immer schöner gedeckt war. Geschirr für den ersten Gang wurde hinzugefügt, während er im Wohnzimmer war. Dann Kerzen in silbernen Kerzenständern.

Dann eine weiße Porzellanvase mit Goldrand und einer roten Blume darauf.

»Sei bitte vorsichtig«, ermahnte ihn Eleanor, die ins Esszimmer gekommen war, während Nat Feathers in einem weiten Bogen um den Tisch jagte.

Als Nat wieder ins Wohnzimmer kam, stand der alte Herr mit verschränkten Armen vor ihm und versperrte ihnen den Weg.

»Für Feathers ist es jetzt wohl Zeit, nach draußen zu gehen.«

»Warum? Wir spielen doch gerade.«

»Ich will nur keinen Ärger.«

»Es ist nur ein Stück Seil«, erwiderte Nat. »Damit kann man wirklich nichts zerbrechen.«

Während er das sagte, ließ Feathers, der nicht verstehen konnte, dass er nicht mehr gejagt wurde, das Seil auf Nats Fuß fallen. Der hob es auf und warf es in hohem Bogen ins Wohnzimmer, wie um sein Argument zu unterstreichen.

Eleanor streckte den Kopf aus der Küche. Nat und der Alte sahen aus dem Wohnzimmer zu. Feathers lief los, um es zu fangen, rutschte auf dem harten Holzboden aus und prallte mit einem dumpfen Schlag gegen ein Tischbein.

Die weiße Porzellanvase schwankte ein-, zweimal hin und her. Für einen Moment schien die Zeit stillzustehen. Dann fiel sie auf eine Seite und zerbrach in drei Stücke. Das Wasser sickerte in das elfenbeinfarbene Tischtuch aus Spitze.

Wie erstarrt stand Nat da und beobachtete Eleanors Gesicht. Mit jeder Sekunde schien es weißer zu werden. Zuerst dachte er, es wäre nur Einbildung. Aber das war es nicht. Das Blut verschwand aus ihrem Gesicht. Jeder Tropfen, jedenfalls wirkte es so.

Feathers brachte das Seil zurück und legte es erneut auf Nats Fuß.

»Bring den Hund raus«, sagte der Alte. »Jetzt sofort.«

Dann ging er seine Frau trösten, die ganz so aussah, als würde sie weinen. Was nur Nats Einbildung gewesen sein konnte. Denn eigentlich weinte doch niemand wegen einer Vase. Oder doch?

* * *

Als Nat wieder zurück ins Haus kam – er hatte sich absichtlich so viel Zeit gelassen wie möglich –, war die zerbrochene Vase verschwunden, und die Spitzentischdecke war durch eine schlichte dunkelblaue ersetzt worden.

»Es gibt Abendessen«, sagte die alte Frau. Ihre Stimme klang unecht und steif.

Nat setzte sich an den Tisch und sah zu, wie Eleanor und der alte Mann eine Platte voller Essen nach der anderen heraustrugen. Den gebackenen Schinken, der aussah, als wäre er mit Honig glasiert, und an der Kruste brutzelnd knisterte wie in einem Werbespot. Grüne-Bohnen-Auflauf. Süßkartoffelauflauf. Selbst gebackene Brötchen. Grünen Salat. Einen gedeckten Obstkuchen.

»Dieser kleine Unfall tut mir wirklich leid«, sagte Nat entschuldigend.

Eleanor stolperte beinahe auf dem Weg zurück in die Küche.

Der Alte sah Nat scharf an und schüttelte leicht den Kopf, als wollte er sagen: Nein. Tu's nicht. Erwähne es besser nicht.

Ruhig wartete Nat, bis sie sich gesetzt hatten.

Als sie saßen, herrschte Schweigen. Eine schwierige Pause. Nat wollte eine Scheibe Schinken nehmen, wusste aber nicht, ob sie vorher beten würden. Oder ob der Herr des Hauses sich als Erster bediente. Oder irgendeine andere Regel, die Nat nicht kannte, aber vielleicht kennen sollte.

Von draußen im Zwinger konnte er Feathers, der weiterspielen wollte, winseln hören. Er fragte sich, ob sich der Hund wohl die ganze Zeit schon beschwerte, er es aber erst jetzt bemerkt hatte.

»Also dann, greift zu«, lud Eleanor sie ein.

Nat schnappte sich die große Vorlegegabel und spießte drei Scheiben Schinken auf einmal auf.

Ohne auf die Beilagen zu warten, begann er, den Schinken zu essen.

»Salat?«, fragte ihn der alte Mann.

»Nein, danke.«

»Grüne Bohnen?«

»Bin kein großer Fan von grünen Bohnen.«

»Die von Eleanor solltest du probieren. Du kannst sie nicht beurteilen, bevor du sie nicht gekostet hast. Eleanor macht sie mit Hühnercremesuppe und gebratenen Zwiebelstreifen darauf.«

»In Ordnung, ich probiere sie.«

Nat wünschte, Eleanor würde etwas sagen, aber das tat sie nicht.

Der Alte gab einen Löffel voll grüner Bohnen auf Nats Teller, und der stocherte vorsichtig in ihnen herum. Dann kostete er einen Bissen.

»Hey, wow, du hast recht. Die hier sind wirklich gut.«

Ein kleines Lächeln von Eleanor, aber keine Worte.

»Und ich hätte gern ein Brötchen, bitte. Und diese Kartoffeln sehen gut aus.«

Der alte Mann reichte ihm die Süßkartoffeln. Alles, was Marshmallows obendrauf hatte, musste okay sein. Er nahm sich einen Berg davon auf seinen Teller und schob sich einen Bissen in den Mund.

»Hm, Orangen. Schmeckt wie Orangen. Auf Orangen wäre ich nicht gekommen, aber sie sind echt gut.«

Noch ein kleines Lächeln.

»Weißt du, es war echt nett von dir, all das zu kochen. So ein Essen hatte ich seit Jahren nicht mehr. Das letzte richtig gute Essen hatte ich an dem Abend, als wir auf der Jagd waren. Ähm, ja«, sagte er, sich zu dem Alten umdrehend. »Als du auf der Jagd warst. Und wir diesen Entenbraten und Kartoffelbrei und Apfelsoße gegessen haben. Dieses Essen habe ich nie vergessen. Über die ganzen drei Jahre, die ich da drinnen war. Es ist, als könnte ich es immer noch schmecken. Nicht die ganze Zeit, aber immer wieder. Wenn ich es versuche, oder manchmal sogar, wenn ich es nicht versuche. Wenn ich noch nicht mal daran gedacht habe, nicht mal an Essen gedacht habe. Und dann konnte ich es einfach schmecken. Natürlich auch an jedem Geburtstag, wenn du mir diesen schönen halben Entenbraten mitgebracht hast«, erklärte er und sah wieder den Alten an, der auf seinen Teller starrte.

Schweigen. Entweder sprach Nat, oder es war still.

Ein kalter Griff um Nats Magen. Wie schlimm war das? Schlimmer, als er verstanden hatte?

»Ich nehme an, dass der einzige Grund, warum ich das nicht zähle, der ist, dass ich es nicht aufgewärmt bekommen habe, und dass es dazu keinen Kartoffelbrei gab. Oder Apfelsoße. Aber er war trotzdem gut. Das hier ist allerdings das beste Essen, das ich seit Jahren gegessen habe. Buchstäblich. Das Essen da drin war so unglaublich schlecht. Ihr könnt euch nicht vorstellen, wie schlecht es war. Es gab Zeiten, da habe ich drei Tage lang nur Wasser und Äpfel zu mir genommen, weil ich es nicht ertragen konnte, es zu essen. Leider waren auch die Äpfel schrecklich. Alle voller Flecken und Druckstellen. Das Obst müssen sie von den Bauern bekommen haben, die es nicht losgeworden sind. Oder vielleicht haben sie es ganz billig eingekauft. Aber es war wirklich zu schrecklich, um im Supermarkt zu landen. Glaubt mir.«

Er hielt inne, in der Hoffnung, dass jemand anders reden würde. Doch es gab nur Stille. Also stieg er wieder ein.

»Jeden Tag beim Mittagessen gab es diese Kiste mit Apfelsinen am Ende der Essensschlange. Aber sie waren nicht mal orange, sondern fast ganz grün. Und ich musste mich durch diese Kiste wühlen, um eine gute zu finden. Aber der Wachmann, der die Essensschlange beaufsichtigte, Gerry, sagte jedes Mal: ›Nimm einfach eine. Sie sind alle gleich. Einfach irgendeine.‹ Das fiel mir schwer zu glauben. Weil sie so schlecht aussahen. Und wirklich, er hatte recht. Sie waren alle gleich. Jeden Tag. Alle völlig ekelhaft.«

Schweigen.

Nat hörte seine Worte wie ein Echo nachhallen. Als ob er sich selbst zum ersten Mal hörte. Als ob er außerhalb von sich selbst stünde, zusähe und zuhörte.

Es traf ihn wie ein Schlag, dass er wie ein Idiot klang. Sogar sich selbst gegenüber.

»Tut mir leid, ich rede zu viel. Nicht wahr? Das scheine ich nie richtig hinzukriegen. Entweder rede ich nicht genug, oder ich rede zu viel. Es muss doch ein richtiges Maß geben beim Sprechen, aber das scheine ich nie zu finden.«

Ein weiteres strenges kleines Lächeln von Eleanor.

Nat sah auf den Schinken auf seinem Teller hinunter und begriff, dass er essen könnte, statt zu reden. Und dennoch – egal, wie gut das Essen war, und egal, wie sehr es vermisste, etwas Derartiges zu essen – ließ ihn sein Appetit schnell im Stich.

Also begann er langsam zu kauen. Kleine, vorsichtige Bissen.

Sonst sagte kaum noch einer etwas.

* * *

Als Nat unter seiner Bettdecke lag, kam er sich in dem großen Bett winzig vor. Die Steppdecke mit dem mädchenhaften Blümchenmuster war gegen eine in jungenhafterem Jägergrün ausgetauscht worden. Wanddekorationen und der Großteil der Einrichtung waren aus dem Zimmer verschwunden, wie um Nat einzuladen, es mit eigenen Dingen zu füllen.

Er verstand, dass dies ein Zeichen von großer Umsicht ihm gegenüber war. Dennoch trug es nicht dazu bei, dass er sich weniger hoffnungslos fühlte.

Der alte Herr trat ins Zimmer, um ihm Gute Nacht zu sagen, und Nat setzte sich im Bett auf.

»Ich könnte ihr eine neue Vase kaufen«, begann Nat. »Ich meine, im Moment könnte ich es nicht. Aber wenn ich eine Arbeit gefunden habe. Wenn ich meinen ersten Lohn bekomme. Wann auch immer das sein wird. Dann könnte ich es.«

Der Alte zog sich einen schlichten Rattanstuhl heran und setzte sich an Nats Bett, ganz wie in seiner ersten Nacht hier. So lange war das jetzt her.

»Sie gehörte ihrer verstorbenen Großmutter. Deshalb war sie auch ein wenig emotional. Aus dem Haus ihrer Großmutter hat sie nur noch wenige Sachen, weil sie acht Geschwister hat, und das wenige hat nicht für mehr gereicht.«

»Oh. Kannst du ihr sagen, dass es mir wirklich sehr leidtut?«

»Das weiß sie schon. Und sie weiß auch, dass jedem ein Unfall passieren kann. Sie braucht nur Zeit, um ihre Gefühle, welche auch immer, zu verarbeiten.«

Einige Momente saßen sie schweigend da.

Dann fuhr Nat fort: »Sie mag mich nicht.«

»Sie kennt dich noch nicht.«

Nat lachte. »Ich habe Neuigkeiten für dich. Viele Leute mögen mich nicht. Und wenn sie mich näher kennenlernen? Na ja, das ändert auch nichts an dem Problem. Wenn du verstehst, was ich meine.«

Bekümmert lächelte der Alte. Durch die Decke hindurch tätschelte er Nat das Knie.

Nat hoffte, er würde etwas sagen. Doch er stand nur auf, um zu gehen.

Als der Alte den Stuhl in die Ecke zurückschob, fragte Nat: »Magst *du* mich eigentlich?«

Langes Schweigen. Zu lange.

Der Alte ging quer durch Nats Schlafzimmer. Mit der Hand am Lichtschalter blieb er stehen. »Ich erkenne einen Wert in dir«, antwortete er sanft.

»Ist er innewohnend?«

Der Alte lachte, als hätte Nat die Frage als Witz gemeint. Tatsächlich war es aber eine ernsthafte Frage gewesen.

»Ja, er ist innewohnend.«

»Heißt das ja oder nein?«

Einen Moment lang beobachtete Nat das Gesicht des anderen. Es war beinahe so, als beobachte man jemanden beim Denken.

»Schlaf jetzt«, riet er ihm. »Morgen früh wirst du losgehen und dir einen Job suchen wollen.«

Er schaltete das Licht aus und ließ Nat allein.

4. Oktober 1978
Dies und das

Als Nat in die Küche kam und sich an den Tisch setzte, schien der Alte weggegangen zu sein. Eleanor stand vor dem Kühlschrank und schaute hinein. Sie war bereits hübsch zurechtgemacht, trug ein Gürtelkleid und schöne geflochtene Schuhe. Das Haar hatte sie aufgesteckt. Es wirkte perfekt, als hätte sie nie darauf geschlafen.

Über die Schulter warf sie Nat einen Blick zu. »Trinkst du Kaffee?«

»Immer, wenn ich welchen bekomme«, antwortete er.

Seit mehr als drei Jahren hatte er keinen Kaffee getrunken.

Während sie ihm aus der Kaffeemaschine eine Tasse einschenkte, bemerkte er, dass die weiße Vase wieder heil war. Sie stand auf der Tageszeitung auf der Theke, frisch zusammengeklebt. Selbst vom anderen Ende des Raums aus konnte Nat die Risse erkennen, die von seinem Unfall zeugten.

Eleanor stellte die Tasse Kaffee vor ihn hin. Nicht, wie er es bevorzugt hätte, in einem robusten Becher, sondern in einer zarten Porzellantasse mit Untertasse. Er kam sich vor, als müsste er den kleinen Finger abspreizen, wenn er daraus trank. Oder als könnte er sie durch bloßes Anfassen zerstören. Aber es war schließlich Kaffee, und Kaffee war gut. Er war nicht in der Position – und nicht in der Stimmung –, sich zu beklagen.

»Nimmst du was in deinen Kaffee?«

»Zucker und Milch, bitte.«

Sie reichte ihm eine Serviette und einen Löffel und zeigte auf die elegante Zuckerdose mit Deckel aus Porzellan, die in der Mitte des Tisches stand. Während er drei Löffel voll Zucker in seine Tasse schaufelte, beobachtete er sie, wie sie den Kühlschrank öffnete, eine kleine Packung Kaffeesahne herausnahm und – statt sie einfach vor ihm auf den Tisch zu knallen – etwa ein Drittel davon in ein dazugehöriges Kännchen aus Porzellan goss.

Er hatte keine Ahnung gehabt, dass das Leben so kompliziert sein konnte.

»So, sie sieht aus wie neu«, sagte Nat.

»Was?«

»Deine Vase. Da auf der Theke. Wieder zusammengesetzt.«

Er wartete, aber sie sagte nichts, sondern stellte nur das Kännchen vor ihn hin. Er starrte es einen Moment lang an und fühlte sich, als ob sich eine dünne Eisschicht über den Raum legte und in seine Eingeweide kröche.

»Okay, das stimmt nicht«, fuhr er fort. »Tut mir leid. Sie ist nicht wie neu und wird es nie sein. Ich hätte das nicht sagen sollen.«

Schweigen. Währenddessen wollte Nat sie schütteln und schreien: Du sollst mich mögen! Bitte! Ich strenge mich hier so an. Siehst du das denn nicht?

Sie antwortete nicht.

»Es tut mir wirklich sehr leid.«

»Das weiß ich, Nat.«

Wieder Schweigen. Nat befahl dem Teil von ihm, der mehr gewollt hätte – der immer noch auf mehr wartete –, sich hinzusetzen und den Mund zu halten. Weil er nicht mehr bekommen würde.

Dann bot sie an: »Ich habe noch Pfannkuchenteig aufgehoben. Wenn du Pfannkuchen möchtest.«

»Danke. Sehr gerne.«

»Okay, ich werde dir ein paar frische backen.«

»Vielen Dank.«

Nat trank in kleinen Schlucken von seinem Kaffee und sah ihr zu. Dabei stellte er fest, dass sie entspannter wirkte, wenn sie geschäftig herumhantieren konnte. Wenn sie etwas zu tun hatte.

»Wo ist Nathan?«

Als wäre sie überrascht von der Frage, warf sie ihm einen Blick über die Schulter zu. »Warum? Er arbeitet. Trifft sich mit Klienten. Es ist ja schon nach zehn, weißt du?«

»Oh. Nein, ich wusste nicht, dass es schon so spät ist. Normalerweise schlafe ich nicht so lange. Ich nehme an, es liegt daran, dass sie mich im Gefängnis nicht haben schlafen lassen. Die wecken einen jeden Morgen, damit man arbeitet oder Unterricht hat. Selbst am Wochenende. Sieben Tage die Woche. Also habe ich es wohl heute mal übertrieben. Du weißt schon, einfach weil es so lange her ist, dass ich das tun konnte.«

Er unterbrach sich selbst. Hörte das Echo seiner eigenen Worte und dachte sich: Nein, ich werde das von letzter Nacht nicht wiederholen. Ich werde den Mund halten. Sofort. So wie ein verdammter Narr werde ich niemals wieder plappern.

Schweigend sah er ihr zu, wie sie vier große Löffel Pfannkuchenteig in die heiße Gusseisenpfanne gab. Wie sie die Enden mit einem Stäbchen anhob, um sie zu prüfen und die Bräune auf der Unterseite zu testen.

Vorsichtig wendete sie sie und nahm einen Teller aus dem Schrank.

»Oh«, machte sie. »Mir ist gerade erst eingefallen, dass Nathan mich gebeten hat, dir etwas auszurichten. Wenn du heute einen Job findest ... oder an einem anderen Tag, während er bei der Arbeit ist ... er bat mich, dir zu sagen, dass man dir ein Steuerformular zum Ausfüllen geben wird. Er hat mir auch die Nummer gesagt, aber die habe ich jetzt vergessen. Ich glaube, es war W4, aber ich kann mich irren. Aber vermutlich gibt man dir nur eins. Es betrifft eine Entscheidung zur Einbehaltung des Gehalts. Er sagte, du solltest es mit nach Hause bringen. Nicht sofort ausfüllen, denn er will dir dazu ein paar Ratschläge geben.«

»Okay.« Stille. Inzwischen war ein sehr schöner, dampfender Stapel Pfannkuchen auf dem Tisch vor ihm entstanden. »Danke schön.«

»Gern geschehen, Nat.«

»Weißt du zufällig, wo Nathan die Hundeleinen hat?«

»Die hängen an der Innenseite der Garagentür.«

»Oh. In Ordnung. Vielen Dank. Ich dachte, ich nehme Feathers mit in die Stadt.«

»Zu Bewerbungsgesprächen?«

»Oh, also, nein. Nicht zu *Bewerbungsgesprächen*«, stammelte er und ruderte schnell zurück. »Ich dachte nur, ich fange mal so an, dass ich rausfinde, wer ein ›Aushilfe gesucht‹-Schild rausgehängt hat. Du weißt schon. Ob man sich bewerben kann. Wenn ich hineingehe und Bewerbungsunterlagen ausfülle, lasse ich Feathers angeleint draußen.«

»Oh, das wäre dann wohl in Ordnung. Willst du selbst gemachten Himbeersirup dazu?«

»Ähm, na klar«, antwortete Nat. »Wer nicht?«

* * *

Nat konnte hören, wie Maggie unwillig jaulte, als er mit Feathers die Auffahrt hinabrannte. Der Hund sprang am Ende der Leine voraus.

Bis in die Innenstadt waren es fast zwei Meilen zu laufen, aber Nat beabsichtigte, die Strecke zu rennen. Obwohl »beabsichtigte« vielleicht das falsche Wort war. Es war keine überlegte Entscheidung, die er sich im Kopf zurechtgelegt hatte. Er musste einfach rennen, es kam von ganz allein. Und einmal angefangen, schien er nicht mehr anhalten zu können.

Sein Kopf wurde seltsam klar dabei. Keine Gedanken, die sich dort, wie sonst üblich, zusammenrotten und um die Positionen wetteifern konnten. Stattdessen schienen sie von dem Wind, der in Augen und Nase blies, hinausgetrieben zu werden, aber auch von dem Geräusch seiner Turnschuhe auf dem Gehsteig.

Das ist Freiheit.

Die Worte brachen sich Bahn.

Gestern, auf dem Heimweg mit Nathan, das war keine Freiheit gewesen. So wie man es ihm vorgegeben hatte, war er von jemandem abgeholt worden. Das Abendessen war ganz sicher keine Freiheit gewesen. Und in dem Bett zu liegen, das Nathan ihm gegeben hatte, war verdammt viel besser, als auf der Pritsche im Gefängnis dem ungleichmäßigen Schnarchen von

Rico zuzuhören und im düsteren Halbdunkel die Gitterstäbe anzustarren. Dennoch war das nicht frei.

Das hier war frei.

Keiner, der zuschaute. Keiner, der ihm sagte, was er tun sollte.

Seine Brust schmerzte, und er bekam Seitenstechen. Aber er rannte einfach weiter.

* * *

Irgendwo auf der Main Street saß ein Mädchen an einer Bushaltestelle auf der Bank und lächelte ihn schüchtern an, als er vorbeirannte. Er lächelte zurück.

Dann hielt er an. Ging zurück.

Setzte sich neben sie auf die Bank.

Sie hatte dichte, lange braune Haare, die eine Spur rötlich schimmerten, wenn die Sonne darauf fiel. Sie erinnerten ihn an irgendjemanden, aber ihm fiel nicht ein, an wen. Auf der Nase und den Wangenknochen hatte sie Sommersprossen.

Vorsichtig schaute sie zu ihm herüber.

»Hi«, grüßte er und war so außer Atem, dass er kaum sprechen konnte.

Sie antwortete nicht, sondern schaute nur absichtlich woandershin.

»Muss mich nur eine Minute ausruhen.« Sein Keuchen ließ das sicher glaubwürdig erscheinen.

Feathers trottete zu dem Mädchen hinüber und schleckte an ihrer Hand.

»Ich mag deinen Hund«, lächelte sie. Ihre Augen hatten eine satte braune Farbe, nicht zu dunkel, wie erstklassiger Honig.

»Danke, ich mag ihn auch.«

»Wie heißt er?«

»Feathers.«

Sie lachte. Ein Mädchenlachen. Schüchtern. Eher ein Kichern. »Nee, nicht wirklich.«

»Doch, wirklich. So heißt er. Feathers.«

»Warum gibst du denn deinem Hund einen so merkwürdigen Namen? Er ist doch kein Vogel.«

»Nein, er ist ein Hund.« Nat hatte seinen Atem jetzt etwas mehr im Griff. Er hatte das Gefühl, dass er sich nun etwas besser verständlich machen konnte.

»Meinst du nicht, dass das ein komischer Name für einen Hund ist?«

»Ich habe ihn nach dem einzigen anderen Haustier benannt, das ich je hatte.«

»Und *das* war ein Vogel? Dein anderes Haustier?«

»Richtig.«

»Also *der* hatte die Federn.«

»Na ja, eigentlich … nein, der hatte auch keine Federn.«

»Also, der Reihe nach: Dein einziges anderes Haustier war ein Vogel ohne Federn.«

»Stimmt.«

»Aber du hast ihn trotzdem Feathers genannt.«

»Stimmt.«

»Und dann hast du dein nächstes Haustier Feathers genannt, obwohl er ein Hund ist.«

»Stimmt.«

»Du bist ein sehr merkwürdiger Junge. Hat dir das schon mal jemand gesagt?« Sie lächelte und blickte ihm direkt in die Augen, sah dann aber schnell weg, als ob es ihr selbst peinlich wäre.

Nat lachte. »O ja. Das sagt jeder.«

»Oh, da kommt mein Bus.«

»Nein, warte, geh noch nicht.« Keine sehr durchdachte Erwiderung, stellte er fest.

»Warum nicht?«

»Na, wir unterhalten uns gerade so nett …«

»Ich muss zur Arbeit.«

»Oh. Kann ich dann deine Telefonnummer haben?«

»Natürlich nicht.«

»Warum nicht?«

Aus dem Augenwinkel beobachtete Nat den Bus, der schnell näher kam. Er musste sich beeilen.

»Weil ich nicht so ein Mädchen bin.«

Die Ampel an der Ecke schaltete auf Rot, sodass der Bus auf der anderen Seite der Kreuzung anhalten musste. Erleichtert atmete Nat auf.

»Was für ein Mädchen meinst du? Nicht so ein Mädchen, das ein Telefon hat? Nicht so ein Mädchen, das seine eigene Telefonnummer auswendig weiß?«

»Nein, Dummkopf. Ich bin nicht so ein Mädchen, das merkwürdige Jungs auf der Straße kennenlernt.«

»Wo lernst du merkwürdige Jungs kennen?«

»Weiß ich nicht. Hoffentlich lerne ich die merkwürdigen gar nicht kennen. Wenn ich einen Jungen an meiner Schule kennenlernen würde, oder bei der Arbeit, oder in der Kirche, das wäre etwas anderes, denke ich.«

Die Ampel sprang um, und der Bus kam heran.

»Wo arbeitest du?«

Sie stand da, ging ein paar Schritte näher zur Bordsteinkante. Nat schaute zu, wartete und konnte kaum atmen. Sie schien zu entscheiden, ob sie ihm eine Antwort geben sollte oder nicht.

Der Bus hielt mit ächzenden Bremsen neben ihr.

»Im Frosty Freeze«, antwortete sie über die Schulter, als die Türen sich quietschend öffneten. Dann stieg sie ein.

»Warte, du hast mir noch gar nicht deinen Namen verraten.«

Aber es war zu spät. Die Türen waren wieder geschlossen.

Sie war fort.

* * *

Nat band Feathers' Leine an einen Zeitungsständer auf der Straße vor der Sporthalle. Dann blieb er einen Moment dort stehen und betrachtete das alte Gebäude. Jack musste es jetzt finanziell besser gehen, dachte er. Es sah richtig schön renoviert aus.

Als er die Tür öffnete, erstarrte er. Ging nicht einmal weiter hinein. Er stand einfach nur im Türrahmen mit der Hand am großen, kalten Türgriff und starrte hinein.

Keine leichten Boxsäcke. Keine großen, schweren Säcke. Keine schäbigen Handschuhe, die an der Wand hingen. Kein Boxring. Kein Little Manny. Kein Jack.

Stattdessen sah Nat einen Mann, der sicher regelmäßig Steroide nahm und jetzt gerade Gewichte auf der Bank drückte, und drei Frauen in bunten Trainingshosen, die gerade beim Work-out auf den Laufbändern und Steppern waren, mit Handtüchern um den Hals. Die Frau auf dem Laufband las in einer Zeitschrift, die auf einer Halterung vor ihr festgemacht war.

»Entschuldigung, kann ich dir helfen?«

Nat blickte zu der jungen Frau hinter der Theke. Der Theke, die bisher nicht dort gewesen war. Der Theke, die auch jetzt nicht dort sein sollte. Sein Blick fiel kurz auf sie, dann wieder auf die Frauen in Trainingshosen.

»Entschuldigung. Du lässt die Kälte rein. Kann ich dir helfen?«

»Oh, tut mir leid.« Nat ging einen Schritt hinein und ließ die Tür hinter sich zufallen. Wie im Traum trat er an die Theke. »Wo ist Jack?«

»Welcher Jack?«

»Sie wissen schon. Jack. Der Typ, der …« Dem die Halle gehörte? Gehörte sie ihm? Nat stellte fest, dass er keine Ahnung hatte und nie gefragt hatte. Es gab viel, was er nie wirklich erfahren hatte. »Sie wissen schon. Jack. Der Boxer. Der Typ, der Leute im Boxen trainiert.«

»Es gibt hier keinen Jack«, erwiderte sie. Sie war blond, rümpfte die Nase, und Nat hatte das Gefühl, dass sie auf ihn herabblickte. Und das störte ihn zunehmend. Und sie schien das zu bemerken.

»Nun, es *gab* einen Jack. Ich meine, früher. Es gab hier mal einen. Und ich muss wissen, wo er jetzt ist.«

»Ich hole den Geschäftsführer«, beschloss sie.

Während er darauf wartete, schaute Nat sich absichtlich nicht um. Er wusste, er würde es nicht ertragen können. Er war so schon aufgeregt genug. Also starrte er abwechselnd einfach nur auf die Theke und kniff die Augen zusammen.

Einige Augenblicke später kam ein großer Mann mit einem langen blonden Pferdeschwanz hinter dem Vorhang hervor. Ein Bodybuilder. »Kann ich dir helfen?«, fragte er.

Nat wünschte, er wäre nicht gezwungen, noch mal von vorn anzufangen.

»Ich suche Jack.«

»Jack Trudell?«

»Ähm, ja, ich denke schon.«

»Den Herrn, der früher diese Halle gemietet hatte?«

»Ja, genau den«

»Ich fürchte, Mr Trudell weilt nicht mehr unter uns.«

Nat fühlte sich dumm, stand stumm da und versuchte abzuwägen, wie viel Vertrauen er in seine Kenntnis der Bedeutung dieses Ausdrucks hatte. Nicht genug. Er glaubte sie zu kennen, doch er war sich nicht sicher. Der alte Mann fand es intelligent, zu fragen, wenn man etwas nicht wusste. Zumindest sagte er das. Ob Mr Muscles hier das auch so sah, da war sich Nat ganz und gar nicht sicher.

»Also ist er tot?«

»Ja, ich fürchte schon.«

»Woran ist er gestorben?«

»Das ist mir nicht bekannt.«

»Er war noch nicht sehr alt.«

»Nein, nach allem, was ich gehört habe, war er das nicht. Können wir sonst noch etwas für dich tun?«

»Ähm, nein, danke.«

Mit gesenktem Kopf verließ Nat die Halle.

Selbst als er Feathers an der Bordsteinkante warten sah, der mit dem Schwanz wedelte, als wäre er wirklich Nats Hund, konnte ihn das nicht aufmuntern.

* * *

In der Gasse hinter der Sporthalle hockte sich Nat auf dem eiskalten Beton. Feathers saß neben ihm, starrte in Nats Gesicht und legte den Kopf mit den abstehenden Haaren leicht schief, wie um zu fragen, was das Problem sei. Als Nat ihn hinter dem Ohr kraulte, reckte er den Kopf und seufzte.

»Ich sollte wohl weiter die Straße hinabgehen und mich nach ›Aushilfe gesucht‹-Schildern umsehen«, sagte Nat laut zu dem Hund.

Feathers legte wieder den Kopf schief. Nat sah den Wolken ihres Atems zu, wie sie sich aufblähten und miteinander vermischten.

»Aber ich glaube nicht, dass ich das tun werde.«

Den ganzen Vormittag über hatte Nat versucht, die Idee in seinem Kopf abzuwiegen. Doch sie war Millionen Pfund schwer. Sie war schwerer als die Welt, in der er solch einen Job annehmen müsste. Es wäre für Nat schon unmöglich gewesen, es sich vorzustellen, wenn er sicher hätte sein können, dass man bei Bewerbungsgesprächen nicht gefragt wurde, ob man jemals inhaftiert worden sei. Aber diesbezüglich war Nat ganz und gar nicht sicher. Eigentlich vermutete er, dass man das wahrscheinlich gefragt wurde.

»Ob sie einen wohl fragen, ob man schon mal inhaftiert wurde? Meinst du, dafür gibt es eine Zeile im Bewerbungsbogen?«, fragte Nat Feathers. »Ich wette, ja. Vielleicht sage ich es ihnen einfach nicht. Meinst du, sie überprüfen das?«

Langes Schweigen.

Sein Hintern wurde von der Kälte auf dem Pflaster taub, und er spürte, wie die Kälte durch seine Jacke kroch, an die Stelle, wo er mit dem Rücken am benachbarten Backsteingebäude lehnte. Die Rückwand der Reinigung. Nat konnte die Chemikalien riechen, die dort verwendet wurden, und ihm wurde schlecht.

Na ja, es war etwas anderes, weswegen ihm schlecht wurde.

»Vielleicht sollte ich stattdessen einfach zum Frosty Freeze hinunterlaufen. Das klingt nach einer besseren Idee, oder?«

In dem darauffolgenden Schweigen wusste er jedoch, dass das keine gute Idee war. Nicht im Geringsten.

Weil er kein Geld in der Tasche hatte. Noch nicht mal zehn Cent.

Wie konnte er im Frosty Freeze auftauchen und noch nicht einmal Geld haben, um einen Milchshake zu bestellen? Oder einfach nur eine Cola? Was würde das über ihn aussagen? Und wie könnte er nur vorgeben, ein Kunde wie jeder andere zu sein, der jedes Recht hatte, dort hineinzugehen? Was würde er antworten, wenn sie ihn fragte, warum er dort wäre? Was sie höchstwahrscheinlich tun würde. Wenn er nicht antworten konnte: ›Oh, ich hatte gerade Lust auf einen Schoko-Milchshake‹, was um Himmels willen sollte er dann sagen?

»Nein«, sagte er zu Feathers. »Zuerst muss ich einen Job finden. Dann können wir zum Frosty Freeze gehen.«

Im gleichen Moment, in dem er das sagte, sanken die Millionen Pfund wieder auf ihn herab. Nat fühlte sich, als ob seine Gedanken ihn gerade in eine derart deprimierende Endlosschleife gebracht hätten, dass er direkt an den unmöglichen Ausgangspunkt zurückfiele.

Da sprach ihn jemand an, schreckte ihn auf. »Ich kenne dich. Du bist der Junge, den Jack trainieren wollte.«

Nat blickte hoch.

»Little Manny!«

»Jap. Immer noch ich. Was ist mit dir passiert, Junge? Jack hatte gerade angefangen, dich zu mögen, und dann bist du einfach verschwunden.«

»Hab mich selbst für drei Jahre ins Gefängnis gebracht.«

»Oh, das erklärt es.« Little Manny hockte sich neben Nat, mit dem Rücken an die Backsteinwand der Reinigung gelehnt. Er tätschelte Feathers den Kopf. »Der Hund sieht komisch aus«, murmelte er, aber es klang nicht wie eine Beleidigung.

Nat bemerkte, dass er aufgehört hatte, sich die Haare zu färben. Sie waren jetzt von grauen Strähnen durchzogen und viel ungepflegter. Keine Pomade und kein mit dem Kamm gezogener Scheitel. Als ob er die Geduld oder Zeit nicht mehr hätte. Vielleicht war es ihm auch egal geworden.

»Little Manny. Was machst du hier?«

»Das Gleiche, was ich immer gemacht habe. Den Boden wischen, wenn der Laden zumacht. Bleichmittel in die Dusche sprühen. Den Schweiß von den Geräten abwischen.«

»Also arbeitest du noch hier.«

»Na ja, sie haben noch jemand zum Putzen gesucht. Und ich wohne gleich da oben. Also warum nicht?« Er deutete auf ein Fenster im zweiten Stock über der Sporthalle, und Nat schaute hinauf. »Daher wusste ich auch, dass du hier unten bist. Ich habe dich reden gehört. Ich hatte mein Fenster offen. Ich mag es kalt. Die Leute halten mich für verrückt, aber ich mag es. Je kälter, desto besser. Ich schaue also aus dem Fenster, weil ich dich reden gehört habe. Und alles, was ich sehen konnte, waren ein Junge und ein Hund. Also bin ich extra heruntergekommen, um mir anzusehen, was für ein Junge mit seinem Hund spricht. Und das warst du.«

»Ja, das war ich«, entgegnete Nat. »Ich bin ein merkwürdiger Junge.«

»Das würde ich auch sagen.«

Langes Schweigen. Feathers leckte Little Manny am Handgelenk.

Dann fragte Nat: »Was ist mit Jack passiert?«

Wieder Schweigen.

»Jack ist tot.«

»Ja, so weit habe ich das schon gehört. Aber warum? Und wie? Wie ist er gestorben?«

Nat konnte nur ein langes Seufzen hören. Er dachte schon, Little Manny würde gar nicht mehr antworten. Doch dann hörte er: »Sagen wir, er hat eine Reihe unglücklicher Entscheidungen getroffen, und dabei belassen wir es.«

»Oh«, machte Nat. »Ich fürchte, mit schlechten Entscheidungen kenne ich mich aus.«

»Immerhin bist du noch hier.«

»Ja, großartig. Ich bin noch hier. Fantastische Neuigkeiten, oder? Was habe ich davon?«

»Was ist so schlimm daran, nicht tot zu sein? Ich meine, wenn du mal die Alternativen abwägst.«

Nat fragte sich, ob er es erklären konnte. Er wurde schon müde, wenn er nur darüber nachdachte. Doch es war Little Manny, der das wissen wollte. Deshalb musste er es zumindest versuchen.

»Ich weiß nicht. Es ist, als ob … Die ganze Zeit da drin, die ganzen drei Jahre, habe ich immer nur daran gedacht, wieder hierherzukommen. Ich habe mir vorgestellt, dass ich zur Tür reingehe und Jack da sein würde. Und mit irgendeinem alten Typen im Ring boxen würde. Eine Million Mal habe ich es mir ausgemalt. Hab es im Geiste vor mir gesehen. Wie er rüberkommen würde und mich fragen, wo ich so lange gewesen bin. Und wie ich es ihm erzählen würde. Und er würde nicken, als wenn er es vollkommen verstehen würde. Weil er solche Sachen verstanden hat. Und dann würde er so was sagen wie: »Na, komm schon, Junge. Wir haben schon drei Jahre verschwendet. Lass uns nicht noch mehr Zeit vergeuden. Zieh ein Paar Handschuhe an, und wir holen die verlorene Zeit nach.«

»Jap. So ungefähr hätte er das wohl gesagt.«

»Wer bringt mir jetzt bei, wie man boxt?«

»Na ja …«, fing Little Manny an. Er hielt eine Zeit lang inne, als versuchte er zu entscheiden, ob er diesen Gedanken zu Ende führen sollte.

»Was? Kennst du jemanden? Hast du eine Idee?«

»Na ja …«

»Ich bin ziemlich verzweifelt, falls du das noch nicht bemerkt hast. Wenn du etwas hast, würde ich es jetzt gern hören.«

»Ich bin der, der Jack am Anfang trainiert hat.«

»*Du* hast Jack trainiert?«

»Jap. Hab ihm alles beigebracht, was er weiß. Ich meine, wusste. Ich hatte die Ahnung und all das. Den Instinkt, du weißt schon. Ich wusste, wie man kämpft, aber im Ring habe ich nicht viel getaugt. War nicht dafür gebaut. Es gibt Gewichtsklassen, aber keine Größenklassen. Weißt du? Wo hätte ich treffen können, wenn nicht unter der Gürtellinie? Ich kam ja nicht höher. Du weißt doch, man sagt, wer etwas nicht selbst kann, kann es unterrichten.«

»Unterrichte *mich*.«

»Ich weiß nicht, Junge.«

»Bitte, bitte.«

»Es ist lange her, dass ich jemanden trainiert habe.«

»Du bist meine einzige Hoffnung.«

»Ach, tu mir das nicht an. Ich könnte es nicht ertragen. Ich bin zu alt und kaputt, um die letzte Hoffnung von irgendjemandem zu sein.«

»Du bist jünger und weniger kaputt als jeder andere, der mich im Kämpfen unterrichten möchte.«

»Ja, ich verstehe, was du meinst.«

Ein tiefer Seufzer. Eine lange Pause.

Ihr Atem war in großen Dampfschwaden zu sehen, von ihnen allen dreien. Er wusste nun, dass Little Manny Ja sagen würde. Weil er musste. Es konnte nicht anders ausgehen. Dafür war es zu wichtig.

»Oh, Mann. Komm mit hoch. Was habe ich schon Besseres zu tun? In meinem Zimmer da oben habe ich ein paar Säcke. Mal schauen, ob du dich noch an irgendetwas erinnerst.«

* * *

Kurz nach fünf kam Nat nach Hause.

Der Alte saß im Wohnzimmer und sah die Abendnachrichten im Fernsehen.

Er sah hoch und lächelte Nat an, dann stand er auf und durchquerte das Zimmer, um die Lautstärke des Fernsehers herunterzudrehen.

»Wie wäre es, wenn du Feathers gar nicht erst reinbringst? Bringst du ihn bitte direkt in seinen Zwinger und wäschst dir die Hände zum Abendessen?«

Wie erstarrt blieb Nat im Flur stehen, die Hundeleine noch in der Hand. Die Türschwelle zum Wohnzimmer überschritt er nicht.

»Ja, okay. Ich meine, gute Idee.«

»Du musst einen erfolgreichen Tag gehabt haben.«

»Was meinst du?«

»Ich meine, du warst den ganzen Tag fort, daher habe ich mir vorgestellt, dass du etwas gefunden haben müsstest.«

O ja, ich habe etwas gefunden, dachte Nat. Endlich habe ich etwas gefunden. Endlich. Vielleicht sogar zweimal. »Oh, du sprichst von Arbeit?«

»Ja, ich dachte, du könntest einen Job gefunden haben.«

»Oh. Nein, ich habe nichts gefunden.«

»Was hast du also den ganzen Tag getan?«

»Oh, na ja, gesucht.«

Ein kurzer Moment der Anspannung. War es Anspannung? Es kam Nat so vor. Aber vielleicht war die Spannung nur im Inneren von Nat. Vielleicht konnte der Alte sie nicht sehen oder hören.

Dann tröstete er Nat: »Vielleicht hast du morgen mehr Glück.«

»Ja, vielleicht. Vielleicht morgen.«

* * *

Nat lieh sich einen Wecker von dem alten Mann, der mehr als zufrieden wirkte, ihn verleihen zu können.

Er stellte ihn auf sechs Uhr morgens.

6. Oktober 1978
Spät

Vor sieben Uhr erschien Nat am Frühstückstisch. Geduscht, angezogen, das Haar ordentlich gekämmt.

Er kam als Dritter und Letzter.

Der alte Mann saß am Küchentisch, las die Tageszeitung und aß Schinken mit Rührei. Eleanor stand am Herd und bereitete noch mehr Rührei zu. Für mich?, fragte sich Nat. Er hoffte es. Ein bedeutender Tag lag vor ihm. Da würde er seine Kraft brauchen.

Nat spähte auf die Schlagzeile in der Zeitung. Aus irgendeinem merkwürdigen Grund fühlte er sich geradewegs zurückversetzt in die Zeit, als er zwölf Jahre alt gewesen war. Diese Erinnerung kam so plötzlich, dass sie ihn wie ein Schlag traf. Beinahe konnte er die Schlagzeile vor sich sehen, die nur zwei Tage nach seiner Geburt in der Zeitung gestanden hatte. In seinem Kopf, hinter seinen Augen erschien sie wie gedruckt, aber das hatte er nicht gewusst. Eigentlich war es nicht die Schlagzeile der heutigen Zeitung, die alles ins Rollen brachte. Das war nichts. Die lautete lediglich: AuSSerordentliche Wahlen: Gesetzesvorschlag mit überwältigender Mehrheit abgelehnt. Vielleicht lag es daran, dass er seit Jahren keine Tageszeitung gesehen hatte. Oder daran, wessen Hände diese hier festhielten.

Beinahe konnte Nat die harten, kalten Bodendielen im Schlafzimmer seiner Großmutter an seinen Knien spüren.

Was seine Großmutter wohl heute Morgen tat, fragte er sich.

Und ebenso, ob der alte Mann wohl vor achtzehn Jahren in dieser Küche gesessen hatte und die Tageszeitung gelesen hatte, so wie jetzt. Ob er besagte Schlagzeile gelesen und gedacht hatte: Jawohl, das weiß ich. Das müssen die *mir* nicht erzählen. Ich war ja da. Ich war der Jäger, dessen Namen sich niemand die Mühe gemacht hat zu erwähnen.

Er schüttelte den Kopf, um die Gedanken zu vertreiben, aber sie hatten beunruhigende Nachwirkungen.

Eleanor stellte eine Tasse Kaffee und ein Kännchen mit Sahne vor ihn auf den Tisch.

»Danke«, sagte er.

Der alte Herr faltete seine Zeitung zusammen und legte sie auf den Tisch. »Schön, dass du schon so früh auf bist. Du siehst sehr gut aus. Sehr professionell.«

»Ich dachte, ich stürze mich gleich wieder in die Jobsuche.«

»Zufälligerweise habe ich in dieser Sache eine angenehme Überraschung für dich. Vor einer halben Stunde habe ich mit einem Freund telefoniert, Marvin LaPlante. Er ist der Besitzer einer großen, gut gehenden Molkerei am Stadtrand. In der alten Hunt Road. Ich erledige schon sehr lange die Buchhaltung und Steuererklärung für ihn, schon seit ungefähr zwanzig Jahren. Und ich habe für heute Morgen ein Vorstellungsgespräch für dich vereinbart.«

Nat spürte, wie seine Gesichtszüge erschlafften, seine Miene kalt und – wie er hoffte – ausdruckslos wurde. Verzweifelt versuchte er, sich nichts anmerken zu lassen, war sich aber nicht sicher, ob er das schaffte.

»Vorstellungsgespräch?«

»Ja. Marvin sagte mir, er könne einen kräftigen jungen Mann jederzeit an der Laderampe einsetzen.«

»Laderampe?«

»Ja, du weißt schon, wo die Milch auf die Lieferwagen geladen wird.«

»Oh, ja klar. Nun … Gut. Nun … das ist gut. Ein Bewerbungsgespräch. Heute Morgen. Das ist großartig.«

»Dachte ich mir, dass du dich freust. Besonders, nachdem du gestern den ganzen Tag die Straßen abgeklappert hast und mit leeren Händen nach Hause gekommen bist.«

»Ähm. Genau. Also … Wann muss ich dort sein?«

»Heute Vormittag kannst du jederzeit kommen, hat er mir gesagt.«

»Wie komme ich dort raus?«

»Der Bus mit der Nummer 12 fährt dorthin. Aber heute Vormittag liegt es für mich fast auf dem Weg, nur etwa fünfzehn Minuten Umweg, da du sowieso so früh aufgestanden bist. Wenn du ausgeschlafen hättest, hätte ich dir Geld für den Bus dagelassen. Aber du bist ja schon fix und fertig. Und ich muss für meinen ersten Termin bis nach Ellis hinausfahren. Warum sollte ich dich da nicht mitnehmen? Für den Rückweg leihe ich dir das Busgeld. Und wenn du mit dem Job nach Hause kommst, leihe ich dir für den Rest von dieser und für die nächste Woche auch noch das Busgeld. Du kannst es mir dann von deinem ersten Lohn zurückzahlen.«

Schweigen, während sich Nats Gedanken im Kreis drehten. Little Mannys Telefonnummer hatte er nicht. Er wusste eigentlich noch nicht mal, ob Little Manny überhaupt Telefon hatte. Und selbst wenn er eins hatte, und selbst wenn er im Telefonbuch stand, hätte Nat kein Kleingeld für einen Telefonanruf übrig. Er würde einfach zu spät kommen müssen. Wirklich spät. Stunden zu spät. Doch er hatte keine Wahl.

Vielleicht würde Little Manny es dann nicht mehr mit ihm versuchen.

Er könnte den Bus nehmen und direkt zu der kleinen Wohnung über der Sporthalle fahren. Direkt nach dem Bewerbungsgespräch. Und dann zu Fuß nach Hause gehen. Aber vielleicht würde Little Manny bis dahin nicht mehr da sein. Oder er würde Nat sagen, wenn er es erst Stunden später schaffe, solle er abhauen. Wenn er ein wertvolles Angebot, kostenlos zu trainieren, so wenig schätze.

Eleanor stellte einen Teller mit Rührei und Schinkenscheiben vor ihn und einen separaten kleinen Teller mit Toastbrot und Traubengelee neben ihn.

»Vielen Dank«, sagte er an sie gerichtet. Dann wandte er sich wieder an den Alten: »Weiß er von meiner … äh …?«

»Ja. Ich habe ihm erzählt, dass du gerade nach einer dreijährigen Haftstrafe entlassen wurdest. Ich hielt Ehrlichkeit in diesem Fall für die beste Strategie.«

»Und er will trotzdem das Gespräch mit mir führen?«

»Ja, das hat er gesagt. Beeil dich jetzt besser, und iss dein Frühstück. In weniger als fünfzehn Minuten müssen wir los.«

* * *

»Ich bin ein großer Freund von klaren Worten«, begann Mr LaPlante. »Deshalb will ich die Karten offen auf den Tisch legen.«

Nat hatte noch nicht mal den Mund aufgemacht, um etwas zu sagen. Bisher war noch keine Zeit dazu gewesen. Er hatte dem Mann nur die Hand geschüttelt und sich in seinem Büro auf den Stuhl gesetzt, den man ihm angewiesen hatte. Und nun das.

Klare Worte. Karten auf den Tisch.

»Du wärest jetzt nicht hier, wenn ich Nathan McCann nicht so viel verdanken würde. Ich lege gern alles offen, daher will ich gleich ehrlich zu dir sein.«

Dann machte er eine Pause. Nat brauchte einen Moment, um zu begreifen, dass er nun an der Reihe war.

LaPlante trug einen Mittelscheitel, was Nat amüsierte. Also versuchte er, nicht hinzuschauen. Denn wenn er das tat, fiel es ihm schwer, nicht zu grinsen. Über LaPlantes Kopf hing ein gerahmtes Poster mit der Karikatur einer geflügelten Kuh, die einen Heiligenschein trug und über eine Wolke flog.

Das Schweigen dauerte eine Sekunde zu lang.

»Nun, ich schätze Ihre Ehrlichkeit absolut«, murmelte Nat und hoffte, dass es nicht wie eine Lüge klang. Denn es war eine.

»Im Allgemeinen erfahre ich viel über einen möglichen Mitarbeiter aus seinem Werdegang. Die Vergangenheit ist die beste Vorhersage für die Zukunft, sagt man. Aber ich habe sehr hohen Respekt vor Nathan McCann, und er hat mich gebeten, dir eine Chance zu geben. Und diesem Mann würde ich so ziemlich alles geben, worum er mich bittet. Innerhalb eines vernünftigen Rahmens. Aber es wird so was wie eine Probezeit für dich geben. Versteh mich nicht falsch. Ich will damit nicht sagen, dass ich der Meinung bin, dass du es hier nicht schaffst. Wir sind nicht voreingenommen gegen dich. Niemand wird dich ungerecht beurteilen, und falls doch, bekommt derjenige es mit mir zu tun. Du bekommst die gleiche Chance wie jeder andere. Was ich sagen will: Du bekommst genau *eine* Chance. Ist das akzeptabel für dich?«

»Ja, das ist absolut akzeptabel. Ich bin froh über diese Chance. Wann soll ich mit der Arbeit beginnen?«

»Ich bringe dich zur Laderampe, und du kannst jetzt gleich anfangen.«

»Jetzt?«, keuchte Nat und musste sich selbst daran erinnern, den Mund wieder zu schließen.

»Wärst du lieber woanders?«

»Ähm, nein. Nein. Jetzt ist prima. Jetzt ist perfekt.«

* * *

Nat stand auf der Laderampe und starrte die vielen Stapel mit Holzkisten an, von denen jede sechzehn Milchflaschen enthielt. Er wartete auf weitere Anweisungen.

Der Vorarbeiter, ein alter, muskulöser Kerl namens Mr Merino, kam zu ihm und klopfte ihm auf den Rücken. Dann legte er ein gedrucktes Formular oben auf den Stapel vor Nat.

»LaPlante will, dass du das hier ausfüllst.«

»Was ist das?«

»Anweisungen zur Einbehaltung. Du weißt schon, von deinem Lohn.«

»Ich kann das nicht hier ausfüllen.«

»Und warum zum Teufel kannst du das nicht?«

»Weil ich Nathan McCann versprochen habe, dass ich es mit nach Hause bringe und mir zuerst seinen Rat anhöre.«

»Ich muss rausfinden, was LaPlante dazu sagt.«

»Er wird sagen, dass es in Ordnung ist, weil Nathan McCann es gesagt hat.«

»Okay. Na, ich werde es noch mal überprüfen.«

»Ja, bitte. In Ordnung. Soll ich etwas tun, während ich darauf warte?«

»Ja, das würde ich schon sagen. Du sollst diese Kisten, die direkt vor deiner Nase stehen, auf den Lastwagen aufladen, der auch direkt vor deiner Nase steht.«

»Okay. Ich dachte nur, es gäbe eine Einweisung.«

Merino hatte seine Hände in die Hüften gestemmt und das Kinn hoch erhoben. Als wäre er größer, wenn er auf den Neuen herabsah. Den mit dem riesigen Minuspunkt. »Ist dir irgendwie unklar, wie man diese Kisten hochhebt und wieder absetzt?«

»Nein, nein, ist es nicht. Überhaupt nicht. Mit denen komme ich zurecht. Ich fange gleich an.«

»Freut mich, das zu hören«, erwiderte Merino und wandte sich zum Gehen.

»Mr Merino? Um welche Uhrzeit ist Arbeitsende?«

Merino wirbelte herum. »Wie bitte?«

»Habe ich etwas Falsches gesagt?«

»Du hast deine erste Kiste noch nicht einmal angehoben und willst schon wissen, wann du damit aufhören kannst?«

»So habe ich das nicht gemeint. Überhaupt nicht. Es ist nur ein komischer Arbeitstag, kein normaler. Weil ich so spät angefangen habe. Und weil ich den Bus nach Hause erwischen muss, das ist alles. Und ich wollte sicher sein, dass es nicht erst dann ist, wenn die Busse nicht mehr fahren.«

Merino sah ihn weiter streng an. »Der Bus fährt bis zehn Uhr abends.«

»Also kein Problem«, sagte Nat und tippte sich grüßend an die nicht vorhandene Mütze.

Er hob eine Kiste an. Überraschend, wie schwer sechzehn Viertelliterflaschen Milch in einer Holzkiste sein konnten.

* * *

Ungefähr zehn Kisten später kam Merino zurück.

»Der Chef sagt, du kannst heute um fünf aufhören. Morgen – und alle anderen Werktage – kommst du um sechs Uhr morgens hierher. Und gehst um drei.«

»Ja, Sir.«

»Außerdem hat er gesagt, wenn Nathan McCann gesagt hat, dass du das W4-Formular nach Hause mitnehmen sollst, kannst du das gern tun.«

»Ja, danke. Ich habe mir gedacht, dass er das sagen würde.«

»War das eine Klugscheißer-Bemerkung?«

»Nein, gar nicht. Ich wollte nicht respektlos sein.«

* * *

Als er schließlich bei Little Mannys Einzimmerapartment ankam, war es nach sechs.

Er war völlig außer Atem, weil er den ganzen Weg von der Bushaltestelle gerannt war. Die Muskeln in seinem unteren Rücken und zwischen den Schulterblättern waren schmerzhaft verkrampft. Vom Heben der schweren Kisten den ganzen Tag lang tat ihm der Bizeps weh.

Und morgen würde er von vorne beginnen müssen. Um sechs Uhr. Von sechs Uhr morgens bis drei Uhr am Nachmittag. Nicht auszudenken, wie sein Rücken und seine Arme sich morgen zur Feierabendzeit anfühlen mochten.

Er klopfte und hörte die eintönige Geräuschkulisse einer Folge von »Gilligans Insel« hinter der Tür. Sonst nichts. Keine Bewegung. Keiner, der auf sein Klopfen reagierte.

Nun, er würde sich daran gewöhnen. Er würde fit werden, um die Arbeit zu schaffen. Vielleicht würde ihm das sogar beim Training helfen. Das hieß, falls er immer noch ein Angebot zum Trainieren hatte.

Er klopfte noch einmal.

Little Manny öffnete die Tür. Seine Haare sahen wild zerzaust aus, als hätte er geschlafen. Der Geruch von abgestandenem Tabakrauch schlug Nat ins Gesicht, und er musste husten.

»Du hast mich geweckt.« Mannys Stimme klang rau vom Schlaf.

»Ich weiß. Es tut mir leid. Ich konnte es nicht ändern.«

»Ich dachte, du wolltest das mehr als alles andere.«

»Ja, ich will das mehr als alles andere.«

»Nee, du hast mir gerade gezeigt, dass das nicht stimmt. Offensichtlich stimmt das nicht. Offensichtlich willst du eher das, was du den ganzen Tag getan hast.«

»Ich muss arbeiten gehen. Da habe ich keine Wahl. Ich muss den Job behalten, den ich habe, um da zu leben, wo ich wohne. Ich brauche ein Dach über dem Kopf. An den Wochenenden habe ich Zeit. Könnte ich nicht einfach an den Wochenenden vorbeikommen?«

»Wochenenden? Irgendwie halte ich mir die gern frei.«

»Wofür denn?«, fragte Nat und betete, dass es für Little Manny nicht so grob geklungen hatte wie für ihn.

Langes Schweigen.

»Na ja, das ist ein Argument. Okay, Samstagmorgen.«

Damit schlug er die Tür wieder zu.

* * *

Nat rannte den ganzen Weg nach Hause. Währenddessen versuchte er, sich eine gute Entschuldigung für seine späte Rückkehr einfallen zu lassen.

7. Oktober 1978
Profi

In dem winzigen, verrauchten Zimmer stand Nat Little Manny gegenüber und trug ungewohnte und unbequeme Boxhandschuhe. Er hielt die Hände erhoben, beherrscht und in perfekter Position. Wenigstens, soweit er sich erinnern konnte.

Feathers saß zwischen ihnen auf den Dielen und hechelte, wobei er aus seinem Maul Little Mannys alten, schmutzigen Holzboden volltropfte.

Little Manny trug zwei dick gepolsterte Boxhandschuhe, die er hochhielt, damit Nat dagegenschlug. Weil er so klein war, musste er sie über seinen Kopf halten. Nat nahm an, das geschah, damit der Trainer die Stärke seiner Schläge spüren konnte.

»Der Hund sabbert auf meinen Boden.«

»Tut mir leid. Soll ich ihn draußen anbinden?«

»Nö, wen stört's? Der Boden ist sowieso nicht sauber. Nur, warum sabbert er? Es ist kalt.«

»Weiß nicht. Vielleicht vom Spaziergang hierher?«

»Worauf wartest du? Eine schriftliche Einladung, vom Boten überbracht?«

»Oh, okay.«

Er schlug mit seiner Rechten zu und prallte von einem der Trainingshandschuhe von Little Manny ab.

»Was? Machst du Witze?«

Er boxte noch mal. Diesmal härter.

»Nein, im Ernst. Ist das ein Witz? Die meisten Jungs trainieren im Knast. Was zum Teufel hast du da drin drei Jahre lang gemacht? Na, ich kann's mir schon denken. Nur, selbst wenn das stimmt, sollte deine rechte Hand besser in Form sein.«

»Ich bin nur so erschlagen von dem neuen Job. Gott, du machst dir keine Vorstellung. Meine Arme fühlen sich an, als würden sie gleich abfallen. Zum Glück habe ich an einem Donnerstag dort angefangen. Wenn es ein Montag gewesen wäre, hätte mich die erste Woche umgebracht.«

Er probierte noch einige weitere Schläge, aber er wusste, dass sie ebenso jämmerlich wirkten.

»Am Montag nächster Woche wirst du wieder anfangen müssen.«

»Oh, stimmt. Na, bis dahin bin ich es vielleicht mehr gewohnt.«

Little Manny entfuhr ein Geräusch, das eine Mischung aus spitzem Lachen und verächtlichem Prusten war. Damit erschreckte er Feathers, der sich in die Ecke verkroch. »Sehr lustig. Du bist ein Witzbold, Junge. So eine schwere Arbeit? Acht Stunden am Tag? Wird vier, fünf Wochen dauern, bis du daran gewöhnt bist. Mindestens.«

Nats Hände samt Handschuhen sackten nach unten. »*Vier oder fünf Wochen?*«

»Mach weiter, Junge. Box weiter. Du hast das zwar schlecht gemacht, aber immerhin *hast* du was gemacht.«

Noch einige Schläge. Jetzt fing es an, sehr zu schmerzen. Nicht nur die Schläge. Das hatte die ganze Zeit wehgetan. Allein die Arme hochzuheben war kaum noch auszuhalten.

»Ein Gutes hat die Sache aber«, fuhr Little Manny fort. »Wenn du dich daran gewöhnt hast, wirst du viel besser in Form sein. Sie bezahlen dich für das Work-out.«

»Ja, das habe ich auch gehofft. Musste mir etwas einfallen lassen, das an dem neuen Job gut ist. Der Vorarbeiter hasst mich. Und ich muss fünfundvierzig Minuten mit dem Bus hinfahren und nachher wieder zurück.«

»Woran denkst du dann während der ganzen Zeit, die du im Bus sitzt?«

»Wie viel besser alles wird, wenn ich erst Profi werde.«

»Profi? Wer sagt denn was von Profi-Werden? Ich habe nie gesagt, dass ich glaube, du könntest Profi werden.«

»Scheiß drauf. Ich werde Profi, egal, was du meinst.« Und er boxte noch einmal, diesmal härter.

»Aha. Jetzt weiß ich, wie man dich herauslocken kann. Du bist einer von den Typen, die erst sauer werden müssen.«

»Hast du das deshalb gesagt?«

»Nein, weil ich nie gesagt habe, dass ich glaube, du könntest Profi werden.«

»Warum zum Teufel kann ich das nicht?«

»Ich habe auch nie gesagt, dass du es nicht könntest. Hör einfach auf, so weit vorauszuplanen, Junge. Ich kann dich noch nicht mal dazu bringen, dass du diese Handschuhe so triffst, dass ich es merke. Aber du nimmst in Gedanken schon den Titelgewinn im Federgewicht entgegen.«

»Ich bin kein Federgewicht.«

Wieder ein Schlag.

»Besser. Zur Hölle, wenn du es nicht bist.«

»Weltergewicht vielleicht.«

»In deinen Träumen, kleiner Junge.«

»Tu das nicht. Ist nicht lustig.«

»Na dann, triff mich.«

Nat zielte seinen Schlag zwischen und gut unterhalb der Handschuhe. Genau auf den Rumpf des kleinen Mannes. Little Manny blockte ihn perfekt ab. Die Handschuhe ließ er zu beiden Seiten fallen und sah Nat in die Augen. Nat blickte zu Boden auf die Dielen.

»Die Sache mit dem Ärger wird dir im Ring helfen. Die Regeln zu verletzen wird dir nicht helfen. Dafür sind die Ringrichter da. Sieh nur zu, dass du nicht am Ende mit nichts dastehst. Kein Scheiß, weißt du? Und glaube ja nicht, dass sie dich nicht die ganze Zeit beobachten.«

»Tut mir leid.«

»Muss dir nicht leidtun. Du musst nur lernen, deine Gefühle zu kanalisieren. Sie zu benutzen, weißt du? Im Moment sind sie dein schlimmster Feind. Sie könnten aber dein bester Freund werden.«

»Wie denn?«

»Was meinst du, was ich dir beizubringen versuche? Warum, meinst du, musst du hier jeden Tag, an dem du nicht arbeitest, auftauchen?«

»Oh. Alles klar.«

»Was ist, schlägst du mich jetzt, kleines Federgewicht, oder was?«

14. Oktober 1978
Zahltag

»Gestern war Zahltag«, erklärte Nat zwischen den Schlägen gegen den schweren Sack.

»Der erste Zahltag überhaupt?«

»Jap.«

»Was war es für ein Gefühl?«

»Scheiße. Ich konnte es nicht glauben. Sie haben mir so viel für Steuern abgezogen. Und Arbeitslosigkeit. Und all das andere Zeug, von dem ich noch nicht mal gehört hatte. Und dann musste ich dem alten Herrn noch das Geld für den Bus zurückzahlen. Und das Geld für den Bus bis zum nächsten Zahltag musste ich auf die Seite legen. Dann habe ich mir also angeschaut, wie viel ich noch übrig habe, und da dachte ich: ›Ich habe mich durch all die höllischen Arbeitstage durchgequält für *das* bisschen?‹ Ich konnte es nicht glauben. Wenn ich nicht kostenlos ein Dach über dem Kopf hätte … Ich meine, wie schaffen es die anderen Leute? Ich verstehe es einfach nicht.«

Nach einigen weiteren guten Schlägen sagte Little Manny: »Willkommen im echten Leben, Junge.«

Einige Minuten gelangen ihm mehrere ordentliche Schläge, und er machte keine Bemerkung.

Dann fragte Nat: »Wie spät ist es?«

»Fünf vor elf.«

»Ich muss eine Pause machen.«

»Wir haben eben erst angefangen.«

»Ich brauche einen Schokoladen-Milchshake. Ich habe einfach plötzlich Lust auf einen Schoko-Milchshake. Wie weit ist es zu Fuß zum Frosty Freeze?«

* * *

Mit Feathers an seiner Seite trat Nat ans Fenster. Hinter der Theke erspähte er einen dünnen Jungen mit Brille, der ungefähr in seinem Alter war und eine Papiermütze und ein rot-weiß gestreiftes Frosty-Freeze-T-Shirt trug.

Das andere Fenster war noch geschlossen, und Nat verrenkte sich den Hals, um zu erkennen, ob hinten noch jemand arbeitete. Die Geräusche von jemandem, der dort hantierte, waren zu hören. Doch als dieser Jemand schließlich in sein Blickfeld kam, sah Nat einen großen, sehr dicken Mann.

»Willkommen im Frosty Freeze. Was möchten Sie bestellen?«

»Oh. Schoko-Milchshake.«

»Gerne, Sir.«

Es kam ihm komisch vor, von einem Kerl in seinem Alter »Sir« genannt zu werden. Das macht wohl die Arbeit mit einem, dachte Nat. Verweist einen in die Schranken.

»Also, wo ist das Mädchen, das hier arbeitet?«

»Welches? Hier arbeiten viele Mädchen. Ach übrigens, Hunde sind auf der Terrasse nicht erlaubt.«

»Oh, Entschuldigung. Ich hab nichts gesehen, wo ich ihn anbinden kann.«

»Ja, okay, es ist nur … wenn der Chef kommt … ich hab's Ihnen gesagt.«

»Stimmt, das haben Sie. Sie hat braune Haare und braune Augen.«

»Da kommen etwa drei infrage.« Er rief über die Schulter: »Freddy? Ein Schoko-Milchshake.«

»Und Sommersprossen auf der Nase.«

»Klingt nach Carol.«

»Okay, wo ist Carol?«

»Sie kommt am Samstag nicht vor zwei Uhr.«

»Mist«, murmelte Nat.

Da er den Schoko-Shake schon bestellt hatte, blieb ihm nichts anderes übrig, als ihn zu bezahlen und damit zu Little Manny zurückzukehren. Während er ging, musste er sich anstrengen, den dickflüssigen Milchshake durch den Strohhalm hochzuziehen.

* * *

»Hast du einen Wecker hier?«, fragte er Little Manny.

»Nein, wofür sollte ich einen Wecker brauchen? Ich muss erst zur Arbeit, wenn der Laden zumacht.«

»Küchenwecker?«

»Am Herd ist einer, aber ich weiß nicht, ob er funktioniert. Ich koche nicht oft. Warum? Wo wärst du denn lieber?«

»Ich dachte nur gerade, dass ich um zwei Uhr bestimmt wieder Lust auf einen Schoko-Milchshake bekomme.«

Little Manny seufzte und schüttelte den Kopf. »Ich weiß, was du machst. Und es wird nicht funktionieren.«

»Warum nicht?«

»Weil du dadurch nur Fett ansetzt. Was du machen solltest, ist Muskeln aufbauen. Du wirst an Gewicht zulegen wollen und mich fragen, wie. Lass mich dir zeigen, wie man das am besten macht. Ich bin dein Trainer, dafür bin ich da.«

»Okay, zeig mir, wie ich an Gewicht zulegen kann, das wäre gut. Aber ich gehe trotzdem um zwei Uhr noch mal zum Frosty Freeze.«

»Also dann erzähl mir, was es in diesem Frosty-Laden noch gibt außer Milchshakes.«

»Dieses Mädchen.«

»Das erklärt eine Menge.«

»Hast du dir Gedanken gemacht, dass es was Gefährliches wäre? Drogendeals im Frosty Freeze zum Beispiel?«

»Es gibt nichts Gefährlicheres als ein Mädchen«, erwiderte Little Manny.

* * *

Carol stand hinter dem Fenster, als Nat an die Theke trat. Mit der Papiermütze und in dem rot-weiß gestreiften T-Shirt sah sie süß aus. Die kurzen Ärmel hatte sie hochgerollt, und ihre Oberarme wirkten glatt und schlank. Das Haar hatte sie in einem

Pferdeschwanz zurückgebunden, den sie unter ein Haarnetz geschoben hatte. Gekrönt wurde ihre Frisur von der albernen Mütze. Nur dass die bei dem dünnen Kerl alberner aussah. An ihr wirkte sie irgendwie … bezaubernd.

»Willkommen im Frosty Freeze. Was möchtest du bestellen, merkwürdiger Junge mit dem Vogelhund? Der übrigens nicht auf der Terrasse sein sollte.«

»Wer, der Hund oder ich?«

Sie lächelte, obwohl sie anscheinend versuchte, es zu verbergen.

»Der Hund.«

»Wenn der Besitzer kommt, werde ich ihm erzählen, dass du mir die Regel mitgeteilt hast.«

»Du folgst Anweisungen nicht besonders gern, oder?«

»Das ist milde ausgedrückt.«

»Ich finde das immer noch einen albernen Namen für einen Hund.«

»Nun ja. Ich finde, Frosty Freeze ist ein alberner Name für deine Arbeitsstelle. Denn Frosty und Freeze bedeuten beide das Gleiche. Das ist so wie nasses Wasser.«

»Du kannst davon halten, was du willst, merkwürdiger Junge, aber ich hab den Namen Frosty Freeze nicht ausgesucht. Ich arbeite hier nur. Du jedoch hast den Namen von deinem Hund ausgesucht.«

»Eins zu null für dich«, erwiderte Nat.

»Kann ich deine Bestellung aufnehmen?«

»Ja, danke. Ich hätte gern einen Schokoladen-Shake. Ich habe eben trainiert, weißt du? Work-out. Und gerade habe ich Lust auf einen Schoko-Shake bekommen.«

»Du bekommst oft Lust auf einen Schoko-Shake, stimmt's?«

»Warum fragst du das?«

»Kenny hat gesagt, dass du vor ungefähr drei Stunden schon mal da warst, um einen Schoko-Shake mitzunehmen …«

»Ich versuche, Gewicht zuzulegen. Um von … Um zum Weltergewicht zu kommen.«

»… und um nach mir zu fragen.«

»Kam mir unhöflich vor, bei deiner Arbeitsstelle vorbeizukommen und nicht mal Hallo zu sagen.«

Zu Nats Entsetzen konnte er seine Gesichtsmuskeln nicht dazu bringen, nicht zu lächeln. Sie mussten sich einfach zusammenziehen wie bei einem Muskelkrampf, sodass er wie ein Idiot grinste, was er eigentlich zu vermeiden hoffte.

»Hey, Freddy. Noch einen Schokoladen-Shake für unser Fass ohne Boden hier.«

Nat warf einen Blick über die Schulter, ob jemand hinter ihm in der Schlange stünde. Ob er zur Seite treten müsse. Niemand hinter ihm. Er atmete durch.

»Also, merkwürdiger Junge, du bist Boxer?«

»Woher weißt du das?«, fragte er stolz und geschmeichelt. Als hätte sie es durch bloßes Anschauen rausgefunden.

»Du hast gesagt, dass du versuchst, Weltergewicht zu erreichen.«

»Oh, stimmt. Ja, ich bin Boxer.«

»Das machst du also?«

»Na ja, es ist nicht das Einzige, was ich mache. Aber in Zukunft. Ich meine, in nächster Zeit muss ich mich noch in meinem Hauptjob halten. Es gehört viel dazu, wenn man Profi werden will. Das ist ein gefährliches Business. Aber es ist definitiv das, was ich machen werde.«

»Jetzt weiß ich also alles über dich …«

»Na, nicht …«

»… außer deinem Namen.«

»Nat.«

»Wie Nat King Cole.«

»Ja, wie Nat King Cole.«

»Ich mag Nat King Cole. Seine Musik klingt heutzutage wahrscheinlich altmodisch, ich weiß. Zumindest für die meisten in unserem Alter. Aber er ist der Schnulzensänger, den ich am liebsten höre.«

Hätte jemand Nat vor nicht einmal zwei Wochen von seinem Lieblingsschnulzensänger erzählt, hätte Nat ihn für einen

Außerirdischen gehalten. Jetzt versuchte er sich zu merken, dass er eine Platte von Nat King Cole besorgen musste. Oder vielleicht sogar zum Plattenladen gehen und in der kleinen Kabine verschiedene Schnulzensänger anhören. Um rauszufinden, ob er einen Lieblingssänger hatte.

»Was bin ich dir schuldig?«, wollte Nat von ihr wissen.

»Du solltest doch wissen, was ein Schokoladen-Shake kostet. Immerhin ist es heute schon dein zweiter.«

»Ich habe nicht darauf geachtet.«

»Psst«, flüsterte sie und legte den Finger an die Lippen. »Dieser geht auf mich.«

Nats Wangenmuskeln spielten verrückt.

Sie mag mich. Ich wusste es. Ich wusste, dass sie mich mag. Sie mag mich wirklich.

Er öffnete den Mund, aber es kamen keine Worte heraus.

»Hinter dir steht jemand an«, bemerkte sie.

Nat schaute über die Schulter und sah ein Paar mittleren Alters warten. Doch noch starrten sie auf die Speisekarte über Carols Kopf, also hatte er noch ein wenig Zeit. Aber vielleicht nicht viel.

»Jetzt, da wir uns bei deiner Arbeit getroffen haben, kann ich deine Telefonnummer haben?«

»Ich habe dich nicht bei der Arbeit getroffen, sondern auf einer Bank an der Bushaltestelle.«

»Nein, du hast mich hier getroffen. Gerade eben.«

»Wie kommst du darauf?«

»Man hat jemanden nicht wirklich getroffen, bevor man seinen Namen kennt.«

»Das ist eine Art, wie man die Sache sehen kann.«

»Also, kann ich deine Telefonnummer haben?«

»Nein, so ein Mädchen bin ich nicht. Aber wenn du noch mal hier vorbeikommen willst, wäre das okay. Jetzt ...« Mit einer Kopfbewegung deutete sie auf die Leute hinter ihm.

Nat schnappte sich den Milchshake und rannte den ganzen Rückweg zu Little Manny. Einfach nur, weil er zu viel Energie hatte.

* * *

Nat lag in seinem Bett. Die Tür war noch offen, und ein warmer Lichtstrahl fiel vom Flur herein.

Er stellte sich vor, wie der alte Mann hereinkommen und Gute Nacht sagen würde. Das machte er gewöhnlich immer.

Für einen kurzen Moment schloss er die Augen und dachte an Carol. Wenigstens erschien es ihm kurz. Als er sie wieder öffnete, zog der Alte gerade den Rattanstuhl heran.

»Ich dachte, du schläfst vielleicht schon«, fing der Alte an, während er sich setzte.

»Nö, hab nur nachgedacht.«

»Wie läuft es so im neuen Job?«

»Ach das. Ja, okay, glaube ich. Der Vorarbeiter mag mich nicht. Er hat es die ganze Zeit auf mich abgesehen. Als ob er mich auf dem Kieker hätte. Als ich den ersten Tag dort war, hat dein Freund LaPlante zu mir gesagt, dass mich niemand ungerecht behandeln würde, und falls doch, würde derjenige es mit ihm zu tun bekommen. Manchmal frage ich mich, ob ich es ihm sagen soll. Aber dann denke ich, dass das alles noch schlimmer machen würde. Übrigens sehe ich manchmal, dass Merino mit einigen von den anderen auf der Laderampe spricht. Und dann glaube ich, dass es vielleicht nicht nur mich betrifft. Vielleicht hasst er alle.«

»Vielleicht solltest du daraus lernen, nicht zuzulassen, dass er dich auf die Palme bringt.«

»Mag sein.«

»Also außer der Beziehung zu deinem Vorarbeiter ...«

»Na ja, die Arbeit ist verdammt schwer. Entschuldigung, verflixt schwer. Mein Rücken und meine Arme tun die ganze Zeit richtig weh. Aber ich nehme an, dass ich mich daran gewöhnen werde. Und wenn ich das geschafft habe, werde ich in viel besserer Form sein.«

»Es ist nicht das Schlechteste, dafür bezahlt zu werden, dass man körperlich fit bleibt.«

»Das habe ich mir auch gedacht.«

Eine peinliche Pause. Nat wusste, es gab noch etwas, das der Alte ansprechen wollte. Eigentlich hatte er es die ganze Zeit schon gewusst, merkte er plötzlich. Seit dem Abendessen. Nein, seit er nach Hause gekommen war.

»Ich habe schon vermutet, dass du müde sein würdest. Das musste so kommen nach deiner ersten vollen Arbeitswoche. Umso mehr war ich erstaunt, dass du heute den ganzen Tag fort warst. Ich hatte erwartet, dass du dich am Wochenende die meiste Zeit nur zu Hause ausruhen würdest.«

»Nun, ich wollte mit Feathers nach draußen. Du weißt schon, einen richtig langen Spaziergang im Freien.«

»Bist du nicht die ganze Woche im Freien auf der Laderampe?«

»Ja, stimmt.«

Wieder eine peinliche Pause.

Schließlich erklärte der Alte: »Du bist achtzehn Jahre alt, Nat. Ein junger Mann, aber dennoch ein Mann. Kein minderjähriges Kind mehr. Du musst mir nicht in allen Details erzählen, wo du hingehst und was du machst. Auf der einen Seite. Aber auf der anderen Seite bin ich überzeugt, dass unsere Vereinbarung hier nur erfolgreich sein kann, wenn du bereit bist, halbwegs offen mit mir zu sein.«

»Ich weiß nicht, was dieses Wort bedeutet.«

»Offen?«

»Ja.«

»Es bedeutet ehrlich. Aber noch mehr als das. Offen sein bedeutet nicht nur, notfalls mit der Wahrheit rauszurücken. Es geht eher darum, wirklich zu wollen, dass die Wahrheit ans Licht kommt. Und nichts zurückzuhalten.«

»Oh. Okay.« Nat hielt inne, um seine Gedanken zu sammeln. »Ich werde offen sein. Beim Frosty Freeze … da ist ein Mädchen. Sie heißt Carol. Mit Sommersprossen auf der Nase.« Eine verlegene Pause. »Ich weiß nicht, was ich dir noch über sie erzählen soll.«

»Mehr musst du mir nicht über sie erzählen. So viel reicht mir zu wissen.«

»Ist das in Ordnung?«

»Komische Frage. Wie könnte ich antworten, dass das nicht in Ordnung ist? Das ist ganz menschlich. Ich bin nur froh, dass du nicht mit irgendwelchen zwielichtigen Kumpels unterwegs bist. Irgendwas, das dir Ärger einbringen könnte.«

Der Alte stand auf und wandte sich zum Gehen.

»Nathan?«

»Ja, Nat?«

»Da ist noch was, das ich dir erzählen wollte. Du weißt schon, nur um offen zu sein.«

Er setzte sich wieder. »In Ordnung. Erzähl nur.«

»Erinnerst du dich an jenen ersten Geburtstag von mir, nachdem ich verhaftet worden war? Und als du gekommen bist und mir Entenbraten, Kuchen und ein Geschenk mitgebracht hast? Und ein Foto von meinem Hund? Da haben wir über die Geschenke gesprochen, die du mir mein ganzes Leben lang gebracht hast, und darüber, welche davon gut getroffen hatten, was ich mag?«

»Ja, daran erinnere ich mich. Du hast gesagt, der Baseballhandschuh. Und die Ameisenfarm. Und dass deine Großmutter dir nicht erlaubt hat, sie zu behalten.«

»An dem Tag habe ich angefangen, dir etwas zu erzählen. Und ich weiß selbst nicht, warum ich aufgehört habe. Es kommt mir vor, als bedeute es mir zu viel, als dass ich darüber sprechen könnte. Ich weiß nicht mal, ob das Sinn macht. Jedenfalls, worüber ich damals anfangen wollte zu sprechen … das waren die Boxhandschuhe.«

»Ah ja. Zu deinem vierzehnten Geburtstag, nicht wahr?«

»Die Boxhandschuhe haben mein ganzes Leben verändert.«

»Wie das?«

»Weil ich dann wusste … das ist es, was ich machen will. Das ist es, was ich werden will.«

»Du willst Boxer werden?«

»Mehr als alles andere.«

»Ein Profi-Boxer?«

»Ja, ein Profi.«

»Hast du die Handschuhe noch?«

»Nein, meine Großmutter hat dafür gesorgt, dass ich sie nicht behalten konnte.«

Langes Schweigen. Nat meinte den Alten seufzen zu hören.

»Ich denke, ich könnte das für das kommende Weihnachten im Hinterkopf behalten.«

»Es würde mir viel bedeuten, wenn du das tun könntest.«

Der Alte erhob sich wieder. Schob den Stuhl zurück in die Ecke. Ging zur Schlafzimmertür.

»Also bist du einverstanden, dass ich Boxer werde?«

Schweigen.

Schließlich: »Es ist gut, einen Traum zu haben, Nat.«

»Es ist nicht nur ein Traum. Es ist das, was ich wirklich machen werde.«

»Bis das der Fall ist, bleibt es ein Traum.«

»Oh, na gut.« Einen Moment lang betrachtete er den Alten, wie er da mit einer Hand am Türgriff stand, im Begriff, die Tür für die Nacht zu schließen. Vom Flurlicht von hinten angeleuchtet, war er eine dunkle Silhouette. »Hattest *du* schon mal einen Traum, Nathan?«

In dem Schweigen, das auf seine Frage folgte, wünschte Nat, er könnte das Gesicht des Alten erkennen.

»Schlaf jetzt, Nat. Ich nehme an, du hast einen wichtigen Tag vor dir, morgen im Frosty Freeze.«

Teil 5

NATHAN MCCANN

24. November 1978
Würde man meinen, oder?

Es war eine Stunde oder etwas mehr nach dem Abendessen. Nathan hatte sich die Mühe gemacht, ein Feuer im Kamin anzuschüren, da es zu der spätherbstlichen Stimmung zu passen schien.

Er wusch sich den Ruß von den Händen, ehe er sich neben Eleanor auf das Sofa setzte. Sie hakte sich bei ihm unter.

»Eigentlich sollte ich den Abwasch machen«, seufzte sie.

»Der läuft dir nicht davon.«

»Die Essensreste kleben dann aber an den Tellern.«

»Bleib nur eine Minute bei mir sitzen, und dann helfe ich dir gern, wenn du willst.«

»Du musst mir nicht helfen, Nathan, ich kann …«

Nat steckte den Kopf ins Wohnzimmer. »Ich muss dich um einen großen Gefallen bitten«, begann er.

Nathan spürte, wie Eleanor sich leicht verspannte angesichts dessen, was er fragen mochte. Wäre Nathan gebeten worden, eine Wette einzugehen oder auch einfach nur zu raten, hätte er angenommen, dass Geld dabei eine Rolle spielte.

»Ja?«

»Kann ich deinen Plattenspieler benutzen?«

»Oh, meinen Plattenspieler. Ja, das ist okay, denke ich. Aber geh vorsichtig mit der Nadel um, bitte. Ersatznadeln sind ziemlich teuer. Und mach bitte die Tür vom Arbeitszimmer zu, sodass wir nicht vom Lärm erschlagen werden.«

»Und bitte dreh die Lautstärke herunter«, fügte Eleanor hinzu.

»Klar«, stimmte Nat zu, und sein Kopf verschwand.

Eleanor seufzte tief. »Es war so ein schöner, ruhiger Abend. Warum glaube ich, dass der Frieden gleich vorbei ist? Ich hätte wissen müssen, dass er nicht von Dauer ist.«

Schweigend warteten sie angespannt ab, wie fürchterlich es tatsächlich werden würde.

Einen Augenblick später drangen weiche Geigenklänge unter der Arbeitszimmertür hervor. Beinahe das völlige Gegenteil dessen, worauf Nathan sich gefasst gemacht hatte.

»Den Song kenne ich«, überlegte er. Doch er hatte noch nicht genügend Takte gehört, um ihn zu erkennen. »Das klingt so vertraut. Was ist das?«

»Ich glaube, das ist Nat King Cole.«

Einen Moment lang sahen sie einander an, dann brachen sie in Gelächter aus.

»Meine Güte«, sagte Eleanor. »Ich muss mich bei Nat entschuldigen, für das, was ich dachte. Aber vielleicht ist es besser, wenn ich ihm das nie sage, denn dann wird er auch nie erfahren, was genau ich dachte, als ich hier saß. Warum um Himmels willen hört er Nat King Cole?«

»Vielleicht hat er einen besseren Geschmack, als wir ihm zutrauen.«

»Das hören junge Leute heutzutage?«

»Ich habe keine Ahnung, was junge Leute heutzutage hören. Aber einem geschenkten Gaul schaut man nicht ins Maul. – Nat!«, rief er mit lauter Stimme.

Die Tür zum Arbeitszimmer öffnete sich. »Zu laut?«

»Mach es lauter, bitte, Nat. Eleanor und ich können es kaum hören.«

»Oh. Lauter? Oh, na klar.«

Die Lautstärke stieg beträchtlich an, und die Tür zum Arbeitszimmer ging wieder zu.

Nathan stand auf und reichte seiner Frau eine Hand. »Darf ich um diesen Tanz bitten?«

Eleanor lachte und wandte den Kopf ab. »Oh, Nathan. Mach keine Witze.«

»Wer macht hier Witze? Tanz mit mir.«

Er nahm ihre Hand und zog sie hoch.

»Ich muss immer noch den Abwasch machen.«

»Der kann warten.«

»Ich habe die Teller nicht eingeweicht.«

»Nur bis zum Ende von diesem Song.« Damit zog er sie nah an sich. Sie hörte auf zu diskutieren, legte den Kopf an seine Schulter und ließ sich von ihm führen. »Stimmt es, was ich denke? Dass wir nicht mehr zum Tanzen ausgegangen sind seit vor unserer Hochzeit?«, fragte Nathan, die Lippen nahe an ihrem Ohr.

»Nein, das stimmt nicht«, antwortete sie. »Wir sind nach der Hochzeit ausgegangen. Das hat erst aufgehört, seit Nat hier eingezogen ist.«

Mit dieser Note war der Song zu Ende. Nathan wartete und hielt sie in seinen Armen, in der Hoffnung auf eine weitere langsame Ballade. Aber die bekam er nicht. Der nächste Song war in schnellerem Tempo.

Außerdem entzog sie sich seinen Armen, erklärte, dass der Abwasch sich nicht von allein erledige und er sein Versprechen brechen würde.

* * *

Keine zwei Minuten später klingelte das Telefon. Nathan saß direkt daneben, deshalb nahm er schon beim zweiten Klingeln ab.

»Nathan?« Eine vertraute Männerstimme.

»Ja, hier spricht Nathan.«

»Marvin LaPlante.«

»Marvin. Wie geht es dir? Ich muss mich bei dir entschuldigen. Ich war wirklich nachlässig, fürchte ich. Habe noch nicht angerufen oder geschrieben, um mich zu bedanken, dass du dem Jungen eine Chance gegeben hast. Vermutlich dachte ich, dass es diplomatischer wäre, abzuwarten, wie sich die Dinge entwickeln. Ich hoffe, das ist nicht zu pessimistisch.«

Stille in der Leitung. Schließlich: »Deswegen rufe ich an, Nathan. Ich wollte nur sagen, dass es mir leidtut, dass es nicht besser geklappt hat mit deinem Jungen.«

»O nein. Er hat den Job verloren?«

»Wusstest du das nicht?«

»Nein, wann war das?«

»Vorletzte Woche«, antwortete Marvin. »Ich hatte keine Ahnung, dass du es nicht weißt. Er hat angefangen, sich immer mittwochs krankzumelden. Immer an dem gleichen Tag. War ein wenig merkwürdig. Wenn er am nächsten Tag wieder kam, wirkte er nicht krank. Nun, ich wollte im Zweifelsfall zu seinen Gunsten entscheiden. Aber am dritten Mittwoch, als er angerufen hatte, hat ihn einer unserer Fahrer in der Innenstadt gesehen. Ich hoffe, du verstehst das. Mir blieb nichts anderes übrig, als ihn zu entlassen.«

»Natürlich verstehe ich das, Marvin. Ich hatte nie erwartet, dass du ihn anders als andere behandelst.«

»Und es tut mir so leid, dass ich am Ende noch derjenige war, der es dir mitgeteilt hat. Ich hatte erwartet, dass du es inzwischen weißt.«

»Ja«, sagte Nathan, »sollte man meinen, nicht wahr?«

* * *

Einige Minuten nachdem Nathan aufgelegt hatte, kam Eleanor durch das Wohnzimmer. Sie warf einen Blick auf ihn, wie er auf dem Sofa saß und ins Nichts starrte.

»Meine Güte, Nathan«, wandte sie sich an ihn. »Was ist los?«

Es überraschte und enttäuschte ihn. Eigentlich war er fest entschlossen gewesen, seine Gedanken und Reaktionen für sich zu behalten. In dem leeren Raum, bevor Eleanor reingekommen war, hatte er auch irgendwie gemeint, dass es ihm gelänge.

»Nichts«, antwortete er.

Kommentarlos wandte sie sich zum Gehen.

Aber sofort besann sich Nathan eines Besseren. Sobald die Worte aus seinem Mund kamen, wusste er, dass sie ein schwerer Fehler waren. Eine glückliche Ehe war seiner Ansicht nach nicht auf gedankenlosen, automatischen Unwahrheiten aufgebaut und schloss niemanden aus. Und ihr zu sagen, dass das, was sie mit eigenen Augen sah, gar nicht da war, hielt er für den sichersten Weg, sie unglücklich zu machen, wenn nicht gar völlig aus dem Gleichgewicht zu bringen.

»Eleanor«, begann er, und sie hielt inne. »Es tut mir leid. Ich habe das ohne nachzudenken gesagt. Es gibt nur Ärger mit Nat.«

Sie trat näher, setzte sich zu ihm aufs Sofa und legte ihre Hand auf seine. »Willst du darüber sprechen?«

»Bitte sei nicht beleidigt, wenn ich Nein sage. Das ist nur meine Antwort für den Moment. Es ist nicht so, dass ich dir solche Dinge nicht anvertrauen würde. Es ist noch nicht mal so, dass es *irgendetwas* gibt, das ich dir nicht anvertrauen würde. Ich will einfach nur Nats Version zuerst hören, ehe sich meine eigenen Theorien zu sehr verselbstständigen.«

»Verstehe«, sagte sie und küsste ihn auf die Wange.

»Wirklich?«, fragte er, als sie aufstand, um zu gehen.

»Natürlich.«

»Du bist eine tolle Frau, Eleanor.«

»Ach, Quatsch.«

»Doch, bist du.«

Mit einer Handbewegung wischte sie seine Worte beiseite und verschwand wieder in der Küche.

* * *

Nathan zog das alte, ramponierte Wörterbuch von seinem angestammten Platz im Bücherregal im Wohnzimmer.

Er ließ sich in seinem Lieblingsstuhl nieder, das Buch aufgeschlagen auf dem Schoß, und setzte sich die Lesebrille auf.

Dann nahm er seinen guten silbernen Füller aus der Tasche, öffnete die Schublade des Beistelltischs und fand das gravierte Lederetui mit Notizkärtchen, von denen jedes seinen Namen trug.

Er schlug sein Wort nach und notierte auf einer Karte in seiner sorgfältigsten Handschrift:

offen (Adjektiv)
1) aufrichtig, ehrlich und kooperationsbereit
2) (Person) aufgeschlossen und redebereit

Er schloss das Wörterbuch, stellte es an den korrekten Platz auf dem Regal zurück und legte das Notizkärtchen in die Mitte von Nats Kopfkissen.

* * *

Nathan stand an seiner Kommode und leerte vor dem Zubettgehen seine Hosentaschen. Im Spiegel erhaschte er einen Blick auf sich selbst und war entsetzt, wie verärgert er immer noch aussah. Ärger hatte Nathan noch nie gemocht. Der war für ihn ein barbarisches und unwürdiges Gefühl. Er wusste, dass sich hinter Ärger immer Angst oder Verletzung verbargen, aber er hatte schon oft gewünscht, dass alle vernünftig genug wären, ohne diesen Mittelsmann auszukommen.

Im Spiegel blickte er in seine eigenen Augen.

War er verletzt?

Hinter seinem Spiegelbild sah er, wie Eleanor die Zierkissen entfernte und das Bett aufschlug. Sie blickte hoch und bemerkte ihn.

»Du hast die Tür nicht zugemacht«, fiel ihr auf. »Das tust du sonst immer.«

»Ich dachte, Nat würde mir etwas zu sagen haben, bevor er ins Bett geht.«

Zumindest hoffte er, dass es vor dem Zubettgehen wäre. Er hoffte, dass er nicht die ganze Nacht mit diesem Durcheinander schlafen müsste.

Kaum eine Sekunde später hörte er ein absurd leises Klopfen. Als er aufsah, entdeckte er Nat, der respektvoll vor dem

Türrahmen zum Schlafzimmer stehen geblieben war und wie ein begossener Pudel dastand, das Notizkärtchen fest umklammert.

»Ja bitte, Nat?«, fragte Nathan mit hörbarem Ärger in der Stimme.

»Könnte ich vielleicht mit dir sprechen? Du weißt schon. Allein.«

»In Ordnung. Verlegen wir das ins Wohnzimmer.«

* * *

»Okay«, begann Nat. Er klang der Situation angemessen reichlich nervös. »Also, ich sage es ganz direkt. Du weißt, ich spucke es einfach aus. Ich wurde aus dem Job gefeuert, den du mir besorgt hast.«

Nathan betrachtete das Gesicht des Jungen in dem warmen Licht der Straßenlampe, das durch das Wohnzimmerfenster hineinfiel. Beide hatten sie sich nicht die Mühe gemacht, die Deckenleuchte anzuschalten.

»Wann war das?«

»Donnerstag vor einer Woche hat LaPlante mich entlassen.«

»Und wann hattest du vor, mir das zu erzählen?«

»Wenn ich einen neuen Job habe«, antwortete er schnell, offensichtlich vorbereitet. »Ich habe mich echt bemüht und umgesehen. Und hatte wirklich gehofft, ich würde schnell etwas finden. Und dann wollte ich dir beide Dinge auf einmal erzählen. Etwa so: ›Ich habe eine gute und eine schlechte Neuigkeit. Die schlechte ist, dass ich den Job verloren habe, den du mir besorgt hast, aber die gute ist, dass ich schon einen anderen habe.‹ Aber das ging daneben. Ich habe zwei Bewerbungen abgegeben. Für die einzigen beiden offenen Stellen, die ich finden konnte. Die eine war drüben in Watson's Markt, aber der Leiter der Produktion hat mir geradeheraus gesagt, ich hätte geringe Aussichten. Er hätte viele Bewerbungen von Kerlen, die keine Vorstrafe haben. Der Typ in der Apotheke wollte mich zurückrufen. Aber jetzt haben sie ihr Schild weggenommen, und er hat sich nicht gemeldet. Ich bin sogar zur Arbeitsvermittlung gegangen und habe in deren Listen mit den offenen Stellen gesucht. Aber für die musste man Berufserfahrung vorweisen.«

»Wann hast du erfahren, dass die offene Stelle in der Apotheke besetzt wurde?«

»Vor ein paar Tagen, vielleicht drei, haben sie das Schild weggenommen.«

»Also hättest du genauso gut vor zwei oder drei Tagen zu mir kommen können.« Eine lange, unangenehme Stille. »Was ist in der Molkerei vorgefallen?«

»Es war nicht meine Schuld. Ich habe dir ja schon erzählt, dass der Vorarbeiter mich auf dem Kieker hatte. Er hat behauptet, dass ich einen Fehler mit der Anzahl auf einem der Laster gemacht hätte. Dass ich zu wenig hätte. Er tat, als hätte ich etwas von der Milch zurückgehalten oder getrunken oder ein paar Flaschen zerbrochen oder so was und würde es vertuschen wollen. Eine komplette Lüge, aber mein Wort stand gegen seines. Wem, meinst du, wird LaPlante glauben? Niemand glaubt jemals *mir*.«

»Ich begreife langsam, warum«, knurrte Nathan.

Voller Angst sah Nat im Halbdunkel zu ihm auf, dann wieder weg. Er gab keine Antwort. Anscheinend traute er sich nicht.

»Was hast du an den drei Tagen, gemacht, mittwochs, als du nicht zur Arbeit gegangen bist? Warst du mit dem Mädchen zusammen?«

Der Junge kniff die Augen zusammen. »Du hast mit LaPlante gesprochen. Stimmt's? Das hatte ich befürchtet, als ich deine Notiz gesehen habe.«

»Als junger Mann in deinem Alter …«

»Das war es nicht. Ich war nicht mit Carol zusammen. Ich war bei Little Manny. Mein Trainer. Training an nur zwei Tagen die Woche hat es einfach nicht gebracht. Das ist nicht genug. Da würde ich es nie schaffen. Wenn ich Vollzeit trainieren könnte, wäre ich in sechs oder sieben Monaten bereit. Vielleicht acht. Aber nur die Wochenenden … Da verplempert man seine Zeit. Da kann man es auch gleich lassen.«

Die Stille, die darauf folgte, war so umfassend, dass das Geräusch des Kühlschrankmotors plötzlich erstaunlich laut wirkte.

Nathan atmete tief ein, ehe er wieder sprach.

»Ich brauche etwas Zeit, um darüber nachzudenken, wie ich mit dieser Situation umgehen soll. Aber eines möchte ich dir jetzt gleich sagen: Wenn du mich jemals wieder anlügst … Nein, warte. Lass mich den Satz noch mal von vorne anfangen. Lüg mich niemals wieder an. Ist das klar?«

»Völlig klar, Sir.«

»Ich heiße nicht Sir.«

»Völlig klar, Nathan.«

* * *

Eleanor hatte das Licht im Schlafzimmer bereits ausgeschaltet. Nathan schloss die Tür hinter sich und ertastete sich den Weg ins Bett.

Es überraschte ihn, dass Eleanor die Tür nicht zugemacht hatte. Das tat sie sonst immer.

Doch dann vermutete er, sie hatte vielleicht mithören wollen.

»Bist du noch wach?«, fragte Nathan leise.

»Was für ein Training? Wofür?«

»Nat möchte Profi-Boxer werden.«

»Gott steh uns bei«, seufzte Eleanor.

»Ich wollte zu ihm sagen, wenn er mich jemals wieder anlügt … Schau, ich kann den Satz noch nicht mal jetzt beenden. Wenn er mich wieder anlügen würde, wie würde ich dann reagieren? Was würde ich tun? Ihn im Stich lassen? Ich hatte ihm versprochen, dass ich das nie tun würde. Ihn rauswerfen? Das wären dann drei von drei.«

»Vielleicht hat es einen Grund, dass ihn jeder rauswirft.«

»Ich kann kaum glauben, dass er seine Mutter in den ersten vier oder fünf Stunden seines Lebens unentschuldbar beleidigt hat.«

Sie antwortete nicht sofort. Im Dunkeln war er sich nicht sicher, ob die Konversation beendet war. Es kam ihm nicht so vor.

Schließlich fragte sie: »Versuchst du mir zu sagen, dass dieser Junge, egal was er macht, immer deine Unterstützung haben wird?«

»Wieso … ja. Genau das wollte ich sagen.«

»Was auch immer er für Ärger in unser Leben bringt, wir sollen einfach dasitzen und es akzeptieren?«

»Ich wünschte, du hättest dir nicht schon deine Meinung gebildet, dass er uns nichts als Ärger bringen wird.«

»Gute Nacht, Nathan.«

»Bitte versuch, dem Jungen offen gegenüberzustehen.«

»Gute Nacht, Nathan.«

Eine Pause folgte, während der er den möglichen Nutzen abwog, die Unterhaltung weiterzuführen. Doch dann kam nur ein Seufzer, den er zu unterdrücken versuchte.

»Gute Nacht.«

25. November 1978
Eine Welt ohne Grenzen

Als Nathan aufwachte, stellte er fest, dass es über Nacht zum ersten Mal richtig geschneit hatte.

Einige Augenblicke lang stand er am Schlafzimmerfenster und ließ den Blick über den Garten schweifen. Nach einem guten Schneefall waren alle Grenzen der Welt verschwunden. Das war Nathan schon immer aufgefallen. Scheinbar feste Trennlinien wie die zwischen seinem und dem Nachbargarten oder zwischen Gehsteig und Straße gab es einfach nicht mehr. Ausgelöscht vom Weiß.

Als wollte die Welt ihm raten, solchen Markierungen nicht zu viel Glauben zu schenken. Dass diese Grenzlinien womöglich von Anfang an nicht ganz echt waren.

An diesem Morgen allerdings wurde Nathans Begeisterung für die unberührte Natur durch schmerzende Augen und eine leicht gestörte Verdauung getrübt, beides Folgen des unruhigen und gestörten Nachtschlafs.

Er sah auf die noch immer schlafende Eleanor.

Es war früh, kurz nach fünf.

Was für eine glückliche Fügung, dass heute Sonntag ist, dachte er. So kann jeder erst etwas Gutes und Heißes zum Frühstück zu sich nehmen, die Zeitung lesen und langsam wach werden, bevor es an die umfangreiche Arbeit des Schneeschippens geht.

Nathan zog seinen Bademantel an und begab sich in die Küche, um Kaffee zu machen.

Dort traf er auf Nat, der bereits im Halbdunkel am Tisch saß, in die jägergrüne Decke aus seinem Bett gewickelt.

»Nat?« Nathan schaltete das Licht in der Küche an.

Der Junge zuckte zusammen und blinzelte kläglich, sagte aber nichts.

»Ist dir kalt?«

»Mir ist immer kalt.«

»Du kannst die Heizung höherdrehen, wenn dir kalt ist.«

»Kann ich?«

»Natürlich, dafür ist die Heizung ja da.«

Nathan setzte sich auf den Stuhl neben dem Jungen und lehnte sich näher zu ihm. »Ich habe letzte Nacht lange wach gelegen …«

»Ja, ich hab die ganze Nacht wach gelegen.«

»… und habe darüber nachgedacht, wie ich mit unserer Situation angemessen umgehen könnte.«

Nats Gesicht wurde weißer. Noch kläglicher, falls das möglich war. »Ich glaube, mir wird schlecht«, jammerte er.

Nathan erkannte, dass er das wörtlich meinte.

»Die Spüle, Nat.«

Der Junge sprang auf und stolperte in Richtung Spülbecken, fiel über die Decke und fing sich an der Küchenplatte wieder. Als er es bis zur Spüle geschafft hatte, blieb er einen Moment wie erstarrt stehen, die Hände umklammerten den Rand. Glücklicherweise geschah nichts weiter.

Nathan ging zu ihm und legte dem Jungen durch die Decke eine Hand auf den Rücken.

»Bist du okay, Nat?«

»Ja, vielleicht habe ich mich geirrt. Vielleicht wird mir nicht schlecht«, murmelte Nat. »Oh-oh. Vielleicht doch.«

»Ich habe beschlossen, dir die sechs bis acht Monate zum Trainieren zu geben.«

Dröhnende Stille. Ein weiterer Blick auf die weiße, grenzenfreie Welt des Gartens über Nats Kopf hinweg.

»Was?«

»So, habe ich beschlossen, werde ich mit der Situation umgehen.«

»Du gibst mir … gibst mir was? Was bedeutet das?«

»Ich sehe das so: Ich wollte von dir für das Zimmer und die Verpflegung sowieso nichts verlangen. Ich habe aus Prinzip darauf bestanden, dass du einen Job hast. Damit du nicht den ganzen Tag lang im Haus herumhängst und mit deinem Hund spielst, was meiner Meinung nach kein gesunder Lebensstil ist. Daher wollte ich verlangen, dass du hart arbeitest. Etwas erreichst. Deine Energie in etwas Sinnvolles steckst, um etwas aufzubauen. Doch letzte Nacht habe ich wach gelegen und nachgedacht. Und ich habe beschlossen, dass du mit deinem Training genau das tust. Du versuchst, hart zu arbeiten, um etwas zu erreichen, das dir wichtig ist. Also habe ich meine Meinung geändert und beharre nicht mehr darauf, dass du irgendwo angestellt bist, während du unter meinem Dach lebst. Für die Dauer von acht Monaten.«

»Ich kann nicht glauben, dass du das für mich tust.« Nat stand immer noch abgewandt an der Spüle und blickte aus dem Fenster.

»Ich weiß, es bedeutet dir eine Menge.«

»Ich … Das ist … Ich weiß gar nicht, was ich sagen soll.«

»Eines wird allerdings eine Herausforderung werden. Ich werde dir kein Geld geben. Kein Taschengeld, kein Kredit. Ich erwarte, dass du dein eigenes Leben führst, und deine Finanzen sind deine Angelegenheit. Du wirst überhaupt kein Geld haben, noch nicht mal für den Bus.«

»Ich kann zu Fuß zu Little Manny gehen.«

»Kein Geld, um ein Mädchen zu einem Date einzuladen.«

»Oh«, keuchte Nat ernüchtert, als die Worte ihn durchdrangen.

»Es sei denn, du findest eine Möglichkeit, ein bisschen zu verdienen. Als ich in deinem Alter war, habe ich zum Beispiel einen Morgen wie diesen als eine fantastische Möglichkeit zum Geldverdienen angesehen. Ich habe unsere eigene Zufahrt freigeschaufelt, dann die Schaufel unter den Arm geklemmt und an die Türen der Nachbarn geklopft. Schnee schippen ist anstrengend, und niemand macht es gern. Wenn ein kräftiger junger Mensch vor der Tür steht und anbietet, es einem für ein paar Dollars abzunehmen, ist die Versuchung für manch einen groß.«

Keine Bewegung. Keine Antwort.

Dann fuhr der Junge plötzlich herum. Drehte sich zu Nathan, warf ihm die Arme um den Hals und verblüffte den Älteren. Die Decke fiel vergessen zu Boden.

Nathan stand mit hängenden Armen da, unfähig, schnell zu reagieren. Ehe er entscheiden konnte, ob er die Umarmung erwidern sollte oder nicht, hatte Nat schon die Decke aufgehoben und war hinausgestürzt.

»Ich ziehe mich an«, rief der Junge.

»Nat, warte. Um die Uhrzeit kannst du bei niemandem an die Tür klopfen.«

Macht nichts, dachte Nathan. Er würde den Jungen auf dem Weg nach draußen abfangen.

Er machte einen schnellen Abstecher ins Wohnzimmer, wo er den Thermostat drei Grad höher stellte. Dann kehrte er in die Küche zurück, um seine dringend benötigte Tasse Kaffee zu trinken.

Nat steckte den Kopf in die Küche. »Ich dachte, du würdest mich rauswerfen«, lächelte er.

»Das verstehe ich. Gebranntes Kind scheut das Feuer«, erwiderte Nathan.

Er schaute auf und wollte weitersprechen, aber Nat war schon weg.

* * *

»Na, dem hast du aber die Meinung gesagt«, schnaubte Eleanor.

Bis zu einem gewissen Grad war Nathan auf ihre Reaktion gefasst gewesen. Er wusste, dass sie daran Anstoß nehmen würde, wie er über die Angelegenheit dachte. Doch Sarkasmus hatte er aus ihrem Mund nicht erwartet. Soweit er sich erinnern konnte, hatte sie noch nie sarkastisch mit ihm gesprochen.

Er setzte sich auf die Bettkante und beobachtete sie dabei, wie sie sich vor dem Spiegel der Frisierkommode das Haar bürstete. So energisch hatte er sie sich noch nie bürsten sehen.

»Es ist sein Traum.«

»Seinen Lebensunterhalt damit zu verdienen, andere zu schlagen? Mit blauen Augen und Nähten in der Lippe herumzulaufen und Klammerpflastern, die die Haut unter den Augenbrauen zusammenhalten? An zwielichtigen Orten mit zwielichtigen Leuten herumzuhängen? Wetten einzugehen, ob er den größten Boxer besiegen kann, bevor der ihn ins Krankenhaus bringt? Diesen Traum willst du unterstützen?«

Nathan atmete tief ein und wog seine Worte sorgfältig ab.

»Wenn man jedes Wort, das du gerade gesagt hast, berücksichtigt, ergibt sich daraus nur eines, meiner Meinung nach jedenfalls: Es ist Nats Traum, nicht deiner. Jemand anders soll nur dann seine Träume verwirklichen, wenn sie mit deinen übereinstimmen. Das geht nicht. Du kannst nicht diktieren, *welche* Träume der andere verwirklichen soll.«

Sie ließ die Hände sinken und wandte sich ihm direkt zu.

»Du hast dein Versprechen gebrochen«, hielt sie ihm vor und zeigte mit der Haarbürste auf ihn. »Deine einzige Bedingung für unser Zusammenleben hier war, dass er einen Job hat.«

»Ich weiß«, räumte Nathan ein. »Das weiß ich.« Wieder hielt er inne, um seine Gedanken zu ordnen. Es schien, als wäre die sorgfältige Wahl seiner Worte niemals entscheidender gewesen. »Ich meine, mich zu erinnern, dass Gandhi mal gesagt hat, er sei der Wahrheit verpflichtet, nicht der Beständigkeit. Nicht dass ich mich in irgendeiner Weise mit diesem Mann vergleichen möchte. Nur etwas von seiner Weisheit ausleihen.«

Eleanor blickte zum Schlafzimmerfenster, als würde ihr etwas ins Auge springen. »Ich dachte, du hättest gesagt, er würde für die Nachbarn Schnee schippen.«

Nathan sah auch aus dem Fenster und erblickte Nat, der beinahe die ganze Zufahrt bis zu ihrer eigenen Garage freigeschaufelt hatte. »Vielleicht weil ich ihm erklärt habe, dass es noch zu früh ist, um bei den Nachbarn anzuklopfen.«

»Vielleicht weil es einfacher ist, *dich* um Geld zu bitten als einen Fremden. Ich habe meinem Sohn beigebracht, dass ein gewisser Anteil an der Hausarbeit dazugehört, wenn man zusammenlebt. Besonders wenn man über achtzehn ist.«

»Das würde ich genauso sehen.«

»Mit meinem Sohn hatte ich nie solche Probleme.«

»Du hattest auch den Vorteil, dass du vom ersten Tag an auf sein Benehmen Einfluss nehmen konntest.«

»Was wirst du also antworten, wenn er wieder reinkommt und dir mitteilt, dass das jetzt zwanzig Dollar macht?«

»Das war wohl eher ein ›falls‹ als ein ›wenn‹. Eleanor, bitte versteh mich jetzt nicht falsch. Was ich jetzt sage, ist nicht als Kritik an dir gemeint. Aber ich habe das Gefühl, dass ich es sagen muss, weil ich es für die Wahrheit halte. Ich denke, dass die Tatsache, dass du so überempfindlich bist, was Nat betrifft, einen Großteil der Spannungen hier verursacht.«

Sie antwortete nicht.

Sie legte ihre Bürste auf den Frisiertisch zurück und verließ das Zimmer.

Nathan fand sie in der Küche, wo sie sich gerade eine Tasse Kaffee einschenkte.

»Also«, sagte sie. »Das Problem ist nicht, dass ich einen großen Nagel in meinem Fuß stecken habe, der sich bei jedem Schritt weiter hineinbohrt. Das Problem ist, dass es mir etwas ausmacht.«

Nathan seufzte. »Womit verletzt er dich, Eleanor? Inwieweit betrifft es dich überhaupt? Kannst du mir bitte erklären, wie es dich in direkter Weise angreift, wenn Nat jeden Tag zu seinem Training geht, statt zu dem Job an der Laderampe?«

Ehe sie antworten konnte, erschien Nat im Türrahmen zur Küche, immer noch warm eingepackt gegen die Kälte und reichlich außer Atem.

»Nat«, schimpfte Eleanor. »Du tropfst meinen ganzen frisch geputzten Boden voll.«

»Oh, tut mir leid. Ich habe unsere Zufahrt gemacht. Dafür verlange ich natürlich nichts. Jetzt gehe ich und finde raus, ob ich ein wenig Geld verdienen kann.«

Er stürmte wieder nach draußen.

Eleanor wandte sich wieder ihrem Kaffee zu, und Nathan entschied, so klug zu sein, es nicht auszusprechen. Nicht nur das »Ich habe es dir ja gesagt« würde er sich ersparen, sondern sich auch jeden weiteren Kommentar zu dem Thema verkneifen.

Mit ein paar Küchentüchern, die er von der Rolle abriss, wischte er den geschmolzenen Schnee auf, der von Nats Winterstiefeln getropft war.

4. März 1979
So ziemlich jetzt sofort

»Ach, du meine Güte!« Eleanor zuckte zusammen, als sie hörte, wie die Haustür zuschlug. »Nat ist zum Abendessen zu Hause. Seit Monaten war Nat nicht zum Abendessen da.«

»Ich denke, es wird schön, ihn zu sehen«, erwiderte Nathan, um behutsam seinen Standpunkt darzulegen, dass er Nats Anwesenheit für eine *willkommene* Überraschung hielt.

Seit letzten November war Nat beinahe jeden Tag schon weg gewesen, wenn sie morgens zum Frühstück auftauchten. Die benutzte Müslischüssel in der Spüle war der einzige Beweis, dass er überhaupt mit im Haus lebte. Eleanor hob ihm immer einen Teller vom Abendessen auf, den sie mit Frischhaltefolie abgedeckt in den Kühlschrank stellte. Oft hörte Nathan den Jungen erst gegen Mitternacht zurückkehren.

Zuerst hatte er angenommen, dass es ein Zeichen für ein aktives Sozialleben sei, doch Nat hatte ihn eines Besseren belehrt. Carol musste immer schon um neun Uhr zu Hause sein, so waren dort die Regeln. Der Grund, weshalb Nat so lange wegblieb, war, dass sein Trainer, den Nat Little Manny nannte, bis zur Schließzeit der Sporthalle warten musste, ehe er mit Nat dank seines Schlüssels hineinkonnte. Das Training umfasste mehr, als nur auf Boxsäcke einzuschlagen, wurde ihm gesagt. Es ging um allgemeine Fitness, und dafür war viel professionelle Ausrüstung nötig.

Nathan mochte es nicht zugeben, aber die Dinge hatten sich bei ihm zu Hause und in seiner Ehe beruhigt. Sosehr er sich wünschte, dass es anders wäre: Je länger Nat wegblieb, desto mehr fand Eleanor zu ihrer Zufriedenheit zurück.

»Ich hole noch ein Gedeck«, sagte sie.

Nat tauchte im Türrahmen zum Esszimmer auf, eine junge Frau an der Hand.

Nathan wusste, dass Carol in Nats Alter war, doch sie sah jünger aus. Zierlich und schüchtern wirkte sie. Hübsch, sehr hübsch, mit dichtem braunen Haar und Sommersprossen auf der Nase. Körperlich war sie ziemlich genau so, wie Nat sie beschrieben hatte. Und doch hatte Nathan ein toughes Mädchen erwartet, das mehr zu Nat passte. Weltgewandter.

Dann fragte er sich, warum er von einer solchen Annahme ausgegangen war. Und was genau passte eigentlich zu Nat?

»Nat«, sagte Eleanor. »Was ist mit deinem Auge passiert?«

Nat berührte mit der Hand den dunklen, angeschwollenen Bluterguss. »Ach, nichts. Ich meine, ich habe nur ein Sparring gemacht. Little Manny hat mich in eine Sporthalle am anderen Ende der Stadt mitgenommen, wo ich mit ein paar vernünftigen Boxern kämpfen kann. Nathan? Eleanor? Das ist Carol.«

Nathan durchquerte das Esszimmer und gab ihr die Hand.

»Angenehm«, murmelte Carol so leise, dass Nathan fast erraten musste, was sie gesagt hatte.

»Wir müssen mit euch beiden sprechen«, begann Nat.

»Sag das nicht so, dass es nach etwas Schrecklichem klingt«, ermahnte ihn Carol. Nathan fiel auf, dass ihre Stimme selbstbewusster – und sogar lauter – klang, sobald sie mit Nat sprach.

»Nein, nein, das ist es nicht«, beeilte sich Nat zu sagen. »Es ist nichts Schlechtes. Ganz und gar nicht. Es sind gute Neuigkeiten. Und ein Gefallen. Vielleicht könnten wir ins Wohnzimmer gehen?«

»Wir haben uns gerade zum Abendessen gesetzt«, warf Eleanor ein. »Ich war gerade dabei, ein weiteres Gedeck für dich zu holen, Nat. Seid ihr beide hungrig? Ich könnte für zwei decken.«

Nat machte ein Gesicht, als wäre Abendessen etwas völlig Fremdes für ihn. Zumindest in diesem Moment. Als hätte ihn jemand unerwartet gefragt, ob er auf einem Elefanten reiten oder nach Grönland fliegen wolle.

»Ähm, reicht es denn?«

»Ich denke schon«, antwortete Eleanor. »Ich könnte uns schnell noch einen grünen Salat zaubern. Und dazu gibt es Brot und Butter.«

»Carol isst sowieso wie ein Spatz«, erwiderte Nat. »Und ich bin auch nicht besonders hungrig.«

»Meine Güte«, seufzte Eleanor, »seit wann bist du nicht hungrig nach einem langen Trainingstag?«

Wenn er nervös ist, dachte Nathan. Er verliert den Appetit, wenn er nervös ist, oder aufgeregt oder beides. Doch natürlich sprach er diesen Gedanken nicht laut aus.

* * *

»Wir wollen heiraten.«

»Nur nicht um den heißen Brei herumreden, Nat.«

»Na, wie soll ich es denn sonst sagen, wenn nicht einfach geradeheraus?«

Sie hatten noch nicht einmal den Thunfisch-Eintopf herumgereicht und auf den Tellern angerichtet.

Nathan legte seine Gabel nieder. »Das *sind* gute Neuigkeiten.«

»Siehst du?«, sagte Nat, offenkundig zu Carol, obwohl er sie nicht ansah. »Habe ich dir doch gesagt, dass es für ihn okay sein würde.«

Nat schaute zu Eleanor, die aufblickte und bemerkte, wie er sie beobachtete.

»Ich finde, das ist wunderbar, Nat«, sagte sie lächelnd.

Nach ihrer Stimme zu urteilen, hatte Nathan keinen Zweifel daran, dass sie aufrichtig war. Er hoffte nur, dass sie sich ehrlich für Nat freute und nicht eher nur erleichtert war, dass er nun sein eigenes Leben führen würde.

»Wie lange kennt ihr zwei euch jetzt schon?«, wollte Nathan wissen.

»Ungefähr fünf Monate.«

»Das ist ein vernünftiger Zeitraum, um nun mit euren eigenen Plänen anzufangen. Für wann wolltet ihr das Datum festsetzen?«

»Bald«, antwortete Nat.

»Wie bald?«

»Sehr bald.«

»In ein paar Monaten? Oder Wochen?«

»So ziemlich jetzt sofort.«

Nathan tupfte sich mit der Stoffserviette den Mund ab, legte sie dann achtlos neben seinen Teller und nicht wieder auf den Schoß zurück, als hätte er aufgegessen. »Ich weiß nicht, ob diese Planung ideal ist, Nat.«

»Ich wusste, dass du das sagen würdest. Aber für uns ist es okay.«

Carol aß mit gesenktem Kopf so winzige Bissen von ihrem Eintopf, wie man sie sich nur denken konnte.

»Wo werdet ihr leben?«

»Na, das sind die anderen guten Neuigkeiten. Du kennst doch diese kleinen Apartments über der Sporthalle? Wo mein Trainer wohnt? Wir glauben, dass am Ende des Monats eines frei wird. Da sind wir zu ungefähr fünfundsiebzig Prozent sicher.«

»Zu sechzig Prozent«, mischte sich Carol ein.

»Fünfundsiebzig. Little Manny ist sich ziemlich sicher. Er hat normalerweise bei solchen Sachen Insiderinformationen. Und sie sind wirklich billig.«

»Wenn man sie gesehen hat, weiß man, warum«, fügte Carol hinzu.

»Ja, wir werden ewig brauchen, um es zu renovieren. Und es ist nur ein Zimmer. Aber wir werden es uns schon bewohnbar machen. Und dann bin ich genau da, wo ich zum Training sein muss.«

»Aber wie willst du überhaupt die Miete bezahlen können? Du hast keinen Job.«

»Carol hat einen Job. Damit können wir eine Weile auskommen. Wir werden knapp bei Kasse sein, aber wir werden es schaffen.«

»Was ich nicht verstehe: Warum wartet ihr nicht und macht einen soliden, vernünftigen Plan?«

»Wir mögen *diesen* Plan«, beharrte Nat.

Einige Minuten lang aßen sie schweigend.

Nathan bemerkte, dass Carol immer wieder alle paar Sekunden aufblickte, als wollte sie die emotionale Temperatur im Raum erspüren.

Da erinnerte sich Nathan an etwas, das er für kurze Zeit vergessen hatte. Zuerst, als Nat hereingekommen war, hatte er gesagt, er hätte gute Neuigkeiten und einen Gefallen. Doch er hatte nicht um einen Gefallen gebeten. Noch nicht.

»Um welchen Gefallen wolltest du mich bitten?«

»Carols Vater möchte euch kennenlernen. Du weißt schon, meine Familie treffen.«

»Wir wollen seinen Segen«, fügte Carol hinzu.

»Wir brauchen ihn nicht«, entgegnete Nat. »Sie ist achtzehn, also brauchen wir ihn nicht.«

»Aber wir wollen ihn«, beharrte Carol.

Innerlich seufzte Nathan vor Erleichterung. Wenn es ihm bevorstand, dass man ihn um einen Gefallen bat, machte ihn das leicht gereizt. »Aber natürlich. Gar kein Problem.«

»Wir werden sie zum Abendessen zu uns einladen«, bot Eleanor an.

»Nicht ›sie‹, sondern ›ihn‹«, erklärte Nat. »Carol lebt nur bei ihrem Vater.«

»Wir werden ihn zum Abendessen einladen«, sagte Nathan. »Das ist gar kein Problem. Das machen wir gern. Wir freuen uns, ihn kennenzulernen. Fragt ihn einfach, an welchem Abend er kommen möchte, und lasst es uns wissen. In Ordnung?«

»Da ist noch etwas«, fügte Nat vorsichtig an.

Wie Nathan feststellte, war er davon nicht sonderlich überrascht. Natürlich war da noch etwas. War da nicht immer noch etwas? Nicht nur bei Nat, sondern beim Leben im Allgemeinen.

Er sagte nichts, sondern wartete Nats Erklärung ab.

»Er denkt, dass du mein Großvater bist.«

»Weil du ihm das gesagt hast?«

»Ähm, ja. So ungefähr. Ja.«

»Ich werde ihn nicht anlügen.«

»Aber du musst auch nicht gerade aufspringen und sagen, dass ich ein Lügner bin und du nicht blutsverwandt mit mir bist, stimmt's?«

»Nein, ich denke nicht. Es ist wohl unwahrscheinlich, dass er mir tief in die Augen schaut und fragt: ›Sind Sie wirklich Nats Großvater?‹«

»Danke«, erwiderte Nat. »Ich wusste, dass ich auf dich zählen kann.«

* * *

Nachdem Eleanor und Carol den Tisch abgeräumt hatten – Carol hatte darauf bestanden zu helfen –, überraschten die Frauen Nathan damit, dass sie in der Küche blieben und gemeinsam den Abwasch erledigten. Das Geräusch von laufendem Wasser bildete eine gute Kulisse für eine private Unterhaltung.

»Sie scheint ein sehr nettes Mädchen zu sein.«

»Sie ist großartig. Sie zählt zum Besten, was mir in meinem Leben passiert ist.«

»Du kannst mir sagen, dass es mich nichts angeht, Nat, wenn du willst. Aber ich werde dich trotzdem fragen. Ich werde das Risiko eingehen, unzumutbar unhöflich zu sein. Ist Carol schwanger?«

Nat hob ruckartig den Kopf. Er sah ehrlich verblüfft aus. Als er in das Gesicht des Jungen blickte, wusste Nathan sofort, dass sie nicht schwanger war.

»Nein, um Gottes willen, nein. Warum glaubst du so was?«

»Ich habe mich nur gefragt, warum ihr so große Eile habt.«

Vielleicht einfach nur eine junge Liebe, dachte er. Nat war weiß Gott schon impulsiv, wenn er nicht verliebt war.

»Nein. Wenn sie schwanger wäre, wäre das erst das zweite Mal in der Geschichte, dass so etwas passiert«, grinste Nat. »So ist Carol nicht. Sie ist nicht so ein Mädchen. Sie geht in die Kirche. Sie war … Sie wird als Jungfrau in die Ehe kommen. Verstehst du?«

»Oh, aha«, machte Nathan und versuchte noch immer zu verarbeiten, was genau das erklärte. »Ich entschuldige mich. Ich wollte nicht aufdringlich sein.«

* * *

Sobald sie gegangen waren, begann Eleanor: »Wir hatten eine sehr nette Unterhaltung. Sie ist ein reizendes Mädchen.«

»Ich freue mich, dass du sie magst.«

Sie standen noch im Flur, hatten gerade erst die Tür hinter dem jungen Paar geschlossen und waren noch nicht einmal ins Wohnzimmer zurückgekehrt.

»Es würde fürchterlich klingen, wenn ich es sagen würde. Aber ich frage mich, was sie an unserem Nat findet.«

»Allerdings«, stimmte Nathan ihr zu. »In der Tat. Es wäre eine äußerst hartherzige Bemerkung.«

»Ich weiß. Ich fühle mich auch schuldig, wenn ich das sage, wenn ich es nur denke. Aber wirklich … findest du nicht, es ist ein Fünkchen Wahrheit darin?«

»Ich hoffe nicht«, antwortete Nathan. »Wenn es einen versteckten Teil von mir gibt, der so denkt, dann suche ich besser nicht danach. Vielleicht sieht sie auch einen Wert in Nat, den du nicht bemerkst.«

»Definitiv liebt sie ihn. Daran habe ich gar keinen Zweifel. Ich glaube, sie hat diese Vorstellung, dass ihre Liebe zu ihm der fehlende Teil in seinem Leben ist. Und dass sie die notwendige Ergänzung ist, die alles für ihn verändert.«

»Hm«, brummte Nathan. »So was ist immer problematisch.«

»Genau das dachte ich auch«, stimmte Eleanor zu.

7. März 1979
Oder warst du mal wie ich?

»Fangt einfach an, und bedient euch«, bat Eleanor. »Bitte sehr. Seid nicht so förmlich.«

Aber Carol rührte sich nicht. Ebenso wenig wie Reginald Farrelly, ihr Vater.

»Ohne ein Tischgebet?«, fragte Farrelly.

Einen Moment lang wusste niemand, was er sagen sollte. Nathan beschloss, dass er die Situation am besten retten könnte.

»In Ordnung«, sagte er. »Dagegen ist nichts einzuwenden. Zur Ehre unserer Gäste sprechen wir heute Abend ein Tischgebet. Mr Farrelly, würden Sie uns die Ehre erweisen?«

Farrelly reichte seine Hände in beide Richtungen, eine an Eleanor und eine an Nat. Nat blickte sie für wenige Sekunden an, als könnte sie vergiftet sein oder in Brand stehen. Währenddessen nahm Carol Nats andere Hand und Nathans. Und auch Nathan und seine Frau fassten sich an den Händen.

Schließlich nahm Nat widerwillig – sehr widerwillig – die ihm angebotene Hand.

»Himmlischer Vater, wir danken dir, dass du uns deinen einzigen Sohn geschenkt hast, unseren Erlöser und unseren Herrn. Segne uns alle, wenn wir diese Speisen essen. Erhöre unser Gebet, Vater, wir bitten dich im Namen Jesu. Amen.«

»Amen«, sagte Carol.

Eine kurze Pause entstand, während Farrelly vergeblich auf weitere Amen wartete.

Eleanor brach das Schweigen. »Okay, jetzt bitte. Wie ich bereits sagte: Seid nicht förmlich, bedient euch.«

Farrelly schien die Einladung so auszulegen, dass sie sich nicht nur auf das Abendessen, sondern auch auf Informationen bezog. »Also, Mr McCann«, begann er. »Erzählen Sie mir etwas über Ihren jungen Mann hier. Erklären Sie mir, warum ich ihn in meiner Familie wollen würde. Warum er gut genug ist, meine Tochter zu heiraten. Schauen wir mal, ob Sie den Deal bekommen.«

Nathan, der den Großteil der vergangenen Stunde versucht hatte, diesen riesigen, bulligen Mann mit der dröhnenden Stimme zu mögen, gab dieses Ziel wortlos auf.

Eleanor reichte kommentarlos die Soße weiter, aber aus dem Augenwinkel konnte Nathan erkennen, dass sie ihm einen Blick zuwarf.

Über den Tisch hinweg sah er zu Nat und Carol. Carol starrte intensiv auf ihren Teller, als hoffte sie, er würde sie verschlucken und ihr so einen Fluchtweg schaffen. Seit einer ganzen Weile hatte Nathan niemanden gesehen, der so elend aussah. Noch nicht mal Nat. Der wurde nun sichtlich wütend. Und Nat lag es nicht, seine Wut für sich zu behalten.

»Dies ist kein Verkaufsgespräch, Mr Farrelly. Ich erledige die Buchführung und Steuererklärungen für andere. Ich verkaufe keine jungen Männer. Nat ist ein erwachsener Mann. Er kann für sich selbst sprechen. Wenn Sie mehr über ihn wissen wollen, warum fragen Sie ihn nicht direkt? Er sitzt gleich dort drüben.«

Langes Schweigen. Farrelly lehnte sich in seinem Stuhl zurück. Nathan wusste, dass er beleidigt war. Das stand außer Frage. Während er noch sprach, wusste er schon, dass Farrelly beleidigt sein würde. Die einzige verbleibende Frage war nur, ob er es überspielen oder laut aussprechen würde.

Da tat Farrelly etwas Unerwartetes. Er wandte stattdessen seine Aufmerksamkeit Eleanor zu. »Was ist mit Ihnen, Mrs McCann? Wollen Sie mir etwas über Ihren Enkel erzählen?«

»Oh, Nat ist nicht mein Enkel«, antwortete sie automatisch.

Nathan kannte sie gut genug, um zu wissen, dass sie ihre Worte am liebsten zurückgenommen und runtergeschluckt hätte, wenn sie nur gekonnt hätte. Sie hatte, wie es ihre Angewohnheit war, gesprochen, ohne vorher darüber nachgedacht zu haben.

Nathan sprang ein, um den Moment zu retten. Noch einmal.

»Es ist für Eleanor und mich die zweite Ehe. Wir sind erst seit knapp einem Jahr verheiratet.«

»Oh, Sie sind geschieden?«

Nathan öffnete den Mund und war stark versucht zu sagen: Was für ein aufdringlicher, unhöflicher Mensch Sie sind. Kein Wunder, dass Ihre arme Tochter heiraten möchte, um Ihr Haus zu verlassen. Natürlich hielt er sich rechtzeitig zurück. Die Angst war im ganzen Zimmer förmlich mit Händen zu greifen. Nathan meinte, er könne sie mit seiner Gabel aufspießen.

»Eleanor war seit mehr als siebzehn Jahren Witwe, als wir geheiratet haben. Und ich war seit über fünf Jahren Witwer.«

»Ups, Entschuldigung«, entgegnete Farrelly. »Man sollte wohl keine Vermutungen anstellen. Dabei kommt meistens nur Mist raus.«

»Ja«, stimmte Nathan zu, »das ist wohl wahr.«

»Wie auch immer, zurück zur eigentlichen Frage: Mrs McCann die Zweite, möchten Sie mir etwas über Ihren Stiefenkelsohn hier mitteilen?«

»Nein, Mr Farrelly, möchte ich nicht. Da bin ich einer Meinung mit meinem Mann. Nat kann sprechen. Er kann Ihnen selbst von sich erzählen.«

Mein Gott, dachte Nathan, wie um Himmels willen konnten uns die Dinge innerhalb so kurzer Zeit entgleiten? Die Antwort war ganz einfach, merkte er dann. Carols Vater war ein Idiot. Ein unbarmherziger Gedanke, aber doch zu wahr, um ihn leugnen zu können.

»Nat spricht? Das konnten Sie mir bisher nicht beweisen.«

»Daddy«, fing Carol an. Ihre Stimme war so voller Anspannung, dass man Mitleid haben musste. »Bitte bring mich nicht in Verlegenheit.«

»Dich in Verlegenheit bringen, Häschen? Indem ich das Beste für dich will? Was genau findest du peinlich daran, dass ich gut für dich sorge?«

»Daddy …«

»Okay, Nat, erzähl mir was von dir. Welcher Kirche gehörst du an? Wo bist du zur Highschool gegangen? Hast du schon

Pläne fürs College? Was willst du mal werden, wenn du groß bist?«

Schweigen. Schmerzhaftes Schweigen. Nat presste die Augen zusammen und hielt sie eine Weile geschlossen. Nathan wartete darauf, dass er explodierte. Unter dem Druck auseinanderbarst wie ein alter Dampfkessel oder Schnellkochtopf. Er wusste, dass Nat seit einer Weile immer wütender geworden war. Außerdem wusste er, dass Nat nicht eine von Farrellys Fragen würde beantworten wollen – oder sich zu beantworten trauen würde. Kein zwangloser Small Talk heute, kein bisschen.

»Ich dachte, du kannst sprechen«, höhnte Farrelly. »Das haben sie behauptet.«

Wollte er, dass Nat explodierte? War es das?

»Ich bin schon groß«, antwortete Nat erstaunlich ruhig. Obwohl es vermutlich eine künstliche Ruhe war. Nathan bemerkte, dass er ohne »ähm« oder »öh« sprach. Kein »na ja« und dann ein Stocken. Er sprach wie jemand völlig anderes.

Nathan spürte, wie seine Schultern sich entspannten. Guter Junge, dachte er. Er wünschte, Nat würde ihn anschauen, dann könnte er ihm sein Lob mit den Augen mitteilen. Doch Nat starrte nur weiterhin die Tischdecke an.

»Ich bin zur Highschool in North Park gegangen«, fügte er hinzu.

Technisch gesehen entsprach das der Wahrheit. Bis zur Woche vor seinem fünfzehnten Geburtstag war er zur North Park High School gegangen, die in der Nähe des Hauses seiner Großmutter lag.

»Und den Abschluss gemacht, nehme ich an?«

»Nun … Ich bin kein Schulabbrecher, wenn Sie das meinen.«

»Ich meine: Hast du den Abschluss an der North Park gemacht?«

»Nein, danach … habe ich woanders studiert.«

»Aber du hast einen Abschluss.«

»Ich habe den GED«, sagte Nat leise.

»Warum hat du einen alternativen Abschluss, wenn du auch einfach die Highschool hättest fertig machen können?«

Gerade wollte Nathan eingreifen, um den Jungen zu retten, der sich nach seiner Ansicht bemerkenswert gut schlug. Doch dazu bekam er keine Chance.

Nat sprang auf, wobei er mit den Oberschenkeln hart gegen die Tischkante stieß, und schlug in seinen Teller. Bratensoße schwappte über den Tellerrand und bekleckerte das Tischtuch. Der Teller flog regelrecht einige Zentimeter in die Höhe. Es blieb Nathan unklar, ob Nat den Teller absichtlich gestoßen oder geschlagen hatte. Alles war so rasend schnell passiert.

»Das geht Sie verdammt noch mal gar nichts an, was ich mache«, schrie er. »Warum fragen Sie mich solche Sachen? Warum fragen Sie nicht, ob wir uns lieben? Ob ich gut für sie sorgen kann? Warum fragen Sie mich nicht etwas, das wirklich wichtig ist? Was Sie mich gefragt haben, geht Sie verdammt noch mal gar nichts an. Und es geht Sie auch verdammt noch mal nichts an, ob ich Ihre Tochter heirate …«

»Jetzt aber …«

»Ich bin noch nicht fertig. Sie haben den ganzen Abend geredet, alter Mann. Jetzt bin ich dran. Carol ist achtzehn. Sie kann tun und lassen, was sie will. Sie können uns nicht aufhalten. Genau genommen …«

»Nat, nicht«, unterbrach Carol ihn und zog ihn energisch am Ärmel.

»Ich sage es ihm jetzt.«

»Tu das nicht, Nat. Bitte.«

»Mir was sagen?«, fragte Farrelly.

Im Raum wurde es wieder totenstill. Nat stand vor seinem Platz am Tisch und machte, da sein Ausbruch vorüber war, einen unglücklichen und nervösen Eindruck.

»Carol und ich sind bereits verheiratet«, gab er schließlich zu. »Vorgestern waren wir im Rathaus.«

Farrelly blickte zu seiner Tochter, die seinem Blick auswich. »Ist das wahr, Häschen? Ist das wahr, was er gerade gesagt hat?«

Eine ganze Weile kam gar nichts. Sie sah aus, als würde sie jeden Augenblick in Tränen ausbrechen. Vielleicht weinte sie auch schon und versuchte nur angestrengt, es zu verbergen.

Dann nickte sie fast unmerklich.

Farrelly stand auf, wischte sich den Mund mit seiner Serviette ab und warf sie auf den Tisch, sodass sie zur Hälfte auf dem Fleisch und in der Bratensoße landete.

Er machte einen Schritt auf Nat zu, und sie standen einander so nah gegenüber, dass sich ihre Nasen fast berührten. Für eine unangenehm lange Zeit, obwohl es nur zwei oder drei Sekunden gewesen sein mochten. Nathan kam es länger vor. Nat war einige Zentimeter kürzer, doch er stellte sich auf die Zehenspitzen, um dem Mann Auge in Auge gegenüberzustehen, und machte einen unerschütterlichen Eindruck.

In der schmerzvollen Stille bemerkte Nathan, wie viel Nat an Umfang zugenommen hatte. Da er ein kurzärmeliges T-Shirt trug, konnte Nathan sehen, wie sehr seine Brust und seine Arme sich verändert hatten, sodass er sich sorgte, Nat könne Steroide nehmen. Oder, noch unmittelbarer, Nat könne gleich anwenden, was er gelernt hatte.

»Ich wusste, dass du nichts als Ärger bringst«, erwiderte Farrelly leise.

Nathan sah, wie der Junge die Hände zu Fäusten ballte.

Er sprang auf. »Nat!«, ermahnte er ihn scharf. Das schien die unmittelbare Gefahr dieses Moments zu unterbrechen. »Nat, denk gut nach, bevor du handelst.«

Er konnte sehen, wie die Fäuste des Jungen sich lösten, und stieß einen tiefen Seufzer der Erleichterung aus.

Farrelly entging der Auseinandersetzung. »Komm heute Nacht nicht nach Hause«, drohte er und zeigte grob auf seine Tochter. »Nein, komm gar nicht nach Hause. Punkt.«

»Was ist mit meinen Sachen?«, fragte sie und verbarg ihre Tränen nun nicht mehr.

»Ich lasse sie in Kisten verpacken und hierherschicken. Sie brauchen mich nicht zur Tür bringen, ich finde den Weg.«

»Ich bringe Ihnen Ihren Mantel«, sagte Nathan.

* * *

Nathan fand den Jungen allein in der Küche am Tisch sitzend, den Kopf in den Händen vergraben. Er wusste nicht, wohin Eleanor und Carol gegangen waren, und er fragte auch nicht.

Er nahm gegenüber von Nat Platz und wartete. Auf Nat, damit er den Moment zum Sprechen aussuchen konnte.

»Er ist so ein Arschloch«, jammerte Nat niedergeschlagen, den Kopf immer noch in den Händen.

»Das ist zwar nicht genau das Wort, das ich verwenden würde. Aber er ist tatsächlich ein schrecklicher Mann. Das bezweifelt niemand.«

»Er hat versucht, mich lächerlich zu machen. Er glaubt, ich bin nicht gut genug für sie. Deshalb hat er versucht, mich dazu zu bringen, dass ich die Sachen sage, die das beweisen.«

»Oh, also meinst du, er hat recht.«

»Nein. Warum sagst du das?«

»Gerade hast du gesagt, wenn du seine Fragen beantwortet hättest, hätte es das bewiesen.«

»So meinte ich das nicht. Verdreh mir nicht die Worte im Mund. Er hat versucht, mich als Idiot hinzustellen. Es ist mir egal, was du sagst. Ob du denkst, dass ich mich irre. Ich kenne ihn, ich weiß, was er vorhatte.«

»Ich meine gar nicht, dass du dich irrst. Ich bin mit dir einer Meinung. Er hat versucht, dich schlechtzumachen. Alles, was ich sagen möchte, ist: Wärest du höflich gewesen, hätte er es nicht geschafft.«

Zum ersten Mal schaute Nat zu ihm auf. »Warum sollte ich ihm nicht die Meinung sagen? Irgendjemand muss das doch tun. Irgendjemand hätte das schon längst tun sollen. Er verdient es. Warum hätte ich höflich sein sollen?«

»Wenn du höflich geblieben wärst, hätte *er* schlecht ausgesehen, nicht du. So hast du ihn anscheinend in seiner Ansicht noch bestätigt. So hast du ihm die Munition geliefert, die er braucht. Außerdem verletzt du auch Carol, wenn du die Dinge auf diese Weise angehst. Wann wirst du endlich lernen, in deinem eigenen Interesse zu handeln? Statt so, wie es dir deine Gefühle befehlen?«

Keine Antwort. Einige Sekunden lang starrte Nat ihn nur an. Doch auf seinem Gesicht lag nicht der Ausdruck, den Nathan erwartet hatte. Für Nathan war das schwer in Worte zu fassen. Vielleicht Neugier. Echtes Interesse.

»Warst du schon immer so?«, wollte Nat wissen, ohne jeglichen abfälligen Unterton in der Stimme.

»Ich weiß nicht, ob ich deine Frage verstehe.«

»Bist du die Dinge schon immer richtig angegangen und hast vernünftig gehandelt? Oder bist du früher wütend geworden wie ich, hast dann aber gelernt, das in den Griff zu kriegen?«

Nathan ließ sich einen Moment Zeit, ehe er antwortete. Diese Frage hatte ihm noch niemand gestellt, und er hatte noch nie darüber nachgedacht. Also gab er nicht sofort eine Antwort, denn er wollte sichergehen, dass er es gleich beim ersten Mal richtig machte.

»Ich glaube, es ist ein Teil dessen, wer ich bin«, sagte er noch rechtzeitig.

»Na ja, vielleicht ist es ein Teil dessen, wer *ich* bin, und wir ändern uns einfach nicht.«

»Wir *können* uns ändern«, fuhr Nathan fort. »Wir müssen es nur wollen. Zuerst müssen wir glauben, dass es notwendig ist. Und dass es an der Zeit ist.« Schweigen. »Jetzt gehst du wohl besser deine Frau trösten.«

»Ich glaube, wir müssen über Nacht bleiben.«

»Ich glaube, ihr müsst den Monat über bleiben. Lass uns ehrlich zueinander sein.«

»Ist das okay?«

»Das muss es wohl«, antwortete Nathan.

6. August 1979
Eigentlich eine sehr gute Frage

Nathan saß mit Eleanor und Carol am Frühstückstisch. Wie immer war Nat natürlich schon längst weg. Das Gesprächsthema war das Wetter, die Hitze, die schon um acht Uhr morgens ziemlich ausgeprägt war.

Gerade war Nathan dabei, Carol zu erklären, warum er es in den beinahe fünfzig Jahren, die er in diesem Haus lebte, noch nicht für notwendig gehalten hatte, eine Klimaanlage einbauen zu lassen. Die Anzahl der Tage im Jahr, an denen es im Haus unangenehm warm wurde, konnte man schließlich an fünf Fingern abzählen. Und er konnte sich nur an eine Handvoll Sommer erinnern, in denen es dermaßen heiß gewesen war wie jetzt.

»Junge«, wunderte sich Carol, den Blick in ihre Cornflakes gesenkt. »Wer hätte gedacht … als wir eingezogen sind … dass wir im August immer noch hier sein würden?«

Nathan bemerkte ein kurzes Zögern in Eleanors Bewegung, als sie den Müslilöffel zum Mund führte. Es ähnelte einem Fehler im Play-back eines alten Films.

»Oh, ich weiß nicht, ob das wirklich so überraschend ist«, sagte sie.

Der Moment schien voller Spannung zu sein, doch es ging von allein vorüber. Nathan nahm seine Zeitung wieder zur Hand, begann, nach einem Leserbrief zu suchen, den ein Kollege von ihm verfasst hatte. Er hatte Nathan gebeten, ihn zu lesen. In der heutigen Morgenausgabe schien er allerdings nicht drin zu sein. Während er danach suchte, vertiefte er sich in einen der anderen Briefe.

»Ich weiß, inzwischen müsst ihr uns echt leid sein«, begann Carol und brach das Schweigen und damit Nathans Konzentration. Nathan war klar, dass Carol ihre Bemerkung an Eleanor gerichtet hatte, nicht an ihn.

»Ach komm, Liebes, du weißt, dass es mir nichts ausmacht, euch hierzuhaben.«

»Nein. Ich weiß, dass es dir nichts ausmacht«, erwiderte sie ernsthaft, »mich hierzuhaben. Dich stört Nat.«

Schweigen hing über dem Tisch. Nathan versuchte, seine Lektüre fortzusetzen, doch er konnte die Worte nicht aufnehmen. Er musste immer wieder den gleichen Absatz lesen, was ihn störte – so was passierte ihm wirklich selten.

Carol stand auf, spülte ihre Schüssel in der Spüle ab und verließ den Raum, um sich für die Schule fertig zu machen.

Sofort schaute Eleanor zu Nathan hinüber. »Ich habe nie vor Carol etwas gegen Nat gesagt.«

»Ich bezweifle, dass das notwendig war.«

»Was soll das heißen?«

»Das heißt, dass deine Gefühle laut und deutlich durchkommen, ob du sie mit Worten ausdrückst oder nicht.«

»Vielleicht hat Nat sich bei ihr beklagt, dass ich nicht geduldig genug mit ihm bin.«

»Vielleicht. Aber egal ob er etwas zu ihr gesagt hat oder nicht, konnte sie nicht umhin, es zu bemerken.«

Eleanor räumte das Frühstücksgeschirr ins Spülbecken und ließ es mit heißem Seifenwasser volllaufen.

»Du weißt, dass seine acht Monate rum sind«, sagte sie.

»Tatsächlich? Nein, das hatte ich noch nicht bemerkt.«

»Am fünfundzwanzigsten November hast du ihm gesagt, dass er längstens acht Monate hätte. Weniger wäre natürlich besser. Das bringt uns zum fünfundzwanzigsten Juli. *Letzten* Monat. Heute ist der sechste August. Ich wollte es schon mal ansprechen, aber das ist so ein schwieriges Thema zwischen uns.«

»Ach, das war es, was du besprechen wolltest. Ich habe gespürt, dass da etwas ist. Du zählst aber genau mit. Hast du das Datum aufgeschrieben?«

»Das musste ich nicht. Es war ein wichtiges Datum für mich, deshalb konnte ich es mir merken. Meinst du nicht, es ist an der Zeit, dass er sich einen Job sucht?«

»So ist er eigentlich länger von zu Hause weg, als wenn er vierzig Stunden pro Woche arbeiten würde.«

»Ja, aber mit der Vierzig-Stunden-Woche würde er Geld verdienen. Und sie könnten sich eine eigene Wohnung suchen.«

»Jedenfalls«, entgegnete Nathan und legte mit einem Seufzer die Zeitung beiseite, »wird er nicht das Training aufgeben und einen Job anfangen. Dann wäre die ganze Sache umsonst gewesen. Er wird sein Training fortsetzen und einen Kampf bestreiten. Einen Profi-Boxkampf. Und damit wird er versuchen, Geld zu verdienen.«

»Also warum macht er das dann nicht?«, fragte Eleanor mit alarmierend schriller Stimme. »Er war so darauf bedacht, mit dem Training fertig und Profi zu werden. Worauf wartet er?«

Nathan dachte kurz nach, ehe er antwortete: »Eigentlich eine sehr berechtigte Frage. Ich werde mit ihm sprechen und schauen, was ich herausfinden kann.«

* * *

Nach dem Frühstück klopfte Nathan sachte an die Tür von Nats und Carols Schlafzimmer. Keine Reaktion. Er rief Carols Namen, dann steckte er vorsichtig den Kopf durch die Tür. Offensichtlich war Carol schon zur Schule losgegangen.

Er kehrte ins Wohnzimmer zurück und schrieb auf eines von seinen Notizkärtchen mit dem geprägten Namen eine Nachricht für Nat.

Nat,
komm bitte heute noch zu mir, und wecke mich,
auch wenn es spät sein sollte.
Wir müssen reden.
Nathan

Da er nicht wusste, welches Kissen wem gehörte, legte er die Karte mit der Nachricht in die Mitte von Nats und Carols Bett.

* * *

»Was ist? Was habe ich getan?«

»Nichts hast du getan, Nat. Ich wollte mich einfach nach dem Fortschritt deines Trainings erkundigen. Brauchst du dafür länger als erwartet?«

Sie saßen am Esstisch, Nat hatte sich in Abwehrhaltung auf einen Stuhl fallen lassen. Das Licht, das aus der Küche hereinkam, war die einzige Beleuchtung. Beide Schlafzimmertüren hatte Nathan vorher bewusst geschlossen, um Carol und Eleanor nicht zu stören und um vertraulich mit Nat sprechen zu können. Für einen kurzen Moment fragte er sich, ob er bei seiner Rückkehr die Tür geöffnet vorfinden würde, damit Eleanor zuhören konnte.

Obwohl es weit nach Mitternacht war, war es noch immer recht warm im Haus. Sämtliche Fenster standen einen Spalt offen, doch die hereinwehende Brise brachte kaum Kühlung.

»Nein, es läuft großartig. Ich bin in sehr guter Form. Vollkommen bereit. Ich könnte jederzeit in den Ring steigen.«

»Das ist gut. Ich bin froh, das zu hören. Was die Zeit betrifft hatten wir ja geschätzt …«

»Ich weiß, Nathan, ich weiß. Glaubst du, dass mir das nicht klar ist? Ich weiß schon, dass meine acht Monate vorüber sind. An dem Tag genau wusste ich es. Vorher wusste ich an jedem einzelnen Tag, dass sie bald vorüber sein würden. Du brauchst mir nicht zu erzählen, dass ich überfällig bin, das weiß ich.«

Eine lange Pause entstand, die Nathan merkwürdig angenehm fand. Mittlerweile hatte er an ihren Gesprächen im Halbdunkel Gefallen gefunden, obwohl er nicht sagen konnte, warum. Außerdem war es angenehm, weil ihm klar war, dass er nun nicht viel mehr würde reden müssen. Der Anfang war gemacht. Von jetzt an würde Nat die meiste Arbeit selbst erledigen.

»Du weißt, was mich aufhält, oder?«, entgegnete Nat.

»Nein, weiß ich nicht.«

»Echt nicht? Du kannst es dir nicht vorstellen? Noch nicht mal erraten?«

»Angst?«

Nat schnaubte ein verächtliches Lachen. »Angst? Machst du Witze? Ich *träume* davon, für einen echten Kampf in den Ring zu steigen. Jede Minute des Tages denke ich nur daran. Ich fürchte mich nicht. Ich will das mehr als irgendetwas anderes.«

»Okay, erzähl mir, was dich aufhält.«

»Geld.« Eine weitere Pause, wortlos im Halbdunkel. »Schau, ich schwöre, dass ich das nicht wusste, als ich sagte, ich würde acht Monate brauchen. Ich schwöre es dir. Ich dachte, ich könnte einfach trainieren und dann einen Profi-Kampf machen. Aber Little Manny meint, dass ich ein Jahr lang als Amateur boxen soll. Wir haben schon das eine oder andere Sparring gemacht, mit Leuten, die er überall in der Stadt kennt. Ich dachte, das wäre genug, aber er findet das nicht. Den meisten würde er zu drei Jahren raten, aber weil ich so hart daran arbeite … Jedenfalls brauche ich Geld, um mich während dieser Amateur-Sachen über Wasser zu halten. Und danach kann Little Manny mich jederzeit zu einem Kampf bringen. Ich muss nur Bescheid sagen. Nur dass der wahrscheinlich in New York oder Atlantic City stattfinden würde. Wie sollen wir denn dorthin kommen? Alles kostet Geld. Um eine Karriere im Ring in Gang zu bringen, braucht man Geld. Verdammt«, fluchte er und vergrub das Gesicht für einen Moment in den Händen. Nathan fand, es sah aus, als wollte er seinen eigenen Kopf auswringen. »Ich könnte mir nur in den Hintern beißen, weil ich das kommen gesehen habe. Ich komme mir vor wie ein Idiot, der den Boden streicht und sich dabei am Ende selbst in die Ecke gemalt hat. Ich glaube, ich habe einfach gehofft, dass irgendetwas passieren würde zwischen damals und jetzt. Ein großes Wunder oder so was. Ich weiß auch nicht, was ich geglaubt habe.«

»Wir sollten in Ruhe nach möglichen Lösungen suchen«, begann Nathan.

»In diesen Ruhe-Sachen bist du besser als ich.«

»Könntest du eventuell für ein paar Monate einen Job finden, um genug Geld zu verdienen?«

»Klar. Aber nach ein paar Monaten ohne Training wäre ich nicht mehr gut genug in Form, um in einem Kampf anzutreten.«

»Hm, das stimmt. Könntest du jemanden finden, der in dich investieren würde?«

»Das müsste jemand sein, der wirklich an mich glaubt. Und betrachten wir es mal, wie es ist. Die Einzigen, die an mich glauben, sind Carol und du. Aber du glaubst nicht an Kredite, und sie hat kein Geld. Das einzige Mal, dass du mir Geld geliehen hast, war das Busgeld, als ich den Job bekommen hatte. Vor ein paar Tagen hab ich nachts wach gelegen und darüber nachgedacht. Vielleicht war das eine ähnliche Situation. Aber ich weiß, dass du jetzt nicht das Gleiche tun kannst. Erstens ist es viel mehr Geld als das Busgeld. Zweitens würde Eleanor dich umbringen.«

»Zunächst bleibt das mal noch unter uns. Damit will ich nicht sagen, dass ich vorhabe, in dich zu investieren. Aber wenn irgendjemand mich wegen einer Investition anspricht, muss ich viele Fragen stellen.«

»Okay, frag nur weiter.«

»Über wie viel Geld sprechen wir?«

»Ich habe wirklich keine Ahnung.«

»Das ist nicht gerade ideal, um jemanden zum Investieren zu überreden.«

»Ich wusste nicht, dass ich heute Nacht jemanden überreden muss. Ich dachte, ich komme einfach nach Hause und gehe schlafen wie jeden Abend.«

»Das ist wahr. Entschuldigung.«

»Ich könnte mit Little Manny darüber sprechen, und wir können versuchen, es herauszufinden. Ist trotzdem schwer. Ich meine, wir wissen noch nicht genau, wie viele Kämpfe in anderen Städten wir planen sollten. So viele, wie wir uns leisten können. Wenn wir noch mehr Geld hätten, könnten wir uns bessere Ausrüstung besorgen, wenn nicht, kommen wir mit der aus, die wir haben. Eine magische Zahl gibt es da wohl nicht, denke ich.«

»Okay, für heute lassen wir die Zahl beiseite. Wie würdest du das Geld zurückzahlen, wenn du nicht gewinnst?«

»Ich werde gewinnen.«

»Falsche Antwort. Ich frage nicht, wie es deiner Meinung nach ausgeht. Ich frage dich, welchen Plan B du dir zurechtgelegt hast für den Fall, dass es anders ausgeht, aus welchem Grund auch immer.«

»Oh, Plan B. Ich hasse Plan B, denn damit klingt es, als ob du nicht an deinen Plan A glaubst. Ich stecke alles in meinen Plan A. So bekommt man mehr von dem, was man sich vorstellt.«

»Aber ein potenzieller Investor könnte eventuell etwas vorsichtiger agieren.«

»Ja, stimmt. Okay, aber welchen Unterschied macht das schon? Du kannst mir das Geld nicht leihen, und das weißt du auch. Eleanor würde aus der Haut fahren.«

»Also, was ist dein Plan B?«

In der Pause konnte Nathan den jungen Mann ein- und ausatmen hören, als wäre jeder Atemzug ein Seufzer.

»Wenn meine Karriere aus irgendeinem Grund nicht so laufen würde wie geplant, würde ich mir einen Job suchen und meinem Investor alles in kleinen Raten zurückzahlen. Ich meine, wenn du das wärst. Wenn es ein professioneller Investor wäre, würde ich einfach sagen: ›Na ja, Sie wussten, wie Ihre Chancen standen.‹ Aber zurzeit würde ja auch niemand in mich investieren außer dir, weil ich keine Erfahrung habe. Wenn ich hineinkommen, gewinnen und gut aussehen könnte, würde ich vielleicht Angebote erhalten.«

»Okay, gehen wir erst mal ins Bett und lassen diese Ideen ein wenig sacken. Ich brauche etwas Zeit, um darüber nachzudenken.«

»Ja, klar. Natürlich.«

»Was denkst du darüber, wenn ich mit deinem Trainer reden würde?«

»Little Manny? Sicher. Er kann dir Auskunft geben, was wir brauchen.«

»Ich meinte mehr, um zu analysieren, in was ich da investieren würde. Ich dachte gerade, wenn ich in einen anderen Boxer investieren wollte, würde ich herausfinden wollen, ob er gut ist.«

»Das ist in Ordnung für mich.«

Schweigen. Bildete Nathan sich das bloß ein, oder breitete sich ein gewisser Friede im Raum aus? Als ob etwas Schweres schließlich abgelegt worden wäre. Als ob das ganze Zimmer vor Erleichterung aufseufzte.

»Nathan? Jetzt, wo wir das alles besprochen haben … könnte ich vielleicht ein paar Tage freinehmen? Ich bräuchte wirklich ein paar freie Tage. Seit Monaten hatte ich schon keine Pause mehr.«

»Natürlich. Wenn du eine Pause brauchst, machst du einfach eine Pause.«

»Das sagst du mir *jetzt*«, erwiderte Nat.

* * *

Als Nathan zu seinem Schlafzimmer zurückkam, war die Tür offen.

Nathan schloss sie hinter sich und legte den Weg zum Bett im Dunkeln zurück.

»Du hast wohl alles gehört«, sagte er und versuchte gar nicht erst, leise zu sprechen.

»Da habe ich auch mitzureden. Es geht um unsere Rente, nicht nur um deine. Ich weiß, ich gehe nicht arbeiten, und ich weiß, dass du seit Jahren etwas zur Seite gelegt hast für den Ruhestand, auch schon lange, bevor wir geheiratet haben. Trotzdem gehört in einer Ehe meins auch dir und umgekehrt. Und es beeinflusst meine Lebensqualität, wenn du in Rente gehst.

Genauso wie es auch deine beeinflusst. Ich kann die Vorstellung nicht ausstehen, dass du so eine Entscheidung ohne mich treffen könntest.« Ihre Stimme klang angespannt, dachte Nathan, wenn auch nicht wirklich verärgert. Wenigstens nicht so, wie er es erwartet hatte. Eigentlich wirkte sie mehr, als ob sie gleich anfangen würde zu weinen.

»Es wäre nur ein kleiner Prozentsatz von unseren Ersparnissen«, begann Nathan.

»Damit gehst du nicht darauf ein, was ich gerade zu dir gesagt habe.«

»Natürlich werde ich das mit dir besprechen. Ich bespreche alles mit dir. Ich werde keine finanziellen Verpflichtungen eingehen, ohne zu hören, wie du über die Sache denkst und fühlst. Und ich hoffe natürlich, dass du dich nicht entscheidest, mich davon abzuhalten, ohne meine Seite angehört zu haben. Doch der Ärger hier ist jetzt nicht notwendig, weil ich noch gar nicht entschieden habe, was ich machen werde. Schlafen wir erst mal ein wenig und lassen die Sache für heute ruhen.«

Aber Nathan hatte das Gefühl, dass er in der näheren Zukunft wenig Schlaf oder auch nur Ruhe finden würde.

* * *

»So wird es jetzt immer sein, nicht wahr?«, fragte sie und überraschte ihn damit.

Es mochte nur fünf Minuten später sein, vielleicht war auch eine halbe Stunde vergangen. Nathan fand es bemerkenswert, dass sie in normaler Lautstärke sprach, als wäre das Gespräch nie abgerissen. Als wäre es ihr nie in den Sinn gekommen, dass er eingeschlafen sein könnte.

Natürlich hatte sie recht.

Und noch etwas anderes bemerkte er an ihrer Stimme. Sie schien jetzt ohne jegliche Energie zu sprechen. Als wäre die ganze Streitlust aus ihr verschwunden.

»Nat wird immer Teil meines Lebens sein, falls du das meinst. Was willst du wirklich in dieser Situation, Eleanor?«

Während er ihre Antwort abwartete, beobachtete Nat an der Wand den Schatten des Baums vor ihrem Schlafzimmerfenster. Wie er sich im warmen Luftzug ein kleines bisschen hin und her wiegte.

»Ich will das, was ich zu bekommen glaubte, als ich dich geheiratet habe.«

»Du wusstest von Nat, bevor wir geheiratet haben.«

»Ich habe vermutlich gedacht, dass deine Beziehung zu Nat eher so wäre wie meine Beziehung zu meinem erwachsenen Sohn …«

»Dein Sohn saß nicht im Gefängnis, also hättest du wissen müssen, dass es da einige Unterschiede gibt.«

»Ich will einfach mein Leben wiederhaben, wie es vorher war.«

»Er wird in ein paar Monaten ausziehen.«

»Das bezweifle ich. Und selbst wenn, wird ihn irgendeine Katastrophe wieder hierher zurückbringen. Und selbst wenn das nicht passiert, wird er in eine Katastrophe geraten dort, wo er ist. Und er wird es schaffen, dich mit hineinzuziehen. Und du wirst sofort einspringen und dich reinziehen lassen. Und nichts von dem, was ich sage, wird dich aufhalten können.«

»Ich frage dich noch mal, Eleanor. Was willst du eigentlich in dieser Situation? Was wäre für dich eine Lösung?«

»Das ist das Problem«, antwortete sie. »Ich bin mir einfach nicht mehr sicher. Ich verliere die Hoffnung, dass wir eine Lösung finden können, Nathan.«

7. August 1979
Die ungeklärte Frage, ob es einen Wert hat, mit dem Leben zu streiten

Nathan überquerte den Parkplatz zu der kleinen Wohnung über der Sporthalle, und die Hitze war ihm jetzt schon zu viel. Die Sonne brannte auf seinen Nacken herunter, und er wünschte sich, er hätte einen Hut aufgesetzt. Er war immer stolz darauf gewesen, dass er die Temperatur auf ein oder zwei Grad genau schätzen konnte. Dreiunddreißig, entschied er. Vielleicht sogar vierunddreißig.

Im Treppenhaus stand die Luft, und es war stickig, als er die Stufen hinauf nach oben stieg.

Vor der Wohnung von Manny Schultz hielt er an, hörte die leisen, unterdrückten Geräusche eines Fernsehdialogs, die durch die Tür drangen.

Er klopfte.

Eine Stimme rief von innen: »Ja, bitte? Wer ist da?«

»Nathan McCann.«

»Was heißt das? Ich kenne keinen Nathan Wie-auch-immer.«

»Nats … Vormund.«

Stille. Dann wurde die Tür einen Spaltbreit geöffnet. Es überraschte Nathan, als der Kopf des Mannes in einer Höhe auftauchte, die bei einem Durchschnittsmann auf Brusthöhe war. Beinahe im gleichen Moment stach ihm der Gestank von abgestandenem Rauch in die Nase. Zigarren und Zigaretten, dem Geruch nach zu urteilen. Er versuchte, das Gesicht nicht zu sehr zu einer Fratze zu verziehen.

»Ah, Nathan, ja. *Der* Nathan. Nats Nathan. Also, was gibt es? Sind Sie wegen irgendetwas auf mich sauer?«

»Nein, ich möchte nur Ihren Rat.«

Der sehr kleine Mann schnaubte unhöflich. Nathan brauchte einen Moment, ehe er begriff, dass dieses scharfe, beleidigende Geräusch eigentlich eine Art Lachen darstellte.

»Entschuldigung, ich wollte Sie nicht auslachen. Es ist nur so, dass normalerweise keine Leute kommen, die meinen Rat wollen. Nicht viele jedenfalls. Außer zum Thema Boxen.«

»Es geht in der Tat ums Boxen.«

Schon immer war es Nathan schwergefallen, in der Gluthitze zu stehen. In der Hitze zu laufen war weniger ein Problem, aber das Stehen schon. Eine Sache des Kreislaufs, nahm er an. Er fühlte sich dann immer leicht benommen. Heute war da keine Ausnahme.

»Sind Sie nicht irgendwie schon ein bisschen alt?«, fragte der kleine Mann.

»Nat ist der Boxer. Ich hatte gehofft, dass Sie mir einen Rat geben könnten, welche Rolle ich in Nats Boxerkarriere spielen könnte.«

»Aha«, machte Manny, immer noch durch einen wenige Zentimeter breiten Türspalt. »Jetzt macht es langsam Sinn, was Sie sagen.«

»Nein, es hat die ganze Zeit Sinn ergeben. Nur Sie fangen jetzt erst an, mich zu verstehen.«

»Ja, ja, ja. Kommen Sie rein.«

Er machte die Tür weit auf. Nathan trat nicht ein.

Im Inneren sah er Bierdosen auf der Seite liegen. Eine abgenutzte Couch, die als einziges Bett in der Wohnung diente und auf der immer noch Kissen und Decke lagen. Eine offene, leere Pizzaschachtel voller Fettflecken und Krümel. Zwei Boxsäcke in unterschiedlicher Ausführung: Einer hing von der Decke, der andere war an einem Metallständer befestigt.

Ein abgenutzter Ventilator blies Luft von seinem behelfsmäßigen Platz am Fenster.

Trotzdem hing überall dieser schreckliche Tabakqualm.

»Vielleicht könnten wir uns draußen unterhalten.«

»Sie machen Witze, oder? Es sind bestimmt vierzig Grad draußen. Hier drinnen haben wir wenigstens den Lüfter. Er ist Schrott, aber besser als nichts. Hier drinnen sind es wenigstens nicht vierzig Grad. Vielleicht dreißig, aber keine vierzig.«

Nathan antwortete nicht und bewegte sich auch immer noch nicht.

»Warten Sie«, rief Little Manny. »Ich hab's. Sie sind ein Sauberkeitsfanatiker.«

»Eher Nichtraucher«, entgegnete Nathan.

»Okay, wie Sie wollen. Wir können auf der Feuerleiter sitzen. So sind wir wenigstens im Schatten.«

* * *

»Nat schien nicht in der Lage zu sein, eine umfassende Gesamtrechnung abzugeben darüber, wie viel Geld er benötigen wird.«

»Na ja, es ist keine genaue Wissenschaft. Ich meine, wir arbeiten mit dem, was wir haben.«

Nathan spürte das warme Gitter der Feuerleiter unter seinem Hintern und an den Handballen. Er blickte zum Parkplatz hinunter, zu seinem eigenen Auto. Noch nie war er auf den Gedanken gekommen, eine Wohngegend mit Rasenflächen, Hecken und Bäumen besonders zu schätzen. Es erschien ihm so normal, als würde jeder so leben wie er.

Für einen kurzen Moment dachte er über die Frage nach, wie es sein mochte, jeden Tag seines Lebens über die verfallende Innenstadt zu blicken. Würde das einen Menschen verändern?

»Wie kann ich beurteilen, ob ich bereit wäre, ihm das Geld zu leihen, wenn ich nicht einmal weiß, über wie viel Geld wir eigentlich reden?«

»Ich glaube, ich könnte für Sie eine grobe Schätzung machen. Also: Wenn wir so viel hätten, könnten wir nur diese grundlegenden Dinge machen. Aber wenn wir so viel mehr hätten, könnten wir das und das auch noch machen. So was in der Art. Wie ich schon sagte, wir arbeiten mit dem, was wir haben. Aber etwas muss man schon haben. Ich meine, im Moment hat er nicht einmal genug Geld für vernünftige Sporthosen, einen Bademantel, gute Schuhe und so was. Ohne diese Dinge wird er aussehen wie der arme Verwandte, der in den Ring steigt. Er würde ausgelacht werden. Das würde ihn zu sehr belasten. Sie wissen schon, seine Psyche.«

Das Wort »Psyche« aus Little Mannys Mund zu hören überraschte Nathan. Es schien so gar nicht zu seinem restlichen Wortschatz zu passen. Doch er schalt sich sofort dafür, dass er ein vorschnelles Urteil gefällt hatte.

Während der Pause im Gespräch betrachtete er die Hände des kleinen Mannes, versuchte zu beurteilen, ob er tatsächlich von einer Art Kleinwuchs betroffen war. Seine Finger jedoch, die vom Tabak orange Flecken hatten, wirkten normal proportioniert.

»Ich kann mir nicht vorstellen, dass Hosen und ein Mantel sehr teuer wären.«

»Das war noch nicht einmal die Hälfte. Die andere Hälfte sind die Fahrtkosten. Und die Mahlzeiten und Übernachtungen, wenn wir unterwegs sind. Die meisten Boxkämpfe werden auswärts stattfinden, für die Amateure zum Beispiel in New York. Atlantic City eher erst, wenn er Profi geworden ist. Oder sogar Vegas. Und dorthin zu kommen kostet noch mehr.«

»Jetzt will ich aber erst mal etwas von Ihnen wissen. Wir können uns später noch darüber Gedanken machen, was das kosten wird. Im Augenblick muss ich erst fragen, ob er gut genug ist.«

»Nein«, antwortete Little Manny.

»Nein, das darf ich Sie nicht fragen?«

»Nein, er ist nicht gut genug.«

»Sie glauben nicht, dass er gut genug ist, um zu gewinnen?«

»Nicht wirklich, nein.«

Einige Sekunden saßen sie schweigend da. Nathan spürte, wie der Schweiß ihm den Nacken herunterrann. Er wusste nicht, was er antworten sollte.

»Verstehen Sie mich nicht falsch«, erklärte der kleine Mann. »Ich will damit nicht sagen, dass er schlecht ist. Ich will noch nicht mal sagen, dass er nicht gut ist. Sie haben mich aber nicht gefragt, ob er gut ist. Sie haben mich gefragt, ob er gut *genug* ist.«

»Was an ihm ist gut? Und was an ihm ist nicht gut genug?«

»Seine Einstellung ist große Klasse. Genau so, wie sie sein sollte. Für alles andere wäre es die falsche Einstellung. Aber für einen Boxer ist er in der richtigen Stimmung. Er hat viel Leidenschaft, wissen Sie? Eigentlich Ärger. Aber er lernt gerade, den richtig einzusetzen. Und zusätzlich fürchtet er sich nicht vor harter Arbeit. Manche Jungs haben alles Talent der Welt, aber sie knien sich nicht ins Training rein. Die haben einfach nicht die Disziplin. Nat allerdings, Mann, der arbeitet wie ein Pferd. Wenn ich sage: ›Du kannst jetzt Schluss machen‹, will er einfach immer weitermachen. Aber jetzt kommt's. Er hat nicht genug naturgegebenes Talent. Vieles läuft über den richtigen Instinkt, wissen Sie? Der Wettbewerb ist ziemlich hart. Man muss eigentlich beides mitbringen. Oh, man könnte schon einen oder zwei Kämpfe mit reiner Sturheit gewinnen. Aber er ist kein Naturtalent, und das wird er auch nie sein.«

Nathan nahm sich eine Minute Zeit, um die Worte des kleinen Mannes aufzunehmen.

»Da bin ich jetzt überrascht«, gab er zu.

»Warum? Haben Sie sich vorgestellt, dass er fantastisch ist?«

»Nicht unbedingt. Aber ich habe vermutlich nicht erwartet, dass Sie so offen mit mir sprechen würden. Und ich bin überrascht, dass Nat mich hierherkommen und mit Ihnen sprechen lässt, wenn er wusste, was Sie mir sagen würden.«

»Oh, Nat weiß nicht, dass ich so denke.«

»Sie haben ihm nie gesagt, dass Sie ihn für nicht gut genug halten?«

»Nö, hab ich noch nie. Werde ich wahrscheinlich auch nicht tun. Erstens hat er nie gefragt, und das wird er wahrscheinlich auch nicht. Zweitens würde er sowieso nicht auf mich hören. Er hört nur, was er hören will, so wie jeder, der etwas unbedingt will. Mit so einem Jungen kann man meiner Meinung nach zwei Dinge machen. Man kann seine Illusionen zerstören. Oder man kann abwarten, bis das Leben es tut. Das Leben die Drecksarbeit machen lassen. Wenn man seine Träume zerstört, wird er einen für immer hassen. Und er wird nie wirklich glauben, dass er es nicht hätte schaffen können. Er wird immer denken, du bist schuld, weil du ihm im Weg gestanden hast. Weil du nicht mehr an ihn geglaubt hast. Aber das Leben – wenn das Leben einem die Träume zerstört, nun, dann ist es etwas schwerer, mit dem Leben zu streiten.«

»Ich treffe ständig Leute, die mit dem Leben streiten«, erwiderte Nathan.

»Ich wette aber, Sie sehen nie welche, die gewinnen.«

Nathan atmete tief ein und aus und stand dann auf. Als er sich bewegte, konnte er die Feuchtigkeit seines T-Shirts spüren. Es würde ihm guttun, zurück in sein Auto zu kommen und die Klimaanlage anzuschalten.

»Vielen Dank, Manny. Das war genau der Rat, den ich benötigt habe.«

»Ja klar. Aber sagen Sie dem Jungen nicht, dass ich Ihnen abgeraten habe, ihn zu unterstützen, hm?«

»Sie haben mir nicht abgeraten. Sie haben mir zugeraten.«

»Habe ich das? Aha. Na, wer hätte das gedacht?«

* * *

Der kleine Mann begleitete Nathan zum schwülheißen Treppenhaus.

Als er die Stufen hinunterstieg, hörte er Little Manny hinter ihm herrufen: »He, ich wette, Sie waren der Kerl, der ihm diese wunderschönen Handschuhe geschenkt hatte. Das waren doch Sie? Das erste Mal damals, meine ich. Vor langer Zeit.«

Nathan hielt an und drehte sich um. »Ja«, bestätigte er. »Das war ich.«

»Jawoll, ich wusste es. Ich wusste, dieser Junge hat keine zwei Menschen in seinem Leben, die ihn so gut behandeln.«

9. August 1979
Schrecklich auch im wörtlichen Sinn

»Was wäre, wenn ich dich vor die Wahl stellen würde?«, fragte Eleanor direkt nach dem Aufwachen.

»Es wäre schrecklich, wenn du das tun würdest.«

»Nur hypothetisch.«

»Selbst hypothetisch wäre das schrecklich.«

Nathan lag im Bett und hatte die Hände hinter dem Kopf verschränkt. Er dachte, dass die Decke dringend einen neuen Anstrich brauchte, was er bisher noch nicht bemerkt hatte.

Wohlweislich sprach er nicht laut über die Farbe der Decke, denn er wusste, wie es ihm ausgelegt werden würde. Als würde er seiner Frau nicht zuhören oder als wäre es ihm egal. Oder als würde er ihre Unzufriedenheit nicht wichtig und beunruhigend finden.

In Wirklichkeit verhielt es sich genau andersherum. Je beunruhigender eine Gefühlsangelegenheit wurde, desto mehr geriet er in Versuchung, sich auf den Zustand der Farbe an der Schlafzimmerdecke zu konzentrieren.

»Das dachte ich mir«, sagte sie.

»Was dachtest du dir?«

»Dass es nicht eindeutig klar ist, dass du mich an die erste Stelle setzt. Als Ehefrau will man sich an erster Stelle fühlen. Allein die Tatsache, dass du nicht sofort geantwortet hast, verrät schon viel.«

»Bist du sicher, dass du die Frage überhaupt beantwortet haben möchtest?«

»Doch, ich denke schon. Ich weiß, ich werde die Antwort nicht mögen, aber es ist an der Zeit, sie dennoch zu hören.«

»Mein Großvater hatte zwei Brüder«, erklärte Nathan nach einer sehr kurzen Pause und mit sehr wenig Vorbereitung. Doch es stellte sich heraus, dass er besser vorbereitet war, als er gedacht hatte. »Meine zwei Großonkel, Christopher und Daniel. Als sie jung waren, verstanden sie sich gut. Aber dann versuchten sie, beruflich Partner zu werden, und das ging nicht gut. Am Ende waren sie verfeindet. Für meinen Großvater war das sehr hart, denn er hatte an Thanksgiving und Weihnachten gern die ganze Familie zu Besuch. Jeder hat geglaubt, dass es das Schwierigste auf der Welt für ihn sei, sich entscheiden zu müssen. Er jedoch hatte damit keinerlei Schwierigkeiten. Er sagte: ›Christopher kann an Thanksgiving kommen, Daniel muss zu Hause bleiben.‹ Einfach so. Alle waren schockiert. Ich war wahrscheinlich der Einzige, der fragte, warum er so entschieden habe. Seine Antwort war, dass Christopher bereit gewesen war, mit Daniel den Tag zu verbringen, aber Daniel war nicht bereit gewesen, den Tag mit Christopher zu verbringen.

Nat würde nie von mir verlangen, mich zwischen euch beiden zu entscheiden, Eleanor. Nicht mal hypothetisch. Er hatte nie etwas gegen dich. Hat nie ein schlechtes Wort über dich verloren. Und er hat sich echt angestrengt, damit du ihn magst. Damit ihr friedlich nebeneinander existieren könnt.«

Eleanor gab keine Antwort. Doch andererseits hatte Nathan das auch nicht erwartet.

Teil 6

NATHAN BATES

9. August 1979
Zerbrechlich

»Wie lange steht die denn schon bei Ihnen im Schaufenster?«, fragte Nat die zierliche ältere Dame in dem Antiquitätenladen.

»Wie lange?« Ein breiter Akzent, aber er wusste nicht, welcher. Russisch oder Polnisch oder irgend so ein Akzent, den jemand aus Jugoslawien oder Rumänien oder einem ähnlichen Land eben hatte. »Ist es wichtig, wie lange?«

»Ich versuche nur herauszufinden, warum ich sie noch nie gesehen habe. Jeden Tag laufe ich hier vorbei. Haben Sie die heute erst ins Schaufenster gestellt?«

»Nein, nicht heute. Vor vielen Tagen.«

»Aber ich laufe jeden Tag hier vorbei. Mit meinem Hund.« Er deutete durch das Fenster nach draußen, wo Feathers an einer Parkuhr angebunden war.

»Sie haben sie nur nicht gesehen«, erwiderte die alte Frau.

Behutsam setzte Nat die kleine weiße Porzellanvase mit goldenem Rand auf die Theke zwischen ihnen, als handele es sich um ein rohes Ei.

»Leicht zerbrechlich«, warnte die alte Frau.

»Das brauchen Sie mir nicht zu sagen.«

Unter der Lampe begutachtete Nat sie eingehend. Sein Herz pochte. Sicher konnte er nicht sagen, dass es genau die Gleiche war, nicht aus der Erinnerung. Nicht, ohne die beiden nebeneinanderzuhalten. Und er konnte sich nicht vorstellen, dass er das je könnte, da die zerbrochene Vase weg war. Weggeworfen oder nur irgendwo hineingesteckt – Nat wusste es nicht. Klar schien nur zu sein, dass Eleanor sie nicht mehr sehen wollte.

Was wäre, wenn es nicht genau die Gleiche war? Nur ähnlich? Ähnlich genug wäre sie schon, glaubte er. Die klaffende Lücke in ihrer Vasensammlung würde von dieser hier geschlossen. Außer wenn sie das Aussehen der Originalvase so gut in Erinnerung hatte, dass sie nur die Unterschiede sehen würde.

Und selbst wenn diese tatsächlich genauso aussehen würde, *wäre* sie doch nicht dieselbe. Sie stammte nicht aus dem Haus ihrer Großmutter.

Doch sie sah aus wie das genaue Pendant. Eine Art Wiedergeburt. Wie diese mystische zweite Chance im Leben, die man immer haben will und nie bekommt. Und von der jeder schnell beteuert, dass man sie auch niemals bekommen wird.

Die Entscheidung bereitete ihm Kopfschmerzen.

»Wie viel?«

»Siebzehn Dollar fünfzig.«

»Autsch.«

Bisher hatte er es nur geschafft, mit windigen Jobs vor und nach dem Training zwanzig Dollar zu verdienen. Davon ging alles in den Ring-Fonds. Er wollte sparen, um Carol einen echten Ring zu kaufen.

»Würden Sie die für mich zurücklegen?«

»Nur mit Kaution.«

Nat runzelte die Stirn.

»Nur bis zum Ende des heutigen Tages?«

»Ja, ja. In Ordnung. Einen Tag lege ich sie zurück.«

* * *

»Ich finde, du solltest dir das Geld für den Ring auszahlen lassen«, riet Carol.

Sie saßen auf der Terrasse des Frosty Freeze und teilten sich den Burger, den Carol kostenlos zum Mittagessen bekam. Sämtliche Pommes hatte sie auf seine Seite der weißen Papierserviette geschoben.

Selbst über die Entfernung bis zum Stoppschild an der Ecke konnte Nat Feathers winseln hören, aus Frust, immer so weit weg von den Pommes frites angebunden zu werden.

»Das kann ich nicht machen.«

»Warum nicht?«

»Es ist kein Sparschwein. Dieses Geld ist nur für eine Sache vorgesehen. Es wird eingezahlt und nicht wieder abgehoben, bis wir genug für einen Ring zusammenhaben.«

»Schau, Nat, wenn du deinen ersten Boxkampf gewinnst, wirst du bis dahin nur etwa fünfzig Dollar im Ring-Fonds angespart haben. Aber mit deinem Preisgeld kannst du dir dann einen ganzen Ring und noch mehr leisten. Was haben also die fünfzig Dollar da für einen Sinn?«

»Du hast wohl recht. Aber es kommt mir trotzdem komisch vor.«

»Ich hätte lieber einen Ring, den du mir von deinem ersten Preisgeld kaufst. Außerdem halte ich es für echt wichtig, etwas für Eleanor zu tun. Sie ist dermaßen unglücklich.«

»Richtig«, stimmte Nat zu. »Das ist mir auch aufgefallen.«

* * *

Es war kurz vor fünf Uhr, als er an diesem Nachmittag nach Hause kam. Vorsichtig trug er sein wertvolles kleines Päckchen hinein.

Um diese Uhrzeit hätte Nathan zu Hause sein müssen, und Eleanor hätte in der Küche das Abendessen vorbereiten müssen. Nats Gehirn konnte nicht verarbeiten, was er sah. Was bedeutete es überhaupt, wenn es fast fünf Uhr war und kein Essen vorbereitet wurde?

Die Arbeitszimmertür war geschlossen, was sonst nie der Fall war, selbst dann nicht, wenn Nathan darin saß und las.

Die Stille im Haus kam ihm merkwürdig überzogen vor. Nicht dass Nat hätte erklären können – sich selbst oder jemand anderem –, wie eine Stille noch ruhiger sein konnte als eine andere. Dennoch war diese Stille auf eine Weise anders, die er nicht recht erfassen konnte.

»Eleanor?«, rief er.

Eine Pause, die lang genug war, um ihn zu überzeugen, dass niemand zu Hause war. War irgendein Notfall eingetreten?

Doch dann: »Ich bin im Schlafzimmer, Nat.«

Nat ging zur offenen Tür von Nathans und Eleanors Schlafzimmer hinüber und lehnte sich in den Türrahmen.

Auf ihrem Bett lag ein geöffneter Koffer, und sie war gerade dabei, sorgfältig gefaltete Kleider hineinzupacken. Zwei weitere Koffer standen auf dem Teppich neben dem Fenster. Eine Weile sah er ihr schweigend zu, da er nicht wusste, was er zuerst fragen sollte. Sie hatte geweint, das konnte man ihrem Gesicht noch ansehen. Doch dazu konnte er nichts fragen. Ihre Gefühle gingen ihn ganz sicher nichts an.

»Fährst du weg?«

Sie blickte auf und lächelte ihn traurig an. »Ja, mein Sohn wird mich gleich abholen.«

»Ich wusste gar nicht, dass du einen Sohn hast.«

»Wirklich nicht? Ich nehme an, wir kennen uns nicht besonders gut. Ja, ich habe einen erwachsenen Sohn.«

»Wie alt ist er?«

»Einundvierzig.«

Eine lange Pause.

Nat fühlte sich, als würde er im Treibsand laufen. Er wollte keine weiteren Fragen stellen, aber es drängten sich so viele auf, die geradezu danach schrien, dass er sie stellte. Wo ist Nathan? Wann kommst du zurück? Ist jemand gestorben? Sollte ich mir weniger Sorgen machen, als ich es jetzt tue?

»Ich habe dir ein Geschenk mitgebracht«, fing er an.

»Mir?«, fragte sie abwesend, als hätte sie ihn nicht verstanden.

Er durchquerte den Raum und gab ihr die Schachtel. Die alte Frau in dem Antiquitätenladen hatte die Vase in ein Baumwolltuch eingeschlagen und sie in einen stabilen Karton gelegt, weil er befürchtet hatte, dass er sie nicht an einem Stück nach Hause bringen könnte.

»Das verstehe ich nicht«, entgegnete sie. »Es gibt doch gar keinen Anlass.«

»Ich weiß.«

»Danke, sehr lieb von dir. Ich werde es mitnehmen.«

»Nein, bitte mach es auf«, flehte Nat. »Mach es jetzt auf.«

Er hatte doch so viel Geld ausgegeben und sich die Entscheidung so schwer gemacht, dass er sich nicht vorstellen konnte, nun den Ausdruck auf ihrem Gesicht zu verpassen, diesen unschätzbaren Beweis dafür, wie sein Geschenk ankam.

»Na gut, wenn du meinst.«

Sie nahm den Deckel von der Schachtel, schob das Füllmaterial zur Seite und brach in Tränen aus.

»Das tut mir leid«, sagte Nat erschrocken. »Ich wollte dich nicht zum Weinen bringen. Ist sie genauso wie die andere? Oder nur ähnlich?«

Hätte er doch nur ein Taschentuch oder ein Kleenex, das er ihr anbieten könnte. Er wünschte auch, er wäre jemand anders. Für ihn war es schwer, ruhig zu bleiben, wenn jemand weinte.

»Sie kommt ziemlich nahe ran«, sagte sie, und ihr versagte beinahe die Stimme. Sie drehte die Vase um und betrachtete den Boden. »Sie ist vom gleichen Hersteller, und es ist das gleiche Design. Diese ist nur ein wenig kleiner.«

»Gefällt sie dir?«

Ehe sie antworten konnte, war von der Auffahrt ein Hupen zu hören.

»Oh«, seufzte sie. »Mein Sohn ist da. Ich muss gehen.«

»Wann kommst du zurück?«

Sie wandte ihm den Rücken zu, eilte zum Bett und verstaute die kleine Vase sicher zwischen ihren Kleidern. Dann ließ sie den letzten Koffer zuschnappen. Immer noch mit dem Rücken zu ihm antwortete sie: »Darüber wirst du mit Nathan sprechen müssen.«

»Wo *ist* Nathan?«

»Im Arbeitszimmer, denke ich.«

»Ich helfe dir, die Koffer zu tragen«, bot er an.

Er hob sie vom Teppich hoch, und als er sich gerade mit je einem schweren Koffer in jeder Hand aufrichtete, stand Eleanor plötzlich direkt vor ihm. Sie war nicht mal einen Schritt von ihm entfernt, und er versuchte, sich nicht anmerken zu lassen, wie sehr ihn diese Nähe in Alarmbereitschaft versetzte. Ganz still hielt er.

Sie nahm seinen Kopf in beide Hände, beugte sich vor und gab ihm einen festen Kuss auf die Stirn. Ihre Lippen waren trocken und kühl.

Ehe er den Mund wieder zugemacht hatte, hatte sie sich bereits umgedreht und war aus dem Zimmer geeilt.

* * *

Beinahe vier Stunden lang saß Nat auf der Fensterbank im Wohnzimmer, beobachtete, wie das Tageslicht verschwand, und wartete, dass Carol von der Schule nach Hause käme. Ab und zu warf er einen Blick zur Tür des Arbeitszimmers in der Hoffnung, dass irgendeine Veränderung eintrat. Wenn Nathan nur ein Licht anschalten oder ein Geräusch machen würde, würde er sich schon besser fühlen.

Doch nichts geschah.

* * *

»Hast du geklopft?«, war das Erste, was Carol fragte.

»Ähm, nein. Natürlich nicht.«

»Warum nicht?«

»Na, ich weiß nicht. Vielleicht will er allein sein. Vielleicht *will* er nicht, dass jemand anklopft.«

»O Nat, sei nicht albern. So habe ich dich noch nie gesehen.«

»Wie – so?«

»So, wie du jetzt bist«, antwortete sie, als wäre es damit offenkundig. Aber für ihn war es das nicht. Kein bisschen.

Schnellen Schrittes ging sie auf die Arbeitszimmertür zu und klopfte sachte an. »Nathan? Ist alles in Ordnung bei dir?«

»Ja, mir geht es gut«, antwortete seine gedämpfte Stimme. »Ich komme in ein paar Minuten heraus.«

»Na also«, wandte sie sich wieder an Nat. »Siehst du? War das so schwer? Komm schon. Ich mache uns jetzt Rührei zum Abendessen. Das ist das Einzige, was ich kochen kann.«

* * *

Nat saß mit Nathan am Küchentisch und beobachtete, wie er den Teller mit Rührei und Toast anstarrte, den Carol ihm gebracht hatte. Er hatte eindeutig keinen Hunger. Doch als Carol ihm Abendessen angeboten hatte, hatte er nicht abgelehnt. Vielleicht weil es unhöflich erschienen wäre, eine derart mitfühlende Geste zurückzuweisen.

Carol war inzwischen gegangen, um zu duschen und ins Bett zu gehen. Sie musste am nächsten Morgen früh aufstehen. Nat war darüber fast erleichtert, weil er das seltsame Gefühl hatte, er könnte entweder mit Carol oder mit Nathan einzeln sprechen, aber nicht mit beiden zur gleichen Zeit.

»Geht es um mich?«, fragte Nat, als er endlich den Mut dazu aufbrachte.

»Nein, es geht um sie.«

»Ah, okay. Gut. Ich meine, nicht gut, aber … Du weißt, was ich meine.«

Schweigen, während Nathan einen Bissen Toast aß.

Schließlich: »Sie konnte dich nicht um deiner selbst willen akzeptieren. Ihre Ressentiments waren ihr wichtiger. Sie war nicht bereit, sie abzulegen.«

»Also ging es doch um mich.«

»Nein«, beharrte Nathan, »es ging um sie.«

»Verstehe ich nicht.«

»Das würden wohl die meisten Leute nicht«, seufzte Nathan. »Die meisten denken lieber, dass ihre Ressentiments die Schuld der Person sind, die sie ablehnen. Diese verdrehte Logik scheint in ihren Köpfen auch noch Sinn zu ergeben. Für mich ergibt das überhaupt keinen Sinn. Das ist so, als ob ich behaupte, es ist deine Schuld, wenn ich auf dich schieße, weil die Waffe auf dich zielt. Damit missachtet man völlig, wer mit der Waffe zielt. Aber das ist eine weitverbreitete Ansicht, vermutlich weil es so viel einfacher ist. Damit befreit man sich von der Bürde, bei sich selbst anfangen zu müssen. Das musst du jetzt noch nicht verstehen, Nat. Heb es dir auf, zusammen mit allem anderen, was ich gesagt habe und was dir wie eine Fremdsprache vorgekommen ist. Vielleicht lernst du eines Tages eine neue Sprache. Manche Leute tun das. Das hängt davon ab, wie wichtig es einem ist, eine andere Sichtweise anzunehmen. Ich dachte, Eleanor wäre … Ich weiß auch nicht, wie ich diesen Satz beenden könnte. Ich weiß nicht, was ich über Eleanor dachte. Auf alle Fälle habe ich mich geirrt.«

»Es tut mir so leid, Nathan.«

»Ja«, seufzte Nathan. »Mir auch.«

»Wir werden bald raus sein.«

Nathan blickte von seinem Teller auf. Plötzlich und vielleicht zum ersten Mal. »Was meinst du, Nat?«

»Ich meine, ich suche mir einen Job, vielleicht Teilzeit, weiß noch nicht. Aber wir werden eine Wohnung finden. Wie wir es schon längst hätten tun sollen.«

In dem darauffolgenden Schweigen spürte er, wie die Hand des alten Mannes auf seinem Arm ruhte.

»Nat, Eleanor ist weg. Ihr könnt so lange bleiben, wie ihr möchtet.«

»Ehrlich?«

»Ich habe euch gern hier«, sagte Nathan mit einem Lächeln.

Er sagt es zwar nicht, dachte Nat, aber wenn wir auszögen, würde er völlig allein zurückbleiben. Andererseits brauchte er das auch wirklich nicht auszusprechen.

* * *

»Was war das eigentlich mit dir da drüben?«, wollte Carol wissen.

Gerade war er zu ihr ins Bett gestiegen, und die Frage überraschte ihn. Er hatte nicht gewusst, dass sie wach war.

»Ich weiß nicht. Was meinst du?«

»Ich habe dich noch nie so gesehen.«

»Wie?«

»Ich weiß nicht. So … handlungsunfähig oder so. Normalerweise weißt du immer, was zu tun ist. Selbst wenn du was Falsches machst. Normalerweise machst du immer einfach weiter.«

Er rollte sich hinter ihr ein, seine Brust an ihrem Rücken. Eine Weile lag er schweigend bei ihr und konnte ihren Atem hören und spüren. Er legte eine Hand auf ihr Herz, um sich zu vergewissern, dass er nicht allein war.

»Es geht um *Nathan*«, sagte er schließlich.

»Das heißt?«

»Das heißt … Als wenn jemand sagen würde: ›Okay, hier ist der Boden, auf dem wir alle stehen, und jetzt ist es plötzlich deine Aufgabe, ihn festzuhalten.‹ Weißt du jetzt, was ich meine?«

»Vielleicht, ich bin mir nicht sicher.«

»Es geht um *Nathan.*«

»Ja«, antwortete sie gedehnt. »Ich glaube, ich verstehe, was du sagen willst.«

11. August 1979
Geschäftliches

»Na, hast du deine großen Ferien genossen, kleines Federgewicht?«

Nat blickte hoch und sah in der Dunkelheit Little Manny über sich stehen.

Es war nach Mitternacht, und Nat hatte mit dem Schlüssel, den Little Manny ihm heimlich hatte nachmachen lassen und ausgehändigt hatte, selbst die Sporthalle aufgeschlossen. Nun lag er auf dem Rücken und stemmte auf der Bank Gewichte, ohne dass ihn jemand sah. Viele Male bereits hatte Little Manny ihm genau das untersagt. Er versuchte, sich nicht zu schuldig zu fühlen, dass er nun dabei ertappt worden war.

»Ich hasse es, wenn du mich so nennst.«

»Ich weiß. Ich dachte, du würdest erst morgen wieder mit dem Training anfangen.«

»Bin das Warten leid geworden. Ich bin kein Federgewicht, und das weißt du. Ich war mal Leichtgewicht. Jetzt bin ich Weltergewicht. Ich habe zugelegt und bin nun Welter.«

»Leichtwelter. Und das hältst du für was Gutes.«

Little Manny führte das Gewicht, beinahe ohne es zu berühren, als Nat es hinauf- und hinunterstemmte.

»Ja, das tue ich.«

»Nun, da irrst du dich.« Stille bis auf das grunzende Geräusch von Nats Atemzügen. »Willst du gar nicht wissen, warum du dich irrst?«

»Eigentlich nicht, aber du wirst es mir sowieso gleich erzählen.«

»Weil du dir gerade den Titel als kleinster Kerl in der Weltklasse verdient hast. Du musst ungefähr vierzehn Bananen essen am Tag vor dem Kampf, um gerade eben so in die Leichtwelter-Klasse gewogen zu werden. Und selbst das ist mit fünfzig Gramm ziemlich knapp. Es wäre besser, wenn du der schwerste Leichtgewichtboxer im Ring wärst. Außerdem, wenn du beim Wiegen um vierzig oder fünfzig Gramm …«

»Du hast immer etwas Negatives anzumerken.«

»Und du schwebst immer über den Wolken. Ich spreche von der Realität, Junge. Wenn du Bescheid weißt, kannst du jederzeit ohne mich weitermachen. Übrigens habe ich auch etwas Positives zu erzählen. Heute habe ich einen Scheck von deinem Freund Nathan dem Älteren bekommen.«

Sachte setzte Nat das Gewicht wieder ab und setzte sich auf. »Wirklich? Wie viel?«

»Geht dich nichts an.«

»Wie könnte mich das nichts angehen?«

»Weil ich dein Manager bin. Also lass mich auch managen. Ich werde meine Buchführung in Ordnung halten, aber du musst dich da raushalten. Wenn ich es dir sagen würde, würdest du dich darin verlieren, zu überlegen, wofür du das Geld ausgeben könntest. Ich kenne dich ziemlich gut. So, jetzt hör mal zu. Am Freitag, den Vierundzwanzigsten, fahren wir mit dem Bus nach Philly zu deinem ersten Amateurkampf. Das heißt, wenn uns deine Lizenz rechtzeitig zurückgeschickt wird. Na ja, denken wir positiv. Und hoffen wir, dass die Post uns nicht enttäuscht. Morgen früh füllen wir das Formular aus. Und du musst Fotos von dir machen lassen, wie man sie auch für den Ausweis braucht. Ich kümmere mich dann darum, das alles wegzuschicken. Dann musst du nur noch eines tun: die morgendlichen Sechs-Meilen-Läufe durch Sprints von zwei oder drei Meilen ersetzen, und einige Tage lang musst du ein Schnelligkeitstraining an den Säcken absolvieren. Die Zahlen, das Geld, die Planung und all den anderen Kram überlässt du mir. Wir müssen dir noch einiges an Ausrüstung besorgen. Mundschutz und Kopfschutz und so was. Und Handschützer und einen Gurt und richtige Boxschuhe, keine Turnschuhe.«

»Ich will aber keinen Kopfschutz.«

»Du hast keine Wahl.«

»Mit dem Ding kann ich nichts sehen. Das habe ich schon probiert. Du warst doch dabei. Du weißt, wie schlecht das funktioniert hat. Ich kann nicht sehen, wann die Schläge kommen.

Und wenn das Teil getroffen wird, verrutscht es irgendwie, und dann kann ich wirklich gar nicht sehen.«

»Wie oft muss ich es dir erzählen, Junge? Du hast keine Wahl, also gewöhn dich dran. Konzentrier dich auf das Wesentliche. Oh, und noch was musst du tun. Zum Arzt gehen und dich untersuchen lassen.«

»Für die Boxlizenz?«

»Für Nathans Versicherung. Wenn du nicht versichert bist, unterstützt er dich nicht.«

»Mein Gott, er ist so …«

»So was? Was ist falsch an einer kleinen Versicherung?«

»Ich werde nicht verletzt.«

»Aha, verstehe. Gut zu wissen. Ich hatte noch gar nicht gemerkt, dass ich mit dem einzigen unverwundbaren Boxer der USA arbeite. Geh einfach zu dem verdammten Arzt. Wenn wir das beschleunigen können, wären wir gut im Zeitplan für die Golden Gloves nach dem Jahreswechsel. Das wären einige Busfahrten nach New York, aber das wäre es wert.«

»Ich mache mir nichts aus den blöden Golden Gloves.«

»Solltest du aber. Das ist die Modenschau der Amateurboxer. Da gehen die Leute hin, um zu sehen, wer die Zukunft des Sports ist. Da musst du dich sehen lassen.«

»Warum? Ich habe doch schon einen Investor.«

»Na, wenn er der einzige Investor ist, den du hast, dann hoffst du wohl besser, dass er einen Haufen Geld hat, Junge.«

»Ich will nicht ein paar zweitklassige Amateurkämpfe mit diesem Kopfschutzding machen. Und einem Muskelshirt und so 'm Mist. Und dann vergeben sie Punkte, wie viele Schläge man macht, und bevor man einen anderen niederschlagen kann, brechen sie den Kampf ab. Ich will einfach nur Boxerhosen anziehen und in den Ring steigen mit nichts am Kopf, damit ich sehen kann, was ich treffe, und dann zeige ich allen, was ich kann. Genau das will ich.«

Little Manny verschränkte im Dunkeln die Arme, und Nat wünschte, er könnte das Gesicht des Älteren erkennen.

»Oh, *das* willst du also? Nun, ich sag dir, was ich will. Ich will eins neunzig groß sein und wie John Wayne in jungen Jahren aussehen. Schauen wir doch einfach mal, wohin uns unsere Wünsche bringen. Weißt du, was dein Problem ist, Junge? Du meinst, Leidenschaft wäre genug, wäre alles, was man wirklich braucht. Du glaubst, wenn einem etwas wirklich sehr wichtig ist, wird es wie durch Zauberei eintreten. Leidenschaft ist ja schön und gut. Ohne sie kommst du nicht weit. Aber sie ist auch nicht alles. Du musst trotzdem wie jeder andere Schritt für Schritt vorgehen. Ich gehe jetzt wieder ins Bett. Du kannst die ganze Nacht trainieren, wenn du willst. Du wirst trotzdem nicht wie durch Zauberhand zum Profi.«

»Gut, geh ins Bett. Lass mich allein.«

»Was ist heute Nacht mit dir los, Junge? Du bist noch stinkiger als sonst.«

»Mir geht es gut.«

»Nein, es geht dir nicht gut.«

Einen kurzen, flüchtigen Augenblick lang dachte Nat beinahe dran, es ihm zu erzählen. Dass Eleanor weg und das vermutlich seine Schuld war, und dass Nathan untröstlich war auf diese harte Art, wie nur Nathan das konnte, und dass Nat Angst hatte, solche Angst, wie er sie noch nie zuvor gekannt hatte, weil er immer geglaubt hatte, dass Nathan da sein und das Schiff steuern würde.

»Mir geht es gut.«

»Okay, gut. Dir geht es gut. Verstanden. Lüg mich an, um rauszufinden, ob es mir was ausmacht. Es macht mir nichts aus. Ich habe mich inzwischen daran gewöhnt.«

6. März 1980
Welcher Kampf?

Nat lehnte mit dem Rücken an der Wand der riesigen Sporthalle, biss sich auf den Fingernagel des rechten Daumens und versuchte, die Geräuschkulisse der Menschenmenge auszublenden. Oder zumindest auszuhalten. Er verabscheute es, sich in so vollen Räumen aufzuhalten, wo alle gleichzeitig redeten. Davon bekam er Kopfschmerzen.

Wenn nur der nächste Kampf beginnen würde. Dann würden die Leute wenigstens ein kleines bisschen ruhiger, weil es dann etwas anzuschauen gab.

Wenn man diesen Amateurkram hier einen Kampf nennen konnte.

Nat verfolgte, wie die nächsten beiden Boxer ihre Handschuhe überprüfen ließen und von ihren Trainern noch eine Gehirnwäsche verpasst bekamen. Alle paar Sekunden nickten sie. Daran konnte er sehen, wie viele Ratschläge sie in letzter Minute noch bekamen.

Beide sahen lächerlich aus in ihren Golden-Gloves-T-Shirts mit passendem Kopfschutz, fand er. Nat hatte schon immer gemeint, ein Kopfschutz sei mit Stützrädern zu vergleichen. Der Kindergarten der Boxwelt. Die Idiotenhügel statt echter Skiabfahrten.

Und bald würde er sich selbst auch einen aufsetzen müssen. Direkt nach diesem Kampf.

Die beiden Boxer duckten sich unter den Seilen hindurch, beide mit panischem Gesichtsausdruck. Das ärgerte Nat, weil es bedeutete, dass sie ihren Amateurstatus ernst nahmen. Als wäre das hier was Großes, was ihm unglaublich dämlich vorkam.

Er wäre auch gar nicht hier, wenn Little Manny vernünftigen Argumenten zuhören und ihn nach einem anderen System trainieren würde.

Widerstrebend wurde Nat bewusst, dass seine Nervosität in Wahrheit durch die Anwesenheit von Nathan und Carol ausgelöst wurde. Alle Möglichkeiten, sie zu überzeugen, dass sie zu Hause bleiben könnten, hatte er ausgeschöpft. Immerhin war das ja keine große Sache. Nur die verdammten Viertelfinalkämpfe. Also, wenn sie zu den Meisterschaften kommen wollten, das hätte er ja noch verstanden. Aber selbst bei der großen Meisterschaft konnte Nat sich nicht vorstellen, wie er die Demütigung vermeiden konnte, diesen dick gepolsterten, bescheuerten Kopfschutz vor Carol aufsetzen zu müssen.

Genau so wollte er von ihr nicht gesehen werden.

Er kaute noch aufgebrachter an seinem Fingernagel, sodass der anfing zu bluten.

Der Lautsprecher war zu laut eingestellt, die Qualität schlecht, was beides nicht hilfreich war.

Er versuchte, sich auf den Kampf zu konzentrieren. Einer dominierte bereits, schien um Klassen besser zu sein als sein Gegner. Es war ein großer Schwarzer, der etwas zu dünn wirkte. Doch Nat sah, dass seine Schläge eine enorme Kraft hatten und genau zum perfekten Zeitpunkt kamen. Das ist einer, für den das hier das Sprungbrett zum Profi-Boxer ist, dachte er.

Zum ersten Mal an diesem Tag regten sich leise Zweifel in ihm.

Genau in diesem Moment landete der überlegene Boxer seinen letzten Treffer. Sein Gegner fiel in die Seile und kam nicht mehr hoch. Der Ringrichter ging dazwischen, zählte, winkte mit den Armen zum Ende des Kampfs und zog den Arm des Schwarzen in die Höhe.

Nat konnte es immer noch kaum glauben, dass sie einen nicht weitermachen und den anderen niederschlagen ließen. Was für ein Kampf ist das denn, wenn keiner der beiden am Ende auf der Matte liegt? Erbärmlich, fand er.

Der Jubel und der Applaus ließen ihn zusammenzucken.

Sobald der Kampf vorüber war, bohrte sich der Lärm wieder in Nats Schädel.

Plötzlich tauchte Nathan vor ihm auf und hielt die Kamera vor sein Gesicht.

Na ja, dachte Nat, es könnte schlimmer sein. Wenigstens will er jetzt ein Foto machen, bevor ich diese doofen Stützräder auf den Kopf setzen muss.

»Stell dich hier unter das Schild«, bat Nathan, wobei er schreien musste wegen des Lärms der Menge. Er nahm Nat am Arm und zog ihn hinüber unter das Banner, auf dem »Viertelfinale Golden Gloves 1980« stand.

Er lächelte, doch es war gespielt.

»Komm«, sagte Nathan, als er sein Foto geschossen hatte. »Du bist als Nächster dran.«

Als ob Nat das nicht gewusst hätte.

* * *

Am Ring überprüfte Little Manny noch einmal die Bandagen an Nats Handschuhen, eine Angewohnheit von ihm, wenn er nervös war. »Ich werde dir jetzt nicht mehr einen Haufen Ratschläge geben, weil ich dir vorher schon alles erklärt habe, und ich weiß, dass du mir zugehört hast.«

»Danke«, erwiderte Nat.

Carol kam angerannt und küsste Nat auf die Wange. Zumindest auf den Teil der Wange, den sie durch den blöden Kopfschutz finden konnte. Der Kuss landete eher an der Seite seiner Nase. Sein Gesicht wurde heiß. Da lief sie schon zurück zu ihrem Platz.

»Mach einfach deine Frau stolz. Das ist alles, was ich dir noch sagen muss.«

Nun, wie sollte er Carol stolz machen, wo er doch dieses doof aussehende Ding auf dem Kopf trug und ein Muskelshirt statt der blanken, stolzen Brust eines Boxers? Doch dann entschied er sich. Hau ruck, einfach so. Er würde so eine gute Figur abgeben da draußen, dass niemand Zeit hätte, über Kopfschützer oder Muskelshirts nachzudenken. Er würde seinen

Amateurstatus um Klassen übertreffen und wie ein Profi wirken. Er würde über allem stehen.

Für sie.

Als er in den Ring stieg, lächelte er sie an, und sie strahlte zurück.

* * *

Nats allererster Schlag landete perfekt, eine Rechte gegen den Körper des anderen, was sich großartig anfühlte. Ein Ächzen war zu hören, als der Junge die Luft ausstieß. Um sich einen psychologischen Vorteil zu verschaffen, dachte Nat von ihm, dass er ein Kind sei. Er hatte schließlich ein Babygesicht, deshalb versuchte Nat, ihn sich als Baby vorzustellen.

Dieser erste Schlag kam so schnell, zum perfekten Zeitpunkt, dass er die Defensive des Babys traf.

Danach konnte Nat nichts mehr falsch machen. Und das Baby nichts mehr richtig.

Zu jeder Zeit war Nat ihm einen Schritt voraus, das Grölen der Menge in den Ohren. Das war ein gutes Gefühl. Derselbe Lärm fühlte sich gut an, weil er ihm galt. Jede Bewegung des Babys war abwehrend, denn Nat gab ihm keine Zeit dazu, etwas anderes zu tun.

Der Kommentator war über die Lautsprecher zu hören, doch er konnte sich irgendwie nicht auf die Worte konzentrieren. Es war ein Durcheinander aus Geräuschen im Hintergrund. Nur »Bates« drang zu ihm durch. Er hörte es jedes Mal, wenn sein Nachname genannt wurde, und das war ziemlich oft.

Durch das merkwürdige Fenster, das durch den Kopfschutz entstand, beobachtete er die Schläge, die auf ihn zukamen. Es war ein bisschen, als würde er auf einem kleinen Bildschirm einen Film ansehen. Doch selbst mit dieser Einschränkung blockte er fast jeden Schlag perfekt ab.

Er war Feuer und Flamme.

Das Baby kam ihm zu nahe und clinchte ihn, um die Schläge gegen den Kopf zu vermeiden. Er folgte Nat fünf oder sechs Schritte lang, zu nahe, um ihn zu treffen. Da zog der Ringrichter ihn wieder weg.

Sobald er freigekommen war, zielte das Baby mit einem kräftigen Hieb an Nats Kopf. Hätte er getroffen, hätte das ein K.-o.-Schlag sein können. Doch Nat duckte sich erfolgreich darunter weg. Im darauffolgenden Bruchteil einer Sekunde wusste Nat, dass das Baby so viel Kraft in diesen Schlag gelegt hatte, dass er nun völlig aus dem Gleichgewicht geraten würde. Und völlig ungeschützt war.

Nat schlug daraus Kapital, mit einem K.-o.-Schlag von seiner Seite.

Seine Rechte fuhr hart gegen den Kopf des Babys. Mit einem zufriedenstellenden dumpfen Geräusch traf er ihn.

Das Baby fiel nicht, sondern schwankte. Machte drei oder vier Schritte vor und zurück, wie um zu seinem Gleichgewicht zurückzufinden, wobei seine Beine wie Gummi wirkten. Wie ein Betrunkener auf einem schwankenden Schiff.

In einem echten Kampf hätte Nat ihm einen weiteren großartigen Schlag versetzt und den Kampf damit beendet. In einem echten Kampf wäre das Baby auf der Matte und würde der Schiedsrichter anzählen, während die Menge johlte.

Aber er war hier bei den Amateuren.

Der Ringrichter trat zwischen sie, hielt einen, dann zwei, dann drei Finger vor das betrunkene Baby. Nat wandte den Kopf, um Carol in der Menge zu finden. In dem Moment, in dem er sie entdeckte, hörte er den Ringrichter den Kampf beenden.

Nat spürte, wie sein Handgelenk gepackt und sein Handschuh in die Höhe gerissen wurde. Die Menge tobte vor Begeisterung. Ein wenig betrogen kam er sich vor, hatte er doch länger als eineinhalb Minuten kämpfen wollen. Er fühlte sich gut und war noch nicht bereit aufzuhören.

Erneut fand er Carol in der Menge. Sie war aufgesprungen, klatschte, jubelte. Sie warf ihre Arme um Nathan und umarmte ihn von der Seite, sprang auf und ab, während er ruhig dastand und applaudierte.

Sie war stolz auf ihn. Er hatte seine Frau stolz gemacht. So wie Little Manny es gesagt hatte. Alles andere schien keine Rolle zu spielen.

* * *

Nat trat an das Pissoir, wobei er sorgfältig darauf bedacht war, dass seine Augen geradeaus blickten. Eine Junge, der nicht älter als er selbst war, trat neben ihn. Im Spiegel konnte Nat am Rande seines Gesichtsfelds ausmachen, dass es ein anderer Boxer war. Das erkannte man an der grellen Farbe seines Golden-Gloves-Muskelshirts.

Der Junge blickte zu ihm herüber.

Nein, nein, nein, dachte Nat. Augen nach vorne. Immer die Augen in Richtung der Becken lassen. Er erwiderte den Blick nicht.

»Also«, begann der andere. »Du nimmst den Kampf an? Echt viel Geld.«

Nat blickte hinüber. Es war der Junge, der den Kampf direkt vor ihm gewonnen hatte. Der Schwarze, der so gut geboxt hatte.

Schnell wandte er den Blick wieder ab.

»Ich weiß nicht, von welchem Kampf du sprichst.«

»Den in der Bronx.«

»Davon habe ich nichts gehört.«

»Echt? Der Typ hat mit deinem Trainer gesprochen. Das ist doch dein Trainer, dieser echt kurze, kleine Kerl? Der Typ mit dem Bart und dem wilden Haar hat mit ihm gesprochen. Direkt nachdem er mit meinem Vater geredet und mein Vater abgelehnt hatte.«

»Und er hat dir einen Kampf angeboten? Was für einen Kampf?«

»Einen Profi-Kampf. Hundert Dollar für jede Runde, die du überstehst. Aber es wird ohne Regeln gekämpft, daher hat mein Vater es nicht erlaubt. Ich habe mich nur gefragt, ob du das machen wirst. Echt viel Geld.«

Nat schüttelte ab und schloss den Reißverschluss. Trat vom Pissoir zurück. »Ja, ich werd's machen.«

»Du Glücklicher«, seufzte er. »Guter Kampf übrigens.«

»Danke«, entgegnete Nat. »Du hast da draußen aber auch gut ausgesehen.«

* * *

Dort, wo er ihn das letzte Mal gesehen hatte, traf er auf Little Manny, der bei Nathan und Carol saß, die völlig Fremden beim Kampf zusahen. Falls man das Kampf nennen konnte.

Über die Schulter schaute Carol zu Nat und lächelte ihn auf eine Weise an, die ihm ein warmes Gefühl in der Magengegend vermittelte. Er wollte ordentlich zurücklächeln, doch er konnte nicht abschütteln, dass er sauer war. Nicht in so kurzer Zeit.

»Little Manny«, sprach er ihn an, wobei er wegen des Lärmpegels leicht die Stimme hob, »kann ich dich kurz sprechen?«

»Klar, Junge. Sollen wir rausgehen?«

»Ja.«

* * *

»Wann wolltest du es mir sagen?«

»Nie. Ich wollte es dir nie sagen, weil wir das nicht machen werden.«

»Na, *du* vielleicht nicht, *ich* schon.«

Sie standen mit dem Rücken zum Backsteingebäude. Für einen kurzen Moment sog Nat die Stille in sich auf, während irgendwo eine Sirene aufheulte. Die Feuerwehr. In New York City geschah immer irgendeine Katastrophe, aber wenigstens passierte hier etwas.

In dem Muskelshirt und den Boxerhosen zitterte er ein wenig, aber er wollte sich nicht anmerken lassen, dass ihm kalt war.

»Schau, Junge. Ich muss dich doch schützen …«

»Vor was? Vor Boxkämpfen?«

»Vor solchen Boxkämpfen. Sieh mal. Du kennst dich in der Boxwelt immer noch nicht so gut aus. Also will ich dir einen Crashkurs geben. Es handelt sich hierbei um einen Kampf ohne Regeln. Das heißt, wenn dich ein Kerl schlecht behandelt, greift der Ringrichter vielleicht ein, vielleicht aber auch nicht. Vermutlich eher nicht. Keine Regeln bedeutet auch kein Wiegen. Dieser Kerl sagt zwar, sein Junge wäre Weltergewicht, aber wir wissen es nicht. Wir glauben nur seinem Wort. Nach allem, was wir wissen, könnte dieser Junge locker vierzig Pfund mehr wiegen als du. Außerdem ist es schon morgen Abend, und einem so kurzfristig angesetzten Kampf traue ich niemals. Und er versucht, vier oder fünf Jungs zu finden, die an einem Abend gegen seinen Jungen antreten. Bietet viel Geld für jeden, der drinbleibt. Aber hast du dich schon mal gefragt, warum er einen Haufen Amateure anspricht? Und dann ist es zu viel Geld.«

Nat schnaubte verächtlich. »Zu viel Geld? *Zu viel?* Du machst wohl Witze? Zu viel Geld gibt es nicht. Zu viel für wen?«

»Wie soll ich dir das erklären, Junge, damit du es verstehst? Also es ist so: Wenn du ein Angebot für Pfannkuchen ›bis zum Abwinken‹ für einen Dollar siehst, denkst du dir, das ist ein Schnäppchen. Da denkst du dir, du könntest dir mit denen einen Spaß erlauben. Viel bekommen, nichts bezahlen. Nur dass es sich herausstellt, dass du sowieso nur drei oder vier Pfannkuchen essen kannst, und das wissen die auch. Dieser Mann hat gar nicht die Absicht, tausend Dollar an vier oder fünf Boxer zu zahlen. Wenn er so viel anbietet, dann deshalb, weil er weiß, dass er es nie bezahlen muss. Das ist alles nur eine große Show. Wie früher die Gladiatoren, weißt du? Für ihn ist es eine Gelegenheit, seinen Jungen gut aussehen zu lassen vor einer Menge Leute, die dafür zahlen, dass sie dein Blut sehen.«

»Ist mir egal. Ich mache es.«

Einen wunderbaren Moment lang schwieg Little Manny. Eine Frau in einem unverschämt kurzen Rock lief an ihnen vorbei und warf Nat über die Schulter einen vielsagenden Blick zu.

»Dir ist so ziemlich alles egal, oder?«

»Willst du wissen, was mir nicht egal ist?«, fragte Nat und erhob dabei die Stimme, wie er es noch nie zuvor bei Little Manny getan hatte. »Ich sage es dir. Meine Frau. Meine Frau ist mir wichtig. Die übrigens immer noch keinen anständigen Ehering hat. Wenn ich nur drei Runden bei diesem Kerl durchhalte, könnte ich ihr einen schönen Ring kaufen. Das ist mir nicht egal. Also erzähl mir nicht, dass mir alles egal sei. Wenn du das echt glaubst, kennst du mich überhaupt nicht. So, wann ist jetzt dieser Kampf? Und wo?«

Ehe er antwortete, schüttelte Little Manny fünf- oder sechsmal den Kopf. »O nein. Nein, nein. Ich kann dich vielleicht nicht davon abhalten, diesen Quatsch zu machen, aber ich werde dir bestimmt keine Karte zeichnen.«

Little Manny machte auf dem Absatz kehrt und kehrte nach drinnen zurück.

Nat blieb noch einen Moment stehen und atmete die bitterkalte Stadtluft ein. Dann folgte er Little Manny.

Suchend sah er sich in der Halle nach einem Mann mit Bart und wildem Haar um. Er war nicht schwer zu finden. Ein Mann mit solchen Haaren – als hielte er sich an einem stromführenden Kabel fest – war in einer Menschenmenge so einfach zu finden wie auf einem Parkplatz ein Auto mit einem Luftballon an der Antenne.

Mit den Ellbogen machte er sich den Weg zu ihm durch die Menge frei. Es war gerade die Zeit zwischen zwei Kämpfen, und die Zuschauer waren alle auf den Beinen und liefen durcheinander. Der Typ mit den auffälligen Haaren sprach gerade mit einem anderen Boxer, und Nat beschlich das Gefühl, dass er sich beeilen müsse, so als würde ihm eine Gelegenheit entgleiten.

Er spürte die Gegenwart von jemandem, der ihm auf den Fersen folgte, und als er sich umwandte, entdeckte er, dass Little Manny kaum einen Schritt hinter ihm ging.

»Was machst du hier? Bist du dumm genug, zu versuchen, mich aufzuhalten?«

»Nein. Nein, Junge, so dumm bin ich nun wirklich nicht. Ich denke bloß, wenn du diesen Quatsch schon machen willst, dann besser mit mir als ohne mich.«

* * *

»Ähm, wir schicken euch ohne uns nach Hause«, begann Nat.

»Ist alles in Ordnung?«, fragte Nathan.

»O ja, ja, alles okay. Little Manny hat einfach nur ein paar Freunde getroffen, und wir haben jetzt die Gelegenheit, ein Sparring zu machen. Weißt du, auf einem anderen Niveau als zu Hause.«

Aber selbst in Nats Ohren klang das genau wie die Lüge, die es ja war. Und er war sicher, dass jeder andere die Lüge darin auch gehört haben müsse. Außerdem starrte Little Manny zu Boden, was nicht im Geringsten hilfreich war. Es versetzte ihm einen Stoß in die Magengegend, als er sich daran erinnerte, wie Nathan zu ihm gesagt hatte: »Lüg mich nie wieder an.« Er hatte es gerade getan, und es war jetzt zu spät, das rückgängig zu machen.

»Also, Carol und ich fahren jetzt nach Hause, und ihr …« Nathan verstummte, ließ Nat den Satz beenden.

»Wir nehmen den Bus. Oder den Zug. Wahrscheinlich übermorgen.«

»In Ordnung«, stimmte Nathan zu.

Also hatte Nathan doch keine übernatürlichen Kräfte. Er konnte nicht in Nat hineinschauen, wie er bereits befürchtet hatte.

* * *

Kurz bevor sie die Sporthalle verließen, zog Nathan ihn auf die Seite.

»Ich will nur, dass du weißt, dass ich heute Abend stolz auf dich bin«, sagte er.

»Echt?«

»Sehr stolz.«

»Das hast du noch nie zu mir gesagt.«

»Ich habe nie von mir behauptet, dass man mich leicht beeindrucken kann.«

»Eigentlich versuche ich mich gerade zu erinnern, ob *irgendjemand* das schon mal zu mir gesagt hat. Ich glaube nicht.« Eine verlegene Pause, daher fuhr er rasch fort: »Weil ich gewonnen habe?«

»Nein, nicht weil du gewonnen hast. Zum Teil, weil du so hart gearbeitet hast, aber hauptsächlich, weil du das heute Abend richtig gemacht hast. Ich weiß, du wolltest schneller vorankommen, und ich weiß, es gibt Teile des Trainingsplans, die du nicht magst, aber du hast Geduld trainiert, zusammen mit allem anderen, was du trainiert hast.«

Nat wandte den Blick ab und sah auf den Boden der Sporthalle. »Danke.«

Als er wieder hochsah, war Nathan bereits auf dem Weg nach draußen.

Ein Moment des Ringens und des Balanceakts, und beinahe wäre Nat hinter ihm hergerannt. Hätte beinahe gesagt: Egal, wir fahren doch mit euch nach Hause.

Carol machte das für ihn. Über die Schulter warf sie ihm einen Blick zu. Lächelte. Warf ihm eine Kusshand zu. Dann drehte sie sich um und rannte zu ihm zurück. Schlang die Arme um ihn und küsste ihn auf die Lippen. »Du warst so großartig. Ich liebe dich so sehr.«

»Ich liebe dich auch«, antwortete er.

»Viel Spaß beim Sparring. Sei dort auch so erfolgreich wie heute Abend hier.«

Er blickte auf ihre linke Hand hinunter, die auf seinem nackten Oberarm lag. Und auf das unmögliche, billige Silberband, das sie stellvertretend für das echte Ding trug.

»Ich werde es versuchen«, versprach er.

7. März 1980
Zittern

»Hier kann es nicht sein«, wunderte sich Nat.

»Doch, hier ist es, das ist richtig«, entgegnete Little Manny. »Was hast du erwartet? Madison Square Garden?«

Sie standen vor einem dunklen Gerätehof, der von einem hohen Stacheldrahtzaun umgeben war. Am Ende des Hofs konnte er einige dunkle Gestalten erkennen, die in eine riesige stählerne Lagerhalle gingen.

»Es ist noch nicht zu spät, um einen Rückzieher zu machen, Junge«, erklärte Little Manny.

»Ich werde keinen Rückzieher machen«, wehrte Nat ab. »Ich bin nicht der Typ für Rückzieher.«

Seine Stimme zitterte leicht, als er die Worte aussprach, und er fühlte sich, als bestünde er aus vielen Schichten, nur die äußerste davon aus Stahl.

»Ja, schon klar. Das ist mir auch schon aufgefallen. Ich werde dafür sorgen, dass es auf deinem Grabstein steht.«

»Vielen Dank«, knurrte Nat.

* * *

»Der ist Weltergewicht?«, entfuhr es ihm, eher er sich selbst bremsen konnte. Hoffentlich hatte der Lärm der Menschenmenge seine Worte verschluckt. Er hoffte, Little Manny hatte sie nicht mitbekommen. Er blickte auf den kleinen Mann hinab, der gerade den Mund aufgemacht hatte, um etwas zu erwidern. »Ja, ja, ich weiß, ich weiß. Sag's nicht. Du hast mich gewarnt. Ich weiß.«

Der erste Kampf war bereits in vollem Gange. Es gab keinen Kommentator, was Nat merkwürdig fand. Die Sitze bestanden aus einem Haufen Klappstühle, die wie zufällig in der Halle verteilt waren. Bestimmt hundert Leute saßen um den Ring, jubelten, buhten, tranken Bier und harten Alkohol aus durchsichtigen Plastikbechern. Die Flaschen standen zu ihren Füßen auf dem Betonboden.

Der überlegene Boxer schlug auf einen kleineren Gegner ein, der in den Seilen hing. Nat erwartete, dass eine Glocke klingeln oder ein Ringrichter den großen Kerl zur Ordnung rufen würde. Dann fiel es ihm ein. Immerhin hatte er es nicht laut ausgesprochen und so Little Manny eine weitere Gelegenheit gegeben, ihn daran zu erinnern, dass er ihn gewarnt hatte. Da der Kleinere nicht aus den Seilen wegkam, konnte er auch schwerlich fallen. Doch solange er nicht auf der Matte lag, würde der Kampf fortgesetzt werden. Aber Nat kam es eher wie ein Blutbad vor. Der Junge in den Seilen hatte jegliche Gegenwehr aufgegeben und hielt nur noch beide Handschuhe vor sein Gesicht, während die Schläge des Größeren zu beiden Seiten an seinem Kopf landeten. Mit jeder Sekunde wurde es deutlicher, dass nur noch die Seile den armen Kerl auf den Beinen hielten. Die Menge tobte, verschlang das Geschehen förmlich. Diesbezüglich hat er mich bestimmt auch gewarnt, dachte Nat.

In seinem Inneren breitete sich ein tiefes, stärker werdendes Gefühl schmelzender Hitze aus. Es begann in seinen Eingeweiden und der Leistengegend und verlagerte sich dann nach unten in die Oberschenkel, die sich dadurch wacklig und schwach anfühlten.

Der arme Junge in den Seilen nahm schließlich den kürzesten Weg. Seine Knie gaben nach, knickten ein, und er sank von seinem Gegner weg, als hätte sich glücklicherweise eine Falltür unter seinen Füßen geöffnet, um ihn zu verschlucken und seinem Gegner nichts mehr zum Schlagen dazulassen.

Nat sah beim Auszählen zu, konnte aber über die wilde Geräuschkulisse der Menge hinweg nichts hören.

Er blickte sich um und stellte mit einem plötzlichen Anflug von Panik fest, dass Little Manny verschwunden war.

Noch nie zuvor hatte er es als so wichtig empfunden, jemanden an seiner Seite zu haben, den er kannte. Jemanden, dem er völlig vertraute, dass er zu ihm stand. Seine Gedanken wanderten zu dem Amateurkampf vom Vorabend. Wie er Nathan und Carol im Publikum gesehen hatte, wie sie für ihn gejubelt hatten. Jetzt wünschte er sich wieder dorthin zurück.

Plötzlich tauchte Little Manny vor ihm auf, und er seufzte vor Erleichterung.

»Willst du als Nächster? Das hier hinter dich bringen? Der nächste Boxer ist nicht aufgetaucht.«

»Was wohl mit ihm passiert ist?«

»Wahrscheinlich hatte er im Gegensatz zu dir noch ein wenig Hirn übrig und hat einen Rückzieher gemacht.«

»Ja, okay«, lenkte Nat ein. »Ich bin der Nächste. Bringe ich es eben hinter mich.«

»Okay, zieh deine Boxerhosen an.«

»Wo denn?«, fragte Nat und schaute sich um.

»Herrentoilette, würde ich sagen.«

* * *

Einen Augenblick lang blieb Nat vor dem schmutzigen Spiegel in der winzigen, dreckigen Toilette stehen. Es schien, dass die nackte Glühlampe über seinem Kopf alles so zeigte, wie es tatsächlich war. Nichts blieb versteckt. Keine Lügen möglich.

Er besah sich selbst. Die Boxerhosen, den Gurt, die Sixpack-Bauchmuskeln, den Bizeps, die Brustmuskeln. Kein Kopfschutz, kein Muskelshirt. Nur er und die Monate harten Trainings.

Ich sehe aus wie ein Boxer, dachte er. Du siehst aus wie Jack, erwiderte etwas in seinem Kopf.

Nathan hatte gesagt, dass das Boxen ein Traum bliebe, bis Nat es tatsächlich täte. Also war heute die Nacht, in der sein Traum Realität wurde.

Die Tür ging einen Spalt auf, und Little Manny steckte den Kopf herein.

»Genug der Selbstbewunderung, Cinderella. Es wird Zeit, anzufangen.«

* * *

Little Manny kauerte über Nat in ihrer Ecke des Rings und hielt ihm den Mundschutz hin. Nat öffnete den Mund und nahm ihn in Empfang. Er bemerkte kaum, wie er das tat. Über den Lärm der Menge hinweg konnte er sich selbst nicht denken hören. Jede Bewegung war, als liefe er durch einen extrem realistischen Traum.

Welche Ironie, dachte er. Heute Abend ist es kein Traum mehr, aber es fühlt sich mehr denn je wie einer an.

»Also, was ich mir als Strategie gedacht habe: nur schützen. Bleib immer in Deckung. Versuch keine Spielchen, denn ich denke sowieso nicht, dass du einen Schlag machst, der ihn aus der Fassung bringt. Also gib ihm keinen Raum. Die Idee ist, einige Runden zu überstehen, also bleib von ihm weg, und versuch dich zu schützen.«

Nat wollte etwas erwidern, wie zum Beispiel: Danke, dass du mir so viel zutraust. Doch er schaffte stattdessen nur ein schwaches Kopfnicken.

»Steh auf, Junge.«

Nat trat in die Mitte des Rings. Sein Gegner und er berührten gegenseitig die Handschuhe. Ein Weißer mit kurz geschnittenen borstigen Haaren, den Nat als zwei Gewichtsklassen über sich einschätzte. Vielleicht sogar Leichtschwergewicht.

Der Kerl grinste ihn spöttisch an. Es war ein sarkastisches Grinsen, das zu bedeuten schien: Das hier wird leicht.

Das warme, schmelzende Gefühl in Nats Leistengegend verstärkte sich. Dieses Mal erschien es ihm noch stärker, und er spähte nach unten, um sich zu vergewissern, dass er sich nicht am Ende in die Hose gemacht hatte. Gott sei Dank nicht. Gott sei Dank war es nur so ein Gefühl.

Wie vorgeschrieben, kehrte er in seine Ecke zurück. Er fand Little Mannys Gesicht, weil es ihm vertraut war. Das Einzige hier, was ihm vertraut war. Dann schaute er wieder weg, weil es ihm nicht gefiel, was er auf dem Gesicht sah.

Die Glocke in seinem realistischen Traum erklang.

Kühn trat Nat vor, aber der Monsterboxer in seinem Traum war schneller und versetzte ihm einen Schlag. Nat meinte, er hätte zuerst das Monster gesehen, dann die Faust des Monsters, die sich in Zeitlupe näherte. Er konnte den Schlag abblocken, doch er war überrascht von der Härte, mit der er seine Handschuhe traf.

Drei weitere Schläge trafen, jeder von ihnen gleichermaßen überraschend.

Er hörte, wie Little Manny etwas von Fußarbeit rief.

Plötzlich durchzuckte ihn eine Erinnerung. Die alte Sporthalle. Little Mannys Stimme: Schau dir Jacks Fußarbeit genau an. Er ist der König der Fußarbeit.

Das rüttelte ihn wach, und er tänzelte vor den Schlägen weg. Damit er wenigstens schwerer zu treffen war, ein bewegliches Ziel. Um die Zahl der Treffer zu verringern.

Jack würde wollen, dass ich diesen Kampf mache, dachte Nat.

Er setzte einen Schlag, aber der prallte von den Handschuhen des Monsters ab.

Danach, so schien es, hatte er keine Chance mehr, außer zu tänzeln, auszuweichen und sich zu schützen. Dadurch, dass er einfach schwer zu kriegen war, konnte er gut eine Minute totschlagen.

Jede Minute wurde zu Stunden, doch schließlich kam die Glocke. Sie war gleich um die Ecke. Sein Gefühl sagte ihm das. Jede Zelle seines Körpers kannte die Zeitdauer von zwei Minuten im Ring. Sie sollte kommen … gleich … sofort.

Keine Glocke.

Nat tänzelte weiter, steckte mit seinen Handschuhfäusten die Schläge ein. Und manche auch mit dem Kopf. Er dachte, sein Zeitgefühl würde ihn um ein paar Sekunden trügen.

Immer noch keine Glocke.

Da dämmerte es ihm. Dies war ein Kampf ohne Regeln. Keiner achtete darauf. Sie konnten die dämliche Glocke läuten, wann sie wollten. Oder auch nicht. Und jedes Mal, wenn sie sie läuteten, würde jemand hundert Dollar bezahlen müssen. Warum sollten sie es also tun?

Der Gedanke bahnte sich seinen Weg von seinem Kopf und durch seinen Körper hindurch wie ein Schockmoment, der ihn ablenkte.

Ehe er sich wieder fing, landete das Monster einen Schlag gegen Nats rechte Seite, der ihm mehrere Rippen brach. Oder zumindest anbrach. Er hörte, wie er unwillkürlich ein lautes Geräusch ausstieß. Eine Mischung aus einem Grunzen und einem lauten Aufschrei. Er schämte sich, aber er konnte nicht anders. Alles geschah so schnell.

Der Lärm der Menge wurde in Nats Kopf noch lauter, wenn das überhaupt möglich war.

Er hob wieder die Handschuhe, um sich zu verteidigen, aber die Rechte kam nicht so hoch, wie er erwartet, wie er es angesagt hatte. Als ob der Schmerz sie näher an seine Hüfte gebunden hätte.

Der finale Schlag traf ihn an der rechten Schläfe.

Er konnte hören, wie die Menge gemeinsam den Atem einzog.

Sein Kopf flog herum, verrenkte ihm schmerzvoll den Hals, sodass sein Mundschutz wegflog. Die Zeit spielte ihm einen merkwürdigen, ungleichmäßigen Streich. Es dauerte ewig, dann verlor er das Gleichgewicht und drohte zu Boden zu gehen. Dann hing er für eine unmöglich lange Zeit in einem unmöglichen Winkel und klatschte schließlich auf die Matte, ohne dass dazwischen ein Sturz gewesen wäre.

Die Erschütterung in seinen Rippen sandte einen brennenden Schmerz durch ihn hindurch, doch er war nicht imstande, irgendetwas dazu zu äußern.

Mit offenen Augen blieb er liegen. Geistesabwesend sah er die Menschenmenge, die jetzt aufgesprungen war, jubelte und dabei Bier verschüttete. Zuerst hatte er noch die Menge vor Augen, dann wurde das Bild dämmrig, dann wurde ihm schwarz vor Augen, dann sah er wieder die Menge. Und wieder Dunkelheit. Zurück zur Menge. Überraschenderweise war es ein befriedigendes Gefühl, völlig still liegen zu bleiben. Angemessen war es. Die Deckenlichter am anderen Ende der Halle schienen mit Lichtkränzen zu leuchten. Das Anzählen konnte er hören, doch es klang dumpf, unterdrückt. Lang gezogen und weit weg.

Es war gut möglich, dass ihm einige kurze Zeitstücke fehlten, doch er wusste es nicht sicher.

Er spürte eine Hand auf seiner Schulter. »Bist du okay, Junge? Kannst du aufstehen?« Es war Little Manny.

»Ja, mir geht's gut.«

»Kannst du aufstehen?«

»Ja.«

»Bitte, ich helfe dir.«

»Ich brauche keine Hilfe. Mir geht es gut.«

Mit beiden Handschuhfäusten stützte er sich auf der Matte ab und stemmte sich auf die Knie hoch. Die Deckenlampen mit den Lichtkränzen begannen, sich in einem weiten Kreis zu drehen, und er hatte das Gefühl, er müsse sich übergeben. Die Menge buhte. Buhte *ihn* aus? Er verstand das nicht richtig. Er wusste aber, dass sie das schon seit einer Weile taten, es war bisher nur noch nicht zu ihm durchgedrungen.

Little Manny steckte je eine Hand unter seine Achseln und wollte ihm so auf die Beine helfen.

»Mir geht es gut, habe ich doch gesagt.« Nat schlug die Hände weg. »Ich kann allein aufstehen.«

In dem sich wild drehenden Ring schaffte er es, sich halbwegs aufzurichten, dann musste er auf der Matte stehen bleiben und sich abstützen, um nicht wieder hinzufallen.

Beim zweiten Versuch gelang es ihm.

Vorsichtig duckte er sich unter den Seilen hindurch und folgte Little Manny zur Tür.

Die Menge brüllte Buhrufe. Ein Typ warf einen Becher mit einer eiskalten Flüssigkeit nach ihm, er spürte die Eiswürfelstückchen an seinem Rücken und auf seiner Brust herunterrutschen. Ein anderer warf eine Bierflasche nach ihm, und er wich aus, wodurch sich der Raum noch schlimmer drehte. Wieder sorgte er sich, dass er sich übergeben könnte.

Hinter Little Manny schlüpfte er in die kalte, stille Nacht auf den Gerätehof hinaus. Hier klangen die Geräusche aus dem Inneren glücklicherweise gedämpft und wie von weit her. Unwirklich.

»Warum haben sie gebuht?«, fragte Nat. Seine Stimme schien nicht ihm selbst zu gehören.

»Warum nicht?«

»Sie haben ja kein Geld auf mich gesetzt, dass ich gewinne.«

»Ich glaube, sie wollten eine bessere Vorstellung. Länger als zwei Minuten.«

»Das *waren* mehr als zwei Minuten. Sie hätten die Glocke läuten sollen. Eigentlich schulden die mir hundert Dollar.«

»Viel Glück, wenn du die einforderst. Bist du sicher, dass du in Ordnung bist?« Little Manny schob eines von Nats Augenlidern hoch und betrachtete sein Auge aus der Nähe.

Reflexartig wehrte Nat ihn ab und schob ihn weg. »Hör auf. Was machst du da?«

»Egal, ich kann sowieso nichts sehen in diesem Licht. Können wir jetzt nach Hause fahren, Junge?«

»Definitiv. Ich will definitiv nach Hause.« Er machte sich auf den Weg zur Straße.

»He, Cinderella, hast du nicht was vergessen?«

Nat drehte sich zu seinem Trainer um, immer noch unklar, was das sein könnte. Little Manny sah nach unten auf einen Punkt unterhalb von Nats Gesicht, also blickte auch Nat nach unten. Er trug nur seine Boxerhosen und hatte noch nicht einmal seine Boxhandschuhe ausgezogen.

»Ich geh deine Klamotten holen«, bot Little Manny an und schlüpfte wieder hinein.

Behutsam ließ Nat sich auf einem Stapel aus drei oder vier Holzpaletten nieder. Ein Blick auf seine Handschuhe, und plötzlich wollte er sie unbedingt loswerden. Deshalb zog er mit den Zähnen an den Bandagen, was, wie er wusste, von Anfang an aussichtslos war. Er gab auf und klemmte die Handgelenke zwischen seine nackten Oberschenkel.

Er warf einen Blick zum Himmel hoch und sah Sterne. Es erschien ihm so unpassend. Wie konnten die Sterne über einem Ort wie diesem funkeln?

Die Hitze, die die körperliche Anstrengung hervorgerufen hatte, ließ nach, und er zitterte vor Kälte. Zu seiner größten Demütigung musste er heiße Tränen wegblinzeln. Unvorstellbar, so von Little Manny gesehen zu werden. Er schämte sich schon vor sich selbst, wenn er weinte.

Verzweifelt versuchte er, sie zurückzudrängen, doch es gelang ihm nur teilweise.

Als er hochblickte, stand Little Manny vor ihm. War das Mitleid, was Nat in seinen Augen sehen konnte? Oder war es seine eigene größte Angst, die er in der Szene vor seinen Augen entdeckte?

»Komm schon, Junge, fahren wir nach Hause.« Er wandte sich um und ging zur Straße.

»Little Manny«, rief Nat, und Little Manny drehte sich um. »Danke, dass du mit mir hier hingegangen bist.«

Little Manny wischte die Worte mit einer Handbewegung beiseite. »Kommst du jetzt? Oder gefällt es dir hier?«

»Ich komme«, beeilte sich Nat zu sagen.

8. März 1980
Sekunden

»Wie spät ist es?«, wollte Nat erneut wissen.

»Halb fünf.«

Nat saß mit geschlossenen Augen im Zug und konnte die leicht schwankenden Bewegungen spüren. Zum hundertsten Male wünschte er sich, sie hätten den Bus genommen. Wegen der ruhigeren Fahrweise. Er öffnete die Augen, schaute zum Fenster hinaus und betrachtete die gelegentlich vorbeiziehenden Lichter einzelner Bauerndörfer. Doch es schmerzte zu sehr, deshalb schloss er die Augen wieder. Obwohl das auch nichts brachte.

Jede Sekunde erschien ihm so lang wie eine Stunde, und er sehnte sich so sehr danach, nach Hause zu kommen. Selbst wenn er wusste, dass zu Hause die Schmerzen nicht schlagartig weg sein würden. Dennoch hatte er das Gefühl, dass, wenn er nur auf seinem eigenen Bett zusammengerollt im Dunklen liegen könnte, alles schon irgendwie gut werden würde, anders als jetzt.

Besonders wenn Carol sich an ihn schmiegen würde.

»Hast du noch mehr von diesen Aspirin?«, fragte er Little Manny.

»Du hast schon sechs genommen.«

»Nur noch zwei oder drei.«

»Du wirst dich davon übergeben müssen.«

»Dann besorg mir was zu essen.«

»Der Speisewagen ist um diese Uhrzeit noch nicht geöffnet.«

»Kaffee mit ganz viel Sahne. Du könntest in die Erste Klasse gehen und dort welchen kaufen.«

»Ja, okay.«

»Mein Hals ist so steif.«

»Wundert mich nicht. Ist das das Problem? Oder ist es dein Kopf?«

»Mein Kopf. Aber mein Hals ist so steif.«

»Gewöhn dich an die Kopfschmerzen.«

»Daran *bin* ich gewöhnt. Aber diese sind speziell.«

»Dann gewöhn dich auch an die speziellen.«

* * *

Im Waggon gingen die Lampen an, und Nat, dem gar nicht bewusst gewesen war, dass er eingeschlafen war, schreckte mit einem Schmerzenslaut auf. Mit einem Arm schirmte er seine Augen ab.

Er hatte von bunten Blitzen vor seinen geschlossenen Augen geträumt. Wenn es überhaupt Träume gewesen waren.

»Warum mussten die jetzt die Lampen anmachen?«

»Ich denke, wir sind an einem Bahnhof. Könnte Albany sein. Auf jeden Fall haben wir angehalten. Ich hatte dich gewarnt, nicht einzuschlafen«, schimpfte Little Manny. »Es ist nicht gut, einzuschlafen, wenn man eine Gehirnerschütterung hat. Hier.«

Er nahm seinen Hut von seinem Schoß und platzierte ihn über Nats Gesicht. Ein altmodischer Hut, wie ihn Männer in den Fünfzigerjahren auf der Straße trugen. Dort, wo der Hut seine Schläfen berührte, schmerzte es, aber das Licht war noch schlimmer, also ließ Nat ihn dort.

»Woher weißt du, dass ich eine Gehirnerschütterung habe?«

»Was? Unter dem Hut kann ich dich nicht hören.«

Nat schob ihn wenige Zentimeter hoch. »Woher weißt du, dass ich eine Gehirnerschütterung habe?«

»Weil ich den Güterzug gesehen habe, der dich getroffen hat. Deshalb.«

»Oh.«

Vorsichtig schob er den Hut wieder zurück und starrte in die Dunkelheit, die nur von einem Ring aus Licht erhellt wurde. Er versuchte, den Schmerz eine Sekunde nach der anderen durchzustehen. Doch was hatte es eigentlich für einen Sinn, eine Sekunde in der Länge einer Stunde zu überleben, wenn danach gleich die nächste wartete, die auch überlebt werden musste? Doch darüber nachzudenken löste Panik in ihm aus, also kehrte er zurück zu dem Eine-Sekunde-nach-der-anderen-Plan.

Der Zug setzte sich wieder in Bewegung. Vorsichtig atmete Nat ein und aus, bis das Licht, das am Rand des Huts einfiel, wieder ganz dunkel geworden war. Da gab er Little Manny den Hut zurück.

»Das war das Demütigendste, was ich je erlebt habe«, flüsterte er.

»Es wird noch mehr geben.«

»Vielen Dank auch.«

»Was hast du erwartet? Dass du jedes Mal gewinnst, ohne ins Schwitzen zu geraten?«

»Nein, aber ich hatte gedacht, dass ich es besser machen würde. Kannst du fühlen, ob meine Rippen gebrochen sind?«

»Weiß nich'. Heb mal den Arm.«

»Das tut weh. Genau so bin ich ja erst in diesen Schlamassel hineingeraten.«

»Nein, du bist in diesen Schlamassel hineingeraten, als du diesem Kampf zugestimmt hast, obwohl ich dir abgeraten habe. Heb ihn trotzdem.«

Langsam und vorsichtig brachte Nat seinen rechten Arm auf Schulterhöhe. Er spürte, wie Little Mannys Hand an seiner Seite entlang hinunterfuhr.

»Au! Vorsichtig, bitte.«

»Das ist so vorsichtig, wie ich nur sein kann, wenn ich gleichzeitig etwas fühlen will. Weiß nich'. Sie stehen nicht heraus, soweit ich das beurteilen kann. Also sind sie vermutlich nur angebrochen. Aber am Montagmorgen gehst du als Erstes zum Arzt und lässt das röntgen. Und sag ihm, dass du ganz schön was an den Kopf bekommen hast. Lass eine neurologische Untersuchung machen.«

»Ja, wie du meinst.«

»Nein, nicht, wie ich meine. Versprich es.«

Eine lange Pause. Nat dachte, dass er das vermutlich nicht tun würde. »Okay.«

Den Rest der Rückfahrt verbrachten sie schweigend.

* * *

Nat saß auf einer Bank am Bahnhof und zitterte erbärmlich in der morgendlichen Kälte. Den Kopf hielt er in den Händen, um das Licht abzuwehren.

Einige Schritte hinter sich konnte er hören, wie Little Manny in das Münztelefon sprach.

»Ja, er fühlt sich nicht besonders. Hat schlimme Kopfschmerzen. Sonst würde ich ihm sagen, dass er nach Hause laufen soll. Aber weil er sich so bescheiden fühlt, frage ich Sie nun. Will ihn nicht den ganzen Weg laufen lassen.«

Eine Pause. Schließlich: »Ja. Okay. Gut. Danke, Nathan.«

Little Manny kam zurück und setzte sich neben ihn auf die Bank. Er klopfte ihm auf den Rücken. Das tat weh. Nicht weil sein Rücken schmerzte, sondern weil dadurch alles leicht erschüttert wurde.

»Er kommt dich abholen.«

»Versprich mir, dass du es ihm nicht erzählen wirst«, bat Nat. »Versprich mir, dass du es niemandem erzählen wirst. Niemals.«

»Keine Sorge«, beruhigte Little Manny ihn.

»Das heißt?«

»Das heißt, dass ich in dieser Geschichte auch nicht besonders gut wegkomme.«

* * *

Gegen sieben Uhr kam Carol in ihr Schlafzimmer.

»Was tust du im Bett? Es ist erst sieben Uhr.« Sie knipste das Licht an.

Nat jaulte laut auf. »Schalt es aus, okay? Au … Herrje.«

»Wow, tut mir leid. Bist du okay?«

»Ich habe Kopfschmerzen.«

Sie knipste es wieder aus und ging hinüber zum Bett, auf dem Nat zusammengerollt wie ein Baby lag.

»Willst du, dass ich dir ein paar Aspirin hole?«

»Ich hatte schon acht. Sie haben nicht viel geholfen.«

»Armer Nat. Gibt es irgendetwas, das ich für dich tun kann?«

»Wie wäre es mit einer Infusion mit Morphium?« Er streckte eine Hand nach ihr aus. »Komm her, und leg dich zu mir.«

Sie streifte die Schuhe ab und kletterte neben ihm aufs Bett. Vor ihm. Er öffnete seine eingerollte Stellung etwas, um ihr Platz zu machen. Dann legte er den Arm um sie und zog sie eng an sich.

»So ist es besser«, seufzte er.

»Als was?«

»Als alles andere.«

»Wie war dein Sparring? Warst du wieder so gut wie bei den Golden Gloves?«

»Nicht ganz so gut, nein.«

Schweigend lagen sie einige Minuten so da.

Das war also der große Preis, die große Ziellinie, die er sich selbst den ganzen Nachhauseweg über versprochen hatte. Auf seinem eigenen Bett mit ihr zu liegen.

Er hatte immer noch höllische Schmerzen. Aber wenn man schon Schmerzen haben musste, so stellte er sich vor, gab es schlimmere Orte dafür.

»Davon habe ich geträumt«, fing er wieder an.

»Von was?«

»Das hier.«

»Nur das?«

»Ja, nur das.«

»Aber das machen wir doch jede Nacht.«

»Nein, gestern Nacht nicht. Und da hätte ich es auch gebrauchen können. Ich wollte einfach nur nach Hause kommen und dich in den Armen halten. Das ist alles. Ist das so komisch?«

»Ja und nein. Ich meine, nein. Es ist nicht komisch. Nicht wirklich. Es ist nur … so redest du sonst nicht.«

»Wie…so?«

»Ich weiß nicht. Beinahe, als ob … als ob du mich brauchen würdest. Damit sage ich nicht, dass du mich nicht brauchst. Nur, dass du sonst nicht so redest. Das müssen ja ganz schöne Kopfschmerzen sein.«

9. März 1980
Schlimmer

Nat ließ sich am Frühstückstisch nieder und verwandte die wenige Energie, die er hatte, darauf, die in ihm aufsteigende Panik niederzukämpfen. Er konnte nicht glauben, dass er beim Aufwachen hatte feststellen müssen, dass die Kopfschmerzen noch schlimmer geworden waren. Er hätte es nicht glauben können, wenn ihm jemand erzählt hätte, dass es überhaupt noch schlimmer ging.

Er versuchte, Nathan anzulächeln, hatte aber das sichere Gefühl, dass es wie eine Grimasse wirkte.

»Hast du immer noch Kopfschmerzen?«, erkundigte sich Nathan. »Du siehst ja fürchterlich aus.«

Nat nickte, so leicht es ging. Sein Hals fühlte sich an, als wäre er fest verschraubt. Mit Stahlbändern. Er musste den ganzen Oberkörper bewegen, um so etwas wie ein Nicken zustande zu bringen.

»Kommt Carol zum Frühstück?«

Nat schüttelte den Kopf, so gut er konnte.

»Schon weg zu ihren Großeltern?«

Nat nickte.

»Ich hoffe, sie hat sich etwas zum Frühstück gemacht.«

Mist, das war keine Frage, die man mit Ja oder Nein beantworten konnte.

»Ich glaube, sie hat Müsli gegessen«, erklärte er. Aber es ging etwas schief mit den Wörtern. Sie waren undeutlich und verschmolzen miteinander. Als wäre er betrunken.

Nathan blickte verwundert auf.

Für den Bruchteil einer Sekunde hielten sie beide inne. Dann schien der Augenblick ganz einfach vorüberzugehen. Er war einfach aufgewacht und hatte Kopfschmerzen. Die Wahrnehmung war vorüber.

Es musste nichts gewesen sein.

Nat vergrub den Kopf in den Händen, um seine Augen vor dem Licht abzuschirmen.

Vor sich hörte er ein leises Geräusch, und als er die Augen öffnete, sah er, dass Nathan einen Teller mit pochierten Eiern auf Toast vor ihn gestellt hatte. Von dem Geruch wurde ihm leicht übel. Das Letzte, was er wollte, war, etwas zu essen, aber er musste etwas zu sich nehmen. Damit er wieder eine Handvoll Aspirin nehmen konnte.

Er streckte die Hand nach dem Salz aus, das in der Mitte des Tisches stand.

Seine Fingerspitzen kamen gut fünfundzwanzig Zentimeter zu weit rechts auf dem Tisch an.

Distanziert starrte er einen Moment lang auf seine Hand, als gehöre sie jemand völlig anderem.

Ein weiterer Versuch. Dieses Mal landete die Hand knapp zehn Zentimeter zu weit links.

Als er zum dritten Versuch die Hand heben wollte, gelang es ihm nicht. Sie ließ sich nicht anheben. Als hätte sie nie das Signal erhalten. Als wäre die Leitung tot.

Er blickte auf und bemerkte, dass Nathan alles beobachtet hatte. Auf seinem Gesicht lag ein entsetzter Ausdruck.

»Nat«, sagte Nathan. »Bist du betrunken?«

»Nein«, antwortete er, oder versuchte er zu antworten, aber es klang krampfhaft verzerrt. Wie bei dem behinderten Jungen, mit dem er in der vierten Klasse gewesen war und über den sich jeder lustig gemacht hatte. Als wäre er taub geboren worden und würde nun zum ersten Mal sprechen lernen.

»Nat«, sagte Nathan noch mal, deutlich beunruhigt. »Was ist los? Was fehlt dir?«

»Ich weiß es nicht«, versuchte er zu sagen. Aber dieses Mal klang es nicht annähernd so gut. Es klang wie das Heulen eines verwundeten Tiers.

Sein Magen rebellierte aufgrund der Schmerzen, und Nat wusste, dass er sich übergeben musste. Er torkelte vom Tisch hoch und drehte sich zur Spüle, doch der erste Schritt eröffnete ihm ein neues Problemfeld. Seine Beine waren schwach und wie aus Gummi, als ob seine Muskeln sich in Gummibänder verwandelt hätten, die den einfachsten Anweisungen nicht folgten.

Er spürte, wie er vornüberfiel. Und machte sich auf die Schmerzen bei der Landung gefasst.

Doch er spürte nicht mehr, wie er aufkam.

11. März 1980
Weiß

Nat öffnete die Augen.

Er sah weiße Wände vor und seitlich von sich. Weiße Bettlaken waren unterhalb seines direkten Gesichtsfelds. Oben an der Wand hing ein Fernseher. Von allen Dingen, die er sehen konnte, war der das Einzige, was nicht weiß war.

Die Kopfschmerzen waren verschwunden.

Er ließ seine Lider wieder zufallen und genoss dieses segensreiche Gefühl.

Als er sie wieder aufschlug, stand eine hübsche junge Schwarze über ihn gebeugt. Sie trug eine weiße Uniform.

»Na sieh mal an, wer da aufgewacht ist«, lächelte sie. Sie sprach mit einem melodischen Akzent. Vermutlich von einer dieser Inseln, auf denen man im Urlaub schnorcheln ging und Rum trank. »Wie wunderschön, diese Augen offen zu sehen. Haben Sie große Schmerzen?«

Sachte schüttelte Nat den Kopf.

»Okay. Wenn Sie große Schmerzen haben sollten, können Sie mich mit diesem Knopf hier rufen. Kommen Sie allein da ran? Versuchen Sie es mal, dann sehen wir es.«

Sie hielt ein Kabel mit einem Gerät hoch, auf dem ein großer roter Knopf zu sehen war. Dann legte sie es zurück auf sein Bett direkt neben seine rechte Hand.

Nat nahm seine ganze Konzentration zusammen und versuchte, den Knopf zu erreichen. Doch sein Arm fühlte sich schwach an, und sein Ziel war außer Reichweite. Die Hand zitterte in der Luft und kam nirgends mehr hin.

»Machen Sie sich keine Sorgen. Ich werde noch mal nach Ihnen sehen. Wenn Sie Ihr Morphium angepasst haben möchten, dann nicken oder blinzeln Sie mir zu. Okay?«

Nat nickte vage.

Sie verschwand aus seinem Blickfeld und hinterließ hauptsächlich Weiß.

Nat schloss die Augen wieder und träumte sich zurück dorthin, wo er zuvor gewesen war.

12. März 1980
Nein

Nat schlug die Augen auf. Ließ sie wieder zufallen. Öffnete sie mit Willensanstrengung erneut.

Nathan, der sich gerade über sein Bett beugte, füllte beinahe sein ganzes Blickfeld aus.

»Da bist du ja. Schön, dich wieder bei uns zu haben. Carol wird sich vielleicht ärgern. Gerade ist sie in die Cafeteria gegangen, und das ist meine Schuld. Ich habe sie gedrängt, weil sie seit über zwei Tagen nichts mehr gegessen hatte. Sie musste einfach etwas essen. Wie fühlst du dich?«

Er fühlte sich eigentlich großartig. Vielleicht machte das nur das Morphium. Aber überzeugt war er nicht, dass Morphium derartige Kopfschmerzen heilen könne. Jedenfalls nicht völlig. Also stellte er sich vor, dass die Schmerzen zum Glück wirklich weg wären.

»Besser«, antwortete er. Doch es klang immer noch undeutlich. Die Vokale verzerrten sich wie in einem Krampfanfall und ergaben keinen Sinn, und Konsonanten schien er überhaupt nicht gefunden zu haben. »Was?«, war seine reflexartige Reaktion, beunruhigt wegen seiner eigenen Stimme. Doch selbst das war kaum verständlich. Man konnte nur an der Veränderung des Tonfalls, der Art, wie er mit der Stimme am Ende des Worts hinaufging, erkennen, dass es sich um eine Frage handelte. Nur dadurch klang es nicht komplett idiotisch. »Was?«, versuchte er erneut. Er spürte leichte Panik in sich aufsteigen, selbst durch den Medikamentendunst.

»Es ist okay«, beruhigte ihn Nathan. »Entspann dich. Das ist normal. Der Arzt sagt, das ist ganz normal. Du wirst noch eine Weile Schwierigkeiten beim Sprechen haben. Vermutlich müssen wir einen Logopäden für dich suchen. Und einen Physiotherapeuten. Du wirst noch etwas an Muskelschwäche leiden. Und …«

»Was? O nein!«

Wie viel Muskelschwäche und wie lange, wollte er fragen. Aber er war noch nicht einmal sicher, ob die vorherigen drei Silben hatten durchdringen können. Er konnte keine Muskelschwäche haben. Er war doch Boxer. Boxer können keine Muskelschwäche haben.

Die wichtige Frage musste er jetzt stellen. Diese Wörter mussten einfach richtig rauskommen.

Er nahm all seine innere Energie zusammen, beinahe, als hätte ihn jemand gebeten, ein Auto anzuheben.

»Wann kann ich wieder boxen?«

Armselig. Das Wort »wann« war vielleicht gut genug zu hören, dass man es erraten konnte. Das »ich« klang wie »äh«, und die anderen Wörter kamen nicht zusammenhängend heraus.

»Wann …«, überlegte Nathan. »Wann was?«

Frustriert hob Nat die rechte Hand und tat so, als würde er schreiben. Doch die Bewegungen waren zittrig und die Kreise größer als beabsichtigt.

»Ich weiß nicht, was du mir zu sagen versuchst.«

Etwas Silbernes sprang Nat ins Auge. Aus Nathans Hemdtasche. Der Clip von seinem guten Silberstift. Er zeigte darauf.

Nathan blickte hinunter. »Ah, du willst etwas aufschreiben.«

Nathan nahm den Stift aus seiner Tasche, drehte ihn auf. Dann holte er eine Lederschachtel mit Notizkärtchen in Karteikartengröße hervor. Er zog eine leere Karte heraus, platzierte sie oben auf die Schachtel und legte das Ganze auf Nats Bett in seine Reichweite. Den Stift gab er Nat in die Hand, wobei er ihm half, die Finger darum zu schließen.

Nat wusste, dass es nun nicht leichter für ihn wurde. Also die Messlatte nicht zu hoch hängen. Nur drei Buchstaben.

Am Ende sahen sie aus, als hätte er sie mit der linken Hand geschrieben. Oder mit dem Fuß. Aber man konnte sie lesen.

B – O – X.

Nathan machte ein langes Gesicht. »Nat …«

Nat wandte sein Gesicht ab und kniff die Augen zusammen. Als ob er damit auch die Ohren schließen könnte und es dann nicht hören müsste.

Es funktionierte nicht. Er hörte es.

»Nat ... Du hast gerade erst eine Kraniotomie überlebt. Und auch das nur mit viel Glück. Weißt du, was das ist? Bei dieser Vorgehensweise wird ein riesiger, sichelförmiger Teil der Kopfhaut abgelöst und eine viereckige Knochenscheibe aus deinem Schädel entfernt. Auf diese Weise konnte der Chirurg ein sehr großes Hämatom entfernen, das auf dein Gehirn gedrückt hat. Das Stück der Kopfhaut wurde ersetzt, aber im Augenblick wird es von Stahlplatten gehalten. Nicht für immer. Aber du wirst andere Probleme bekommen, die nicht über Nacht verschwinden werden. Muskelschwäche ...«

Da war es wieder. Nat schüttelte den Kopf, als könne er es so leugnen und dadurch umgehen.

»... Sprachschwierigkeiten. Motorische Probleme. Es könnte sogar sein, dass du Anfälle hast, aber man kann die in den Griff ...«

Nathan unterbrach sich, weil Nat eine Hand gehoben hatte und sie vorsichtig und ungenau auf Nathans Gesicht zubewegte. Sosehr er sich auch bemühte, sie genau zu führen, landete die Hand dennoch sanft auf Nathans Stirn. Nathan verharrte in angespannter Stille, als versuche er angestrengt, es zu verstehen.

Nat versuchte es erneut. Dieses Mal traf die Hand ihr Ziel. Er presste sie fest auf Nathans Mund.

Für den Bruchteil einer Sekunde rührten sie sich nicht.

Dann nahm Nathan sanft Nats Handgelenk, schob die Hand von sich weg und legte sie neben Nat in Hüfthöhe auf das Bettlaken.

»Darüber können wir zu einem späteren Zeitpunkt sprechen«, sagte er.

Nat hielt ganz still, seine Augen waren geschlossen. Er hoffte, dass man ihm nicht anmerkte, was er tat: verzweifelt versuchen, nicht zu weinen.

»Nat«, sagte Nathan mit gedämpfter, beinahe ehrfürchtiger Stimme. »Was ist passiert? Was ist in deiner letzten Nacht in New York passiert?« Stille. »Wie kann es sein, dass du ein Übungssparring machen willst und mit einer traumatischen Hirnverletzung nach Hause kommst?«

Die Tränen gewannen die Oberhand. Nat konzentrierte all seine Bemühungen und seine ganze Kraft auf seine Augenlider. Aber anscheinend litten die auch an Muskelschwäche. Oder vielleicht waren die Tränen stärker, als er bemerkt hatte. Stärker, als er je gewesen war. Auf jeden Fall war es zu spät. Einige Tränen hatten es hinter die Absperrung geschafft. Nach draußen, wo Nathan sie sehen konnte.

»Mach dir keine Sorgen«, beschwor Nathan ihn. »Ich denke, auch darüber können wir zu einem späteren Zeitpunkt sprechen.«

Teil 7

NATHAN MCCANN

11. August 1980
Verschiedene Formen des Widerstands

Um kurz nach sieben Uhr am Abend legte Nathan seine Zeitung beiseite und schaltete das Licht im Arbeitszimmer aus. Die Dunkelheit überraschte ihn, weil sowohl Nat als auch Carol zu Hause waren. Er verbesserte sich. Carol war zu Hause, zusätzlich zu Nat. Wann war Nat eigentlich nicht zu Hause?

Auf alle Fälle hatte er erwartet, dass irgendwo im Haus Licht an wäre.

Als er in die Dunkelheit des Wohnzimmers trat, hörte er Schluchzen. Er schaltete eine Lampe ein. Carol sah nicht auf und reagierte nicht. Sie lag eingerollt auf der Seite auf dem Sofa und weinte weiter.

Nathan unterdrückte den Impuls, dämliche Fragen zu stellen, wie zum Beispiel: Was ist los? Aus Carols Perspektive war ganz schön viel los, was nicht gut lief.

Er setzte sich neben sie aufs Sofa und legte ihr eine Hand auf die Schulter. Sie richtete sich auf und kroch unter seinen Arm. Dabei schluchzte sie immer noch. Obwohl es ihm unangenehm war, diese Rolle einzunehmen, saß Nathan still da und hielt sie im Arm, während sie sich ausweinte.

Nach einer Weile begann er: »Ich nehme an, dass er immer noch nicht mit dir spricht?«

»Genau.«

»Ist irgendetwas Schlimmeres als gewöhnlich gewesen?«

»Ja.«

Doch sie erklärte es nicht genauer, und er entschloss sich, nicht neugierig zu sein. Einige Sekunden Stille. Ihr Schluchzen schien sich ein wenig zu beruhigen.

Dann stieß sie aus: »Heute Abend hat er ein Wort zu mir gesagt. Ein Wort. Rate, was es war?«

»Ich habe keine Ahnung.«

»Nathan.«

»Nathan was?«

»Er will seine Physiotherapie mit dir machen, nicht mit mir.«

»Wie kannst du all das aus einem Wort schlussfolgern? Nathan.«

»Weil ich ihn gefragt habe. ›Nathan was? Was ist mit Nathan?‹ Und er hat auf das gezeigt, was ich gerade mit seinem Bein gemacht habe. Und da habe ich gefragt: ›Was? Du willst, dass Nathan deine Physio mit dir macht?‹ Und da hat er genickt.« Bei dem letzten Satz fing sie wieder leise an zu weinen.

»Warum sollte er das wollen?«

»Da kann ich auch nur raten. Zurzeit verstehe ich ihn überhaupt nicht. Ich verstehe nicht, warum er nach fünf Monaten plötzlich die Übungen nicht mehr mit mir machen möchte. Ich verstehe nicht, warum er mit dir spricht, aber nicht mit mir.«

»Kaum. Er spricht *kaum* mit mir.«

»Na ja, das ist trotzdem viel im Vergleich zu dem, was er zu mir sagt.«

»Hast du ihn je gefragt, warum? Oh, vergiss es. Das war eine alberne Frage. Ich vergaß. Er spricht ja nicht mit dir, warum solltest du ihm da eine Frage stellen? Ich gehe mal zu ihm und schaue, ob ich herausfinden kann, was los ist.«

»Danke, Nathan.«

* * *

Nathan fand Nat auf dem Rücken auf seinem Bett liegend. Er trug nur Boxershorts und hörte dem nervigen Gelächter einer Comedy-Sendung im Fernsehen zu. Mit dem Fernseher, den er unbedingt in Carols und seinem Schlafzimmer stehen haben wollte. Als Nathan eintrat, blickte er nicht hoch.

Feathers lag neben Nat auf dem Bett und schnarchte hörbar, sein Kinn auf Nats Bauch. Abwesend streichelte Nat dem Hund den Kopf, während seine Augen auf den Fernseher gerichtet waren.

Für einen Moment blieb Nathan vor dem Bett stehen, denn er erwartete, dass der junge Mann ihn endlich anblickte.

Die Veränderungen an Nats Körper waren nicht zu übersehen.

Das Bild von Nat an seinem letzten Abend bei den Golden Gloves in New York drängte sich Nathan auf. In seiner Erinnerung war Nats Brust klar definiert, beinahe wie geschnitzt. Deutlich sichtbar unter dem Muskelshirt. Seine Wadenmuskeln hatten wie dicke Seile ausgesehen, und der Umfang seiner Oberarme war wirklich bemerkenswert gewesen.

Jetzt sah er aus, als hätte er gleichzeitig zehn Kilo an Gewicht zugelegt und zehn Kilo Muskelmasse verloren.

Schließlich richtete Nat seine Augen auf ihn, blickte ihn fragend an.

Nathan schaltete den Fernseher aus.

»He!«, beschwerte sich Nat. Nur dieses eine Wort, das ganz von allein aus seinem Mund gekommen war und beinahe normal klang.

»Du musst deine Physiotherapie weitermachen«, fing Nathan an.

Der junge Mann drehte den Kopf weg.

Nathan nahm einen von Nats nackten Füßen in die Hände. Er hob ihn so hoch, dass das Knie gebeugt war und der Unterschenkel parallel zum Bett war. Dann wartete er, dass Nat gegen seine Hand drückte. Und wartete weiter. Eigentlich müsste er nicht sagen: »Drück gegen meine Hand.« Nach fünf Monaten sowohl professioneller Physiotherapie als auch der Variante zu Hause müsste er inzwischen Routine darin entwickelt haben, dachte Nathan.

»Was ist heute Abend los mit dir?«, fragte Nathan.

Nat zuckte nur mit den Schultern.

»Würde es dir etwas ausmachen, gegen meine Hand zu drücken?« Leichter Druck von Nats Ferse. Sehr leichter Druck. »Ich kann mir nicht vorstellen, dass das alles ist, was du schaffst.«

Zuerst schwieg er nur, dann sprach Nat endlich. »Weißt du nicht … dass ich ein Krüppel bin?«

Wie üblich verzerrten sich die Wörter, als sie aus Nats Mund kamen, und es klang, als würde ein tauber Mensch zum ersten Mal sprechen lernen. Doch Nathan konnte trotzdem jedes Wort verstehen.

»Deine Aussprache wird besser.«

Nat schnaubte ein bitteres Lachen. »Ich klinge wie … ein geistig Zurückgebliebener.«

So ungern Nathan es zugab, und er würde es auch höchstwahrscheinlich nie laut aussprechen, doch Nat sprach in der Tat, als leide er an einer ernsthaften Lernstörung.

Zum ersten Mal durchfuhr ihn ein Gedanke. »Ist das der Grund, warum du nicht mit Carol sprichst?«

Nat wandte den Kopf ab und antwortete nicht.

»Carol liebt dich, Nat. Diese junge Frau liebt dich wirklich. Du musst ihr vertrauen. Du musst Vertrauen haben, dass sie wirklich *dich* liebt, nicht deine Sprechweise oder deinen Bizeps.« Sobald die Worte aus seinem Mund kamen, wusste Nathan schon, dass er den Kommentar über Nats Muskeln besser nicht ausgesprochen hätte.

Langes Schweigen. Während Nat sich nicht die Mühe machte, gegen Nathans Hand zu drücken.

Schließlich hob Nat die rechte Hand und deutete Schreibbewegungen an, verlangte von Nathan stumm etwas zu schreiben.

»Nein«, lehnte Nathan ab. »Ich habe deiner Logopädin versprochen, dass ich dich nicht mehr die Sachen aufschreiben lasse. Das ist eine Angewohnheit aus Faulheit, sagt sie. Du musst das Sprechen üben, Nat. Ohne Übung wirst du es nicht wiedererlangen.«

Weiteres Schweigen. Nathan konnte beobachten, wie der junge Mann wiederholt seine Kiefer auf unverständliche Weise bewegte. Letztlich zog Nat sein Bein von Nathan weg und ließ es aufs Bett fallen.

»Erzähl mir, was heute Abend los ist«, bat Nathan. »Ich weiß, schon seit einer ganzen Zeit ist ziemlich vieles schwierig für dich. Ich weiß, dass es eine ziemliche Umstellung für dich ist. Aber heute Abend ist etwas anders als bisher. Und ich hoffe, dass du mir erzählst, was es ist.«

Er setzte sich abwartend auf den Rand des Bettes.

Beinahe hätte er aufgegeben und Nat allein gelassen, da sprach der junge Mann endlich. Langsam formten sich Wörter mit langen

Pausen dazwischen. Dieses Muster ließ auf gewaltige Konzentrationsleistung und enormen Stress von Nats Seite schließen.

»Am Ende … festgestellt …« Die Worte verebbten.

»Was? Was hast du festgestellt, Nat?«

»Ich werde nicht …« Er verstummte erneut, als weigere er sich, den Satz zu beenden.

»Was, Nat? Was wirst du nicht?«

»Die Ärzte zwingen können, zurückzunehmen, was sie gesagt haben.«

Eine lange, traurige Stille. Ich hätte es wissen müssen, dachte Nathan. Was auch immer die Ärzte ihm gesagt haben, was ihn erwarte, ich hätte wissen müssen, dass er ihnen nicht glauben würde. Nicht Nat. Er dachte, solche Regeln gälten immer nur für andere, nicht für ihn.

»Nat …«

»Ich verliere mich.«

»Nat, du bist immer noch da.«

»Schau.« Er hob ein wenig unsicher den rechten Arm und versuchte, seinen Bizeps anzuspannen. Mit nicht sehr spektakulärem Ergebnis.

»Ich denke wirklich nicht, dass ein großer Bizeps unser Hauptthema hier ist, Nat. Aber wenn du deinen Muskeltonus verbessern willst, musst du dich mehr hinter deine Physiotherapie klemmen.«

»Bin müde«, stöhnte Nat.

Nathan seufzte. »Verstehe. Ich kann es mir vorstellen. Aber ich kannte dich bisher nicht als jemanden, der aufgibt. Deshalb weiß ich, dass du mit den Übungen weitermachen wirst.«

Langes Schweigen.

»Mit dir«, sagte Nat.

»Du willst nicht mehr, dass Carol dir bei deiner Therapie hilft?«

Nat schüttelte den Kopf.

»Weil du nicht willst, dass sie dich so sieht?«

Nathan wartete, doch Nat antwortete nicht mehr.

Nach einer Weile stand Nathan auf, schaltete den Fernseher wieder an und ließ Nat allein.

4. März 1981
Fast jede Idee würde funktionieren

»Ja, wer ist da?« Die Stimme von Manny Schultz drang durch die ramponierte Wohnungstür, von der die Farbe abblätterte. Es kam Nathan wie ein Flashback vor. An dieser Stelle hatte er schon mal gestanden. Nur das Wetter war anders gewesen, jetzt war es ein schöner, kühler Nachmittag im Frühling.

»Manny, ich bin es, Nathan McCann.«

Die Tür ging einen Spalt auf, so wie vor zwei Jahren im Sommer. Wieder schreckte Nathan vor dem dicken, abgestandenen Tabakrauch zurück.

Das Gesicht des kleinen Mannes erschien.

»Oh, Nathan. Wie geht es Ihnen? Ich fühle mich schlecht, weil ich den Jungen nicht öfter besuche. Ich weiß, dass ich das sollte. Es ist auch nicht nur, weil es so deprimierend ist. Obwohl es das ist. Aber ich finde es auch für ihn schwer. Die paar Male, die ich da war, hat ihn das nur runtergezogen. Haben Sie das auch bemerkt?«

»Das weiß ich nicht so genau«, erwiderte Nathan. »Deswegen bin ich eigentlich auch nicht hier.«

»Ach so. Okay, kommen Sie rein.« Manny fuhr sich mit der Hand übers Haar, um es zu glätten, und machte die Tür weit auf für Nathan, der jedoch nicht eintrat. »Ach ja, hab ich vergessen. Sie sind Nichtraucher. Okay, ich komme raus.«

* * *

»Ich habe gerade gesehen, dass die Sporthalle da unten zu vermieten ist«, begann Nathan, an das Geländer der Feuerleiter gelehnt. Er blickte hinunter auf das verfallende Innenstadtviertel und war erstaunt darüber, wie sehr sich die Lage in nur wenigen Jahren verschlechtert hatte.

»Ja. Ich hab es ihnen gesagt. Hab ihnen gesagt, dass sie einen Fehler machen. Sie wissen schon, daraus eine schicke

Trainingshalle zu machen. Hier ist die Innenstadt. Hier sind die Leute nicht so schick. Die Leute hier kommen gerade so über die Runden. Die wollen sich nicht alberne Gymnastikhosen anziehen und auf einem Stepper auf und ab hüpfen. Ich könnte mir selbst in den Hintern treten, dass ich nicht zugegriffen habe, als Jack gestorben ist. Das war so eine tolle Boxhalle. Hat auch richtig was eingebracht. Ich hätte einfach nur das Ruder übernehmen müssen. Aber ich konnte mich nicht dazu durchringen. Es hat mir einfach das Herz zerrissen, als Jack starb.«

»Ich weiß nichts von einem Jack«, brummte Nathan. »Ich weiß nicht, wer das war.«

»Eine Geschichte, die man besser nicht erzählt.«

Langes Schweigen, während Nathan seine Gedanken ordnete. Vermutlich wartete Manny darauf, zu hören, was er wollte, warum er gekommen war. Doch Nathan organisierte und formte noch die Gedanken in seinem Geist. In ein Gespräch einzusteigen, ohne vorher seine Gedanken zu sortieren, war ganz untypisch für ihn. Allerdings schienen sich diese Gedanken besonders schwer zähmen zu lassen.

»Wie Sie wissen, ist es schon fast ein Jahr her«, sagte Nathan.

»Denken Sie nicht, dass ich das nicht weiß. Denken Sie nicht, dass sich dieses Datum nicht in mein Gedächtnis eingebrannt hat. Der neunte März war das Datum, an dem er im Krankenhaus gelandet ist. Das kenne ich auswendig. Der siebte März war der Tag …« Diesen Satz beendete der kleine Mann nicht.

»Bitte sprechen Sie weiter, Manny. Was ist am Abend des siebten März passiert?«

»Das kann ich nicht. Ich habe Nat versprochen, dass ich nichts sage, niemals, zu niemandem. Ich bin kein Engel und kein Heiliger und mache bestimmt nicht alles richtig. Aber ich schaue nicht jemandem in die Augen und verspreche, dass ich etwas nicht weitererzähle, und drehe mich dann um und erzähle es doch. So schlecht bin ich nicht.«

»In Ordnung«, sagte Nathan beschwichtigend. Die darauffolgende Stille war nur schwer zu ertragen. »Also, verlieren Sie Ihren Job, wenn die neue Sporthalle aufhört?«

»Weiß nicht. Falls ja, dann sitze ich auch auf der Straße. Die kleinen Wohnungen werden mit der Halle vermietet, und die Neuen könnten sie ja für etwas anderes verwenden. Oder vielleicht brauchen die auch jemanden, der nachts sauber macht. Kommt darauf an, wer einzieht.«

»Wie viele Quadratmeter?«

»Keine Ahnung. In diesen Sachen bin ich nicht besonders gut. Warum? Denken Sie darüber nach, irgendeinen Laden zu eröffnen?«

»Ich habe mich einfach nur gefragt.«

»Wollen Sie es sehen? Bis irgendjemand das hier mietet und die Schlösser austauscht, habe ich immer noch den Schlüssel.«

»Ja«, stimmte Nathan zu. »Ich würde es gerne sehen.«

* * *

»Hier würde ich den Boxring hinstellen«, erklärte Manny. »Und da drüben hatten wir früher die schweren Boxsäcke hängen.« Im Licht des Spätnachmittags, das durch die großen Fensterflächen fiel, konnte Nathan aufgewirbelten Staub sehen, während der kleine Mann die leere Fläche durchschritt. »Da hinten in die Ecke würde ich wohl Geräte zum Work-out hinstellen. Wirklich ganz einfache Sachen. Slant-Board-Wadentrainer, Hantelbank zum Bankdrücken und einzelne Gewichte. Nichts Großes. Was mich wirklich umbringt, ist der Gedanke, dass es nicht viel kosten würde, das hier zum Laufen zu bringen. Man braucht nicht viel Ausstattung, und die kann man auch gebraucht kaufen. Die Miete ist günstig, weil das ganze Wohnviertel heruntergekommen ist. Trotzdem ist es tausendmal mehr, als ich habe. Damals hätte ich es weiterbetreiben sollen, als Jack starb. Aber ich hab's nicht übers Herz gebracht.«

»Wie viel würden Sie benötigen?«

Der kleine Mann erstarrte und sprach nicht gleich weiter. Nach einer Weile sagte er: »Weshalb fragen Sie das?«

»Nur so eine Frage.«

Manny schüttelte den Kopf. »Von Ihnen haben wir schon genug angenommen, denke ich. Jedes Mal, wenn ich den Jungen gesehen habe seit dem … seit er verletzt wurde, hat er das Gleiche zu mir gesagt. ›Gut, dass Nathan darauf bestanden hat, dass wir eine Versicherung haben.‹ Das hat er damals schleifen lassen. Hielt sich für unbesiegbar. Jetzt meint er, dass eine Versicherung alle Probleme löst. Aber ich weiß, dass das nicht so ist. Sie deckt nur achtzig Prozent ab, stimmt's? Zwanzig Prozent von all dem, was ihm passiert ist, ist immer noch scheißviel Geld. Entschuldigen Sie meine Ausdrucksweise.«

Nathan hob leicht die Schultern. Sammelte seine Gedanken, ehe er antwortete. »Für mich bedeutet es, ein oder zwei Jahre länger die Finanzen anderer Leute in Ordnung zu bringen, bevor ich in Ruhestand gehen kann. Aber es ist ja nicht so, dass ich in einem Kohlenbergwerk arbeite oder schwere Maschinen bediene. Ein Mann in meinem fortgeschrittenen Alter kann die schweren Bücher wohl noch heben. Wenn ich zusätzlich investiere, muss ich vielleicht noch ein weiteres Jahr machen.«

»Warum sollten Sie so etwas für mich tun? Haben Sie noch nicht genug schlechte Investitionen getätigt?«

»Wäre das denn eine schlechte Investition?«

»Ehrlich gesagt, nein. Ich könnte kein Vermögen verdienen, aber ich wette, ich könnte genug verdienen, um einen kleinen Kredit zurückzuzahlen. Doch ich will immer noch wissen, warum Sie so etwas für mich tun sollten.«

»Eigentlich wäre es nicht für Sie. Ehrlich gesagt wäre es für Nat.«

»Aha. Ach, ich verstehe. Sie glauben, wenn er in einer Boxhalle arbeiten könnte, würde er aus dem Haus kommen. Ja, er wäre hier gut zu gebrauchen. Er könnte zurückgeben, was Jack und ich ihm gegeben haben. Andere Kids finden und denen bei ihrer Karriere helfen, wissen Sie? Ich würde ihm natürlich etwas bezahlen. Ich hoffe bloß … dass er neue Leute nicht abschreckt. Weil er sie daran erinnert, wie schwer man dabei verletzt werden kann.« Manny ließ sich diesen Gedanken anscheinend einige Sekunden durch den Kopf gehen. Dann fuhr er fort: »Na ja, ein Gutes hat es ja. Sie machen mir nicht das Leben schwer, wenn ich ihnen sage, dass sie diesen Kopfschutz tragen sollen.«

»Also hat er in jener Nacht keinen Kopfschutz getragen?«

Keine Antwort.

»Das kann nur so sein, denke ich.«

Little Manny schaute zu Boden. »Ich habe es ihm versprochen.«

Nathan nickte und lenkte das Gespräch in eine andere Richtung. »Ich sage ihm immer wieder, dass er einen neuen Traum finden muss. Aber er sagt, dass er das nicht kann. Dass er immer nur diesen einen Traum hatte. Also dachte ich, wenn er schon nicht mehr kämpfen kann, kann er vielleicht etwas machen, das irgendwie mit dem Sport zu tun hat.«

»Ich glaube, ich kapiere jetzt, warum Sie zu mir gekommen sind. Wie lange wussten Sie schon, dass die Halle zu vermieten ist?«

»Ich wusste es gar nicht, bis ich mein Auto auf dem Parkplatz abgestellt habe.«

»Echt? Was wollten Sie dann eigentlich mit mir besprechen?«

»Weiß ich nicht so genau. Ich brauchte einfach eine Idee und dachte, Sie könnten eine haben. Ich hatte nicht erwartet, dass mir eine in den Schoß fällt. Aber manchmal ist das Leben wohl so.«

»Meistens ist es so, wenn man es zulässt«, sagte Manny.

»Also, wie viel würden Sie brauchen?«

* * *

Als Nathan nach Hause kam, lag Nat nur mit einer Sweathose bekleidet auf dem Sofa. Er sah fern auf dem Wohnzimmerfernseher, eine Wiederholung von »I Love Lucy«. Die Folge

»Lucy and Superman«. Eine Hand ließ Nat dorthin sinken, wo Feathers auf dem Teppich lag.

»Wo ist Carol?«, fragte Nathan und hob die Stimme, um das Fernsehgelächter zu übertönen.

Nat zuckte nur mit den Schultern.

»Kommt sie zum Abendessen nach Hause?«

Nat zuckte noch einmal die Schultern.

Nathan entschied, das Thema nicht weiter zu verfolgen. Aber er konnte nicht umhin, sich zu fragen, was los war, weil sie auch gestern Abend nicht zum Abendessen nach Hause gekommen war und er sie beim Frühstück ebenfalls verpasst hatte.

Er ging den Flur hinunter und lockerte dabei seine Krawatte.

Die Tür zu Carols und Nats Schlafzimmer war ein Stück weit geöffnet.

Dort hielt er an, schob sie noch etwas weiter auf.

Die Schranktüren waren weit geöffnet worden und standen immer noch offen. Sämtliche Kleidung von Carol war verschwunden, und nur Dutzende von leeren Kleiderbügeln zeugten davon, dass sie jemals in diesem Zimmer gewohnt hatte.

6. März 1981
Anderen fällt das so leicht

Ehe Nathan sein Auto vor dem Haus von Carols Großeltern abstellen konnte, sah er Carol schon nach draußen auf die Veranda treten und die Tür hinter sich zuschließen. Sie nahm die Stufen nach unten und ging den gepflegten Fußweg entlang, bog dann ab und eilte auf die Bushaltestelle zu.

Langsam fuhr Nathan weiter, bis er neben ihr war, dann lehnte er sich zur Beifahrerseite und kurbelte das Fenster herunter. Sie fuhr nervös herum, in Abwehrhaltung. Dann schien sie zu begreifen, wer er war.

Er hielt an, und sie ging zu dem geöffneten Fenster hinüber und beugte sich mit einem traurigen Gesichtsausdruck hinein.

»Hallo, Nathan«, begrüßte sie ihn.

»Kann ich dich zur Arbeit fahren?«

»Ja, gern, danke.«

Sie stieg ein, und einen Moment lang saßen sie schweigend nebeneinander. Nathan fuhr noch nicht los.

Nach einer Weile blickte sie ihn an.

»Wenn du dich angeschnallt hast, fahren wir sofort los.«

»Ja, richtig«, murmelte sie.

Nathan hörte das beruhigende Klicken, als der Gurt einrastete. Daraufhin legte er den Gang ein und fuhr an.

Den ersten halben Kilometer wechselten sie kein Wort.

Nathan hatte das Gefühl, dass es an ihm sei, das Gespräch zu eröffnen. Schließlich war er zu ihr gekommen und nicht umgekehrt.

»Der Hauptgrund, warum ich gekommen bin, ist, nach dir zu sehen, ob es dir gut geht.«

»Kommt darauf an, was du mit gut meinst.«

»In physischer, psychischer und finanzieller Hinsicht.«

»Ich denke, irgendwann wird es das tun«, antwortete sie. »Im Augenblick ist das wohl noch zu viel verlangt.«

»Das ist es wohl«, stimmte Nathan zu.

»Woher wusstest du, wo ich bin? Hat er es dir erzählt?«

»Letzten Endes, ja.« Nathan ließ eine relativ lange Pause entstehen. »Du musst mir das nicht sagen, wenn du nicht willst. Es geht mich nichts an. Ich habe mich nur gefragt, warum du gegangen bist.«

»Warum? *Warum?* Er hat dir nicht gesagt, warum?«

»Nein, hat er nicht.«

»Weil er mir gesagt hat, dass ich gehen soll. Darum.«

»Bist du sicher, dass du ihn nicht missverstanden hast?«

»Er hat es auf einen Notizzettel geschrieben. Da gab es nichts misszuverstehen. Er meinte, dass es nicht das wäre, wozu ich mich verpflichtet hätte.«

»Du hast dich verpflichtet: in guten wie in schlechten Tagen, in Gesundheit und Krankheit.«

»Sag das nicht *mir*, sondern *ihm*. Er hat noch gesagt, dass er von mir Bewunderung wolle, nicht Mitleid. Und ich würde ihm das nie sagen, Nathan, weil er es komplett in den falschen Hals bekommen würde, aber wie kann ich ihn bewundern, so, wie er jetzt ist? Wenn ich das zu ihm sagen würde, würde er denken, ich meine, weil er komisch spricht und seine Arme und Beine nicht richtig bewegen kann. Aber das ist nicht der Grund. Es ist, weil er nicht mehr kämpft. Und ich meine nicht im Ring.«

»Ja, ich weiß«, erwiderte Nathan. »Ich verstehe, was du meinst.«

»Wenn ihm bisher im Leben etwas im Weg stand, hat er gekämpft wie ein Löwe. Aber jetzt kämpft er gar nicht mehr. Es kommt mir vor, als hätte er einfach aufgegeben.«

»Ich weiß«, seufzte Nathan.

»Hast du eine Idee, was wir für ihn machen können?«

»Vielleicht. Gib mir Zeit.«

Beim Frosty Freeze fuhr er in eine Kurzparkzone und hielt an. Er fand es schade, dass ihr Gespräch nicht länger dauern konnte.

Carol blickte zu dem schäbigen weißen Gebäude hinüber und seufzte. »Ich brauche einen besseren Job.«

Nathan schwieg.

»Er wird wieder vernünftig werden«, fuhr sie fort. »Wir werden wieder zusammenkommen. Wir sind füreinander bestimmt. Ich muss nur einen Weg finden, um ihn zu überzeugen, dass ich ihn um seiner selbst willen liebe. Du weiß schon, den echten Nat.«

Nathan schüttelte den Kopf. »Nein, es ist nicht deine Aufgabe, ihn zu überzeugen. Es ist an ihm, es zu glauben. Das ist eine Schwäche von ihm, nicht von dir. Zuerst muss er gut genug von sich selbst denken, um das glauben zu können. Und das war schon immer ein Problem für ihn.«

Carol saß einen Moment mit geöffnetem Mund da, ehe sie antwortete. »Aber … *daran* kann ich nichts ändern.«

»Stimmt«, gab Nathan zu. »Das kannst du nicht.«

Langes Schweigen. Nathan warf einen Blick auf seine Armbanduhr, ob sie seinetwegen zu spät für ihre Schicht wäre.

»Versprichst du mir etwas, Nathan?«

»Das tue ich, wenn ich es ehrlich kann.«

»Versprich mir, dass wir immer Freunde bleiben, unabhängig davon, wie das mit Nat und mir weitergeht.«

Es überraschte Nathan völlig, und er fand nur schwer eine Antwort.

Carol fuhr hastig fort: »Du bist so eine Konstante in meinem Leben, seit ich dich kenne. Das will ich nicht verlieren. Egal, was Nat macht.«

Stille. Nathan wünschte, er würde sich in emotionalen Situationen wie dieser besser behaupten. Er schalt sich dafür, dass er siebzig Jahre alt geworden war, ohne zu lernen, wie man zwischenmenschlichen Austausch meistert, den alle anderen offenbar so einfach fanden. Zumindest nahm er an, dass sie es einfach fanden.

»In Ordnung«, sagte er schließlich. »Ich verspreche es.«

21. Januar 1982
Eine halb freiwillige Angelegenheit

»Ich geh da nicht hin«, sagte Nat.

Er saß am Frühstückstisch und rührte Honig und Zimt unter seine Haferflocken. Und rührte und rührte und rührte. Wie er so mit gekrümmtem Oberkörper über der Schüssel saß, wirkte er, als würde er sie bewachen. Doch leider war seine Haltung nicht anders als gewöhnlich. Nathan hatte festgestellt, dass sich der junge Mann nicht einmal mehr die Mühe machte, gerade zu sitzen.

Nathan seufzte tief. »Ich hatte ehrlich gehofft, dass es dazu nicht kommen würde«, begann er. »Doch ich glaube, jetzt ist es so weit. Ich habe dich jetzt seit Jahren unterstützt. Ich habe deine Boxerkarriere finanziert …«

»Oder was davon übrig blieb.«

»… Ich habe alle Arztrechnungen bezahlt, die nicht von der Versicherung übernommen wurden. Den Großteil der letzten zwei Jahre habe ich dich zur Physiotherapie hin- und zurückgefahren. Ich habe das nicht getan, um ein Dankeschön zu bekommen, und ich hätte nie gedacht, dass ich dir das jetzt mal vorwerfen würde. Doch die Wahrheit ist, dass ich sehr viel für dich getan habe und recht wenig dafür als Gegenleistung verlangt habe. Einmal habe ich dich gebeten, mit zur Jagd zu kommen, weil ich dachte, es könnte dir gefallen, und heute Morgen bitte ich dich, mit mir die neue Boxhalle anzuschauen.«

»Gar nicht mehr so neu«, brummte Nat, der immer noch rührte.

»Umso mehr ein Grund für dich; es ist höchste Zeit, mal dorthin zu gehen.«

»Also ist es so. Ich habe keine Wahl.«

»Nein, du hast eine Wahl. Wir haben immer eine Wahl im Leben. Ich zwinge dich nicht, mitzugehen, ich bitte dich. Und ich erinnere dich daran, dass ich dich um sehr wenig bitte.«

Nat ließ die Stirn in die linke Hand sinken, während er weiterrührte. Erst als Nat auf dramatische Weise seufzte, wusste Nathan, dass er sich durchgesetzt hatte.

* * *

»Hey, da ist Nat!«, schrie Manny. »Schaut mal alle, da ist Nat.«

»Alle« waren neun junge Männer, die an Boxsäcken oder auf den Bänken trainierten oder ein Sparring mit einem Partner im Ring machten. Und keiner von ihnen konnte Nat kennen. Daher wirkte das Ganze etwas theatralisch auf Nathan.

Und er wusste, dass Nat die Aufmerksamkeit nicht mochte. Nicht im Geringsten.

Als sie gerade durch den Türrahmen traten, begann Manny zu applaudieren. Acht der neun Männer schlossen sich aus keinem ersichtlichen Grund an. Als hätte jemand ein Schild angeschaltet, auf dem »Applaus« aufleuchtete. Die Leute neigen dazu, das zu tun, was man ihnen sagt, dachte Nathan.

Der neunte junge Mann, der nicht klatschte, fragte: »Wer zum Teufel ist Nat?«

Manny ging drei Schritte über den Hallenboden und gab ihm einen Klaps auf das Ohr. »Ein bisschen Respekt, bitte. Ohne Nat gäbe es diese Halle hier nicht.«

Nathan zuckte innerlich zusammen. Diese direkte Verbindung hatte er zu vermeiden gehofft.

Der Applaus war verebbt, und Nathan stand nun mit dem widerwilligen Nat unbeholfen vor ihnen, während aller Augen auf sie beide gerichtet waren.

»Außerdem«, fuhr Manny fort, »war Nat zu seiner Zeit ein mordsmäßiger Boxer.«

Die zweite starke Krampfreaktion in Nathans Magen. *Zu seiner Zeit?*

»Nicht, dass diese Zeit besonders lang her wäre«, fügte Manny schnell hinzu in einem verzweifelten Versuch, seinen

Fehler wieder auszubügeln. »Nicht dass er schon alt wäre oder was. Ich meine nur, dass er ein mordsmäßiger Boxer war.«

»Was ist denn mit ihm passiert?«, wollte der wissen, der nicht applaudiert hatte.

Nat drehte den Kopf zu Nathan und sagte leise zu ihm: »Ich warte einfach draußen.«

Die Tür schwang hinter ihm zu, was ein hörbares Geräusch und einen kühlen Luftzug verursachte.

Als Nathan sich wieder umblickte, stand Manny direkt vor ihm.

»Glaub, das lief nicht so gut«, bemerkte der kleine Mann.

»Wir könnten es von der positiven Seite sehen, ich habe ihn hergebracht. Endlich, nach all der Zeit. Selbst wenn ich es nur geschafft habe, dass er ungefähr dreißig Sekunden hier drin bleibt.«

»Dieser Junge, Tony, ist nicht besonders gut in Diplomatie. Allerdings habe ich ihm eine Vorlage geliefert. Also bin ich wohl auch nicht der große Experte.«

»Ich werde besser gehen und nach Nat sehen«, entschuldigte sich Nathan.

Er fand ihn draußen auf dem Boden der Feuerleiter im Schnee sitzen, mit hochgezogenen Knien, den Kopf in die Arme gelegt.

Langsam näherte sich Nathan und setzte sich neben ihn.

Eine Weile sagte keiner von beiden etwas.

Schließlich bemerkte Nat: »Was hat er damit gemeint, als er gesagt hat, ohne mich gäbe es die Halle nicht?«

Nathan gab keine Antwort, da ihm nichts einfiel, was entweder nützlich oder konstruktiv gewesen wäre.

»Also war der ganze Sinn von dieser Halle, mich aus dem Haus zu locken. Stimmt's? Mich wieder zum Arbeiten zu bringen? Was soll ich tun? Nach der Schließzeit den Schweiß vom Boden wischen?«

»Wir dachten, du könntest deine Kenntnisse über diesen Sport vorteilhaft einsetzen.«

»Zu wessen Vorteil? Von ein paar Kerlen, die weitermachen werden und das tun, was ich nicht kann? Und wie soll ich überhaupt hinkommen? Willst du, dass ich jeden Tag mit dem Bus hierherfahre? Denkst du, dass ich mich in die Öffentlichkeit begebe, so wie ich spreche? So wie ich gehe?«

»Ja«, entgegnete Nathan, »das denke ich.«

»Na, das kannst du leicht sagen.«

»Du musst irgendwas mit deinem Leben machen, Nat. Ich habe das Gefühl, dass ich dir nicht mehr helfe, wenn ich dir erlaube, den ganzen Tag vor dem Fernseher zu liegen. Langsam habe ich den Eindruck, dass ich dir schade, wenn ich das unterstütze. Was auch immer du für deine Schwächen hältst … du kannst dich nicht nur im Haus einschließen, damit sie niemand bemerken oder kommentieren kann. Wir müssen uns alle in die Welt hinausbegeben, mit all unseren Fehlern. Und einen Weg finden, uns damit zu arrangieren.«

»Könntest du mich nach Hause bringen?«

Nathan seufzte. »In Ordnung. Für heute fahren wir nach Hause.«

* * *

Ungefähr auf halbem Weg überraschte es Nathan, als Nat anfing zu sprechen.

»Vielleicht könnten wir dieser Tage mal zur Jagd gehen«, schlug er vor.

Diese Bemerkung kam für Nathan dermaßen unerwartet, dass er einige Sekunden brauchte, ehe er antworten konnte.

»Was hat dich auf diese Idee gebracht?«

»Na ja, du hast es vorhin erwähnt. Du hast gesagt, dass das Einzige, worum du mich je gebeten hast, war, dass ich es mit der Jagd versuche. Aber an jenem Tag habe ich es eigentlich nicht versucht.«

»Du musst nicht mit mir zur Jagd gehen, nur weil …«

»Nein, ich will«, unterbrach ihn Nat. »Wirklich, ich werde es versuchen.«

Eine Zeit lang wurde nichts weiter gesagt, und Nathan kam plötzlich der Gedanke, dass zu viele weitere Fragen zu stellen wäre, wie dem sprichwörtlichen geschenkten Gaul ins sprichwörtliche Maul zu schauen.

»Es ist wahr«, fuhr Nat fort, »du verlangst nicht viel von mir. Ich habe noch nie wirklich darüber nachgedacht. Bis du es gesagt hast. Aber es ist so.«

Nathan räusperte sich, ehe er sprach. »Leider ist die Jagdsaison jetzt vorbei und beginnt erst im Herbst wieder.«

»Oh«, machte Nat. »Na ja. Ist auch okay, denke ich. Wir werden wohl beide im Herbst noch hier sein, schätze ich.«

»Ja«, stimmte Nathan zu. »Ich schätze, das werden wir.«

11. Oktober 1982
Obligatorische Gefühlsreaktionen

Nathan stand draußen vor der schäbigen kleinen Wohnung über der Sporthalle, direkt neben der von Manny Schultz. Ehe er auch nur die Hand heben konnte, um anzuklopfen, ging die Tür auf, und Nat steckte den Kopf raus.

»Ich bin schon fertig«, rief er mit für ihn untypischem Eifer in der Stimme. »Ich habe eine kleine Tasche gepackt, lass mich die noch schnell holen. Und Feathers muss ich noch seine Leine anlegen, dann bin ich bereit.«

* * *

»Und wie läuft es, seit du über der Sporthalle wohnst?«, fragte Nathan auf der Fahrt nach Hause.

»Ganz gut. Der kurze Weg zur Arbeit ist super. Doch es sind nie Lebensmittel da, so wie es in deinem Haus der Fall ist. Wenn ich etwas essen möchte, muss ich dafür rausgehen. Und der Hund macht mich verrückt. Ich war daran gewöhnt, ihm einfach die Hintertür zu öffnen. Jetzt muss ich jedes Mal, wenn er nach draußen muss, Schuhe und Jacke anziehen, ihm eine Leine umbinden und mit ihm Gassi gehen. Selbst wenn ihm das mitten in der Nacht einfällt. Aber sonst ist es okay, finde ich. Ohne ihn würde ich wahrscheinlich nie an die frische Luft kommen. Nicht dass die Innenstadtluft besonders frisch wäre.«

»Deine Sprache klingt gut.«

»Aber noch langsam.«

»Mir kommt es gar nicht so langsam vor.«

Eine Weile fuhren sie schweigend. Nathan bereitete sich innerlich auf seinen nächsten Satz vor. Er war überrascht, als er bei sich Schmetterlinge im Bauch feststellte. Sonst neigte er normalerweise nicht so zu Schmetterlingen.

»Gestern habe ich Carol getroffen«, begann er.

Nats Kopf fuhr herum, dann bekam er sich wieder in den Griff und blickte aus dem Fenster. Eine Zeit lang antwortete er nicht. Schließlich sagte er: »Bist du ihr zufällig über den Weg gelaufen?«

»Nein, wir haben uns zum Mittagessen getroffen. Wir essen einmal im Monat oder so zusammen.«

»Damit ihr über mich reden könnt?«

»Nein, weil sie meinte, dass sie mit mir befreundet wäre, und das wollte sie nicht verlieren. Aber wir hatten beide das Gefühl, dass du es so auffassen würdest. Das ist auch der Grund, warum ich bisher noch nichts davon erzählt habe. Carol wollte gar nicht, dass ich es sage. Aber damit habe ich mich nicht gut gefühlt. Ich bin gern …«

»Offen?«

»Ja«, nickte Nathan. »Genau, ich bin gern offen.«

»Na ja, ich denke, ich kann wohl keinem von euch vorschreiben, mit wem er befreundet sein darf.« Schweigend blickte Nat einige Minuten lang aus dem Fenster, dann fragte er: »Trifft sie sich mit jemandem?«

Nathan öffnete den Mund und wollte gerade antworten, bekam aber nicht mehr die Chance dazu.

»Egal, sag nichts. Es tut mir leid. Das geht mich wohl nichts an. Sprechen wir über etwas anderes.«

So blieb es Nathan erspart, »Nein« zu sagen, und gleichermaßen erhielt er nie die Gelegenheit, zu sagen: »Sie trifft niemanden. Sei es richtig oder falsch, sie wartet darauf, dass du zur Vernunft kommst.«

Nat ging zu einem neuen Thema über. »Noch jemand, mit dem du hinter meinem Rücken sprichst?«

»Na ja, deine Großmutter ruft mich immer noch an, einmal im Monat oder so, nach all den Jahren.«

In der darauffolgenden Stille spähte er zu Nat hinüber. Beobachtete ihn, wie er protestieren wollte und seinen Mund wieder zumachte.

»Das überrascht mich.«

»Einmal Großmutter, immer Großmutter, nehme ich an.«

»Und was erzählst du ihr? Erzählst du ihr private Sachen von mir?«

»Woher sollte ich wohl private Sachen von dir wissen?«, entgegnete Nathan.

Doch darauf bekam er nie eine Antwort.

* * *

Als er im Bett lag und gerade das Licht ausschalten wollte, hörte Nathan, wie Nat aus seinem alten Schlafzimmer nach ihm rief.

»Nathan?«

Er zog sich einen Morgenmantel über und ging in das Zimmer des jungen Mannes.

»Ja, Nat?«

»Ich habe mich nur gerade gefragt, ob du zu mir kommen würdest und einen Stuhl heranziehen, wie du es früher gemacht hast, bevor wir ins Bett gegangen sind. Vor meiner Hochzeit, meine ich.«

»Willst du das denn?«

»Ja, sicher.«

Nathan zog den Rattanstuhl mit der geraden Lehne heran, drehte ihn zu sich um und setzte sich gegenüber von Nat hin.

»Also, wann müssen wir aufstehen?«, wollte Nat wissen. »Gegen vier?«

»Vielleicht bin ich großzügig und lasse dich bis Viertel nach vier oder halb fünf schlafen.«

»Wow, danke.«

Eine unangenehme Stille. Sie hatten schon sehr lange nicht mehr so miteinander geredet. Damals, so meinte Nathan sich zu erinnern, hatte er dem jungen Mann immer Fragen über sein Leben gestellt. Doch jetzt schien ihm nichts einzufallen.

»Geht dir irgendetwas Besonderes durch den Kopf, Nat?«

»Nur der Job, denke ich.«

»Bist du ihm körperlich gewachsen?«

»O ja, körperlich bin ich gut drauf.«

»Bei was bist du nicht gut drauf?«

»Ich weiß nicht. Ich bin mir nicht sicher, ob ich es erklären kann. Es kommt mir vor, als ob ich wüsste, was jeder denkt, wie ich mich fühlen sollte. So wie Little Manny. Er wollte immer Boxer werden, aber er hatte nie die körperlichen Voraussetzungen dafür. Also hat er anderen beigebracht, wie man boxt. Und es scheint für ihn okay zu sein. Als würde er irgendeine Befriedigung daraus ziehen, anderen dabei zuzusehen, wie sie das erreichen, was er nie haben konnte. Und ich weiß, dass jeder will, dass es mir auch so geht.«

»Aber das ist nicht der Fall.«

»Nein, ich hasse es. Ich bin eifersüchtig auf diese Jungs. Jeden Tag. Selbst auf die, die nicht gut sind. Immerhin können sie es versuchen. Ich gebe mir Mühe, es mir nicht anmerken zu lassen. Aber es nagt an mir, die ganze Zeit.«

»Hm, ich weiß nur, dass du dich nicht zwingen kannst, etwas Bestimmtes zu fühlen.«

»Stimmt mit mir etwas nicht, Nathan?«

»Das bezweifle ich. Ich glaube, du brauchst nur mehr Zeit.«

»Ja, vielleicht. Vielleicht ist es das. Ich brauche nur mehr Zeit.«

12. Oktober 1982
Wie könnte ich, wenn sie doch so schön sind?

»Feathers dreht durch, wenn Maggie mitdarf und er nicht«, beschwerte Nat sich, als Nathan das Auto neben der Straße im Dreck parkte.

»Ich meine trotzdem, dass wir ihn im Auto lassen sollten. Er ist nicht zum Jagdhund trainiert. Er würde uns die Enten verscheuchen.«

»Wahrscheinlich wird er die ganze Zeit jaulen oder bellen.«

»Das macht kaum was aus, da hier meilenweit niemand wohnt.«

»Okay«, gab Nat nach und lehnte sich zur Rückbank, um dem Hund über den Kopf zu streichen. »Du hast es gehört, Junge. Maggie kommt mit, du bleibst hier.«

Nathan stieg aus dem Auto und holte die beiden Gewehre aus dem Kofferraum, wo sie auf dem Boden gelegen hatten. Als er aufsah, stand Nat neben ihm im Halbdunkel des anbrechenden Tags.

»Ich weiß schon«, sagte Nat. »Die Sicherung überprüfen. Und das Gewehr so tragen, dass der Lauf nicht auf irgendetwas zielt. Zum Beispiel nach vorne und unten. Nur, um doppelt sicherzugehen.«

»Da erinnerst du dich aber ziemlich gut«, lobte Nathan, während er ihm eins der Gewehre übergab.

»Kommt darauf an, ob ich es versuche.«

Gemeinsam machten sie sich mithilfe der Taschenlampe auf den Weg hinunter zum See. Maggie sprang voraus. Aus dem Auto war Feathers mitleiderregendes Jaulen zu hören.

Nathan wartete, ob Nat an der Stelle anhalten oder sonst wie darauf reagieren würde, dass sie dort vorbeigingen.

Er bemerkte, dass Nat beinahe stolperte, als sie an dem fraglichen Baum vorbeikamen, doch das war alles.

* * *

Kauernd verbargen sie sich in der eiskalten Morgenluft, verhielten sich völlig ruhig und still. Nathan spürte, dass Maggie bereit war, weil sie leicht zitterte.

Er lauschte, bis er in der Ferne Flügelschlagen vernahm.

»Hörst du das?«, flüsterte er nahe an Nats Ohr.

Nat nickte.

»Wenn sie hereinfliegen und auf dem See landen, werde ich auf eine schießen. Dann werden alle wieder in die Luft steigen. Wenn ich es schaffe, nehme ich noch eine. Das ist der Zeitpunkt, an dem du es auch versuchen kannst.«

Als die Enten kamen, füllten sie fast den ganzen morgendlich dämmrigen Himmel aus. Etwa fünfundsiebzig setzten auf der Wasseroberfläche auf, mit zur Landung ausgebreiteten Flügeln. Es war gerade eben hell genug, dass man die grünen Köpfe der Erpel erkennen konnte.

Nathan erhob sich ein wenig und suchte sicheren Stand, dann schoss er und spürte den vertrauten Druck, den das Gewehr beim Rückstoß auf seine rechte Schulter ausübte.

Wie ein einziger riesengroßer Körper aus vielen Einzelfacetten flogen die Enten hoch. Nathan konnte hören, wie ihre Schwimmflossen auf die Seeoberfläche klatschten, als sie ein oder zwei Schritte darüberrannten, ehe sie abhoben. Er zielte ein weiteres Mal, feuerte noch einen Schuss ab.

Er hörte, wie Maggie ins Wasser sprang.

Was er nicht hörte, war, dass Nat sein Gewehr abfeuerte.

Maggie schwamm los, um die erste Ente zu holen, und beide sahen ihr zu.

»Dafür ist sie schon ziemlich alt, oder?«, fragte Nat.

»Ja sehr, sie ist fast vierzehn. Ich hätte sie schon vor Jahren aus dem Dienst nehmen müssen, aber sie ist noch gut in Form. Und sie liebt diese Arbeit so sehr. Ich bringe es nicht über mich, ihr das Herz zu brechen.«

Nathan grübelte darüber nach, ob er es erwähnen sollte, dass Nats Schuss ausgeblieben war. Machte er sich Sorgen um seine motorischen Fähigkeiten? Aber sie hatten geübt, wie er das Gewehr zu halten hatte. Und die Übungsstunde war gut verlaufen.

Er entschied sich dagegen und erwähnte es nicht.

Maggie brachte die erste Ente ans Ufer, eine große, die sie behutsam Nathan zu Füßen legte. Dann tauchte sie wieder ins Wasser ein, um den zweiten Vogel nachzuholen.

Nat hockte über dem toten Vogel, streichelte die leuchtend grünen Federn am Hals und am Kopf des Tiers.

»Sie ist so schön«, murmelte er.

»Ja«, gab Nathan zu, »das sind schöne Vögel.«

»Ist es in Ordnung, wenn ich es nicht übers Herz bringe, auf sie zu schießen?«

»Natürlich ist es das.«

»Ich will damit nicht sagen, dass es falsch ist, was du tust. Und ich weiß, dass es doof ist, dass du mich den ganzen Weg hierherbringst, aber ich wusste nicht, dass ich so empfinden würde. Du weißt schon, bis ich es probiert habe.«

»Auf ein lebendiges Wesen zu zielen und dann abzudrücken ist eine sehr persönliche Entscheidung. Wenn du nicht zu hundert Prozent dahinterstehst, schlage ich vor, dass du es nicht machst.«

»Es tut mir leid, Nathan.«

»Es muss dir nicht leidtun.«

Maggie legte den zweiten Vogel zu Nathans Füßen ab, eine Ente mit dunklerer Färbung, die Nat genauso streichelte, wie er es bei der ersten getan hatte.

»Ich bin trotzdem froh, dass wir zusammen zur Jagd gegangen sind«, fügte Nat hinzu.

»Ja«, antwortete Nathan. »Das ist das viel Wichtigere.«

* * *

»Ist es das Gewehr?«, wollte Nat wissen, als sie den Weg zurück zum Auto gingen. »Das dein Großvater dir gegeben hat?«

Nat hatte den Leinensack mit den Enten darin über der Schulter sowie sein geliehenes Gewehr, sodass Nathan nur sein eigenes tragen musste.

»Ja, das ist es.«

»Also hast du es endlich doch aus der Beweissicherung zurückbekommen.«

»Endlich. Das hat mich ein Jahr und mehr als ein halbes Dutzend Anrufe gekostet, aber jetzt habe ich es wieder.«

»Wenn ich gewusst hätte, dass dieses wichtiger ist als die anderen, hätte ich eins von den anderen genommen.«

Nathan antwortete nicht. Wie genau reagierte man eigentlich auf eine solche Aussage dazu, welches der Gewehre man stehlen sollte, um damit einen bewaffneten Raubüberfall zu begehen?

»Ich kann nicht glauben, dass ich dir den ganzen Scheiß angetan habe«, fuhr Nat fort.

»Dir selbst hast du noch viel mehr zugemutet.«

»Ja, aber ich verstehe, warum ich mir selbst diesen Scheiß angetan habe, ich habe nur keine Ahnung, wie ich zu dir so sein konnte.«

* * *

Nat schob seinen Stuhl vom Tisch zurück und wischte sich mit der Serviette über den Mund.

»Ich weiß nicht, warum es so ist, aber Entenbraten zum Abendessen ist immer das Richtige.«

»Ich glaube, es liegt daran, dass es so frisch ist«, entgegnete Nathan. »Wann war das letzte Mal, dass du ein gutes, selbst gekochtes Essen hattest?«

»Als ich das letzte Mal hier bei dir zu Hause gegessen habe.« Nat lächelte, als er das sagte. Dann verschwand das Lächeln. Nicht langsam, sondern es war plötzlich weg. »Ich wünschte, ich müsste nicht zurück in dieses kleine Loch fahren.«

»Du kannst hier übernachten, wenn du willst.«

Darüber schien Nat einen Moment lang nachzugrübeln. Er schürzte die Lippen, als helfe ihm das beim Denken. Doch dann schüttelte er den Kopf.

»In deinem Haus ist es so bequem«, seufzte er. »Aber das ist das Problem, es ist *zu* bequem. Wie in diesem verzauberten Traumland, wo man nie etwas machen muss. Keine Verantwortung, wie ein kleines Kind. Das macht abhängig. Jetzt, da ich mich gezwungen habe, es zu verlassen, und mich in diese Sache mit dem Leben gestürzt habe … Na ja … Ich kann mir vorstellen, wie leicht ich da wieder hineinfallen würde. Jetzt muss ich weitermachen, was ich begonnen habe. Das ist leichter, als wieder von vorne anfangen zu müssen.«

»In Ordnung«, sagte Nathan. »Gute Entscheidung. Nimm deine Jacke und deinen Hund. Dann fahre ich dich nach Hause.«

1. Juni 1988
Der Kodex, den man niemals bricht

Nathan sah aus dem Fenster seines Arbeitszimmers, weil er auf Manny Schultz wartete. Als er schließlich eintraf, kam er mit dem Auto, einem ziemlich neuen Modell. Er fuhr rechts ran und parkte den Wagen, als hätte er schon sein ganzes Leben lang ein Auto besessen. Es muss recht gut laufen für ihn, überlegte Nathan.

Seit Manny angerufen hatte, wartete er die ganze Zeit unruhig darauf, die Neuigkeiten zu erfahren. Manny hatte angedeutet, dass es sich um gute handele. Nathan hoffte nur, dass es etwas mit Nat zu tun hatte. In der letzten Zeit gab es kaum gute Nachrichten über Nat. So lange hatte er nichts Positives mehr über ihn gehört.

Er empfing den kleinen Mann an der Haustür und führte ihn hinein.

Er sieht so alt aus, dachte Nathan. Doch dann traf es ihn wie ein Schlag. Wir *sind* alt. Er ist ein alter Mann, und ich bin ein noch älterer Mann.

Nathan setzte sich aufs Sofa und zeigte auf den Platz neben sich. Noch ehe er sich hinsetzte, zog Manny einen Umschlag aus der Tasche und reichte ihn Nathan.

»Meine guten Neuigkeiten«, begann er. »Die letzte Rate.«

»Wirklich? Im Kreditplan war die letzte Rate erst im August vorgesehen.«

»Was soll ich sagen? Die Geschäfte laufen gut.«

Als er sich neben Nathan auf das Sofa setzte, verströmten sein Haar und seine Kleidung Tabakgeruch, sowohl von abgestandenem als auch von frischem Rauch.

»Was ist mit Nat? Wie läuft es mit Nat?«

Manny machte ein langes Gesicht. Nathan wünschte, er könnte die Worte packen und wieder zurücknehmen.

»Ach Nathan, nicht so gut. Ich wollte es eigentlich nicht sagen. Er hat da was gemacht, was ich eigentlich gar nicht wiederholen wollte. Aber jetzt, da Sie gefragt haben, muss ich es loswerden. Denn was passiert ist, hat mir das Herz zerrissen. Vor einigen Tagen kam dieser Junge herein. Nicht älter als zwölf. Hat mich sofort an Nat erinnert, an seinem ersten Tag, als er zu uns kam, obwohl sie sich so gar nicht ähnlich sehen. Dieser Junge ist schwarz und echt groß. Könnte vielleicht mal ein Schwergewicht werden. Auf andere Art, meine ich, erinnerte er mich an Nat. Na, ich nehme an, Sie wissen nicht, wie Nat Jack kennengelernt hat.«

»Nein, weiß ich nicht. Sie sagten, das ist eine Geschichte, die man besser nicht erzählt.«

»Damit meinte ich eigentlich das Ende von Jacks Geschichte. Aber der Tag, als Nat in die Halle kam, da war er dreizehn oder vierzehn Jahre alt, hatte diese nagelneuen Handschuhe dabei und wusste nicht, wie man sie anzieht oder zuschnürt. Er wusste nicht, was er treffen sollte oder wie man das macht. Vermutlich hatte er noch nicht mal fünf Cent in der Tasche. Also sag ich zu Jack: ›Hey, Jack, hast du Zeit für einen Jungen, der keine Ahnung von nichts hat?‹ Jack kommt rüber, mustert ihn abschätzend. Nat sah ein wenig dem Jungen ähnlich, mit dem Jack trainiert hatte und der dann ums Leben gekommen ist, also denke ich, das war vielleicht der Grund, dass Jack ihn mochte, wissen Sie? Auf jeden Fall nahm er ihn auf.

Manche Leute machen das so und andere nicht. Eine persönliche Entscheidung, denke ich. Aber ich habe den Eindruck, dass diejenigen, die das tun, es deswegen machen, weil es jemand anderes für *sie* getan hat. Wissen Sie? Ich habe Jack aufgenommen. Er hatte auch kein Geld. Also nahm Jack Nat auf. Und dann ich Nat. Ich langweile Sie wahrscheinlich gerade zu Tode. Ich wollte die Geschichte nicht länger machen, als sie ist.«

»Nein, ist schon in Ordnung. Ich bin nur ein wenig nervös zu hören, was Nat Schlimmes getan hat.«

»Dieser Junge spaziert also herein. Ungefähr im gleichen Alter wie Nat damals. Kein Geld. Lebt sogar auch bei seiner Großmutter, können Sie das glauben? Heutzutage natürlich nicht so selten. Jedenfalls war es wie ein Fingerzeig des Himmels. Als würde Gott auf uns herunterlächeln, und das sage ich, der sonst nicht an den Scheißkerl glaubt. Und selbst wenn ich glaube, spreche ich doch kaum mit ihm. Na ja, jedenfalls war es ein perfekter Anfang. Wie gemalt, vom Himmel geschickt. Also sage ich zu Nat: ›Hey, Nat, hast du Zeit für einen Jungen, der keine Ahnung von nichts hat und keine zehn Cent in der Tasche?‹«

Angespannt wartete Nathan, dass er fortfuhr. Er wollte immer noch die schlechten Nachrichten hinter sich bringen. »Was hat er geantwortet?«

»Er hat Nein gesagt.«

»Oh, das tut mir leid zu hören.«

»Es ist wie ein Gesetz, wissen Sie? Es ist wie der Kodex, den man nicht bricht. Niemals.«

»Hat er gesagt, warum nicht?«

»Ja, ich habe ihn mit in eine Ecke gezogen, wo der arme Junge uns nicht hören konnte. Und ich habe ihm gesagt, dass Jack sich im Grab umdrehen würde, wenn er das hören würde. Und er wusste sofort, was ich meinte. Hat sich an den Deal erinnert. Doch er hat gesagt, dass Jack etwas abgeben konnte. Er sagte: ›Ich habe nichts für diesen Jungen. Jack hatte etwas, also gab er davon ab. Ich habe nichts zu geben.‹«

Einige Zeit lang saßen sie schweigend nebeneinander. Nathans Schultern schienen unter dem Gewicht dieses Augenblicks weiter zu sinken.

»Was ist mit dem Jungen geschehen?«

»Oh, er ist noch bei uns. Ich hab ihn zum Training am Boxsack geschickt und ihm einige Tipps gegeben.«

»Vielleicht braucht Nat einfach noch mehr Zeit.«

Manny ließ sein komisches Lachen hören. Dieses Geräusch, als würde er spucken oder speien. »Jetzt sind es schon acht Jahre, Nathan. Acht Jahre, seit er verletzt wurde. Ich denke einfach, wenn man innerhalb von acht Jahren nicht zurückkommt, dann kann man es nicht. Früher dachte ich, jeder kann über alles hinwegkommen. Wir sagen immer, wir schaffen es nie. Aber dann schaffen wir es. Was haben wir auch für eine Wahl? Aber was Nat angeht, weiß ich nicht mehr weiter. Ich glaube, er hat sich aufgegeben.«

»Ich mag grundsätzlich keine absoluten Vorhersagen«, erwiderte Nathan, doch er fand seine eigenen Worte alles andere als überzeugend.

»Ja. Wenn wir noch nicht tot sind, weiß man nie, nicht wahr? Na ja, ich wollte Ihnen nicht den ganzen Tag stehlen. Das wollte ich nur noch loswerden.«

Plötzlich stand der kleine Mann auf, und Nathan brachte ihn zur Tür.

»Bei einer Sache bin ich mir ganz sicher«, fügte Manny auf dem Weg nach draußen hinzu. »Wenn er nicht mehr die Kurve kriegt, dann nicht deswegen, weil Sie nicht alles versucht hätten. Sie haben alles für den Jungen getan.«

»Alles, was ich konnte.«

»Und er ist noch nicht mal verwandt mit Ihnen. Warum haben Sie das überhaupt alles für ihn getan? Das war ja nicht selbstverständlich.«

Er sah auf und suchte in Nathans Gesicht nach einer Antwort, plötzlich ganz ernst.

»Warum nicht?«, fragte Nathan zurück. »Was sonst habe ich im Leben getan, das über das Selbstverständliche hinausgeht?«

Teil 8

NATHAN BATES

3. Januar 1990
Nach Hause

Nat sprintete, wenn auch etwas ungelenk, den Gang des Krankenhauses im dritten Stock entlang, bis er buchstäblich gegen eine Krankenschwester rannte. Eine kleine, rundliche, ältere Frau, die sich abklopfte, ihn mit vorwurfsvollem Gesichtsausdruck zurechtwies und verärgert die Arme verschränkte.

»Junger Mann«, schimpfte sie. »Dies ist ein Krankenhaus.«

Nat seufzte und zählte innerlich bis zehn. Oder fing zumindest damit an. Ungefähr bei drei sollte er antworten.

»Erstens, Ma'am, werde ich dieses Jahr dreißig, also bin ich wohl endgültig aus dem »Junger Mann«-Quatsch rausgewachsen, vielen Dank auch. Und nicht einen Moment zu früh. Zweitens *weiß* ich, dass dies ein Krankenhaus ist, was auch der Grund ist, warum ich es eilig habe. Wenn man ganz plötzlich erfährt, dass jemand, den man liebt, im Krankenhaus liegt, dann wird man ungeduldig herauszufinden«, an dieser Stelle sprach er lauter, »was zum Teufel eigentlich los ist!«

Er erwartete, eine Standpauke zu bekommen, weil er seine Stimme gegen sie erhoben hatte. Stattdessen fragte sie nur: »Wie ist der Name des Patienten, bitte?«

»Nathan McCann.«

»Zweite Tür rechts. Wahrscheinlich liegt er dort und hört zu, wie Sie mich hier anschreien.«

»Gut«, grinste Nat. »Dann weiß er, dass ich es bin.«

Sie schüttelte den Kopf und verschwand den Gang hinunter.

Nat steckte den Kopf durch die zweite Tür auf der rechten Seite.

»Nathan?«

»Ja, Nat«, sagte er leise. »Ich habe schon gespürt, dass du gekommen bist.«

Nat kam hinein und trat an Nathans Krankenhausbett.

Noch nie hatte er Nathan mit ungekämmtem Haar gesehen. Oder dass er so hilflos wirkte, oder so alt. Vor gerade einmal sechs Tagen hatten sie sich noch getroffen. Sie hatten zusammen zu Mittag gegessen. Aber da hatte er noch nicht so ausgesehen. Vor sechs Tagen war er ein ziemlich gesund wirkender alter Mann in den Siebzigern gewesen. Doch jetzt wirkte er wie neunzig, wie Nat verwirrt zu begreifen versuchte.

»Nathan, wie konntest du mir nicht von deiner Operation erzählen?«

»Ich wollte nicht, dass du dir Sorgen machst«, sagte Nathan mit leiser Stimme.

»Was ist denn mit der Wahrheit, die du immer gepredigt hast? Wie zum Beispiel, dass die Wahrheit immer die Wahrheit ist, selbst wenn wir sie nicht mögen, und dass wir niemandem einen Gefallen tun, wenn wir lügen?«

»Ich habe dich nicht angelogen«, widersprach Nathan. »Ich habe nur nicht gesagt, dass ich operiert werde.«

Nat warf den Kopf zurück und seufzte tief, blickte zur weißen Krankenhausdecke. Dann zog er einen harten Plastikstuhl heran und setzte sich rittlings darauf, legte die verschränkten Arme auf die Rückenlehne und starrte Nathan ins Gesicht.

Zum ersten Mal in all den Jahren, in denen er ihn kannte, wandte Nathan den Blick ab.

»Das ist nicht wirklich das, was du als offen bezeichnen würdest, Nathan.«

Langes Schweigen.

Schließlich erklärte Nathan: »Ich weiß, und es tut mir leid. Ich dachte, sie würden bei der Operation den Tumor entfernen, der auf meine Niere gedrückt hat. Und ich hatte gehofft, dass sie sagen würden, sie seien zuversichtlich, alles erwischt zu haben. Und dann hätte ich dir die gute und die schlechte Nachricht gleichzeitig mitteilen können. Ich hatte Krebs, aber sie sind sicher, dass die Operation erfolgreich war. Sie sind sicher, dass sie alles erwischt haben.«

Eine Pause entstand, während das Wort »Krebs« in Nats Kopf und Bauch drang und ein Gefühl zittriger Schwäche hinterließ.

»Also, sind sie sicher, dass sie alles erwischt haben?«

»Nein«, brummte Nathan.

»Also gibt es da dieses winzige bisschen, das sie nicht erwischt haben, und dann machen sie vielleicht noch Bestrahlung und Chemo, und dann wird alles gut?«

»Nein«, wiederholte Nathan.

Unfähig, irgendwelche weiteren Fragen zu stellen, wartete Nat einfach ab und starrte schweigend auf einen Punkt auf Nathans Bettlaken.

»Als sie aufgemacht hatten, war es überall. Also haben sie mich einfach wieder zugemacht.«

»Sie haben noch nicht einmal versucht, alles rauszukriegen?«

»Es war sinnlos.«

»Aber sie machen trotzdem Bestrahlung und Chemo.« Er starrte nur auf den Punkt auf dem Laken.

»Sie haben es mir zur Wahl gestellt. Dadurch hätte ich eventuell die mir verbleibende Zeit verdoppeln können. Doch die Lebensqualität in dieser Zeit wäre dadurch völlig zerstört worden.«

Wieder blickte Nat in Nathans Gesicht. Ein Versuch: »Ja, aber verdoppeln? Die Zeit verdoppeln, die dir bleibt? Das sollte es wert sein, oder nicht?«

Er bemühte sich, seinen Blick auf Nathans Gesicht ruhen zu lassen. Nathan erwiderte den Blick nicht.

»Verdoppeln hieße auch nur ein weiterer Monat bis sechs Wochen.«

Zurück zu dem Punkt auf dem Laken.

Zwei oder drei Minuten vergingen. In Nats Magen breitete sich ein seltsames Gefühl aus. Ein Dröhnen. Ein Brummen wie von einem elektrischen Hochspannungskabel. Als hätte er gerade eine sanfte Variante des elektrischen Stuhls erlebt. Er musste nun etwas sagen, das wusste er, jetzt gleich. Nur was das sein könnte, da hatte er keine Vorstellung. Verzweifelt durchsuchte er seinen Verstand und fand schließlich etwas, das ihm angemessen erschien.

»Was kann ich tun, um dir zu helfen, Nathan?«

Kaum sprach er die Worte aus, merkte er, dass er diese letztlich gewählt hatte, weil er sich vorgestellt hatte, was Nathan im umgekehrten Fall sagen würde.

»Du kannst mich nach Hause bringen.«

»Nach Hause?«

»Ja, ich will in meinem eigenen Haus sein.«

»Musst du nicht hierbleiben?«

»Nein, ich *muss* jetzt gar nichts mehr. Ich kann tun, was ich verdammt noch mal möchte. Und ich will eben in meinem eigenen Haus sein.«

Kurz durchforstete Nat sein Gedächtnis, ob er Nathan in seiner Gegenwart je das Wort »verdammt« benutzen gehört hatte. Keine Treffer.

»Aber hier wissen sie, was sie für dich tun müssen.«

»Es gibt nichts, was sie tun *können*, Nat. Bitte ruf ein Taxi, und bring mich nach Hause.«

Eine weitere Minute verging mit diesem Dröhnen, das beinahe mit einem anderen Geräusch einherging. Doch dann merkte Nat, dass es ein Klingeln in seinen Ohren war.

»Okay, ich hole ein Taxi.«

Nat stand auf. Seine Beine taten genau das, was er von ihnen erwartete.

Er trat in den Gang hinaus und stieß beinahe mit Carol zusammen.

»O Nat«, rief sie, als hätte sie ihn erst letzten Monat irgendwo getroffen. Oder im Monat davor. Definitiv nicht so, als hätten sie seit beinahe neun Jahren nicht miteinander gesprochen. »Ist das nicht schrecklich mit Nathan?«

Sie wirkte so viel älter, aber auf eine gute Art. Weniger wie ein Mädchen, eher wie eine erwachsene Frau. War er auch so erwachsen geworden? Es fühlte sich nicht so an.

»Wann hat er dich angerufen?«

»Gerade eben. Ich bin sofort von der Arbeit weg und hierhergefahren.«

»Also hat er dir auch nicht erzählt, dass er operiert wird.«

»Nein.«

Gott sei Dank, dachte Nat. Das wäre für ihn das Schmerzlichste an alldem gewesen. Wenn es alle außer ihm gewusst hätten.

Da er nicht in der Lage war, das ganze Carol-Thema zusätzlich noch auf seinen Schultern zu tragen, ging er einfach um sie herum und wollte verschwinden.

»Ich soll ein Taxi rufen«, sagte er über die Schulter. »Nathan will nach Hause.«

»Ich könnte euch fahren«, bot sie an.

Nat hielt an und gab nicht sofort eine Antwort. Er schloss die Augen, als könnte er sich so leichter an einen anderen Ort versetzen. Doch als er sie wieder öffnete, war er noch immer im Krankenhaus. Und Carol stand immer noch auf dem Gang und sah ihn an.

»Du hast jetzt ein Auto?«

»Ja, ich habe den Führerschein gemacht. Und einen besseren Job gefunden und einen gebrauchten Toyota gekauft.«

»Weißt du … ein Taxi geht schon. Er hat mich gebeten, ein Taxi zu rufen.«

»Willst du, dass ich ihn frage? Ob er lieber mit mir fahren würde?«

Innerlich seufzte Nat und gab sich geschlagen. Manchmal ist es einfacher, ganz tief in den fürchterlichsten Tag zu fallen, den man sich vorstellen kann. Wenigstens muss man sich dann nicht anstrengen, dagegen anzukämpfen.

»Ich meine, wir sollten es Nathan überlassen«, entschied er. »Was auch immer Nathan sagt, ich mache mit.«

* * *

»Wo ist Carol?«, fragte Nathan. »Ist sie nach Hause gegangen?«

»Nein, sie ist in der Küche und macht Abendessen.«

Nat saß auf einem der Holzstühle mit der geraden Lehne an Nathans Bett. Er hatte die Hände unter die Beine geschoben, lehnte sich nach vorne und betrachtete ihn, als würde er jeden Moment in die Luft fliegen. In Nathans Schlafzimmer war er noch nie gewesen, und es war ihm unangenehm.

Nathan antwortete nicht. Die Stille machte Nat nervös.

Also fuhr er fort: »Sehr wahrscheinlich Rührei.«

»Oh, das bezweifle ich«, entgegnete Nathan. »Carol ist eine wunderbare Köchin.« Nat zog eine Augenbraue hoch, sagte aber nichts. »Kurz vor den Ferien hatte sie mich zum Abendessen eingeladen.«

»Ich dachte, sie könnte nur Rührei machen.«

»Das ist lange her, Nat.«

»Danke, dass du mich daran erinnerst.«

»Tut mir leid. Es war nicht so gemeint, wie es klang.«

Nat wippte leicht auf den Händen vor und zurück, wusste nicht, was er sagen sollte. Geschweige denn fühlen. Oder wo er sein sollte. Das hier erschien ihm nicht als passender Ort, doch er war merkwürdig sicher, dass es nichts ändern würde, wenn er sich woandershin bewegte.

Er zuckte zusammen, als Nathan zu sprechen begann: »Sag mal, Nat, sitzt du dort aus Hingabe an mich und weil du so schockiert bist, dass für mich die Zeit gekommen ist, meine Angelegenheiten zu regeln? Oder versteckst du dich hier, um Carol aus dem Weg zu gehen?«

»Ja«, antwortete Nat.

Sie lächelten, was für beide überraschend kam, dachte Nat. Für ihn war es das gewiss.

»Warum gehst du nicht raus und hilfst ihr mit dem Essen?«

»Weil ich eine Scheißangst davor habe.«

»Angst vorm Kochen?«

»Sehr lustig. Davor, mit ihr zu sprechen. Sie anzusehen. Im selben Zimmer zu sein wie sie. Vor alldem habe ich eine Scheißangst.«

»Was würdest du zu ihr sagen, wenn du nicht … eine Scheißangst vor ihr hättest?«

»Nathan, du hast ›Scheiß‹ gesagt!«, verkündete Nat beinahe stolz.

»Ich merke definitiv eine Aufhebung der Regeln. Aber du weichst meiner Frage aus.«

»Oh, stimmt. Ich denke, ich würde wohl sagen, dass ich ein Idiot war. Und dass es mir wirklich und ehrlich leidtut. Obwohl das wahrscheinlich gar nichts hilft.«

»Klingt wie ein guter Anfang.«

»Du willst, dass ich *damit* anfange?«

»Was wäre, wenn du sie nie wiedersiehst? Du könntest nicht mehr viel Zeit haben.«

Nat seufzte, stand auf und schob den Stuhl wieder zurück in die Ecke.

»Okay, wünsch mir Glück. Ich geh da jetzt rein.«

* * *

»Nathan meint, ich sollte dir mit dem Essen helfen.«

Nat lehnte mit der Schulter im Rahmen der Küchentür. Als würde es sich als gefährlich erweisen, wenn er die Schwelle überschritt.

»Eigentlich brauche ich keine Hilfe. Ich habe alles unter Kontrolle. Aber danke.« Den Bruchteil einer Sekunde bevor Nat sich vollends geschlagen geben und davonschleichen konnte, fügte sie hinzu: »Du kannst mir Gesellschaft leisten, während ich koche, wenn du willst.«

Also schlich er nicht weg. Aber er trat auch nicht über die gefährliche Schwelle.

Sag es, dachte er. Mach einfach den Mund auf, und sag es.

»Carol«, begann er, weil er dachte, er sei verpflichtet, das zu beenden, nachdem er schon so viel gesagt hatte.

»Ja, Nat?«

Sie drehte sich vom Herd weg und stand ihm nun gegenüber. Den Holzlöffel legte sie auf die entsprechende Ablage auf dem Herd und schob eine Haarsträhne zurück, die sich aus der Haarspange gelöst hatte. Als sie ihm direkt in die Augen blickte, schien alles stillzustehen, selbst die Zeit.

»Vielen Dank, dass du uns was zum Abendessen machst«, sagte er schließlich.

»Kein Problem. Ich will etwas für Nathan tun. Ich kann das nicht glauben. Oh, das ist dumm, so was zu sagen. Ich meine, er ist fast neunundsiebzig. Nicht einzusehen, warum ich geschockt sein sollte. Aber ich glaube, ich bin es trotzdem. Wirst du ihn ganz allein pflegen? Oder wird eine Krankenschwester oder Hospizmitarbeiterin ins Haus kommen?«

Angestrengt versuchte Nat, sein Gehirn zu irgendeiner Aktivität zu bewegen, aber es war eher so, als hätte sie ihm eine komplexe algebraische Gleichung zum Lösen gegeben.

»Ich weiß nicht. Wir haben noch nicht wirklich einen Plan gemacht. Erst einmal werde ich herausfinden müssen, was Nathan will.«

»Möchtest du, dass ich dableibe?«

Schockiertes Schweigen, das vermutlich recht kurz war, Nat aber endlos und undurchdringlich vorkam. Eine Antwort konnte er ihr nicht bieten, weil er keine hatte. Er hatte gar nichts.

»An den Werktagen muss ich zur Arbeit gehen, aber Frühstück und Abendessen könnte ich machen. Und mit dem Auto Besorgungen erledigen. Und vielleicht aushelfen, wenn du erschöpft bist und eine Pause brauchst. Ich könnte im Arbeitszimmer schlafen oder auf der Couch.«

»Nein, du kannst im Bett schlafen. Ich werde bei Nathan schlafen. Auf dem Boden oder so. Für den Fall, dass er in der Nacht irgendetwas braucht.«

»Also, abgemacht. Sagst du ihm, dass ich ihm sein Essen in zwanzig Minuten bringe?«

Sag es, dachte er. Sag irgendetwas. Mach den Mund auf, und sprich.

»Carol?«

»Ja, Nat?«

»Danke.«

* * *

»Ich glaube, ich muss mit etwas Einfacherem anfangen. Ach, und das Abendessen ist in zwanzig Minuten fertig.«

Nathan legte das Buch weg, in dem er gelesen hatte. Die Biografie eines alten Politikers aus der Kolonialzeit, doch den Namen konnte Nat vom anderen Ende des Zimmers nicht erkennen, und das Bild vorne sagte ihm auch nichts. Nathan nahm seine Lesebrille ab, seufzte und schüttelte den Kopf.

»Du hast vermutlich gerade deine letzte Chance verspielt, dich zu entschuldigen.«

»Das bezweifle ich«, entgegnete Nat. »Sie bleibt hier.«

4. Januar 1990
Ausnahmen

»Das ist alles so ein Schock für mich«, murmelte Nat. »Ich kapiere das alles nicht.«

Er lag auf dem Gästebett, das in Nathans Zimmer geschoben worden war, und fragte sich, wie spät es war. Der Morgen war noch nicht angebrochen, das war das Einzige, was er sicher wusste. Und die Tatsache, dass Nathan auch wach war.

»Nat, ich werde neunundsiebzig. Falls ich es noch bis zum Vierten des nächsten Monats mache, jedenfalls. Ich wurde im Jahr 1911 geboren, und Leute aus diesem Jahr haben eine durchschnittliche Lebenserwartung von weniger als neunundsiebzig Jahren.«

»Ja, okay. Aber von solchen Sachen spreche ich jetzt nicht. Ich rede von Schock. Schock sitzt nicht im gleichen Teil des Gehirns wie Mathe, weißt du?«

Im Dunkeln konnten sie leichter miteinander sprechen, bemerkte Nat. Vielleicht sollte er das mit jedem ausprobieren. Vielleicht sollte er das Licht ausschalten und Carol sagen, dass er ein Idiot gewesen war und dass es ihm leidtat.

»Du hättest wissen müssen, dass ich eines Tages sterben werde.«

»Nein, nicht wirklich.« Dann merkte er, wie dumm das klingen musste. »Ich wollte nicht sagen, dass ich dachte, dass du nie sterben wirst. Nur, dass ich noch nie darüber nachgedacht habe. Nein, weißt du, was? Eigentlich stimmt das so nicht. In Wahrheit dachte ich, du würdest nie sterben. Nicht wörtlich gemeint … Ich weiß, dass jeder sterben muss. Ich denke halt, es gab da so einen komischen kleinen Teil von mir, der irgendwie … nicht wortwörtlich natürlich … glaubte, du wärest die Ausnahme von der Regel.«

»Tut mir leid, dass ich für dich nicht unsterblich sein kann.«

»Damit wären wir schon zwei«, entgegnete Nat.

15. Januar 1990
Kuchen

»Heute Morgen musste Carol früh weg zur Arbeit, Nathan.« Nat saß auf der Kante des Gästebetts, zog sein Schlafanzugoberteil aus und streifte sich ein Sweatshirt über den Kopf. Reflexartig drehte er Nathan den Rücken zu, weil er sich seiner Brust schämte, die keinerlei bemerkenswerte Muskeln aufwies. »Also mache ich jetzt Frühstück. Was hättest du denn gern?«

»Carol, das weiß ich, ist stolz darauf, dass sie immer wieder etwas Besonderes macht. Aber neulich hatte ich solchen Appetit auf Grießbrei.«

»Gut, denn Besonderes fällt nicht in mein Ressort. Und Grießbrei hat eine Anleitung auf der Packung stehen.« Nat stand auf und zog sich eine Sweathose über seine Boxershorts. »Brauchst du noch die Bettpfanne, bevor ich gehe?«

»Nein, danke. Nach dem Frühstück ist gut.«

»Okay, einmal Grießbrei. Kommt sofort.«

»Mit einem kleinen Stück Butter, bitte. Und etwas Milch.«

»Verstanden.«

Gerade als Nat das Zimmer verließ, rief Nathan: »Nat?« Nat drehte sich um und lehnte sich abwartend in den Türrahmen. »Mach daraus viel Butter. Und Sahne. Mir kam gerade der Gedanke, dass ich jetzt aufhören kann, auf mein Gewicht zu achten.«

»Da kann ich dir nur zustimmen«, erwiderte Nat und versuchte dabei fröhlich zu klingen. Und damit zu überspielen, wie furchtbar es ihn jedes Mal traf, wenn er daran erinnert wurde. »Ach, ich wollte dich schon die ganze Zeit fragen: Was ist eigentlich dein Lieblingskuchen, Nathan?«

»Zum Frühstück?«

»Allgemein.«

»Hm«. Vorsichtig setzte er sich im Bett etwas mehr auf, stopfte sich ein zusätzliches Daunenkissen hinter den Rücken. »Zitronenkuchen, würde ich sagen.«

»Echt? Zitrone?«

»Was ist falsch an Zitronen?«

»Ich weiß nicht. Nichts, denke ich. Aber auf Zitrone wäre ich nie gekommen. Ich an deiner Stelle hätte Schokoladenkuchen mit Schokoguss geantwortet. Oder sogar Schokobuttercremetorte.«

»Wir sind alle verschieden. Das ist die Schönheit der Vielfalt. Warum fragst du mich wegen des Kuchens?«

»Carol möchte dir zum Geburtstag einen Kuchen backen.«

»Sag ihr, sie soll die Zutaten noch nicht jetzt kaufen.«

»Ich wünschte, du würdest nicht so reden, Nathan. Es sind nur noch etwa drei Wochen bis dahin.«

»Du hast recht. Entschuldigung.«

»Ich gehe jetzt Grießbrei machen.«

19. Januar 1990
Geschichten

»Ich muss mal wieder gewaschen werden«, sagte Nathan.

»Kein Problem.«

»Wenn es zu schwierig wird, können wir für ein paar Stunden die Woche eine Pflegerin kommen lassen.«

»Hör auf, Nathan. Ich habe gesagt, dass ich dich pflege. Und das tue ich.«

»Ich denke eben, dass es nur noch schwerer werden könnte. Auf bestimmte Art. Wenn so was zum Beispiel auf uns zukommt.«

»Ich pflege dich, Nathan.«

»Lass es mich wissen, wenn du deine Meinung änderst.«

»Ich werde meine Meinung nicht ändern.«

Bevor er die Schüssel füllte, ließ Nat das Wasser so lange laufen, bis die Temperatur stimmte. Nicht kochend heiß, aber warm genug, um für die Dauer des ganzen Bads angenehm zu bleiben. Er holte drei große Badetücher und einen sauberen Waschlappen. Dann ein Stück Seife.

Er half Nathan, sich auf die Seite zu drehen, legte ein Handtuch unter ihn, auf das er sich dann wieder rollen konnte, wobei er darauf achtete, dass keine Falten entstanden, die unangenehm drücken würden. Dann half er ihm auf die andere Seite und machte es dort ebenso.

»Ich muss dir den Rücken waschen«, kündigte Nat an.

»In Ordnung.«

Er knöpfte das Oberteil von Nathans Pyjama auf und half ihm, sich aufzusetzen, damit er es abstreifen konnte. Dann tauchte er den Waschlappen in das heiße Wasser und wrang ihn aus, bevor er sich hinter Nathan auf das Bett setzte, auf das äußerste Ende des Kopfteils. Die Operationsnarbe erschreckte ihn jedes Mal. Er hatte keine Ahnung gehabt, dass ein so großes Stück von Nathans Rücken geöffnet worden war. Nur damit ein Chirurg aufgeben konnte, ohne es überhaupt versucht zu haben.

»Geht es für dich, wenn ich darüberwasche?«, fragte er, als er die erhabene Narbe vorsichtig berührte.

»Ja, sie ist ausreichend verheilt.«

Vorsichtig bewegte Nat den Waschlappen, wobei er die einzelnen Wirbel von Nathans Rückgrat spürte und sah.

»Tut das weh?«

»Nein, alles prima.«

»Ist das Wasser zu heiß?«

»Nein, angenehm.«

Sorgfältig wusch er den Rücken fertig und tupfte ihn behutsam mit einem sauberen Handtuch trocken. Dann half er Nathan, sich wieder hinzulegen.

»Diesen Teil des Lakens werde ich in der Mitte über dich legen«, erklärte Nat. »Und dann werde ich die Pyjamahose nach unten ziehen. So bleibt deine Privatsphäre gewahrt.«

Eine Hand schob Nat unter Nathans Hüfte und half ihm hoch. Das war schwierig, weil Nats linker Arm der schwächere war. Doch zusammen gelang es ihnen. Mit der rechten Hand zog er an der dünnen Flanellhose, während Nathan das Laken festhielt, damit es nicht gleichzeitig mitgezogen wurde. Dann ließ er Nathan sachte wieder sinken und zog ihm die Pyjamahose über die Füße. Nun lag Nathan nackt auf dem Bett mit einem Laken über seinen Geschlechtsteilen. Nat bemühte sich, den Blick abzuwenden. Doch auch aus dem Augenwinkel bemerkte Nat überrascht die Schwellung von Nathans Bauch. Machte das der Krebs mit einem Menschen?, fragte er sich.

Er war schockiert genug, dass er sofort wegschaute. Den Bruchteil einer Sekunde lang nahm er Nathans Anblick in sich auf. So, wie er jetzt war. Dann blickte er schnell wieder zur Seite.

Lange Stille, während Nat Waschlappen und Schüssel auf einem sicheren Platz abstellte, sodass Nathan beides gut erreichen konnte. Die Seife platzierte er auf einem Handtuch auf Nathans Nachttisch. Dazu musste er das Dutzend Fläschchen mit Schmerzmedikamenten zur Seite stellen.

»Ich wüsste zu gern, was du gerade denkst«, sagte Nathan schließlich. »Auch wenn ich weiß, dass es mir nicht gefallen wird.«

»Ich dachte gerade …« Nat merkte, dass er nun tatsächlich das sagen würde, was er dachte. Was ihn überraschte. »Ich dachte gerade … wie wir auf die Welt kommen und wie wir aus der Welt scheiden, das ist irgendwie fast gleich. Wie hilflos wir sind. Du weißt schon, an beiden Enden des Lebens. Und wie … zerbrechlich.«

»Ja«, stimmte Nathan zu. »Ich erinnere mich noch sehr genau daran, wie du in diese Welt gekommen bist. Zerbrechlich ist das passende Wort.«

»Ich bin hier drüben beim Fenster«, erklärte Nat. »Falls du mich für irgendetwas brauchst.«

Er ging zu Nathans Schlafzimmerfenster. Die Jalousien waren oben geblieben, denn das Fenster ging nur auf den Garten. Es schneite heftig. Einen Augenblick lang sorgte er sich um Carol, die von der Arbeit nach Hause fahren musste, und hoffte, dass bis dahin die Straßen frei waren.

»Ich muss die Auffahrt räumen«, stellte er fest. »Damit Carol wieder hereinkommt.«

»Ich habe jetzt eine Schneefräse.«

»Ah, gut zu wissen.« Eine Weile sah er zu, wie die großen, nassen Flocken wirbelten. Das Plätschern des Wassers in der Schüssel war zu hören, immer wenn Nathan den Waschlappen auswrang. Dann sagte er: »Nathan? Erzählst du mir die Geschichte von dem Tag, als du mich im Wald gefunden hast?«

»Natürlich. Das mache ich gern. Ich hätte mir mehr Gelegenheiten in meinem Leben gewünscht, sie zu erzählen. Jeder wollte darüber sprechen, aber niemand wollte meine Erlebnisse wirklich anhören. Immer ging es darum, wie so etwas passieren konnte und warum, und dann begannen die Leute sofort, es auf ihre eigenen Kinder zu beziehen und sich jemanden in dieser Position vorzustellen, den sie liebten. Dadurch wurde es zu ihrem eigenen Schock und Entsetzen. Also ja, ich erzähle sie dir.

Es war die gleiche Morgenstunde wie bei den beiden Malen, als wir zur Jagd gegangen sind. Also noch vor Sonnenaufgang. Mit der Taschenlampe bin ich den Weg zum See gegangen, das Gewehr über meiner Schulter …«

»Das du von deinem Großvater bekommen hast?«

»Ja. Plötzlich fiel mir auf, dass Sadie nicht bei mir war. Das war zuvor noch nie passiert. Sadie war als Jagdhund aufgewachsen und trainiert, und auf dem Weg zu einer Jagd ließ sie sich nie ablenken. Daher wusste ich eigentlich schon, dass etwas Schlimmes passiert war. Ich habe sie bei ihrem Namen gerufen, dreimal, aber sie hat nicht reagiert. Damals war ich, glaube ich, verärgert, was rückblickend komisch erscheint, weil ich hätte wissen müssen, dass sie einen sehr wichtigen Grund hatte. Ich verhielt mich still und lauschte, da konnte ich sie im Laub buddeln hören. Also habe ich mit der Taschenlampe auf sie geleuchtet. In ihrem Gesicht lag etwas. In ihren Augen. Sie hat mich gebeten, rüberzukommen und anzusehen, was sie sah. Auf diese Weise, wie nur ein Hund einen bitten kann. Also ging ich zu ihr und leuchtete auf den Laubhaufen. Und was glaubst du, was ich da gesehen habe? Welchen Körperteil von dir habe ich zuerst gesehen, was glaubst du?«

Wirbelnde Schneeflocken, die jetzt schneller kamen und sich noch höher in Nathans Garten auftürmten. Nat stand mit hinter dem Rücken verschränkten Händen am Fenster. »Die kleine Strickmütze?«

»Nein, es war dein Fuß.«

»Welcher?«

»Der linke. Ich nahm dich hoch und hielt dich eine ganze Weile so. Fragte mich, wie so etwas passieren konnte. Wer das tun würde. Ich bin nicht aufgesprungen und zum Krankenhaus gerast, weil ich keine Ahnung hatte, dass du noch lebst. Es wäre mir nie in den Sinn gekommen, dass du noch am Leben sein könntest. Deine Augen waren geschlossen, und du hast dich nicht bewegt. Deine Haut fühlte sich kalt an.«

»Wie hast du es dann schließlich gemerkt?«

»Ich habe dich wieder abgesetzt und mit der Taschenlampe angeleuchtet. Da hast du dich bewegt. Nur dein Mund. Ein ganz kleines bisschen. Eine kleine, kaum merkliche Bewegung. An diesen Moment erinnere ich mich am deutlichsten, doch ist er wahrscheinlich am schwierigsten zu beschreiben. Ich war ganz sicher, dass ich eine winzige Babyleiche gefunden hatte. Das war völlig klar für mich. Aber dann hast du dich bewegt. Das veränderte alles so plötzlich und so drastisch, dass ich ehrlich schockiert war. Besser kann ich es nicht beschreiben.«

»Dann bist du also doch mit mir zum Krankenhaus gerast.«

»Ja, ich habe das Gewehr dort liegen lassen, wo es war.«

»Dein gutes Gewehr?«

»Beides konnte ich nicht tragen. Ich musste ja deinen Kopf stützen. Und das Gewehr war weniger wichtig. Den ganzen Weg zurück zum Auto bin ich gerannt. Dabei war es immer noch kaum dämmrig. Fast kein Tageslicht. Ich hatte solche Angst, dass ich stolpern könnte. Wenn ich gefallen wäre, hätte ich keine Ahnung gehabt, wie ich dich hätte schützen können. Aber das bin ich ja nicht. Gott sei Dank kenne ich mich hier so gut aus.«

»Wo war ich während der Fahrt? Auf dem Sitz?«

»O nein, ich habe nicht gewagt, dich auf den Sitz zu legen. Was wäre gewesen, wenn ich plötzlich hätte anhalten müssen? Nein, du bist auf meinem Schoß mitgefahren. Aber selbst dort habe ich befürchtet, dass du nach vorne fliegst, wenn ich hart bremsen müsste. Schließlich bin ich so wahnsinnig schnell gefahren. Also mit deinem Po lagst du halb auf meinem Schoß, aber mit deinem Kopf und den Schultern hielt ich dich in der Armbeuge meines linken Arms. Mit der rechten Hand bin ich gefahren. Zum Glück war es ein Automatikwagen. Ich hatte nie ein Kind, aber ich weiß, dass es wichtig ist, den Kopf eines Babys zu stützen. Weißt du, was merkwürdig ist? Bisher habe ich noch nie darüber nachgedacht, bis jetzt, da ich die Geschichte erzähle. Aber sogar als ich noch dachte, dass du tot wärst … als ich dachte, ich hielte die sterblichen Überreste eines Neugeborenen in Händen … da habe ich dennoch deinen Kopf gestützt. Ich weiß nicht mal, warum.

Aber an eines erinnere ich mich definitiv. Es war das deutlichste Gefühl, das ich jemals hatte. Ich weiß nicht, ob du damit vertraut bist, aber man sagt ja, was man einmal erfahren hat, kann man danach nicht mehr ignorieren. Damals hatte ich ein ähnliches Gefühl. Ich wusste, unsere Wege hatten sich in diesem Moment gekreuzt und würden nie wieder völlig voneinander getrennt werden. Davor war ich es nicht gewohnt, derartige Sachen zu wissen, doch da war ich mir sicher.«

»Und du hattest recht.«

Schweigen. Schneeflocken fielen gegen die Scheibe und schmolzen.

Schließlich sagte Nathan: »Ich bin hier so weit. Würdest du mir bitte helfen, mich wieder anzuziehen?«

Nat kehrte zum Bett zurück und half Nathan, die Füße abzutrocknen und das Pyjamaoberteil wieder anzuziehen. Half ihm, sich mit dem Laken zu bedecken, während Nat sich bemühte, ihm darunter wieder die Pyjamahose anzuziehen. Dann sammelte er die nassen Handtücher ein und legte sie zum Trocknen über den Wäschekorb. Im Badezimmer leerte er die Schüssel ins Waschbecken. Als er damit fertig war, fühlte er sich ehrlich erschöpft, also legte er sich auf das Gästebett neben Nathans Bett.

»Ein gutes Gefühl, wieder sauber zu sein«, fing Nathan wieder an. »Danke schön.«

»An dem ersten Tag, als ich dich traf … Also ich meine nicht den ersten Tag. Nicht den Tag, von dem du mir eben erzählt hast.«

»Ich weiß, welchen Tag du meinst. Den Tag, an dem deine Großmutter dich herbrachte.«

»Ich habe gesagt, du hättest mir keinen großen Gefallen getan. Aber das war nicht die Wahrheit.«

»Ich weiß«, erwiderte Nathan. »Ich wusste es damals schon.«

Eine Zeit lang lagen sie schweigend da. Für drei Minuten, vielleicht vier. Nat hatte damit gerechnet, dass Nathan sofort einschlafen würde. In der letzten Zeit schlief Nathan viel, oft sogar, ohne es zu bemerken.

Daher überraschte es ihn, als Nathan sagte: »Jetzt möchte ich aber, dass *du mir* eine Geschichte erzählst. Bitte erzähl mir von dem Abend des siebten März 1980, als du in New York geblieben bist und mit einer verheerenden Gehirnverletzung nach Hause gekommen bist.«

Nat kniff die Augen noch fester zusammen. Nahm all seine Energie zusammen, ehe er anfing zu sprechen. Er bemerkte, dass seine linke Hand leicht zitterte. »Ich hab's echt versaut, Nathan.«

»So viel habe ich mitbekommen.«

»Ich habe an einem Profi-Kampf teilgenommen, ohne Regeln. Es war viel Geld dabei im Spiel. Little Manny hat versucht, es mir auszureden. Na ja, er hat nicht nur geredet. Er hat sich geweigert, mir zu sagen, wo er stattfindet und wie ich vorgehen soll ohne ihn. Aber der Kerl war noch da, der die Kämpfer anwerben sollte. Und ich war kurz davor, ihn auf eigene Faust zu finden. Das war der einzige Grund, warum Little Manny mitkam. Um mich zu beschützen. Weil ich es auch allein getan hätte, ob mit ihm oder ohne ihn.«

»Als du gesagt hast, dass du bleiben würdest, um ein Sparring zu machen, wusstest du also schon, dass du an diesem Kampf teilnehmen würdest.«

»Ja.«

»Das war also gelogen.«

»Ja. In dem Moment, als ich es aussprach, ist mir eingefallen, wie du zu mir gesagt hast, ich solle dich nie wieder anlügen. Aber da war es schon raus. Es war ein schreckliches Gefühl, aber ich habe es trotzdem getan.«

»Hast du mich noch bezüglich irgendetwas anderem angelogen, nachdem ich dich gebeten hatte, es nicht mehr zu tun?«

»Nein, nur bei diesem Kampf. Es tut mir leid, Nathan, das war echt dumm.«

»Warum, Nat? Kannst du mir irgendetwas sagen, um mir zu helfen, es zu verstehen?«

»Ich wollte Carol einen richtigen Ehering kaufen. Den billigen silberfarbenen habe ich gehasst. Sie hatte etwas Besseres verdient. Ich habe noch nicht mal gemeint, diesen verdammten Kampf gewinnen zu können. Ich dachte mir, ich könnte einfach zwei oder drei Runden durchhalten, und dann könnte ich mit einem echten Ring für Carol nach Hause kommen.«

Keine Antwort. Kein Geräusch. Nat blickte auf und bemerkte, wie Nathan langsam nickte.

»Liebe«, murmelte er. »Liebe erklärt viel.«

»Kannst du mir verzeihen, dass ich dich angelogen habe, Nathan? Ich meine, ich weiß nicht, warum du das tun solltest. Ich kann noch nicht mal sagen, dass ich es erwarte. Ich frage mich nur, ob das etwas ist, das du mir verzeihen kannst.«

Es verging eine halbe Minute, vielleicht etwas mehr, während deren Nat sorgsam auf Nathans hörbare Atemgeräusche lauschte.

»Machen wir einen Deal«, bot Nathan an. »Ich verzeihe dir, dass du wegen des Kampfes gelogen hast, wenn du mir verzeihst, dass ich dir nicht erzählt habe, dass ich Krebs habe.«

Nat erhob sich, ging zu Nathans Bett und setzte sich neben ihn. Er streckte die rechte Hand aus, und Nathan ergriff sie. Dann stand Nat auf und ging in Richtung Tür.

»Nat, ehe du gehst …«

»Ja?«

»Hast du jemals versucht, deinen Vater zu finden?«

»Nein.« Er wartete darauf, ob Nathan fragen würde, warum nicht. Aber das tat er nicht. Doch Nat fühlte sich trotzdem gezwungen, den Grund zu nennen. »Weil du gesagt hast, dass ich mich auf eine Enttäuschung gefasst machen sollte. Darauf, dass er mich enttäuschen würde. Ich wusste, dass du damit recht hattest. Und ich war nicht bereit. Habe mich nie darauf vorbereiten können. Ich wusste einfach, dass ich das nicht ertragen könnte. Also habe ich beschlossen, bei dir zu bleiben.«

28. Januar 1990
Gründe

»Bist du noch wach, Nat?« Nathans Stimme schien täglich an Kraft zu verlieren. Kaum klang er noch wie Nathan. Die Stärke in dieser Stimme, die Sicherheit darin, die Art, wie sie laut und kräftig aus den Tiefen der Brust kam … all das gab es nicht mehr. Sie klang, als käme sie aus seiner Kehle und als ob ihr selbst der kurze Weg kaum gelänge.

Nat warf einen Blick auf die neue Uhr mit Leuchtziffern und -zeigern. Halb drei.

»Ja.«

»Warum hast du diesem Jungen nicht geholfen?«

»Welchem Jungen?«

»Little Manny hatte dich gebeten, ihm zu helfen.«

»Ach, Danny?«

»Ein großer Kerl. Lebt bei seiner Großmutter.«

»Das ist Danny.«

»Warum wolltest du ihm nicht helfen? Bist du immer noch neidisch auf diese Jungs?«

»Ja.«

»Du arbeitest doch jeden Tag mit ihnen. Das ist dein Job.«

»Aber sie bezahlen dafür.«

»Sie zahlen Manny das Geld. Du bekommst dein Geld so oder so.«

»Ich mag Danny einfach nicht.«

»Warum nicht?«

»Ich weiß nicht. Ist einfach so. Er hat irgendwas, das ich nicht mag.«

Stille. Nat hörte das Ticken der Uhr, das Heulen des Windes draußen.

Nathan sagte gar nichts.

»Hast du noch nie jemanden getroffen, den du nicht mochtest?«

»Schon oft, aber ich konnte normalerweise meine Gründe dafür nennen.«

»Na, ich kenne meine nicht.«

»Versuch sie herauszufinden, und sag sie mir dann, okay?«

»Warum? Weil du sie wirklich wissen willst? Oder weil du willst, dass *ich* sie kenne?«

»Ja«, sagte Nathan.

Gegen seinen Willen musste Nat lachen.

»Weißt du«, fuhr Nathan fort, »deine Großmutter ruft mich immer noch an. Um sich nach dir zu erkundigen. Einmal im Monat oder so. Nach all den Jahren.«

»Nein, das wusste ich nicht. Hast du mir nicht erzählt, dass sie das immer noch tut.«

»Ich sage es dir jetzt gerade«, entgegnete Nathan.

»Inzwischen muss sie eine ganz schön alte Frau sein.«

»Als ich sie kennenlernte, dachte ich, sie müsse in meinem Alter sein. Tatsächlich ist sie vier Jahre jünger. Also ist sie Mitte siebzig. Ja, sie kommt auch langsam in die Jahre.«

»Das heißt, wenn ich sie anrufen will, sollte ich es bald tun.«

»Das habe ich nicht gesagt. Ich teile es dir nur mit.«

»Warum jetzt? Plötzlich? Warum teilst du es mir jetzt mit?«

»Wie viele Gelegenheiten werde ich deiner Meinung nach wohl noch haben?«, fragte Nathan zurück.

3. Februar 1990
Immer noch

Um halb sieben kam Carol herein.

Nat saß im Wohnzimmer im Dunkeln auf dem Fensterbrett und sah dem Schnee zu, wie er im Licht der Straßenlaterne vor dem Haus umherflog.

Aus dem Augenwinkel bemerkte er, dass im Hausflur die Lampe anging. Carol steckte den Kopf ins Wohnzimmer und griff zum Lichtschalter.

»Nat?«

»Bitte mach kein Licht an.«

»Bist du in Ordnung?«

»Ich will dir etwas sagen.«

Sie trat vor in die Mitte des Wohnzimmers, wo sie in der Dunkelheit erstarrte, eine Papiertüte mit Einkäufen in beiden Armen.

»Ich war ein Idiot. Und es tut mir leid. Ich weiß, das bringt nichts. Aber ich meine es ernst. Es tut mir wirklich sehr leid, dass ich so ein kompletter Idiot war. Ich konnte es einfach nicht. Ich konnte einfach nicht glauben, dass du mich noch liebst, als ich nicht mehr in Form war. Als ich kein Boxer mehr war, weißt du? Als ich nicht mehr all das sein konnte, was ich zu der Zeit war, als wir uns kennengelernt haben.«

»Da überschätzt du vielleicht, was du warst, als wir uns kennengelernt haben.«

»Was soll das heißen?«

»Egal. Tut mir leid. Glaubst du es denn jetzt?«

»Nicht ganz, nein.«

»Das tut mir leid zu hören. Aber danke für die Entschuldigung. Und danke, dass du die Zufahrt mit der Schneefräse freigeräumt hast. Ich muss jetzt Nathans Kuchen machen, damit er morgen früh fertig ist.«

»Ich glaube nicht, dass er wirklich Kuchen zum Frühstück isst.«

»Er kann ihn essen, wann er will. Aber ich denke immer noch, dass es lustig wäre, ihn zum Frühstück zu servieren.«

Sie verschwand in die Küche und ließ Nat im Dunkeln allein.

20. Februar 1990
Stützen

Nats linker Arm zitterte von der Anstrengung, Nathans Kopf zu stützen, während er ihn mit klarer Brühe fütterte, wie immer am Nachmittag. Es war nicht so, dass Nathans Kopf besonders schwer gewesen wäre. Nats linker Arm war einfach noch schwach. Und Nathan konnte immer nur einen halben Teelöffel voll aufnehmen. Daher hielt er die Position schon seit einer Weile.

»Eine Dame vom Hospiz kommt nächste Woche«, flüsterte Nathan zwischen zwei Schlucken.

»Warum? Ich kann dich pflegen.«

»Die Schmerzmittel werden umgestellt.«

»Oh.«

»Aber sie könnte von dem Füttern auch einiges übernehmen.«

»Nein, ich kann dich füttern.«

»Für dich ist es zu schwer, meinen Kopf zu stützen.«

»Es geht schon, Nathan.«

»Ich spüre doch, dass dein Arm zittert.«

»Nathan, du hast dafür gesorgt, dass mein Kopf abgestützt war. Selbst als du dachtest, dass ich tot sei, hast du meinen Kopf gestützt. Und den ganzen Weg ins Krankenhaus. Ist dir da der Arm müde geworden? Ich wette, das ist er. Jetzt iss deine Suppe auf, okay?«

»Lass uns eine Pause machen.«

Mit einem Seufzer legte Nat Nathans Kopf zurück in die Kissen. Die Muskeln in seinem linken Arm schmerzten, für einen Moment noch mehr als zuvor unter der Anspannung.

Schweigend saßen sie eine Minute nebeneinander, erholten sich von der Tortur mit der klaren Brühe.

Schließlich sagte Nat: »Der Grund war, dass er besser ist, als ich war.«

»Wer?«

»Danny.«

»Ach, Danny.«

»Er ist besser, als ich je war, und er wird besser werden, als ich es je hätte sein können. Außerdem wird er Schwergewicht werden, wenn er so weiterwächst. Und die Schwergewichtler bekommen den ganzen Ruhm.«

»Das ist also der Grund, warum du ihn nicht magst.«

»Ja.«

»Bist du nicht froh, das jetzt zu wissen?«

»Eigentlich nicht, nein.«

»Eines Tages wirst du mir dafür dankbar sein.«

»Das bezweifle ich«, erwiderte Nat.

4. März 1990
Nathan?

Licht fiel in Nathans Schlafzimmer, und Nat zuckte zusammen und musste blinzeln, als er die Augen öffnete. Da wusste er, dass er viel länger geschlafen hatte als sonst. Nathan musste schon seit Stunden wach sein und sich ruhig verhalten haben, um ihn schlafen zu lassen.

Langsam gewöhnten sich seine Augen an das Licht, und er verschränkte die Arme hinter dem Kopf. Mit Blick nach oben und aus dem Fenster auf einen klaren, weiß-blauen Winterhimmel.

»Nathan?«, fragte er nach einer Weile. »Warum hast du das alles für mich getan? Ich meine, ich weiß, warum du mit mir zum Krankenhaus gerast bist, als du mich gefunden hast. Himmel, das hätte jeder getan. Das würde sogar *ich* tun. Aber ich meine … mich in deinem Haus aufzunehmen. Mich dreimal die Woche im Gefängnis zu besuchen. Meine Boxerkarriere zu finanzieren. Und die Sporthalle. Obwohl ich die ganze Zeit so ein Idiot war. Entschuldige die Ausdrucksweise, aber wenn dir eine bessere Beschreibung einfällt, kannst du mich gern unterbrechen. Warum hast du das alles getan?«

Still blieb Nat liegen und wartete auf die Antwort. Dass er warten musste, überraschte ihn nicht. In den letzten Tagen benötigte Nathan mehr und mehr Zeit zum Sprechen. Und dies war ohnehin eine schwierige Frage.

Aber die Pause hielt an.

»Nathan?«

Keine Antwort. Nat kroch unter der Bettdecke hervor und ging zu Nathans Bett. Darauf lag der alte Mann mit friedlichem Ausdruck und geschlossenen Augen. Als schlummere er. Als hätte er einen wunderschönen Traum.

»Nathan?«

Nat wich zwei Schritte zurück.

Er schreckte zusammen, als es an der Haustür klopfte. Obwohl es so weit weg im Schlafzimmer gedämpft klang. Noch immer im Schlafanzug, legte Nat den Weg im Sprint zurück und betete, dass es Wilma sein möge, die Dame vom Hospiz. Wilma würde wissen, was zu tun wäre.

Er riss die Tür weit auf.

»Meine Güte«, begrüßte ihn Wilma. »Ist alles in Ordnung?«

»Nathan ist … Ich weiß nicht, was er ist, Wilma, aber er antwortet nicht.«

»Hast du seinen Puls überprüft?«

»Nein, es war gerade eben erst, bevor du geklopft hast.«

»Na, dann gehen wir mal und sehen nach, was los ist.«

Sie folgte ihm den mit Teppich ausgelegten Flur hinunter. Nats Herz pochte so laut, dass er es in der Brust spüren und in den Ohren hören konnte.

Er sah zu, wie Wilma sich leise und ruhig über Nathan beugte und ihre Finger an sein Handgelenk legte.

Sie nickte Nat zu. »Er ist noch bei uns«, erklärte sie. »Noch da drin irgendwo. Sehr schwacher Puls. Ich denke, er ist jenseits des Punkts, wo wir ihn noch bei Bewusstsein erleben dürfen. Ich glaube nicht, dass er von jetzt an noch aufwachen und viel sprechen wird. Aber man weiß ja nie.«

»Was soll ich also tun, Wilma?«

»Eigentlich gibt es nicht viel zu *tun*. Bleib einfach bei ihm. Wenn es dir möglich ist, versuche das Schöne daran zu sehen.«

Er wartete noch nicht einmal, dass Wilma fertig wurde und wieder ging, sondern legte sich neben Nathan auf das Bett. Rutschte näher und legte einen Arm um Nathans Schultern.

»Wie schön, einen so hingebungsvollen Enkel zu sehen«, sagte Wilma. »So etwas sieht man nicht jeden Tag.«

5. März 1990
Der Anruf

»Nat?«, hörte er Carols Stimme, als sie zur Tür reinkam. »Bist du okay?«

»Ja.«

»Ist Nathan okay?«

»Ich denke schon. Ich hoffe es. Allerdings ist er nicht mehr hier.«

»Oh, Nat.«

»Irgendwann in der Nacht hat er uns verlassen.«

»Wir sollten jemanden anrufen.«

»Wen?«

»Vielleicht die Dame vom Hospiz. Sie wird uns sagen können, was zu tun ist.«

»Du rufst sie an, okay?«

»Okay, ich rufe sofort an.« Sie ging zum Schlafzimmertelefon.

»Bitte aus der Küche.«

Wie erstarrt blieb sie stehen. Blickte ihn verwirrt an.

»Ich brauche einfach noch ein bisschen Zeit mit ihm«, erklärte Nat. »Bitte, ja?«

7. März 1990
Warum

Als sich die Schlafzimmertür öffnete und das Licht vom Gang hereinfiel, musste Nat die Augen zusammenkneifen. Carol steckte den Kopf herein und sah Nat einen Moment lang an, wie er zusammengerollt auf Nathans leerem Bett lag. Er blickte zurück und blinzelte ins Licht. Wie ein Engel sah sie aus, mit einem Heiligenschein von hinten.

»Ich mache mir Sorgen um dich«, gab sie zu.

»Ich bin okay.«

»Kann ich rein?«

»Ja.«

Sie trat ein und kam ans Bett, schaute auf ihn hinunter. Nat klopfte auf die Stelle neben sich, auf Nathans Seite, und sie legte sich hin und wandte ihm ihr Gesicht zu.

»Möchtest du, dass ich nach Hause fahre, jetzt, da Nathan nicht mehr da ist?«

»Nicht, wenn du das nicht willst.«

»Hier kann ich jetzt nicht mehr helfen.«

»Das nehme ich mal als Kompliment. Du sagst also, dass ich keine Hilfe brauche.«

»Wirst du weiter hier im Haus wohnen?«

»Ja, er hatte keine Verwandten. Keine lebenden, meine ich. Also hat er alles mir hinterlassen.«

»Du Glücklicher. Du hast ein Haus und etwas Geld.«

»Ich hätte lieber Nathan.«

»Ich weiß. Das weiß ich doch, Nat.«

Unbehagliches Schweigen.

Dann fragte Nat: »Warum, glaubst du, hat er das alles für mich getan?«

»Ich wünschte, du hättest eine Chance gehabt, ihn das zu fragen.«

»Habe ich eigentlich. Aber das Timing war ein wenig daneben.«

Eine Weile lagen sie schweigend nebeneinander. Nat versuchte, das unangenehme Gefühl abzuschütteln, das ihre Nähe verursachte. Doch es war hartnäckig, oder er versuchte es nicht genug.

Schließlich sagte Carol: »Ich habe einige Theorien. Willst du sie hören?«

»Sicher, warum nicht?«

»Erstens glaube ich, teilweise war es, weil sein Großvater so viel für ihn getan hat. Weißt du, dass sein Großvater ihn praktisch großgezogen hat, nachdem sein Vater gestorben war?«

Nat blinzelte einmal, zweimal. »Nein, das wusste ich nicht. Sein Vater ist gestorben? Wann?«

»Als er zwölf war.«

»Woher weißt du das? Ich kannte Nathan doch so viel besser als du. Ich meine länger. Ich kannte ihn so viel länger, und ich wusste das nicht. Woher wusstest du es?«

Eine Pause. Als erwarte sie, dass er es selbst herausfände. »Ich habe ihn gefragt.« Um diesen unangenehmen Punkt hinter sich zu bringen, fuhr sie fort: »Vielleicht hat er das gemacht, was Leute eben so tun. Die Leute, die wissen, wie es ist, wenn man wirklich Hilfe braucht und diese bekommt, tun dann also das Gleiche für jemanden. Außerdem ... Das sage ich jetzt nicht, um ihn zu kritisieren, Nat, du weißt, das würde ich nie tun. Aber sein ganzes Leben lang war Nathan Buchhalter. Seine erste Ehe war unglücklich. Die zweite endete mit einer Scheidung. Als er dich im Wald gefunden hat, war er fast fünfzig. Ungefähr in dem Alter, in dem die Menschen anfangen, sich zu fragen, ob es in ihrem Leben so läuft, wie sie sich das vorstellen. Ich glaube, er wollte einfach mehr aus seinem Leben machen.«

»Das kann ich verstehen. Aber ich kann nicht verstehen, wie *ich* dieses ›mehr‹ sein könnte.«

»Viele Leute helfen anderen, um mehr aus ihrem eigenen Leben zu machen. Schau Mutter Teresa an, wie glücklich sie ist.«

In Vorbereitung auf das, was jetzt kam, atmete Nat tief und geräuschvoll ein. Als ob Sauerstoff den plötzlichen Anstieg seiner Herzfrequenz mildern würde. »Warte mal kurz, und denk darüber nach, was du jetzt gern tun würdest, okay? Denk darüber nach, ob du gehen oder bleiben willst.«

»Ja, sicher.« Eine Pause. »Du musst aufstehen, weißt du, irgendwann.«

»Ich werde aufstehen. Ich brauche nur noch etwas mehr Zeit.«

»Echt? Du wirst echt von ganz alleine wieder aufstehen? Und das bald?«

»Ja, werde ich. Er hätte es so gewollt, also werde ich es tun. Schon ziemlich bald. Ich werde aufstehen und etwas tun, das ihn stolz gemacht hätte.«

»Das ist schön. Weißt du schon, was es sein wird?«

»Darüber denke ich gerade nach.«

»Okay, ich lasse dich mal denken.«

»Danke«, murmelte Nat.

Zehn Minuten mochten vergangen sein, oder vielleicht auch eine halbe Stunde. Für Nat war das schwer zu beurteilen. Doch er griff rechtzeitig zum Telefonhörer auf dem Nachttisch und nahm ihn von der Gabel, ohne aufzustehen, ohne sich viel zu bewegen.

Er wählte eine Nummer, die er immer noch auswendig kannte.

»Hallo?« Die Stimme einer alten Frau. Überraschend alt. Klang sie ihm überhaupt noch vertraut?

»Gamma?«

Eine lange, belastete Stille. Sie konnte wohl kaum fragen, wer anrief. Das musste sie wissen. Dieses eine Wort sagte alles. Vielleicht war sie zu verblüfft, um zu antworten.

»Gamma, ich bin's, Nat.«

8. März 1990
Wütend

Gegen acht Uhr am Abend betrat Nat die Boxhalle. Außer Danny waren schon alle nach Hause gegangen, was nicht überraschend war. Nat hatte es bewusst genau so geplant.

Danny boxte gegen einen schweren Sack und wandte Nat dabei den Rücken zu. Nat wusste, dass Danny gehört haben musste, wie die Tür zugefallen war. Aber er drehte sich nicht um. Mann, was war er für ein großer Junge. Wie er da sein Work-out machte und nur Sporthosen dabei trug, sah er bereits jetzt fast wie ein Schwergewicht aus. Und war vermutlich noch nicht älter als vierzehn. Jedenfalls nicht viel.

»Danny.«

»Was willst du, Nat?«, erwiderte er, ohne sich umzudrehen. Ohne einen Schlag auszulassen. Kein Wunder, dass Little Manny fand, er erinnere ihn an Nat.

»Genau genommen heiße ich Nathan.«

Danny unterbrach sein Training, hielt den Sack an und blickte über die Schulter. »Na, das weiß ich«, knurrte er. »Aber du wirst Nat genannt.«

»Jetzt nicht mehr. Jetzt werde ich Nathan genannt.«

»Oh, also bekomme ich einen Punktabzug, weil ich das nicht wusste. Aber wie hätte ich das wissen können?«

»Ich bin nicht sauer, ich teile es dir nur mit.«

»Aber verwechselt man das dann nicht leichter mit dem älteren Nathan?«

»Es gibt keinen älteren Nathan mehr. Er ist gestorben.«

»Oh, das tut mir leid, Nat. Ich meine, Nathan. Das ist wirklich traurig.«

»Ja«, erwiderte Nat. »Mir tut es auch leid. Komm her, steig mit mir in den Ring. Ich will sehen, was du kannst.«

Nat ging zu den Regalen mit der Boxausrüstung und nahm ein Paar Handschuhe heraus. Als er sich wieder umwandte, hatte Danny sich nicht von der Stelle gerührt. Mit den Händen in den Handschuhen seitlich neben seinem Körper stand er nur neben dem Sack und starrte Nat an.

»Was ist?«, fragte Nat.

»Seit fast zwei Jahren hänge ich nun schon hier herum, und bisher hast du nicht sehen wollen, was ich kann.«

»Nun, heute Abend will ich es.« Nat duckte sich unter den Seilen hindurch und stieg in den Ring.

Danny schien sich das noch einige Sekunden lang durch den Kopf gehen zu lassen. Dann zuckte er mit den Schultern und folgte Nat. Geduldig wartete er, während sich Nat die Handschuhe überzog, die Hände in Position brachte und das Startzeichen gab.

»Okay, schlag mich.«

Danny begann ein vorsichtiges Sparring. Zu vorsichtig. Technisch waren seine Schläge gut, aber an Nats Handschuhen fühlten sie sich zu leicht an. Als behandle Danny ihn wie Porzellan.

»Weißt du, was dein Problem ist?«, fragte Nat.

Danny hörte auf zu boxen. Stand im Ring still, die Hände in der Boxposition erstarrt. Als hätte jemand *ihn* geschlagen. Seine Gesichtszüge waren weich. Er war zu nett, dachte Nat. Ein allzu süßer Junge, jedenfalls in diesem Business.

»Als Boxer?«

»Ja, als Boxer.«

»Ich dachte nicht, dass ich ein Problem hätte. Little Manny hält mich für gut.«

»Willst du meine Meinung hören oder nicht?«

Danny ließ seine Arme sinken. »Okay, was ist also mein Problem?«

»Leidenschaft.«

»Leidenschaft?«

»Ja, Leidenschaft. Wie zum Beispiel, wo liegt deine?«

»Ich dachte, Leidenschaft wäre … eine Sache zwischen einem Kerl und seiner Freundin.«

»Das ist nur eine Art von Leidenschaft und nicht die, über die ich gerade spreche. Ich spreche über starke Gefühle. Brennen. Wut. Das ist es!«, rief Nat, und Danny sprang auf, als hätte jemand neben seinem Ohr ein Gewehr abgefeuert. »Das ist es, was dir fehlt – Wut.«

»Auf wen soll ich denn wütend sein?«

»Irgendjemand muss es sein. Warum nicht ich? Ich habe mich geweigert, dich zu trainieren.«

»Das liegt bei dir. Du musst ja nicht unbezahlt arbeiten.«

»Das hat dich nicht wütend gemacht?«

»Nö, ich mag dich einfach nicht besonders.«

»Okay, also versuchen wir es anders. Auf wen wärst du wütend, wenn du so ein Typ wärst, der wütend wird?«

Danny versuchte, sich mit einem Handschuh an der Nase zu kratzen, ließ es aber schnell wieder sein. »Ich schätze, auf meinen Dad. Dafür, dass er sich davongemacht hat, bevor ich geboren wurde. Und auf meine Mom. Weil sie mich bei meiner Oma gelassen und gesagt hat, sie wäre in ein paar Wochen wieder da und dann würden wir wieder zusammen wohnen. Aber sie kam nur einen Sommer lang und einige Wochenenden zurück, und wir haben seitdem nie wieder zusammen gewohnt.«

»Ha, das nennst du eine traurige Geschichte? Meine Mutter hätte mich bei meiner Großmutter abliefern können, doch sie hat mich stattdessen im Wald unter einem Laubhaufen ausgesetzt. Zum Sterben. Im Oktober.«

Ungläubig bewegte Danny seinen Kopf nach hinten. »Warum stehst du dann hier?«

»Glück gehabt. Nathan war mit seiner Hündin zur Jagd gegangen, und die Hündin hat mich erschnuppert, bevor ich erfroren war.«

»Du erzählst mir keinen Scheiß?«

Wie im Gerichtssaal hob Nat einen Handschuh. »Die reine Wahrheit. Ich habe noch den Zeitungsausschnitt, der es beweist.«

Einige Sekunden lang starrte Danny auf die Matte. Dann sah er Nat direkt in die Augen. »Okay, deine Geschichte ist also trauriger als meine. Aber meine ist immer noch meine. Also …

selbst wenn jemand anders noch schlechter dran ist. Was mir passiert ist, ist schlimm genug, weißt du?«

Nat ging zwei Schritte vor und stand nun direkt vor dem Jungen. Er hob erneut die Handschuhe. »Warum wirst du also … nicht …«, er sprach immer lauter, holte alles aus sich heraus und schrie: »Wütend!«

Dannys kräftiger Schlag traf ihn direkt auf den rechten Handschuh. Da Nat immer noch nicht zu einhundert Prozent seine alte Standfestigkeit wiedererlangt hatte, endete er mit dem Rücken auf der Matte. Sein Kopf schlug hart auf.

Er schaute in Dannys entsetztes Gesicht.

»Nat! Bist du in Ordnung? Habe ich dich verletzt?«

»Mir geht es gut, Junge. Ich bin doch kein rohes Ei.«

»Little Manny sagt, du musst mit deinem Kopf aufpassen.«

»Das ist nur die rechte Seite hier. Hinten ist mein Kopf genauso hart wie bei jedem anderen. Noch härter als bei den meisten anderen. Könntest du ein Stück nach hinten gehen, damit ich aufstehen kann?«

Danny machte einen Schritt nach hinten und hielt Nat einen Arm hin.

»Ich kann schon selbst aufstehen«, knurrte Nat.

Er rollte sich zur Seite und kam wieder auf die Füße.

»Bist du sicher, dass du in Ordnung bist? Entschuldige, Nat. Ich meine, Nathan.«

»Entschuldige dich *nicht*. Entschuldige dich *nie* dafür, dass du im Ring wütend wirst. Eben warst du echt gut. Zeig mir noch mehr davon.«

31. Dezember 1999
Epilog

Sobald Nat aus dem Aufzug und in die Hotellobby trat, erblickte er Danny in der Menschenmenge. Das war nicht schwierig. Erstens war er gut einen Kopf größer als alle um ihn herum. Zweitens hatte er Nat erspäht und sprang auf und ab wie ein kleiner Junge und winkte wie wild mit den Armen.

»Ich will mit *dir* fahren, Nathan«, rief Danny, sobald Nat bei ihm angelangt war. Er stand in einer Traube aus Trainern, Managern und Promotern, die alle ihre Blicke auf Nat richteten, während Danny das sagte.

»Was? Fahren wir nicht alle in einer Limousine?«

Vick, einer von Dannys zwei Managern, antwortete: »Sie haben zwei Limousinen geschickt. Wir sind zu neunt, also haben sie zwei geschickt. Ich hätte gedacht, wir quetschen uns in …«

»Oder wir hätten im Mandalay reservieren können«, unterbrach ihn Nat, »und uns nicht um Limousinen kümmern müssen.«

»Ja, ja, klar«, entgegnete Vick. »Und wenn es anders wäre, wäre es nicht das Gleiche.«

Er scheuchte sie durch die Eingangstüren des Hotels, die von uniformierten Angestellten aufgehalten wurden, und nach draußen auf den Gehsteig, wo zwei Stretchlimousinen am Straßenrand warteten. Zwei weitere Uniformierte hielten auch deren Türen auf.

Mike, einer der Trainer, schlug vor: »Also teilen wir uns auf, in vier und fünf, und Nathan kann mit in Dannys Limousine fahren.«

»Nein«, widersprach Danny. Alle Augen waren auf ihn gerichtet. »Ich will mit Nathan in einer Limousine fahren, nur mit Nathan.«

Vick verdrehte die Augen.

Nat sagte: »Du solltest mit deinen Trainern fahren, Danny.«

Danny legte Nat eine Hand auf die Brust und schob ihn ein paar Schritte zurück, sodass die anderen sie nicht hören konnten.

»Es ist nur so«, sagte er leise und nahe an Nats Gesicht, »dass ich immer noch irgendwie dich für meinen Trainer halte.«

»Ach, komm schon. Mach keine Witze. Du spielst jetzt in einer ganz anderen Liga. Wir kreisen nicht mal mehr um die gleichen Planeten.«

»So meine ich das nicht. Nur einfach, dass wir uns schon ewig kennen.«

Nat seufzte. Er ging um Danny herum und zu Vick, der beim Warten mit dem Fuß auf den Bordstein tippte.

»Er ist nur nervös«, sagte Nat.

»Gut. Wie auch immer. Wen stört's? Beide Wagen fahren zum gleichen Ort.« Dann sprach er lauter, zu Danny gewandt: »Wir sehen uns dort, Junge.«

»Ich bin kein Junge!«, schrie Danny zurück. »Ich bin vierundzwanzig Jahre alt.«

»Vierundzwanzig Jahre, das *ist* ein Junge«, grinste Vick und stieg in die erste Limousine.

* * *

»Ich will rückwärtsfahren«, erklärte Danny und kletterte auf einen der Plätze, die dem Fond der Limousine zugewandt waren, sodass er mit dem Rücken zum Fahrer saß. »Ich will mir die Welt ansehen, wie sie rückwärts vorbeizieht.«

»Wieso das?«

»Weiß nich', mach ich einfach. Wie oft kann man schon die Welt rückwärts vorbeiziehen sehen?«

Nat verließ seinen vorwärtsgerichteten Sitz und nahm neben Danny Platz, und beide sahen die Gegend um Las Vegas rückwärts vorbeifliegen. »Ja, ich glaube, ich weiß, was du meinst«, murmelte er.

»Das ist ja eine beleuchtete Stadt.«

»Warst du noch nie in Vegas?«

»Wie hätte ich denn jemals in Vegas gewesen sein können?«

»Weiß ich nicht. Vielleicht war deine Großmutter eine Glücksspielerin.«

»Nein, meine Oma hat nicht gespielt.«

»Ich wollte dich nicht angreifen.«

»Ich habe es auch nicht so aufgefasst. Aber sie war nicht so.« Er lehnte den Kopf zurück und sah die Lichter in Streifen vorbeifliegen. Fast wie hypnotisiert. Dann fuhr er fort: »Ich wünschte, sie wäre noch da, um das hier heute mit anzusehen.«

»Ja, ich weiß, was du meinst. Ich wünschte, Nathan wäre noch da.«

»Und Little Manny.«

»Ja, und Little Manny.«

»Schaut Carol von zu Hause aus zu?«

»Na klar. Das würde sie nicht verpassen. Sie sieht fern *und* nimmt es auf.«

»Wenn meine Oma und dein Nathan und Little Manny das hier noch erlebt hätten, hätten sie, selbst wenn sie zu alt und krank gewesen wären, um herzukommen, den Kampf im Fernsehen anschauen können.«

»Ja, wenn sie Kabel hätten.«

»Wenn meine Oma noch am Leben wäre, würde sie Kabel bekommen. Sie würde sich einen Fernsehsender kaufen, um das zu sehen.«

»Vielleicht sieht sie es dennoch«, überlegte Nat. »Selbst so.«

»Glaubst du?«

»Ich weiß nicht. Ehrlich gesagt habe ich keine Ahnung. Aber warum nicht einfach in einer Situation das Beste annehmen? Da wir es ja doch nicht wissen.«

»Ja, vielleicht. Ich hoffe es. Da wir gerade davon sprechen. Davon, was wir nicht wissen. Was, meinst du, wird heute um Mitternacht passieren? Meinst du, Flugzeuge werden vom Himmel fallen oder so ein Scheiß? Und dass die Lichter ausgehen, es kein Wasser gibt und die Kernschmelze in den Atomkraftwerken einsetzt? Meinst du, dass die ganze Welt auseinanderbricht über dem ganzen Y2K-Quatsch?«

Nat grinste in sich hinein. So viele Worte sprach Danny sonst vielleicht in einem ganzen Monat, das wusste er. Und er wusste auch, es hieß, dass Danny nervös war.

»Nein«, antwortete er. »Glaub ich nicht.«

»Warum nicht?«

»Ich weiß nicht. Ist einfach so. Ich glaub einfach nicht, dass es eine große Sache wird.«

»Du glaubst nicht, dass die Geldautomaten kaputtgehen und es ein Riesenchaos sein wird? Würdest du darauf wetten, dass das nicht passiert?«

»Ich wette nicht, Danny.«

»Was? Hast du nicht ein paar Dollars auf meinen Sieg heute Abend gesetzt?«

»Äh, klar. Sicher. Natürlich. Aber das ist nicht das Gleiche. Das ist nicht wirklich ein Glücksspiel. Das ist eine sichere Sache.«

Danny grinste breit.

Etwas fiel ihm durchs Fenster ins Auge, und er lehnte sich vor und zeigte nach draußen. Seine vor Nervosität schweißnassen Finger hinterließen Spuren auf der Scheibe.

»Schau, Nathan, da! Schau!«

Nat beugte sich vor und versuchte, an ihm vorbeizusehen. Gerade als der Fahrer abbog und die kreisförmige Auffahrt zum Hotel entlangfuhr, erhaschte Nat einen Blick auf das, was Danny meinte.

Dannys Name leuchtete in Neonfarben auf einem Schild am Hotel. Dort stand:

MANDALAY BAY RESORT & CASINO PRÄSENTIERT
HEUTE ABEND LIVE
DIEGO GARCIA VS. DANIEL LATHROP

Darunter stand noch eine weitere Zeile, aber weil die Limousine nun den Brunnen umrundete, war das Schild aus Nats Blickfeld verschwunden.

»Heilige Scheiße«, keuchte Danny und klang ehrlich panisch. »Da kriege ich total weiche Knie. Glaubst du, was wir gerade gesehen haben?«

»Was? Hast du nicht daran gedacht, dass sie deinen Namen auf einem Schild ankündigen würden?«

»Doch, ich wusste das. Aber kannst du es *glauben*?«

»Jap, das ist 'ne ganz große Sache, Danny. Das wird deine Show.«

* * *

»Hast du noch irgendwelche letzten Worte für mich, Nathan?«

»Du stirbst nicht, Danny. Aber ja, ich habe was zu sagen.«

Er nahm Dannys Ellbogen und zog ihn in eine Ecke des riesengroßen Umkleideraums, weg von den anderen aus seiner Entourage.

»Erstens bin ich so wahnsinnig neidisch auf dich, dass ich auf der Stelle sterben könnte. Und dann freue ich mich auch so sehr für dich, dass ich noch mal sterben könnte. Das macht schon zweimal in einer Nacht. Aber nicht zwangsläufig in dieser Reihenfolge. Aber das Wichtigste, was ich dir mitteilen möchte, ist, dass ich heute Abend sehr stolz auf dich bin.«

Danny runzelte die Stirn. »Was passiert, wenn ich nicht gewinne?«

»Dein Sieg ist dafür nicht zwingend.«

»Ich weiß nicht, was dieses Wort heißt.«

»Zwingend? Das heißt nur, dass es nicht davon abhängt. Deshalb sage ich es dir jetzt. Weil ich stolz auf dich bin. Ich bin stolz, dass du so weit gekommen bist. Und darauf, wer du bist. Und wie du das geschafft hast.«

Es klopfte an der Tür.

Von der anderen Seite rief eine Stimme: »Zwei Minuten.«

Einen Moment starrten sie beide die Tür an, als erwarteten sie, dass etwas damit geschähe.

Schließlich sagte Danny: »Danke, Nathan. Ich wünschte, du könntest mit mir dort in der Ecke stehen.«

»Du weißt, dass das nicht geht. Aber ich werde direkt hinter dir stehen. Die ganze Zeit. Du sollst nicht die ganze Zeit daran denken. Es reicht, dass du weißt, dass ich da hinten bin. Deine ganze Aufmerksamkeit gilt Mike. Zwischen den Runden, wenn du in deine Ecke kommst, gibt es niemand anderen auf der Welt für dich als Mike. Wenn die Glocke ertönt, gibt es niemand anderen auf der Welt für dich als Garcia. Ich bin direkt hinter dir. Aber konzentrier dich nur auf eines.«

»Okay, Nathan, das mache ich. Nathan? Ist es in Ordnung, wenn ich echt Angst habe?«

»Wenn du keine hättest, würde ich denken, dass du nicht zur Hälfte verstehst, worum es hier geht. Aber du wirst gut sein. Ich gehe jetzt da raus. Und ich werde zuschauen, wie du in die Halle kommst. Du gehst da raus, als würde dir der Schuppen hier gehören, verstanden?«

Nat hielt ihm seine Fäuste hin, und Danny drückte leicht mit seinen eigenen dagegen, wie Boxer im Ring.

»Danke, Nathan. Ich habe immer noch keine Ahnung, warum du das alles für mich getan hast. Aber danke.«

* * *

Selbst Dannys Rücken sah man an, dass er Angst hatte, dachte Nat.

Von hinten verfolgte er, wie Danny von Mike den Mundschutz angelegt bekam.

Dann beobachtete er, wie Danny nickte. Und nickte und nickte.

Was könnte Mike ihm wohl zu sagen haben, das nicht schon hundert Mal zuvor gesagt worden war?

Einige Sekunden später brach Danny die Regeln. Er warf einen Blick über die Schulter und schaute zu Nat.

Nat zwinkerte ihm zu und grinste. Dann deutete er auf Mike, wie um zu sagen: »Konzentrier dich wieder.«

Dannys Aufmerksamkeit wandte sich wieder nach vorne.

Nat zog sein Portemonnaie aus der vorderen Hosentasche. Bei Boxkampfveranstaltungen steckte er es immer in die vordere Tasche. Nicht die vertrauenswürdigsten Leute der Welt. Wenn er ein paar Dollars verlieren würde, wäre das nicht das Ende der Welt. Und einen Führerschein hatte er ohnehin nicht.

Aber der Glücksbringer. Der war etwas Besonderes. Und der durfte nicht wegkommen, wenn er es vermeiden konnte.

Er zog das Foto aus dem Portemonnaie. Er hatte es laminieren lassen, damit er mit dem Daumen über das Gesicht auf dem Bild streichen konnte, ohne dass es abgenutzt oder verschmiert wurde. Auch wenn seine Hände etwas schwitzten.

So wie heute Abend.

Er spürte jemanden hinter sich und drehte den Kopf herum. Vick schaute ihm über die Schulter.

»Wer ist das, dein Großvater?«

»Ja, so was in der Art.« Als Vick keinen weiteren Kommentar machte, erklärte Nat: »Das ist mein Glücksbringer. Ich hatte ihn bisher bei jedem Kampf von Danny dabei. Sowohl Amateur- als auch Profi-Kämpfe.«

»Echt? Na, im Allgemeinen gebe ich nicht viel auf solche Dinge. Aber wenn es den Jungen so weit gebracht hat, dann nur zu.«

Er verschwand wieder. Was gut war.

Denn so konnte Nat sagen, was er immer vor Dannys Kämpfen sagte. Leise, murmelnd, aber er sprach es immer laut aus.

»Wenn du dort, wo du bist, Nathan, irgendeinen Einfluss hast, dann wäre jetzt ein guter Moment, ihn geltend zu machen.«

Er schob das Foto gerade zurück in seine Tasche, da erklang die Glocke.